# 长河之灯

范剑鸣　著

中国言实出版社

**图书在版编目(CIP)数据**

长河之灯 / 范剑鸣著 . -- 北京 : 中国言实出版社 ,
2024.4
ISBN 978-7-5171-4815-9

Ⅰ . ①长… Ⅱ . ①范… Ⅲ . ①长篇小说－中国－当代
Ⅳ . ① I247.5

中国国家版本馆 CIP 数据核字（2024）第 085851 号

**长河之灯**

责任编辑：郭江妮
责任校对：邱　耿

出版发行：中国言实出版社
地　址：北京市朝阳区北苑路180号加利大厦5号楼105室
邮　编：100101
编辑部：北京市海淀区花园北路35号院9号楼302室
邮　编：100083
电　话：010-64924853（总编室）　010-64924716（发行部）
网　址：www.zgyscbs.cn　电子邮箱：zgyscbs@263.net

经　销：新华书店
印　刷：北京温林源印刷有限公司
版　次：2024年10月第1版　2024年10月第1次印刷
规　格：710毫米×1000毫米　1/16　22印张
字　数：345千字

定　价：68.00元
书　号：ISBN 978-7-5171-4815-9

# 目　录

# 引子

从远方来，到远方去，这是河村的客家人对梅江的简单定义。梅江无数次冲折拐弯，一路往南，到了河村突然改向西行。白鹭古镇就在河村下游的南岸。一代代白鹭见证了梅江上太阳东升西落。一代代乡民，不断从地面走向地下，留下了家园，故事，岁月。

河村人相信，那些故人依然还在庐墓之间游荡、隐藏、叠加，但那些故事只有在特殊时刻才会呈现。这个特殊时刻，是赣南地区常见的民俗——“讲古闻”，就是后人虔敬地请出族中高寿之人，在昏沉之际讲述先辈所历一切。“讲古闻”的环境，除了族人虔敬还须事出有因、情非得已。具备这些条件之后，又必须身处旧居故物之中。

白鹭镇的乡民不愿意拆掉旧宅子，就是担心有朝一日要摆上这道“俗套”来判决家族事务。按理说，“讲古闻”所需的四个条件，在赣南乡村已经不容易俱全。但在二十一世纪初叶的一天，年轻的文学博士祝独依却在河村一栋土屋里见识了这种神奇的习俗。

根据闺蜜薪火的介绍，这位“讲古闻”的人，是她父亲的老姑妈，而白发苍苍的老姑妈所模拟讲述的故人，就是老姑妈自小相依为命的奶奶——她有一个好听的名字，叫灯花。这就是一个家族的源头，一条血脉长河最初的一滴水。这滴水已经流淌了一百二十多年。独依沿着苍老的女声慢慢地回溯，试图看清那滴水的样子。

那滴水，早就消逝在血脉的长河，但现在却复活了。老姑妈坐在老厅堂中央，薪火的族人，父母及所有的亲叔伯、堂叔伯，二十多号人包围着、簇拥着，分几层把她围在中央。厅堂中央一张八仙桌边，木桌上摆着一盏油灯。油灯中，一支灯芯在幽幽燃烧。

灯芯是古老的灯草，梅江边一种古老的事物，看来是老姑妈应后辈之约携带而来；灯草像一条灰色的老鼠尾巴，拖在一只粗糙的小碗里，碗里油汪汪的。独依吸着鼻子闻了闻，不是汽油的味道，也不是煤油的味道。这是梅江边一种久远的气味。

油灯的火苗细小，像一粒豆芽微微弯曲，忽左忽右地摇摆着。油灯边另一只碗里盛着清水，老姑妈不时用手指蘸水，在桌面上画着各种古里古怪的符号，独依当然看不懂。老姑妈把头埋了下去，假寐良久，突然又开口了，发出一种与真实年龄完全不匹配的年轻的声音。

敦煌悄声提醒独依，说，“灯花”来了！当然，敦煌其实是说，老姑妈具有模拟老祖母的本领。是的，在一座古老的厅堂内，在一盏古老的油灯前，老姑妈就像说书人一样，擅长模拟要讲述的人物。

独依从没有见过这个家族的老姑妈和老祖母，但她相信模拟分外成功。毕竟人类基因隆隆，更何况模仿的本领本不稀奇。独依隐隐想起了楚辞《招魂》，推测里头神秘的场景也是人在模拟或戏仿，正如沈从文小说《神巫之爱》中那个青年男巫，神只是民俗的外壳，而凡尘之爱才是其真身。

研究楚辞为志业的年轻博士祝独依，不禁觉得眼界大开，暗自欣喜不枉此行。独依答应陪薪火回老家，就是被这种民间奇葩所吸引。她在马尔克斯笔下领略过马孔多的神秘。当薪火怂恿她去乡下时，独依笑着说，难道梅江边的小镇，也有个神奇的布恩蒂亚家族？

薪火是独依的高中同学。自从挨了母亲一记耳光后，独依已经在薪火家躲了半个月。现在，薪火的父亲要带着全家回乡，独依一个人留下也不是不合适，但没有闺蜜一起吐槽，这样的寄居就显得不合理。

薪火的父亲对独依说，你是搞文学研究的，应该会对“讲古闻”会感兴趣，尤其一个人待着，不如跟我们去梅江看看吧。接着，他跟独依说起了第一次看“讲古闻”的惊讶。薪火的父亲叫敦煌。他在县城一所中学教语文，业余做着作家梦，为此屡次让薪火传递文稿，叫独依帮忙指点作品。

一点没错，第一次看到招魂的习俗，独依就像敦煌叔叔所讲那样，整个儿惊呆了！虽然这只是一次表演，一场小型的独角戏。

根据薪火的介绍，戏中的灯花，是梅江边真实的人物。独依朝薪火看了一眼。只见她神情专注，充满惊讶与紧张，手不由自主地伸了过来，掌心汗津津的，像一个小型的湖泊。

独依听到薪火喃喃地说，是这种声音！是我小时候听过的声音！她逝世那年我才五岁，我几乎要忘记这种声音了，但我肯定，我小时候耳边确实响起过这种声音，我的声音记忆又复活了，真是她，真的！

独依拉着薪火的手，轻轻拍了拍。独依环视了一下土屋，看了看薪火的父亲，薪火的爷爷。所有的人都像薪火一样，紧紧地盯着老姑妈，脸上满是惊讶，疑惑，安静，激动。

突然，有人在拍打耳朵，飘出轻微的声响。独依转头一看，是薪火的爷爷。满脸是紧张和欣喜。刚到村子里的时候，独依听到乡亲们叫他蒜头。只见老蒜头拍了拍自己的耳朵，喃喃地说，我的老姐呀，你学得真是太像了！这就是婆婆的声音，是她，真的是她！蒜头的苍苍白发晃动起来。白发和皱纹仿佛是岁月的证据，在土屋里异常鲜明。

梅江人家把奶奶叫作婆婆，蒜头在城里居住了十来年，仍然改不了乡音，冲灯花泪眼婆娑地喊了一声：婆婆……那个叫“灯花”的妇人，很快应了一声。独依惊讶于老姑妈的投入，居然擅自抬高了几个辈分，敢于在自己的弟弟面前以太祖母灯花自居。

几十个族人看着老姑妈，没有一人为辈分混乱而感受可笑，全都是神情肃穆，为此蒜头更加确认了所闻的声音，就是他的奶奶。

据薪火说，这个叫灯花的老人，二十多年前就去世了，但老姑妈那绵软的声线，那低沉的腔调，那慈爱的音质，还有说话时眯眯笑着的神情，分明就是灯花的样子，就是薪火小时候看过的样子。

薪火的爷爷，那位叫蒜头的老人，看着灯花的微笑，就像回到了小时候，有无穷的心事要让奶奶知道。这场“讲古闻”的活动，发起者是蒜头。为此，“灯花”跟人们的对话，分不清是奶奶跟孙儿之间的对话，还是一对老姐弟之间的对话。当然在后人眼里，老姑妈以现在的年岁，虽然已成为另一个家族的太祖母，但完全有资格演绎自家的太祖母。

说吧，这次怎么又想到我了。灯花和蔼地问蒜头。

蒜头抹了下眼角的泪花，像独依那样环视了一下土屋，朝灯花点了点头。灯花并不看蒜头，仍然处于一种假寐状态，慈爱地问，这次约集这么多子孙，比清明和春节祭祀都隆重，莫不是有什么大事要说？

灯花的声音再次像春水一样慰藉着儿孙们的耳朵。薪火悄悄告诉独依，灯花以前说话总是把身子靠前来，而不会正襟危坐、置身局外的样子。薪火又定睛一看，灯花只是声音相同，但容貌并不全同。

这不是奶奶的奶奶，不是那位叫灯花的先祖。一百年前的灯花，裹着小脚，小脚上一双梭子一样的花鞋。一般穿着蓝色的布衫，右衿压着左衿，对襟的边缘是一粒粒布扣，套在布眼里。脸盘苍白瘦小，下巴有些尖，宽眉大眼，厚鼻薄唇，看上去端庄大方。

但眼前的老姐儿，年近九旬却是完好的脚板，穿着皮鞋，衣着虽然发旧却分明是来自小镇的成衣市场。

薪火清醒过来，这是灯花的后裔请来的老姑妈，年纪老迈却发出了灯花青年时或中年时的声音。灯花的声音从另一个身体不断发出来，就像一台录音机在播放着灯花生前的话音。

蒜头想接话，但又有着隔阂，一时支吾起来，扫视了一下大厅。

大厅自然是土屋常见的格局。天井边的青砖像扑克牌一样码着，长满了绿色的青苔。上厅和下厅的地面上，都有一层发绿的青苔，遥看蓬勃近看却无，这是泥巴地板长久没有通风的后果。

在毯子一样的青苔中，又缀着黄色的斑点，那是雨滴在地板上制造的黄泥小洞，与这些黄色斑点相对应的，是瓦顶上一个个白色的亮点，那是天光透过了瓦顶，是雨滴进入老宅子的路径。

有一些雨滴过了漏洞，却遇上了墙体，于是更加兴奋，干脆顺着墙体溜了下来，蚯蚓一样的黄色泥痕自上往下条条缕缕，枝枝节节，像爬山虎在墙上留下的沧桑画面。

岁月觊觎着这栋土屋，把毁损的工作交给了风雨，也交给了灰尘。墙体上挂着的纸画、蓑衣、农具，在厚厚的灰尘中彻底忘掉了前身，等待衰朽，像老人蒜头一样，对老宅子的未来充满迷惘。

独依紧随着蒜头的表情，目光游动。这时，她听到老姑妈再次开口。灯花关切地问，蒜头，我知道你想说什么，但要你自己说起来，这样才能真正解决你们的事情。

独依小声地问薪火，这真是代表灯花在说话？薪火小声应道，声音完全相同，但容貌又完全不是我小时候看过的样子！听爸爸讲，“讲古闻”最高的境界就是第一人称，直接代替故人、模拟故人，以故人口吻出来跟后世的人对话，所以不但是模拟声音，还要懂得身前身后事，好神奇是吧？！

独依点了点头，屏声静气，观察蒜头与灯花对话。独依想看出破绽。她像观看魔术一样，承认眼前的一切，双无力解释。薪火确认，眼前的妇人既是灯花，又不是灯花，她用声音带来了灯花的故事，但又以肉身标示着阴阳相隔。

在梅江边，“讲古闻”是一项神奇的技艺，能够在阴阳之间自由来去，代替那些逝者与活着的人交流对话，指点迷津。它的神奇之处并非声音模拟，而是事体不差。老姑妈自小跟灯花带大，模仿语气和神态自然不在话下。但她像一个传灯者，能把家事判决个明明白白，却让族人暗暗称奇。

听了灯花的话，蒜头说，奶奶你总是这样，看透我们而又不说破我们。我想说什么呢？我都一时忘了，我们只是非常想你了！

灯花又是微微一笑，说，你约集这么多儿孙，不就是要我说道说道这房子的往事吗？

蒜头说，婆婆，那我就直接告诉你吧，这栋老宅子漏洞百出，看来得改造改造了。我年纪大了，过几年就上不了房梁捡不了瓦漏。现在大家都住钢筋水泥房了，儿孙没有人学会捡瓦，这梅江边请个捡瓦漏的师傅都难。风雨侵蚀，加上很少开门透气，将来这房子迟早要塌的，到时先祖的灵牌如何安放？族里的白事如何归根？这事可愁坏我了！

蒜头喘了口气，又说，照理说，现在儿孙兴旺，凑起钱来修缮一下并不是难事，但大家就是意见难以统一。有的说现在政府改造空心房，不如响应号召让政府开来推土机一拆了事，还能得一些奖励的钱款，大家分了。有的说要修，也是修旧如旧，像民宿改造一样，墙体粉刷一层黄泥，屋梁刷上一遍桐油，屋顶捣起水泥加盖青瓦，这样就保持了原样，列祖列宗归来也能认个旧路、魂归老宅，也不用担心房体了。





灯花仍然没有开口，静静地听蒜头讲述。

蒜头又说，当然，最多的意见是拆了重建，现在的祠堂众厅改造，都时兴钢筋水泥了，连柱子房梁都是水泥砖墙做的，只是表面画上一些青砖模样，称之为仿古。这几年我们一直在争议这个事，哪种办法好，哪种办法合先祖的意思，又合儿孙的想法。

这时，灯花接口道，你们改造老宅子的事我早就知道，老宅子不能拆掉，祖业不能丢，因为我们在这个河村最早落脚的三间土屋已经消失。至于怎么改造，我们阴间人不能作主，得你们自己拿主意，得根据大家的经济条件来，得按你们对祖业的感情来。

蒜头说，现在就是多种意见难以统一，所以方案未定，钱款难筹。灯花说，你有你自己的想法，你是族里最年长的人了，你可以拿定主意的，你是与大家意见不一样，所以不好对大家说，就用“讲古闻”的办法，让我来对大家说吧？

蒜头说，你什么都能看得透，你就借这个机会，把这个村庄这栋房子的往事向这些儿孙讲讲，把你的想法告诉大家吧。

蒜头一边扫视着大厅里的各辈儿孙，一边专注地等待灯花的应答。然而，传到耳边的却不是灯花的声音，而是老姑妈的原声：这样时间会很长的。

独依惊讶地看到，老姑妈从假寐中苏醒了过来，不再是“灯花”了。独依与薪火朝天井望了一眼，似乎那就是岁月的通道。然而一无所见，只有一方四角的天空。

老姑妈仿佛有些劳累，接过弟弟蒜头递来的茶水喝了几口，对蒜头说，你原来没有说定要灯花讲什么，突然提出要把梅江边的往事说道说道，这个时间会很长，一时讲不完，我也不能持续这么久，所以现在我放下“灯花”的声音，和你们商量。

蒜头说，这是老弟思虑为不周，没想到把老姐累着了，那如何才能讲完呢？！老姑妈理了理头发，说，那就得分段进行，不妨讲上六天六夜，这就相当于在寺庙做一次道场，要念上六天六夜的经书。

六天？

蒜头吃惊地叫了出来。这时大厅里年轻后辈听到了六天时间，也发生了骚动，纷纷表示反对，因为他们单位上班、工地做工、田里务农，根本不会有这么长的清闲时间。

可不可压缩在两天时间？蒜头说，最好这个周末就能讲完，要召集一次大家真不容易。

老姑妈面对众人的喧哗，冷笑了一声，你们只顾一年到头奔忙着生活，从来没有时间静下来了解了解先祖的往事。你们看电视剧一集接着一集，一天接着一天，电视机里看，手机里看，对别人编造的那些事情倒是那么上心，难怪你们对自己的宗族没有感情，对祖上的房子没有感情，难怪灯花说，你们只知道把纸钱烧下来，就算是对祖上的报答，没有想过阴间的他们到底想什么要什么，你们这是敷衍了事。

蒜头急切地问，哪怎么办呢？这么长的时间？老姑妈理了理刘海，慢悠悠说，可以分段进行，每个周末召集到这栋老宅子，权当是为逝者做一次道场吧。

蒜头点头同意，大声地征求大家的意见。

这时族里一个年轻人说，我看长辈是年老糊涂、装神弄鬼，现在什么年代了，还这样大搞迷信？老姑妈冷笑了一声，刚才大家都看到了听到了，我只是替先祖传了一会儿话，不相信就算了，何必亵渎先祖呢？

蒜头严厉批评那位后生。他耐心地说，你们不能对先辈这样无礼，我可以做证，刚才老姐说的话，完全是“灯花”的声音。我们多听听祖先的故事有什么不好？很多事情了解不详细，就不会作出正确的判断和决定。就像这次老宅子改造，最好的办法就是听祖上怎么看，现在大家意见如此不统一，我不想独断专行。这位后生如果不相信，目中无祖，数典忘祖，自行方便就是。

大家转而批评那年轻人，同意蒜头所说。蒜头定了定，站起来朝大家说，今天就到这里，那就说定了，下周开始，我们就来听灯花的故事吧！

接下来的六天六夜，独依一天也没有拉下。老姑妈不断转换着说话的腔调，灯花的地魂说话时是假声，替灯花转述时是她自己的真声。老姑妈像个技艺熟练的歌唱家，在高音区能够真假声自然转换，抑扬顿挫出神入化，让大家看得真切，听得入神。

一盏油灯在梅江边的土屋里古怪地燃烧，有时油灯结起了硕大的灯花，老姑妈的影子顿时映在土墙上，让屋里的时空一片恍惚。老姑妈在进入角色的同时，还不忘抽出空来，用竹签剔除灯花，让屋里重新亮堂起来。

通过“讲古闻”，独依发现了另一位“灯花”。她不只是蒜头族人们记忆中的“灯花”，而是一位全知全能的“灯花”。她既是在阳间生活过的先祖，但对世界的了解和看法又完全超出这个范围——他们简直忘了，许多时候，老姑妈不知不觉就加入了灯花逝后的人世。族人既惊讶又欣喜，灯花仍然存在世间，不再受到小脚的束缚，漫游人间，结识亲朋，洞微烛幽，仿佛一位神明。

年轻的文学博士祝独依对眼前的场景充满迷惑。首先疑惑的是，河村的“讲古闻”，怎么跟屈原《招魂》那么像，又有所不同？ 这河村的“讲古闻”是借古说今，古今同体，而《招魂》是古今异体、魂归逝者：“巫阳焉乃下招曰：‘魂兮归来！去君之恒干，何为四方些？舍君之乐处，而离彼不祥些！……”

此外，独依隐隐觉得这像是一出魔术或话剧，但又弄不清导演是谁，演员是不是只有蒜头和老姑妈。她忙于记述这种“讲古闻”的民间奇葩，就像当年迷醉于《百年孤独》。她来不及问个究竟：自始至终，这是谁布下的迷局？

在独依记下的文本中，夹杂着她的争论。因为她慢慢看出来，老姑妈所扮演的“灯花”，完全是按照敦煌的口吻来走的。比如对于婚恋，对于生育。也是父亲的口吻。父亲与敦煌是同学。独依发现“灯花”不断露出说教的面目。为此，独依怀疑“讲古闻”的策划者，或许是薪火的父亲，或许是自己的父亲。

既然如此，这次“讲古闻”就成为思想交锋的阵地。独依做好了应对的准备。独依在电脑上敲打键盘，一边暗自思量：灯花的故事，或者说对灯花的解读，足可以证明：母亲那记耳光，不可能是正确的！

# 第一章 漂泊

## 1. 缠足

一八九八年秋，来自梅江边的近代思想家陈炽正在北京陶然亭和友人江标、赵柏岩预言和慨叹康有为变法必败的时候，灯花在赣南梅江边一个叫东坑的小村子里出生了。

陈炽的维新思想没有带给老家什么实际的影响。比如缠足。陈炽和梁启超在京城和上海发起了不缠足会，但灯花的父母仍然决心给灯花缠足。一百多年以后，独依感叹说，灯花的出生一开始就是个悲剧，她屈服于父母的独裁，而没法享受那个时代已有的维新思潮。





六岁那年的一天晚上，母亲说，灯花，你转眼长大了，好久没有帮你洗脚了，今天我帮你洗吧。开始灯花感到奇怪，又不是我的生日，我的脚又没有扭伤，母亲为什么突然帮我洗脚呢？母亲反复搓洗，非常认真的样子，灯花感觉舒服极了。这时，母亲突然说，妮子呀，你这双脚长得这样白皮细肉，你是愿意让它走在泥地上，还是希望走在厅堂里呢？

当时灯花不知道母亲的意思，一边享受着温水和母亲的抚摸，一边思考了起来。她想起了哥哥带着自己行走在沙滩上、田野里，那脚底又麻又痒的感觉，也想起了跟着哥哥上山采摘野果子时受草木刺伤的苦痛。

灯花说，我既想走在泥地里，又想走在厅堂里。

母亲笑了笑，说，妮子啊，一双脚就是一个人的命运，你走到哪里就表明你将来是受苦还是享福。我们是女人家，终究是要嫁人的，你不能光想着在外面玩儿了，要想想你未来的事情了。你看，和你一起长大一起玩的冬娣，为什么现在不跟你玩了？她开始跟着她姆妈学女红了。你看到没有，她现在裹足了。

灯花终于知道了母亲的意思，不由得大叫了起来，把脚伸出了水盆，大声哭闹起，我不要裹脚，我不要小脚，我要留着走路……木盆里的水花落到了母亲的脸上。

母亲黑下了脸，说，父亲是怎么教你的？《女儿经》背给我听一听！这时父亲听到了动静，进了房间，摸了摸灯花的脸，对母亲说，是不是随了她自己？听说也有些人家不让女孩子缠足了的。

母亲黑着脸说，听说？听谁胡说了？灯花的父亲是个读书人，对妻子说，横背村知道吗？就是我们村子的下游。横背村出了个读书人叫陈炽，他考上举人，在北京做章京，我读过他的书，叫《庸书》和《续富国策》。他和梁启超就提出中国要维新，女孩子不缠足，陈炽的女儿就没有缠足！

母亲说，这个叫陈炽的，真是这么说？那他的女儿后来怎么样了？父亲说，他真是这么说的，只是他的那两个女儿都夭折了，听说是溺水的。

母亲说，夭折了？那就没有可以作证明的了，说不定就是由于没有缠足，这女孩子家家的，才会乱跑，才会溺水！父亲说，我看到过报纸，全国都在发动不缠足会，这是朝廷同意的，变法的内容中就有不缠足这一条。

母亲说，朝廷同意也不行，北京是北京，我们梅江人家还得老样子，我们就得按老规矩来。灯花的母亲狠下了心。她说，这事由不得她，你溺爱她就是害了她一辈子！

父亲说，这世间事也不是一成不变的，听说现在京城里都不兴留长辫子了呢。不料，平时慈爱的母亲这时显得非常坚决，说，祖宗传下的事体自有它的道理，这事不关京城，就关我们当地的风俗。

独依发现灯花母亲说的这句话非常耳熟。对了，这也是父亲和母亲对她的说教。独依当时说，为什么一定要结婚，一定要生育？我一个人过一辈子，就不行吗？大城市里独身的人多了去！

父亲说，结婚生育，天经地义，祖宗传下的事体自有它的道理！没结婚生育，这世间哪来的你！

独依还想争辩独身主义的伟大，却迎来母亲的一个耳光。就像灯花一样。自小到大，母亲从来没有打过她。灯花一边哭着，一边被长长的裹脚布扎紧了双脚。灯花拼命地挣扎，想逃出母亲的身边。但很快，灯花被母亲抓住了，迎来了一记沉重的耳光。灯花的父亲无可奈何地看着这一切，两边都无法解劝。

耳光让灯花安静下来，接受残酷的现实。灯花受不了裹足之疼。母亲安慰她说，疼痛一时，安乐一生，这可都是为了你好，为了长远啊。就这样，灯花经受了十年的疼痛和麻木，只为等来母亲说的好姻缘：只有一双小脚，才能等着嫁进大户人家。

是啊，任何强加给女人的东西，都有违人性！缠足，是中国封建时代的陋习，不合人权，更不合女权！独依想起了被父母催婚时，傲然地抬出了女权主义，声明独身主义，结果却迎来母亲一记沉重的耳光！所幸，自己是成年人了！为此她离家出走，躲到了闺蜜薪火的家里。

灯花的不幸开始于缠足，但远远不止这些。她还得面临一场自己并不愿意的婚姻。这场婚姻更加证明：缠足是父母的错误，缠裹小足跟嫁入大户人家的梦想，并不成正比。

## 2. 有财

灯花的丈夫有财，从来没想过有一天会娶上灯花。父母为灯花张罗婚事的时候，他还是梅江的漂泊者。他叫有财，这名字只是父母良好的祝愿，并非真正的现实。那一天，有财在梅江漂流着，倒是意外发了一笔小财。

看到滔滔江流中那条龙蛇一样蜷曲漂荡的散排，有财顿时眼睛一亮。那时有财把梅江踩在脚下已有半天，站在船头看水看得有些疲倦了。木排的出现，不但改变了江水单调的景观，也解除了心头的积郁。

从宁都州城下来，梅江在两岸青山之间宛转奔腾，一路水势浩大，水流多变，有财不时打着手势，指挥后艄的水生摇动舵柄，调整航向。宽大的橹叶吱吱呀呀地在货船前头响着，左边的橹手是蛮牯，右边是鸭子，透过他俩薄薄的灰布衣衫，手臂上的肌肉像山坡隆起，力量在肌肉里诞生，又一波一波地传递到橹桨上。

桨叶咬着流水，流水与货船似乎在赛跑，橹声雄壮的时候，货船就要比洪水的速度快上几秒，迅疾后退的青山和村落也跑动得更加剧烈。

船上的帮工蛮牯一边摇橹，一边喘着气问，有财叔，到黄石还有多远？

有财应道，一个时辰就能到了！你们力量均匀些，悠着点哈！水生，就按这个方向走！有财冲蛮牯笑了笑，吩咐舵手水生。进入一段平稳的江面，有财松懈下来，突然觉得下身有些发胀，从船头转身走向船舱。

舱是露天舱，几十筐白米、大豆沉沉地挤在舱里，上面用油布苫盖着，油布扣眼的铁片在偶尔光临的阳光下闪着白光，粗大的黄麻绳穿过扣眼，扎在船舷上，江风吹过油布发出落叶一般的簌簌声响，紧绷的绳索也跟着时松时紧，晃晃悠悠。

有财跨过一道道绳索，走到船舱边，掖了掖翻起了边角的油布，随即扶住船舷上一根短柱站稳，左右扫视了一下，就用手指开了裤眼，一泡热水正好高过船舷，射向江面。

摇橹的鸭子大声地叫唤起来，涨水了，涨水了！

蛮牯说，没有吧，我怎么看不出来？鸭子朝撒尿的有财扭了扭脖子努了努嘴，蛮牯看了，哈哈大笑起来。

有财看到两位橹手交头接耳望向这边，大声说，拉尿有什么好笑的？鸭子说，有财叔，我们预计你这么一大泡热水下去，梅江又涨起了几分，我们的货船就要走得更快了！

有财也笑了起来，说，鸭子，就你喜欢说笑，按说橹手喜欢说笑容易分力，没有好处，但能逗大家解闷，倒也还行，我当初就是冲这点收留你的。

有财收起家伙，闭了裤眼，朝鸭子走来，说，我们这家伙生着，也就这么个用处，来吧，你们也囤着一泡热水，轮换着来吧，让江水涨得厉害些。

有财替了鸭子，接过木橹，使劲地摇了起来。鸭子并没有离开船头，放开了木橹就一手扶着有财的肩膀，一手掏出家伙就地解决，很快完成排泄任务，接过有财手上的橹叶。

蛮牯看了，又笑了起来，鸭子扶稳些，小心大风把你吹进水里！有财笑着说，这鸭子也像小孩子一样不避人，不怕羞！鸭子说，有什么可羞，大家的家伙都一样，这船上又没有女人。

有财把木橹交给完事的鸭子，从身上掏出烟袋，卷了一支点着，塞到鸭子嘴里。鸭子舒畅地望江面吐出一圈圈烟泡。看到有财接过自己的橹叶，蛮牯却有些难为情起来。他也想像鸭子一样放肆，就地解决，简捷方便，但他既不敢往有财肩上搭手，又不敢公然掏出家伙。

鸭子笑了起来，有财叔，你看蛮牯多费事，想学你装斯文呢，我看纯粹是偷懒！有财笑笑说，鸭子你就别笑人家了，我看蛮牯虽然力气大，性格粗，却也是知羞避人呢，不像你那样野得简直没有个正形。

看着船头的热闹，舵手水生大声喊，有财叔，别让他们松劲，你看其他货船就要追上来了！有财把橹叶交回给蛮牯，说，大家加把劲！

有财朝梢尾走去，眺望着紧紧跟在后头的船队，昌星老家伙的白胡子在风中飘动，而中年汉子炳生也在接替橹手让伙计们在船头撒尿，只有船主老水牛悠闲地坐在船篷里，指挥着船上四个伙计各就各位、各司其职。

有财看着船队，微微一笑。就在他接过舵柄替出水生去解手时，有财看到了那条散漫的木排在滔滔江水起伏漂荡。

有财顿时来劲了。

此前，有财虽然和鸭子蛮牯说说笑笑，其实心里非常郁闷。离开宁都州的时候，他接到弟弟的口信，叫大哥送点钱到黄石救急，否则就无法在刘家铺子做下去了。什么原因，口信自然没明说，关键是弟弟有银突然要一笔钱，而有财身上的钱都用来进货了。

到了黄石，怎么去面对弟弟呢？有财一直郁闷。他担心弟弟的困境不知道怎么解决。看到了散排，他仿佛看到了希望。

水生，调整方向，向那条散排靠拢！

有财指了指上游，对水生发出了指令。水生惊讶地说，有财叔，你要上前去捡这条散排？那多么危险，再说你丢下我们三人在货船，我们可没有把握摇到黄石码头啊！

变方向，右打三十度。有财看着水生紧紧抓住舵柄，再次发出指令。

水生再次提醒说，有财叔，散排是从上游下来的，你看后头的货船都不去追，我们值得去追吗？

听话，水生，我自有打算，我会让鸭子在前头看水，他懂得一点了水路，你们一定注意配合好，把货船摇到黄石镇，我们在码头会面。

有财说完，立即蹦跳着跑到船头，对鸭子布置任务。蛮牯说，有财叔，我和你一起去追赶散排吧，这样有个照应，保险一些。有财说，不行，你们三人负责将货船撑好就是，鸭子，蛮牯，你们现在加把劲，向木排靠拢。

货船迅速偏离船队的方向，从南岸向江中移动。这时，上游船队里隐隐传来昌星苍老的呼喊，有财，你不要贪财，货船要紧哪！

有财仿佛没有听见，继续打着手势指挥水生，变舵，再偏右一点，好了，鸭子，蛮牯你们加把油，我们就要靠近了！记住，我跳上木排后，你们立即改变方向，回到船队的航道。

南岸的村落更加遥远了起来。天空上的云彩突然开裂，泄漏下一片阳光，像舞台的追光灯，罩在了有财身上，仿佛也要阻止有财的率性。

蛮牯和鸭子大声喘气，江水拍打着船舷，应和着橹声的节奏。水生一会儿紧张地看着有财叔，一会儿紧张地盯着木排。

木排全是杉木，共有四截，每截底座有十几根高大修长的老杉，准是来自深山老林，赭色的树皮像一件厚厚的棉袄，顶端的断口白里泛黄，饭粒一样的油脂渗了出来。老杉树并列成一丈余宽的排面，前后两头各有一根小杉木，被菜花蛇一样的竹缆紧紧缠绕，排面上又堆着一些中等大小的杉树，分段铺展竹缆紧缚，木排便有了两层。

水生看到排面上零乱地放着竹篙和缆圈，放排的工具一应俱全，一截粗大的竹缆像一条长长的尾巴漂在江面上，粗糙的断口上残留着从大树上刮下来的枝叶和树皮——也许是梅江边的山场，也许是支流里的排工，无力应对半夜突然猛涨的洪水。

这是一条完整的木排。水生看到有财脸上微微一笑，很快又收敛在嘴角，丢掉手中预备的竹篙，往船头一蹲，纵身一跃跳到了木排上，像一只大青蛙伏在排面，又缓缓地站了起来，朝货船挥了挥手，操起竹篙就站到排头去看水了。

过了不久，货船渐渐归入船队的航道，水生远远地看到有财叔已放下竹篙，一个人在排头摇起了橹，像一个孤独的江湖侠客。

水生心里不禁担忧起来：一般放排都有两个排工，首尾照应，这么大的端午水，有财叔跟着散排独自远去，能在黄石小镇边拢岸吗？

这么大的端午水，能在黄石小镇边拢岸吗？多年以后，新婚不久的灯花听有财讲起这段故事，也担心地问了起来。

那时，灯花并不知道有财是她的夫君。那时她正在亲戚家里做鞋。梅江人家，待嫁的女子要为夫君和自己做鞋，外婆、姨娘、姑姑，都会把待嫁的女子接到家中，陪着一起做。那是一场浩大的婚礼筹备活动。

那些鞋，都是女红的成果，贤惠的证明，一直是梅江两岸大花轿边壮观的嫁妆。灯花的外婆家就在黄石的上游。在外婆家做鞋的时候，灯花曾和村里的姑娘们到江边看船。

灯花的娘家在东坑村，在一片大山里，平时看不到船。灯花喜欢去外婆家，喜欢看船。有一次看船，就看到过有财奋力追赶散排的场景。只是，灯花并不知道这是她将来的夫君。灯花和有财在婚后的回忆中互相对照，才发现两人曾经有过一面之缘。

独依听到这里，不由想起了辛波丝卡的《一见钟情》："他们素未谋面，所以他们确定彼此并无任何瓜葛 / 但是从街道、楼梯、大堂传来的话语 / 他们也许擦肩而过一百万次了吧……"

但是，独依不相信灯花和有财之间值得建立缘分，只有长辈们才喜欢这样的开头。果然，薪火的父亲敦煌说，每个家族的源头都有偶然性，比如《静静的顿河》中葛利高里的祖母，一个战争中抢来的土耳其女子……



## 3. 黄石



黄石小镇是一个边界小镇，归属宁都州，下游的白鹭镇却归瑞金。对于江河来说这样的边界并不明显，梅江两岸大都是樟树成排，间以桤树、老柳等身材高大、枝柯拂水的乔木，这情景并不因两县分界而改变。

这天下午，有财的货船第一次离开船主由伙计们努力拢了岸。水生和鸭子、蛮牯一起在船队追上来之前把铁锚丢进了水中，用一根缆绳把木船系在一棵高大的樟树上。

船队陆续拢了岸，聚在昌星的艄板上喝茶、聊天。大家纷纷议起有财冒险拼搏的原因。炳生说，我看这回有财大哥有点悬，太贪财了，走船行商的人这怎么行！昌星说，这后生不要命了，刚刚置办了新货船当了船主，发达的日子还在后头，怎么能想着一口吃成胖子。

老水牛说，你们呀都是一样的种，当了船主还自己兼着做伙计，就想多挣点钱财，不想多享点清福，能给别人一个帮工糊口的机会。炳生说，老水牛，你这些年顺风顺水，家财积得宽裕了，当然知道享福，我们也盼望着有一天能像你一样在船头闲坐指挥呀！

炳生又问，对了，水生，有财上木排前跟你们说了什么原因吗？他有没有交代，木排是追到白鹭镇，还是黄石呢？水生说，没有说什么原因，我几次提醒他危险，但他主意坚决。这不，走得匆匆忙忙，连盘缠都没有留下一点，我们三个伙计看来要挨饿了！他说是我们在黄石码头会面。

炳生说，那我们就等等看吧。

到了暮晚时分，有财仍然不见在码头上露面。船队陆续掌起了油灯，灯光像一粒粒星子落在浑浊的江水中，模模糊糊地亮着。愁云漫到了水生的脸上，鸭子蹲在船头不断地续着土烟，烟雾像炊烟一样在江面散开，让水生的肚子更加清脆地咕咕叫唤起来。蛮牯围聚在艄板上看船队的伙计们玩纸牌。

直到炳生喊了一声，吃饭了，伙计们才放下手中的玩物。蛮牯这才意识到有财还没有回来。他回到货船，看到鸭子和水生沉默的面孔，不敢提起有财回来的事。这时，炳生隔船相问，有财还没有回来吗？有没有捎信上来？

见水生摇摇头，又说，估计一时半会回不来了，你们过我们船上来吃饭吧，准备了你们三人的呢！蛮牯脸露喜色，赶紧跳了过去。

第二天暮晚时分，有财仍然没有在黄石码头出现。船夫们白天上黄石小镇逛了一天，该采办的东西都采办好了，船队商量着第二天就要开拔，不能再等下去。大家聚在昌星的艄板上，等着老水牛发话。

老水牛说，我们的货物是要按时送到会昌筠门岭的，我们走完了梅江水路，还要下到贡江，这顺江下行还不打紧，关键是我们还要转入湘江，上行就要等洪水退落，拉纤上去，不知道哪一天有好水位，现在多耽误一天就多一份迟到的风险，太晚了我们生意就会耽搁的。

昌星说，是啊，何况我们也不能知道有财是凶是吉，也不知道有财追了多远，这样久等不是个办法，我看明天我们还是先回到白鹭镇再说，一路上也可以看看动静、问问情况。

炳生没有接话题，而是问水生，你们三人有把握自己驾船下去吗？水生没有点头，也没有摇头。

正在这时，舱外跳上一个人来，船身晃悠了一下，接着听到大声说话：你们这些不讲义气的家伙，竟然想丢下我先走呀！在笑声中，有财出现在艄板上，端起水生的茶碗大口喝了起来。

面对大家的惊讶，有财没有坐下来详解，而是大喊了一声，今晚我请客，大家统统上岸去吧，酒管够！留了一个伙计看守船队，一行人就浩浩荡荡上了码头，拐入大道，向黄石小镇进发。

黄石小镇并不在梅江边，而在梅江的支流琴江边。琴江在黄石跟梅江相聚，从梅江进入黄石，得溯琴江而上一两里路。

西山的暮云翻腾着，无非是飞马走狗之类的形象，疯狂得意之形在瞬息变幻。快到小镇时，远远就能看见酒旗呼啦啦地扭着腰肢，夜幕开始笼罩，华灯初上，最迷人的自然是青楼。

暴雨冲刷过的石板路上人来人往，有财带着众人七弯八拐，找到了一家“望江楼”酒家。众人落座，围着一张大圆桌，小二前来问客人，有财说，来三十斤黄酒，下酒的尽管上，咸蛋、油炸豆干、花生米、酸菜，都来一大盘吧！

水生喝了口酒，畅快地说，有财叔，你可让我们等苦了呀！好在炳生叔管饭，否则我们就要饿死在这地界了！

有财端着酒碗朝三个伙计碰去，说，别叔呀叔呀地叫了，叫大哥吧，虽然比你们多长了十来岁，不也是光棍一条没有家室吗？来吧，这碗酒先谢你们三个伙计，多亏了你三个好帮手，否则我今天捡了芝麻丢了西瓜。

蛮牯正埋头夹着一只鸡蛋，怎么也弄不起来，看到有财端着酒碗碰来，只好放了鸡蛋，端起酒碗，大口猛灌，嘴边不由漾起了一个饱嗝。

老水牛看着这帮活蹦乱跳的水手们，不由想起了自己的青春岁月。虽然他身为船主，坐拥财富，但他仍然觉得年轻才好，虽然当水手当伙计苦啊累啊的，但可以在江面上跑，在地面上混，用不完的体力，洒不完的汗水，从船上到青楼。

老水牛默默地喝了一口酒，说，有财，还是说说你怎么冒险捡排的吧！有财抹了抹嘴角的渍痕，说，真是凶险呀，全凭上苍保佑！

有财壮着胆子跳上木排之后，渐渐感觉到了一个人征服木排的难度。但既然上来了，也别无他路可走，只有凭着运气，寻找可以拢岸的机会。

有财远远地看到一条梅江的支流，江水在这里形成一个回旋，正是木排拢岸的好机会。但是江流湍急，有财摇着木橹，而后艄无人把舵，木排仍然直通通往下漂，难以靠近回旋的流域。

有财这才感到贸然跳上木排的鲁莽。货船远远地落在了后头，追上来已不可能。北面的江岸还有几百米远，如果弃排上岸，白忙活了不说，就算是能游到岸上，也要绕行好远才能走到黄石，那时船队说不定不再等他，开拔离去。

正在有财犹豫之间，木排已过了一个村落。这时，有财看到岸边的村落里摇来一条小船，左右挥着竹篙，弧线的水花形成一对蝴蝶的翅膀。小船飞快地靠了前来，冲有财问，兄弟，你是捡排的还是放排的？我来帮你的忙。

原来是一个打抽丰的。有财说，把船拢过来吧，管我是捡排的还是放排的，都少不了你的好处。

有财指挥着把木排朝南岸移去。小船绑了在木排边，两人正式做起了齐心合作的排工，把木排拢到了黄石下游十公里远的村落。远远地，有财看到了岸边有棵大樟树，树身弯曲探入了江中，一半淹没在江水之中。

有财朝小船主大声喊，注意了，你看紧排上的绳结，我要上那棵樟树扎好缆绳了！话音刚落，跳进了湍急的江水中，几个翻腾靠到了树身上，把身上的竹缆摔到树干，迅速绕了一圈，结起一个大扣，把一根木片插进扣眼，随即听到喳喳的声响，竹缆扣住了樟树，紧紧绷了起来，拉动着树身一阵剧烈的晃动。

有财双手紧紧攀着树枝，树身一次次朝江面压下去，心脏提到了嗓子边，如果一旦树倒缆断，后果不堪设想。大樟树向梅江磕了三个长头，恢复了平静。木排终于像一头拴住的野马，拢在了梅江南岸。

坐着小船上了岸，有财向小船主透了底，这是捡来的木排，等上一天如果无人下来寻找，意味着两人可以作主卖了；如果有人寻来，两人就只能得些酬谢，各自散去。

第二天下午，两人在岸上等了一天之后，决定把木排就此出卖。由于小船主熟悉当地的村民，陆续有人前来购买，或确定意向。有财牵挂着货船，让小船主先分了一半的光洋，急急地往黄石走来。

对意外之财的感激，增加了有财对梅江的好感。他一路上摸摸口袋里的十块光洋，觉得浩荡江河随时会赐福于他，命运总是变戏法一样突然给他一些冰糖颗粒般微小而晶莹的幸福。快要靠近船队，看到自己的货船拢在码头最里头，有财松了一口气。听到船上正在议论明天的去向，过了一会儿，才突然出现在众人面前。

老水牛听完有财的发财故事，已喝了几碗黄酒。他红着脸说，有财，你这个风险太大了，你不该这么冒险的，你刚刚从伙计变为船主，不该这么冒险的，要懂得细水长流的道理呀，怎么能随便丢下货船和伙计不管呢？不能冒险，不能冒险！老水牛酒深话多，喃喃地说。

多年以后，灯花问有财，如果岸上有个家了，他还会不会这样不顾一切去追木排呢？有财想了想，说，确实不敢！

而独依对敦煌说，正是父母的催婚，才让灯花陷入了风口浪尖！有财当面说是不敢，但灯花独居家中，那份担忧一点儿也没有解除！要是我，才不过这样的日子！敦煌则说，有一盏灯，是河流幽幽的眼睛，这是海子的诗句，海子就非常喜欢这样的意境！没有任何担忧，人类的岁月将变得贫乏！

那天晚上，桌上风卷残云，酒香四溢，除了有财清醒着，全都烂醉如泥了。从“望江楼”出来，大家相扶着在石板街上交错着步子前行，准备回船。

到了大街的青石门坊边，有财对炳生说，你们照顾大家早点回去吧，小心不要落水，我还要在街上办些事情，明天早上我们船队就要开拔。昌星扯了扯有财的衣角说，是不是有钱了，想到青楼里享福去了呀？可得带上我们！

有财说，说哪里话，我们的血汗钱可不能乱花，昌星叔，你愿意走就跟着我走一趟吧。告别伙伴们，有财带着老船夫又行走在曲曲弯弯的街巷上。如何花掉剩下的九块光洋，在有财的脑子里更加弯弯绕绕。

在二十世纪初的梅江流域，对于以劳力谋生的人来说，十块光洋是个不小的数目，却又还没有达到足以改变命运的额度。如果再有二十次这样的好运气，就可以求田问舍，回到下游的老家河村买下十来亩地，改变整个人生的局面了。

或者像弟弟有银说的那样，还可以到小镇上盘下一个铺子，做起生意来。地主或财主的生活多么遥远，但有财却沿着九块光洋的响声，一下子进行了隐秘地推测和预设，连他自己也禁不住发出了暗笑。

“笑什么呢有财？这点小财就让你高兴死了，烟、酒、女人，这十块光洋可不禁花啊！”醉得迷迷糊糊的老船夫嘀咕着。有财笑笑，不好意思地挠挠头。九块光洋还真是一面镜子，不经意照见了一部滞重而潦草的家族史。

有财知道，钱有不同的花法，也可以产生不同的效果。比如剩下的九块光洋，你可以顺从身心的欲求放纵一下自己，也可以颇有远见地存下来，等候另外十九次类似的好运气，从而从一般的雇工、伙计成为上升为自耕农或小商人，让家室走向兴旺。

记得父亲那年临终时对有财说，一定不能让家里断了香火！但有财快三十七岁了，仍然孤身一人，看来只能指望两个弟弟了！

听到这里，敦煌又对女儿薪火划起了重点：你听，如果有财不记着父亲的遗嘱，就不会有我们这个家族了！你还跟独依一样，对婚事毫不在乎，这怎么行呢！薪火笑了笑，朝独依吐了吐舌头。

有财带着醉醺醺的昌星在小镇行进着。昌星指了指店招，有财，那不是青楼吗，到了到了，怎么还往前走呀？有财说，我是去找弟弟，你这把年纪了，就不要惦记这地方了，当心你的身子骨受不了哈！昌星说，你弟弟？你弟弟在哪里？

有财说，刘家铺子。

## 4. 弟弟



刘家铺子在黄石镇的西头。老板是一个当地乡绅，自己在家里休闲，雇请了一个本家当掌柜。一道石阶上去，门面全是木头结构，笨重的柜台，粗大的门闩，方形的猫孔，呼应着生意场一天的作息和警惕。左侧半截木栅取下平放就是柜台，右侧一道窄门木坎高深。

暮晚时分，仍有顾客三三两两站在柜台前要这要那，然后匆匆离去，那是乡民在圩场由漫长的卖主变为短暂的买主时的神情。

店铺深长，后头是收购和仓储之地，油灯恍惚，新任采办的郭大眼正在盘点着白天收购的货物。他兴致盎然听有银抹着算盘，说，清了，累了一天，总算完事了，有银，你把这些谷子挑到楼上去！大眼一边咬了咬箩筐里的谷子，一边指使着有银。

有银迟疑了一下，还是挑着货物，跳着松木阶梯，往仓库吃力地走去。几天前，大眼与有银的位子，在刘家铺子对换了一下。

事情起于一件小事。一年前，有银被大哥有财送到黄石当伙计，学做生意。有银进了一年私塾，识得几个文字，最开始在店里杂役，搬搬东西，搞搞卫生，由于勤快慢慢得到掌柜的赏识，由打杂的小伙计升为了采办。

说起来，灯花在娘家东坑的时候，不知道有财，却认识有银。一个采办山货的店员，在梅江两岸到处跑腿，像货郎一样颇有名气。

有银升为采办，却不知道珍惜。一年的采购活做下来，商品差价的诱惑像条蛇一样盘在他的心里，于是采购货物时就禁不住做点手脚，拿点小利。

有一次，一位卖灯草的大娘找到店里，硬说有银收购她的灯草时少了她一个铜板。有银说，明明给了五十个铜板的，该是数错了。但大娘硬是说，你没有给足，你这是欺我老婆子不会数钱，我回到家里孙儿一数就发现了。有银急急拉着大娘出到铺子前，问，是不是孙儿拿走了零钱去买果子吃了。

这时，掌柜想起有银回铺子里记账的数额，从店内走了出来，问起了大娘的灯草数量和价格，然后把几个铜板给了大娘，打发走了。

有银顿时脸色大变，情知采购差价的事已经败露，低声说，掌柜我错了，下次不敢了。还有下次？不想做了就现在走人，如果你要留下就扣一个月的工钱……

有银硬着头皮，在店里做了下去，等待着翻身的机会。有银想，这铺子里略懂文墨会采办的人，除他外没有别人了，迟早还会叫我当采办的。

刘家铺子暂时停了收购采办的业务，只张罗门店卖起了杂货，这些日用品由货船从宁都州运下来，直接就搬到了店里，大眼和有银成为搬运工，一天到晚忙前忙后，搬运货物，整理柜台。

一天夜里，大眼和有银累了一天，早早上楼睡了，突然刘家铺子的店门忽略剧烈地响了起来。不好，土匪进镇子里了！大眼说。有银刚来黄石，就听说了小镇东西两座山头上盘踞着土匪。

黄石小镇是交通要道。它不但是梅江下赣州的水路停泊之地，而且还是赣闽商贸的交通线。从吉安到宁都，就是赣江转入了梅江，再经黄石过瑞金，就能进入福建长汀。从晚清的“一口通商”时起，黄石就是一个重要商路节点。江流交汇，地面宽阔，故称白鹿营，比宁都州城都更早开发，自然算是繁华之地，青楼、烟馆等场所应有尽有。群山之中，店铺连营，也就吸引着抢夺为生的团伙。

大眼喊了一声，起来吧，我们去看看，而有银却吓得蜷在床上，蒙着被子不敢出头。大眼起身穿衣，来到大门里，打开木孔朝街上望去，只见一帮人马明火执仗，一家家敲着店门。一位老掌柜刚刚开门露头，即被匪徒按住，于是铺子门洞大开，大批货物络绎而出，被匪徒兴高采烈地装进粗麻口袋里。

几个匪徒前往刘家铺子，看到门里没有反应，就猛烈地冲撞门板。大眼塞住了木孔，整个身子压在门板上，厚重的门板纹丝不动。这时，匪首又叫了几个人前来，一起冲撞门板。

大眼打开门孔，朝外面喊，壮士，家里有个老人病重受不了惊吓，求求大家宽恕我们一家，店里货物也是平常日用杂货，不值钱，店里今天的收益只有这些，我奉送在此。说罢把一袋铜板从门孔上递了出去。

匪首见了，也就作罢，指挥众人转向其他铺子去了。第二天，掌柜在家早早就听到了昨晚土匪洗街的传说，来到铺子一看，却完好无损，大眼报告了奉送的钱袋，并请有银做证。掌柜把大眼的义勇向乡绅一说，乡绅同意了把大眼扶为采办，由有银作为帮手，负责对账和搬运。

就这样，有银恢复采办的梦想彻底破灭。灰心的有银想到了大哥，决定要离开刘家铺子，独自做生意，请大哥送来本钱支持。口信送出去之后，有银每天跑到码头看船。今天暮晚，有银终于看到了老家的船队，但一问，大哥有财不在船上。

有银挑谷上楼，心中气闷，险些失步。这个大眼，明明一身力气，却让自己挑谷上楼，真是岂有此理！有银心里压着一口闷气，迈上了楼梯，一边想着大哥什么时候送来本钱，让自己早日摆脱苦海。

突然，门外传来了敲门声。有银说，大眼，土匪又来了，你赶紧去应付吧。有银上了楼，躲着不敢下来。过了一会儿，门口并没大动静。有银心想，大眼呀，上回是你运气好，土匪没有跟你一般计较，这回肯定饶不了刘家铺子！

正想着，却听到楼下大眼喊，有银，你大哥来了！有银惊喜地跑下楼来，说，大哥，你终于来了！

有银与大眼打了个招呼，跟着有财一道出来，转身来到了近旁的一个水酒店里，要了一碟花生、一碗酸茭头、两块油炸豆腐，就着大碗的水酒，有银深一口浅一口地聊了起来。

有银不时放慢节奏，问一声，大哥，你不喝一碗？有财摇摇头说，我和船队的伙伴喝过了，不能再喝了，出门在外，醉酒多误事。你看，这是昌星叔，要不是我照应着他，他喝成这样子，身上的钱物早就被人掏走了。

有财看到弟弟吃得差不多了，就关切地问，遇到什么难事了吗？为什么急着送来口信要钱？有银愤愤地说，掌柜要扣我一个月的工钱，我不想干了！

有财知道有银一定犯事了，耐心地套话和安抚：也真是，你年纪小犯点事这掌柜怎么就不能宽容呢，到底是什么事呀？要不我等下去铺子里跟他说说？

有银忙挥手打断，恨恨地说，不必，不必，说不合的。

有财看着弟弟红着脸膛诉说自己的委屈，既心生疼爱，又怨其不争，正色喝住弟弟的胡言乱语。他批评道：这能怪人家吗？换了谁不这样做？人家信任你做采购员，工钱比打杂工高了多少，你不珍惜，自己把一个好差事给丢掉了，当初书苗把我扶作舵手，如果我不珍惜，能自己买下一条船来吗？

有银说，大哥，你走船是纯粹的技术活、体力活，不像我一样，钱就在手上，翻手为云覆手为雨，转个手钱就可以是我的，你如果像我一样面临着诱惑，不会打钱的主意吗？这得多难！

有财说，书苗也有时让我上岸采购货物，但我从来没打过歪主意，举头三尺有神明，钱财要取之有道，是我们的才能要，不是我们的不能想，人得学会记恩，人家郭老板当年肯收留你，就是一份恩情哪！还不是看着父亲在世时，为郭老板做过不少事情！你得从头做起，好好努力，赢得掌柜信任！

有银摇摇头说，这辈子怕是打杂工的命了，我不如回家种地算了！

有财说，你以为你二哥有玉在家里种地轻松吗？遇上好的田东一年有饱饭吃，遇到盘剥厉害的，或是天年不好，那可得饿肚皮的！人家说能工不务农，能商不务工，能官不务商！你好好想想吧，我的钱都用来进货了，这儿有五块光洋，做不了本钱，够你这个月的花销。

和有银分手后，有财又到一个铺子里采买了大礼盒，然后扶着昌星走向江畔。他乘着醉意，一边想着明天的行程，一边担心着弟弟的命运。

他并不知道，弟弟有银拿着光洋并没有马上回到刘家铺子，而是转身到了集镇东头，摸进了年轻寡妇喜妞家。

## 5. 梦境

有财回到船舱里睡下，想着弟弟的事，又有些气恼上来了，翻来覆去的睡不着，索性侧耳听起了舱底的江水声。

从十六岁来送到何书苗的船上起，有财已经历二十来年水上漂泊的生涯，早已习惯枕着梅江入眠。凭着船底下水声的变化，他能够判断梅江涨落的幅度。入睡前，他总会侧耳细听一阵子。

有财并不是担心洪水会突然超出自己的感觉和预料而带来不测之虞，他只是对梅江边那个代代相传的洪水记忆充满疑惑，希望自己的耳朵有朝一日可以得以验证。那场老庚申年的大水，到底是多大呢？如果起货、走船太累了，有财和衣躺在舱里，刚想到这个问题就酣然入梦。



有时船泊在江岸，和船帮里的伙伴们上岸沽酒，脚底生云地飘回舱里，脑子就轻松些，有空反复想着洪水传说中的具体细节，掰着指头推敲老庚申年的确凿年份。一六八零年？一八零零年？一八六零年？一九二零年就不可能，还在自己前头，差几年才到呢。

梅江老庚申年的大水像诺亚方舟的创世记忆一样，古远而又切近。从小到大，有财每每冲着江面大惊小怪地呼喊“这次的洪水超历史的大”，长辈总会打断他的表述说，不可能，老庚申年的水才大呢，那时大船就泊在我们村的池塘边，系在一棵老柿树上。

河村的房屋安然无恙，下游不远的蓼溪却成一片泽国。传说蓼溪村的先民躲避洪水，退到了岩斗岭上，搭起了草棚，生活在愁苦之中。有一天太阳破了雨云送来一片灿烂的好光景，村民在岭上远望，蓼溪那座祠堂的屋顶还在洪水中屹立，而岭下洪水终于止住了上涨的势头。



在洪水将退的欢呼中，有人眼尖看到一件庞然大物从梅江上游漂来。是一条大船？一截木排？一座草甸？一栋房子？人们用排除法猜测着，终于看清那是一棵大树，青枝绿叶在黄浊的江水中翻滚，像一条巨龙在沿江横扫，一些洪水未能荡除的村落建筑沦入它的魔掌。望着大树翻滚着冲向蓼溪村的祠堂，乡民刚刚生出的兴奋顿时泯灭，陷入一片惊恐之中。长辈们看到倒塌的祠堂，老泪纵横感叹苍天无情。

洪水退后，人们在蓼溪下游不远的中洲岛上发现了被树木扯住的罪魁祸首，原来是一棵大樟树。人们带上斧锯，把樟树的主干和旁枝裁成祠堂重建所需的各式大梁，不但大小合适，数量也不多不少。樟树化身为新祠，就被人们当作了精怪神物，在江边筑起了供奉的小庙。

蓼溪的祠堂建起来了，围着祠堂的屋子也不断蔓生。蓼溪村北有梅江，南有支流，下端江河合流，形似一只竹筏，三面临水。看着村里渐渐人丁繁衍屋宇鳞生，族长想起当年的灭顶之灾，于是发动乡亲在沿江土坝大种樟树，以拦截洪水中冲向村落的漂流物，此后蓼溪绿树村边合，人畜树下走，生机葱茏别有天地，但梅江的洪水却一直没有创新纪录。

有财在梅江走船的第一年，就认真核实过洪水传说，比如樟树精在梅江边横扫了包括蓼溪在内的九座祠堂。从宁都州到赣州府，几百里水路漫漫，白帆点点，水起水落，江上自有一支走船营生的水族。江边小镇依靠水路繁荣起来，两岸的祠堂早就超过了九座，族姓盛衰也已变化。

那时有财还是个毛头小伙子，对梅江边的人事代谢并不能十分懂得。只是当他听到书苗进一步感叹，这人世变化着呢，不像这梅江水永远往西流，说不定哪天你当上船主了呢！

有财在船头忙着淘米下饭，洗菜切菜，下意识嗯嗯地应答着，为船上几个跑船的伙伴准备午餐。看着艄板上闲坐抽烟的书苗，才知道应答错了，自己怎么会有当船主的一天。

没想到后来有财真就当上了船主。这不仅靠勤快和细心，还靠长辈何书苗的提携和照顾，有财很快从打杂的伙计转为舵手，手头有些积蓄，就辞了书苗船上的活，自己买了一条小货船，在梅江上跑生意。

梅江水路有的是生意，上行装载赣州的货物，大宗是洋货，什么牙粉、牙刷、电筒、胶底鞋、肥皂、洋伞、马灯、洋铁之类的用物，还有海带、海参、鱼肚、鱿鱼、咸鱼之类的海味，盐、洋油、布匹、洋纱等也是船上常见的杂货。这些产自外地的物品中转到赣州后，一路上溯散向两岸的小镇商埠，直至宁都州城。而下行并不会空船，死物是米、大豆、茶叶、茶油，活物是鸡、牛、猪等，这是梅江流域人们劳苦的成果，被商贩集纳之后又被木船转运流通，下至赣州后要么再往下游，要么转入湘江，抵达会昌筠门岭，改为陆路进入广东梅县或惠州，完成省际甚至国际的进出口贸易。

这次有财在宁都州城看到货物的利润实在大，于是把到银号里所有积蓄取了直接进货，在梅江边的几个小镇之间辗转进出口货物，上下一趟就抵得上跑几趟挣来的运费。

如果运气好，新货船将为他挣下一笔钱，建起一栋新居，让兄弟三人能够早点成家立业。小弟有银有点滑头，有玉又过于老实，自己年岁大了难以婚娶，看来父亲的遗愿一时不能实现。在一片思考中，有财的脑子渐渐累了，二十多年漂泊生涯经历的事情不断打碎、变形、重组，变成做梦的材料包裹在洪水记忆中，让有财的梦境绵长而曲折。

有财似乎梦到了老家河村。

端午雨水足，池塘波光潋滟，有财看到娘在池塘里清洗着箬叶，几页因细小无用的箬叶漂浮在池面上，一群草鱼将其当作食料在水底咬动，箬叶或沉或浮。母亲笑着说，鱼儿也想吃粽子了。

有财脱了衣服，扑入池塘里畅快地游了起来，游着游着池塘就变成村前的梅江。父亲站在江水中解剖一只鸭子，秋风吹起了阵阵涟漪。父亲把鸭子的盲肠拉了出来，丢到江水中，迅速引来一群鱼儿争抢撕咬。

有财开始怀念母亲了，如果母亲没有病逝，中元节这天就会得到礼物——大鸭泡。解剖鸭子时，乡亲们把盲肠留下，套上一只竹筷，越刮越薄，最后被吹成一只气球。

母亲去世后父亲更加忙碌了，没有时间为孩子制造任何玩具。但这次似乎懂得了有财的心思，看到周围的乡亲在为孩子制造鸭泡，也兴致盎然地留下了盲肠。父亲把鸭泡吹得越来越大，递给了有财，有财高兴得举着鸭泡飞跑，跑着跑着，鸭泡最后变成了一只灯罩。

有财把灯罩轻轻按在灯盏上，火光更加亮堂起来。油灯边突然出现了一名女子，像早逝的母亲，又像是一位新娘，正一针一线地纳着鞋底。灯盏越来越亮，简直快要撑开屋顶了，一朵硕大的灯花在火焰中绽放，像一只绰约的石榴，不久却变成了一条红鲤鱼，钻进了自个儿船底下，有财伸着手快要捉住，却总是够不着……

突然听到有人在大喊，有财，有财，快起来！原来，船队准备开拔了。想想自己的梦境，有财不禁笑了起来。多年以后，有财对新婚的灯花说，灯花就是他梦中的样子！这就是缘分。

敦煌解读说，婚姻源于缘分。但是，独依否认缘分。缘分等于承认了婚姻的先天性。如果承认这种先天性，那独身主义等于是违反天道。当然，独依也承认有财的梦境是心相。漂泊者，自然会有着岸之梦。

这是梅江人家的普遍梦境。男人们在外头漂泊，就希望有一盏灯为他们亮着，这盏灯下的人，可以是老母亲，可以是新娘。但有财什么都没有。有财凄凉地笑了一笑，起身走出船舱，叫醒另一个舱里的伙计们。

## 6. 感恩

从黄石下来回到老家河村，顺风顺水只是半天的工夫。梅江在仰华山与莲华山之间奔走，到了蛇迳又收了一条支流，拐个弯向河村冲来，洪水退后留下一片形状多变的大沙滩。

有财的木船到了蛇迳，就能看到书苗的船泊在河村的正前方，心中一喜，这次恰好逢着了。

河村，就是有财的老家。也是书苗的老家。当然，这个梅江边的村子，也是薪火的老家，还是薪火的生身之地。船帮大多是到蓼溪下头的小镇泊岸的，那里也有一个小江口，码头上的白鹭古镇，素有小赣州之称。

有财与船帮的同伴们打了个招呼，驾着货船离了集体独自往河村岸边拢了过来。一位乡亲正在岸边摇鱼，随着洪水流势不断扬起的舀网一次次落空，但身后木桶里却蹦跳着几尾草鱼，那是千分之一的希望成了现实。有财泊好船，对乡亲打着招呼，今天运气不错啊！

河村仍然是老样子，一片田地高低起伏，几口大池塘波光滟滟，岸草青青。过了池塘，上一道崖壁，就是村场，前面又是一口池塘，一排土屋坐西朝东，前对梅江后靠青山。父亲在这里生活了一辈子，只留下三间土屋，三兄弟各占一间。

故乡并没有什么值得挂念。独依发现，这一点，敦煌与薪火存在代沟。在薪火传来的作品中，敦煌一次次写着故乡，诗歌、散文、小说，敦煌心心念念这块邮票大的地方。当年的有财，许是江湖上漂泊久了，踏上故土仍有一种温馨涌上心头，这源于他童年的记忆，以及先祖结下的庐墓。

有财走近家门，看到门楣上插着菖蒲和艾草，散发出令人眷恋的气息。有玉不在家，有财径自把礼盒拎到了书苗家。瘦高而黝黑的书苗正在厅子里抽着水烟，看到有财进来，开口说，乡里乡亲还买什么礼物。

有财说，怎敢忘了你的恩德呢，若不是你的大船收容了我，我就像有玉一样还在地里刨食，也只是一点黄石当地的小吃，不成敬意。有财一边打开纸盒，拆了纸封，肉粽和草糕的清香散发开来。

看到书苗吸了吸鼻子，有财把一只粽子去掉层层箬叶，递到书苗跟前说，尝尝，这黄石的粽子做法不一样呢。

书苗说，能有什么不一样，无非是加了点荤腥或蜜枣，不见得地道，我是说你不要随意浪费钱财，要学会积攒着点将来娶个女人，成家立业，这是你父亲生前对我反复提起过的！

有财说，我知道你一直关心着我，要不是遇上你心肠好，怎会有把侄儿舵手位置挤下来给我呢！我这辈子能走船，全是你这恩情，我是记着的！

有财重提舵手的事，并没有让书苗高兴起来，反而激起书苗的伤感。当年赶走的毕竟是亲侄儿北斗，为此族亲对他一直有看法，批评书苗把一个好好的差事送给了外姓人家，简直是家族的叛徒！

其实那事，完全怪北斗自己不争气。那是十年前的事了，书苗与赣州府一个客商约定了要到宁都州进一批上好的烟草，烟厂正等着原料供应。秋冬时节，梅江水位极浅，滩石暴露，书苗的船急赶慢赶，过了梅江进了贡江，眼见有一天行程就能抵达，就把船泊在了枫树坪。

这天晚上，月黑风高，霜风凄冷，北斗趁着大家睡着了，暗自溜到岸上的村子里找到相好鬼混，弄完事后还顺手到乡民家里偷鸡，不料乡民半夜上厕所，正好把他堵住。

天微微亮，几位村民簇拥着何北斗找到船上，书苗又是赔礼又是道歉，好说歹说赔了乡民一大笔钱，才把人赎回。书苗正在痛骂何北斗狗改不了吃屎，有财前来告诉书苗，大船搁浅了。

原来昨晚大船泊错了地方。这时书苗才知道，北斗为了上岸找相好的，不听有财的劝告提醒，硬把大船泊在了一个大沙滩边，半夜江水迅速退落，大船像一条岸上的鱼，动弹不得。

书苗暴跳如雷，又是一阵破口大骂：你这狗东西瞎了眼，只知道找妇人，就不知道大船下面更要水啊！赶紧想办法把船弄进深水里，如果下午到不了赣州府，这船东西就要亏大本了，到时看我不扒了你的皮，让你滚蛋！

有财叫书苗息怒，一边扯了扯发呆的北斗，说，赶紧撬船！有财到后舱找来了一根撬棍，跳进冻冷的江水中，下力插进河滩里，一边冲北斗说，赶紧推绞盘，趁江水还未落尽，把船绞进深水区！

北斗和另一个伙计稳着步子，推着绞盘，绞盘与撬棍之间的麻绳绷得越来越紧，推绞盘的步子越来越沉。书苗磕了烟斗，也走过来一起发力，一边嘴里还在咒骂不停，但骂声由于气息分散断断续续，像咽气前的声声遗嘱。

有财听得不由笑了起来，气力泄露了一半，撬棍顿时往大船斜了不少。有财赶紧定住气息，全身压在了撬棍上。只听到大船上三个推绞盘的人步调一致地打着哟嗬，大船在雄壮的节奏中慢慢移向深水……

但大船还是耽误了时辰，傍晚才到赣州府。由于夜深一时找不到人下货，书苗眼看着客商摇头走了，一宗生意算是黄了。第二天打了五折，才让客商接下这船货去。回到村里，书苗就叫北斗不要上船了，让有财接替了北斗的位置。

有财在书苗的船上掌了十来年舵，最后在梅江的船帮了物色另一位可靠的小伙子接替自己，才下决心把买船的计划告诉书苗。有财自己走船后，逢年过节就要为书苗送礼物。

有财看到书苗收下礼物，仍然神情黯然，就问是不是那小伙计学坏了不顶事。书苗摇摇头，说，是北斗的事，那次辞退后就伤了兄弟感情，这东西仍然在梅江边游手好闲、偷鸡摸狗呢，一辈子不学好了！

有财说，帮他成个家，有个女人管着兴许会好起来。

书苗说，谁愿意嫁给他？臭名声比梅江都流淌得更远，连寡妇都不愿意进他的家门！书苗停了停，又说，倒是你有财，现在也该有些积蓄了，该成个家了，这些日子我叫媒婆帮你寻看着呢，只是你自己的条件不知道是怎样的。

有财说，我这家境，这年纪，能有什么条件，是个女人就行。书苗笑了起来，说，到时我帮你找下了，可得从了我啊！

有财和书苗两人说完了婚事，又谈说生意。书苗这趟走船与赣州府客商聊天，意外地发现了一宗好生意。梅江两岸的稻草，只是用来给牛当冬草、回田当肥料、烧灰制米果、畜圈铺地面、床上作暖垫，现在赣州府那边收购稻草，转运到下游造纸厂。

书苗说，这次你就不要随船队去筠门岭了，一时半会洪水退不下来，待在贡江口，还不知道什么时候去筠门岭。有财说，我听叔的，我在于都下了货后，就和你一起到江边收稻草去。

敦煌说，有财再次跟上书苗，才有可能走向灯花，这仍然是缘分的深化！敦煌对薪火和独依说，你们不要以为这是玄虚，是迷信，缘分是天然存在，你们的另一半，一直在向你们靠拢，但如果你们不主动迎上去，就会错失！就像我们的先祖灯花！

独依说，从命运的逻辑来说，就算有财没有跟书苗一起收购稻草，也还有跟灯花走到一起的可能，毕竟同样生活在梅江边，只是需要另一线索而已！当然，就算没有遇上灯花，还可能遇上另一个灯花，你们的家族不是没有，而是另一个样子！

敦煌大声笑了起来，说，独依说得对，灯花和有财的相遇，是一万个可能中的一个，但偶然性中的必然性，是他们愿意走向婚姻，无论男女，只要想着另一半，就不会成为永远的漂泊者。独依和薪火醒悟过来，发现自己被灯花的故事带偏了！

## 7. 新娘

对于走船的人，日程的算筹最形象的莫过于江边的一座座村落、一棵棵大树、一座座青山。有财跟着书苗一起在梅江两岸收购稻草，在宁都州到赣州府之间的村落穿梭往返，下行是稻草，上行是百货，生意顺风顺水，人间阅历都像是一些平常事。事实上，般夫们根本弄不清，这江边岁月的哪个细节会跟自己的前程命运相关。

有一天，有财看到两个老头在梅江与支流汇合的河滩上寻找着石头。有财那时在河滩边把高大的稻草垛解散，捆绑，挑进船舱。在歇肩的时间，他看到一个老头在河滩走走停停，有时捞起一个石头仔细端详，发出嘿嘿的笑声。

梅江水清秀碧绿，河岸草木葱茏，沙滩上细碎的云母片在阳光下发出迷人的光芒，更映衬得老人举止古怪，犹如仙境里的人物，要不就是一个游荡的疯子。

“这可不是疯子，应该是一位族长！”书苗和有财坐在树荫下纳凉，听到有财的发问笑了起来。他指着老头手上的石头说，这就是传说中的五色石，五种色彩代表福禄寿财平安，看来这个家族发达起来了，准是要建一座大宗祠，这些江流汇合处的石头奠基时包裹着放在基脚下，意味着财源茂盛达三江。

第二天，又看到一位更加瘦小的老头在河滩神神怪怪地游荡和寻找。有财说，是不是同一家族的两兄弟呢？

书苗看了看说，应该不是，五色石不会两人分头寻找的，集中一个人的意志才能辨认五色，不像去深山寻找房梁，据说是要找到九株共一根的大树作了栋梁，就意味着家族团结和睦，绵远长久，所以要发动族人大家分头行动。

有财说，看来这村落的有两个族姓兴旺起来了，都准备建大祠堂。书苗说，是呀，这建宗祠花费可大，一个村子一个族姓没经过一两百年的积累达不到这地步的，必须人丁兴旺出了有钱有势的人，才敢动议的，你看我们的村子，都是小族小姓，最好的建筑也不过是带大厅的土房，那青砖到顶的祠堂可不是一般姓氏敢想的。

有财和书苗看着捡五色石的老头，聊起宗祠兴建。他们两姓人家，在梅江边的繁衍并不出色，宗祠的话题在各自心里激起了振兴家业的理想。只是有财的理想更加遥遥无期，他年近四十连个媳妇都还没有找上，何谈家族兴旺！

坐着河滩边看着流水发呆的有财，那时又何曾想到，河滩上这两个捡五色石的老头竟然为他成全了一桩婚事。敦煌再次提醒独依和薪火，仔细观察缘分的神秘面纱。

那是临近年关的一天，书苗和有财要走最后一趟船，把货船泊在了大庙村，准备进村收购稻草去。船还没有完全泊定，就看到一支迎亲的队伍，从岸上逶迤而来。花轿落在沙滩上，领头的前往河滩寻找渡船，渡船泊在对岸，艄公却不见人影，空喊了几声，没有回应。

这时，一位等渡的乡亲说，别喊了，听说对岸的金盆村出了大事，那艄公准是进村看热闹去了，一时不会出来的，我都等上半天了，准备去下一个渡口呢。

领头的有点急，喃喃地说，这婚礼讲究时辰，这样干等着不是办法，去下一个渡口绕行更是误事。看到书苗和有财正在泊船，上前招呼说，老哥，能不能借你的船渡接一下亲，也是为你的船沾点喜气哟，我们付钱的。说罢赶紧递来纸烟和喜糖。

书苗说，让有财为你们撑渡吧，钱就免了，将来你有机会了能为我这个兄弟说门亲事，就算是大报答了。

正在忙碌的有财听了书苗的话，只好止步，招呼迎亲队伍上了船，并从船舱上抽出两条木板，搭在船头，连接河岸。有了临时的码头，书苗指挥四个抬花轿的汉子小心翼翼地走上桥板。

花轿在桥板上剧烈晃荡，新娘在里头啊了一声，掀开了帘子往江上看出来，望着茫茫江水，又是一阵惊慌，头上的红纱巾滑落下去，面容便清晰地映在有财的眼帘里。

听到新娘的惊呼，有财想，这新娘一定不是本地人，或许是深山里的人家吧，否则看到这大江大河，不会这么一惊一乍的。有财引导花轿落进了船舱。接着是桌子、橱子，各有竹杠抬着，上面堆放着布鞋、被子、铜脸盆，从嫁妆看是个不错的人家。有财用竹篙用力在河岸上一点，木船就往对岸而去。

第二天，有财和书苗在岸上看到了艄公，说起了对岸的事情。大庙村的村民把稻草一担担挑到河岸。艄公坐在船头，悠悠地看着有财忙碌。书苗说，老哥，昨天我们帮你渡了一支迎亲队伍，你怎么跑到对岸看热闹去了呀？艄公磕了磕烟杆说，别说了，多可惜，好好的一门亲事给毁了。

书苗和有财吃惊地说，毁了？昨天在我们船上还是好好的呢！看起来那是一个富裕人家的闺女。

艄公说，可不是，事情发生在后头。这新娘姓林，叫灯花，裹了个三寸金莲，刚与邻村的大户人家成亲，还没完房丈夫就在一场械斗中死了，喜事变成白事，灯花被送回了娘家，女儿被休不吉利，父母担心灯花今后的日子，叫媒婆草草找了个人家，张罗着嫁出门去。书苗与有财两人听得云里雾里。

在沙滩上，艄公把灯花的故事细细讲了起来。

## 8. 械斗

梅江边的村镇，父亲总会根据自己对未来生活的期望，对女儿的双足实施改造，所谓大脚嫁穷家，小脚进朱门。灯花父母是本地乡绅，自然不想让女儿将来下地劳动。

灯花原来许下的夫家姓陈，这一年族里兴建大祠堂。同一年，村里郭姓人家也要建祠堂，不同的风水先生各自看下地盘，竟在同一条龙脉上，郭姓在龙头，陈姓在龙尾。

风水罗盘虽然同为中国制造，但风水先生对家族的预言各有解读，对祠堂选址各是其是，倒也相安无事。兴建祠堂程序繁多，堪舆规划、兴工动土、落石奠基、树门献架、竣工落成，都要翻开皇历挑选好日子，遵照古旧的仪式隆重进行，而皇历上可供选择的好日子往往是一样的，于是陈郭两家暗中较劲的事就频频发生。

腊月一十八这天，难得皇历上同时写着宜进山、宜婚娶，于是村里几桩好事同时实施。当郭姓族人来到一个山坳砍树做梁时，看到陈姓族人同时到来，竟然是同一个地点，看上了同一处盘根而生的九株连理树。

两姓壮丁互相对峙，互相指责，互相申述，都讲自己在山坳里做下了记号。原来两姓人进山找树时都暗中进行没有声张，像桃花源的渔人，只是在目标附近的林子里做了个记号，于是互不承认标记的有效性。家族兴旺的意志集中到了高大挺拔的九株树上，两姓人争执的结果当然是武力解决。

双方在九株树前摆开了阵势，勇壮的青年人挥舞着长条的柴刀冲向对面的人群，试图吓退对方。但另一方的青年不甘示弱，挥动着长柄的大斧头迎头而上，躲避不及的汉子身上鲜血迸射。

陈姓队伍里一位青年倒在地上，慢慢地往九株树爬去，一条血路在树下鲜明而壮烈，唤醒了本姓的壮士投入疯狂的战斗。械斗持续了一个多小时，陈姓人家由于人马数量不如对方，渐渐不支。

山上正在械斗的消息，很快传到了村里，更多的青年被发动号召，放下手中的活计加入上山的队伍。这一天，梅江边的这个大村落出现两支奇怪的队伍，一支在走向南边的深山，气势汹汹，心情沉重。而另一支迎亲的队伍则在梅江边的乡村道路上欢天喜地荡进村来，花轿上的灯花被颠得晕晕乎乎，唢呐高鸣哇啦哇啦地进了陈家大院。

落轿、过火盆、敬高堂，结婚的庆典正按乡村的繁文缛节持续着。一番劳累折腾过后，灯花一身酸软进了洞房，一屁股坐在沉稳喜庆的婚床上，等着从未谋面的新郎进来掀开红盖头。但直到天色渐暗，新郎并未进来，只听到房外传来苍老的声声悲号，和杂乱的劝慰和开导。

灯花坐在洞房花烛边，隐隐约约知道家里出事了。听到外头的动静，她扯了红盖头，冲送晚餐的一位族人问，出什么事了？

对方摇了摇头，只是叹息，放下餐盘准备出去。灯花一把扯住，反复追问，才知道事情原委，顿时呆坐在床边，看着高大的烛台上红液流淌，与灯花脸上的两行泪水互相呼应。

“我成寡妇了！”灯花在心里喃喃地告诉自己，这意味着自己的命运将被打上“克夫”两个字，带着深深的耻辱的烙印被遣送回到父母家，从此不可能再有大户人家会上门提亲了。

第二天，灯花被送回了家，只是一路上没有吹吹打打的声音。在母亲的哭声和父亲的叹息中，灯花呆滞的双眼看着自己的小脚，向父母复述变故。

原来，灯花的喜事分散了陈家的人力，当一个个或死或伤的陈姓青年被抬回村里，族人渐渐埋怨夫君成亲的日子不是时候，与家族的利益发生了冲突。

这时，刚与亲朋喝完喜酒的丈夫听到这种抱怨，心头怒气翻滚，手中的酒碗叭的一声碎成八瓣。他不顾家人的拉阻，叫上几个发小，大喊一声：“这郭姓人把我的婚事搅了，为陈姓兄弟报仇去！”

于是几个青年匆匆走出村落，消失在去往南山的路上……

听艄公讲完故事，有财感到非常惊讶，不由自主喃喃自语，那五色石不是吉利的吗？

书苗听到有财没头没脑的一句问话，也想起了河滩上捡石的两个老头。但他很快从械斗的故事中就醒悟过来，看出别人的故事关联着自己的故事。他直截了当地对有财说，先别管那五石色，你就说说你敢不敢娶灯花？怕不怕她的克夫命？敢不敢把她的那双小脚当神一样供在家里？

有财一听，顿时愣住了。他没想到，听故事的人居然可以走进故事。他想起了那天撑船送亲的事，想起了新娘惊慌的样子，想起那飘落梅江的红纱巾，心里泛起一阵神秘的感激。

有财说，那次在黄石走船时，我梦到了一个女子，一盏灯花，像是母亲，细看又不是，像一位新娘。后来他还到寺庙里抽过签，当时没懂得签文：奇奇奇，地利与天时，灯花传信后，动静总相宜。

书苗说，灯花？你梦到过灯花？听说那新娘就叫灯花，难道你们的姻缘是上天注定好了的？那我上岸为你说亲去！

有财与灯花的亲事很快就定下来了。





## 9. 出嫁

灯花最初来到河村，是春节前夕。就是说，她匆匆嫁到古镇，是由于不能在父母家里待下去了。她并不是带着喜气而来，而是带着忧愁出嫁。来到河村的第一天，就笼罩在命运的阴影之中。

女人的一生，其实是从婚姻开始的。独依对于这个说法，自然非常反感。敦煌说，梅江人家都说，女人命中有两个弯，一个是出世，一个是出嫁，当然喽，现在女子也可以考学，还要加上一个出道。这三道弯，构成完整人生。对于妇女同胞，完整比完美更重要，也更有实现的可能。

独依说，灯花是认命的梅江女子，这一点，不值得敬重。当然，对于你们家族来说，这一点非常重要。因为，这是你们家族的源头。灯花成婚的那一天，是你们家族的纪念日，就像国庆节一样至关重要！

灯花成婚那天，已是年关，腊月二十九，皇历上一个宜婚娶的吉日。

有财派去迎新队伍冷清而又严肃。领头的是有财的弟弟有玉。那天他挑着一个担子走在前头，晃晃荡荡的箩筐，左边这头挂着一只鸡笼，里面一公一母，双脚紧缚，筐里两只锡酒壶绕着红绳子，嘴对着嘴，右边箩筐放着半扇贴了红纸的猪肉。由于重量不均衡，虽说担子轻松，却弄得有玉需要用上些手劲，压着担子行走。

人们奇怪地看着这支冷清而又简陋的迎亲队伍晃进东坑村一个院落。灯花的娘家可算是梅江边的大户人家，青砖院落坐北朝南，院门朝着宽阔的溪涧。灯花的父亲喜欢在大门上贴一副对联：一水护田将绿绕，两山排闼送青来。灯花不认识那个闼字。父亲听到她读成“门”字，总会纠正：虽然是门的意思，但不是门的读音。

那天，有玉他们一行排闼而来，灯花在左厢房的窗前远远就看到了，不禁伏在母亲的胸中再次号哭起来：“姆妈，我不想再嫁了，让我守着你不行吗？”

听到女儿悲痛欲绝的哭声，母亲看了看父亲的脸色。对于灯花再嫁，跟缠足的事情完全相反，母亲与父亲正好换了个位。母亲痛苦地说，万一啊，灯花嫁过去又遇到不幸的事情，怎么办？再说，就这样匆匆嫁到又穷又破的人家，将有吃不完的苦，遭不完的罪啊！女儿一辈子就这样毁了吗？！

父亲叹了口气说，不是我忍心，留在家中，又能如何？如何正好有迎娶的人家，眼前是将就的，但毕竟能给灯花一个完整的人生啊！这世间事，哪能像你想象的那么完美呢！当初，不是你说女人小足入朱门吗？可现在怎么样？

面对丈夫的责怪，母亲无言以对。她拉着灯花的手说，天命无常，说不定你过去后能点石成金，把那穷家子变成大家族！你父亲说得没错，女人要有完整的一辈子，我们当父母的，毕竟要走在你前头，不可能陪你过一辈子，留下又能怎么样呢？

女人要有完整的一辈子。完整比完美更重要。这当然是敦煌反复画出的金句。敦煌的话，受到薪火与独依的白眼。敦煌叹了口气说，你们现在年轻不觉得，到了年长了就会明白，别到时后悔就来不及了！

灯花像独依和薪火一样，决心抵制父亲的决定。灯花说，我留下来不会白吃白住的，我虽然是小脚女人了，但我会下地做事、在家做事！这世界只有这个院子是我想待的了，我不想被外面的风浪吞没了！我愿意守着母亲父亲过一辈子！

父亲叹了口，说，就算我们同意，你哥哥他们也不会同意的！这个家，将来终究是他们的！灯花，不是父亲狠心，也别怪你哥哥狠心，你将就一下，准备一下吧，迎亲的队伍到了，我先出去招呼一下。

看着父亲的背影，灯花陷入了绝望之中。那些从小熟悉的“哭嫁歌”，带着悲伤的气息涌上了喉咙，但却发不出声音，因为这次的悲伤，与上次出嫁不同，没有憧憬，只有恐怖。

灯花伏着母亲怀里哭着，耳中听着院落的动静，知道告别终难避免。大哥早早等在院落外，不久响起了开门声，招呼声，迎请声。母亲扶起女儿的脸盘，帮她抹去眼泪，宽慰着说，人生由命，富贵在天，但愿这人家心地好，能好好待你一辈子，这也是我们做女人的运气。

女人的三道弯，决定了女人的三次运气。在灯花的年代，媒妁之言也好，父母之命也好，这种运气充满不确定性，但对于家长却有难得的确定性。

一心抵抗的灯花，当然没有想到另一种挑战。她自然不敢跟家里的兄弟闹翻。就算像安娜·卡列尼娜一样离家，但她也看不到离家后的出路。

灯花抬起头，再次望向窗外，看到有玉带着几个青壮汉子，进得院落，肩上的鸡酒担子被大哥接了过去，挑进厅堂里。

有玉的后头跟着青壮汉子，是请来一路轮流背新娘的，在村里挑选过，挑选的标准却不只是看力气，还要看人生和家业是否顺遂。去路上，四个人游手好闲，有玉想让他们轮着挑担子，谁都不肯，说是要留着力气背新娘。

从东坑村出来，有玉的担子就变换了内容。鸡酒和猪肉都留下了，担子里多了一些简单的陪嫁。几双手工赶制的布鞋，由于时间急，那鞋底的线头显得粗糙而温情。一床红花大被子，里面包裹着一些红枣。

没有大呼小叫的唢呐，没有吱呀叫着的花轿，没有排着新鞋的木桌，没有雕着花鸟的衣橱，这样的迎亲队伍本来是不具备观赏性的。吸引乡民围观的是新娘子，没有蒙着盖头，羞红着脸盘伏在男人肩背上，脚上的花鞋细小得像一只织布的梭子。同情、猜测、议论，看亲的人群倒觉得比平常的婚礼更有意思。

这是梅江这里少有的迎亲队伍。由于灯花和有财是二婚，虽然有财手头有充足的银两租一顶大花轿，但却不能破梅江边的规矩。迎亲的路，要经过两道山梁、一处隘口、一条小河。灯花是小脚，不能自个儿长途行走。没有花轿，就只能趴到男人的肩背上。

灯花开始很犹豫。父亲告诉过她，男女授受不亲，她还没有看到自己的丈夫，怎么能够先趴到其他男人的身上呢？灯花不让背，又不肯让接亲的人牵手，就一直跟着他们走路。很快，乡村小路让小脚吃尽了苦头。灯花纤纤细步，那速度也让迎亲队伍一路牢骚。大概走了一两里路，就到了一个山坳，灯花就坐下来走不动了。

有玉焦急地看了看灯花，对灯花说，大嫂，有财在家里等着我们呢，这样走下去天黑也到不了家，虽然没有隆重的婚礼，但大哥还是挑了吉时，等着和你完婚的。说着，他朝灯花把身子弯了下来，蹲在前头。灯花再次犹豫了一下，还是伏到了他的背上。

在灯花的身后，是母亲突然迸发的歌哭。灯花听出来了，母亲的哭嫁，比她上一次离家还要强烈和悲伤。那是压抑之后的失控，有着一股洪水决堤的力量。为此，灯花忍不住泪水滂沱，打在背亲者的身上！

梅江边的女人，除了出生时无意识的啼哭，还要经历两次重大的歌哭，一次是女儿出嫁，一次是父母逝世。虽然一是喜事，一是白事，但身为母亲和女儿，都会在歌哭中迸发同样的悲伤。

这是父系社会以来女人独有的命运。女儿离家，骨肉分隔，自是悲伤，虽然背后有无限的祝福和欣喜。哭嫁的歌调，是女人们自己调试的。能乐者会编织若有若无的旋律。不能乐者，是纯粹的说唱，但也是富有节奏、自成曲调。而哭嫁的词多是临时编制，诉说女儿的懂事与能干。它不只是对女儿的总结，更像是一种宣告，希望女儿此去新家能得到尊重和疼爱。

敦煌这一代，亲历了梅江边最后的哭嫁。那是在他两个姐姐出嫁时。敦煌对独依说，事实上梅江儿女长大，往往与母亲有越来越多的龃龉。但到了出嫁这一天，母亲的歌哭中全是离愁。独依和薪火自然无法理解那个年代的哭嫁。因为她们觉得，自己就算是成家，父母的家还是可以自由来去。

独依倒是对“哭嫁歌”略有研究，但就像是看《赣南民歌集成》一样，没有音调的歌词就像是脱离流水的沙子，不再动人。独依当然看的是整理过的歌词。比如“天上星多月不明，爹爹为我苦费心，爹的恩情说不尽，提起话头言难尽”，比如“一怕我们受饥饿、二怕我们生疾病；三怕穿戴比人丑、披星戴月费苦心”。

这次，“灯花”带来的现场说唱，却是即兴的，歌词与曲调深契灯花的身世，这是让薪火与独依大为感叹！

母亲的歌哭声越来越远。灯花止住了泪水，听任男人的肩背在苍翠的群山中把她运载远行。四个男人一路上轮流着起起下下。

去往山顶的小路上，虽然正是寒冬腊月，除夕将至，但背亲的汉子累得浑身是汗，汗水渗透灯花的袄子上。有玉把担子挑上了山顶，望着下面四个人轮流换着，停歇的距离越来越短。一个人冲有玉呼叫，下来帮一段吧，大家累得不行了啦！

背亲是一件多么难堪的事情！灯花跨在男人的肩背上，两瓣细小的屁股被两只大手托着，胸部尽量拘束着不挤压男人，甚至抓着手帕以肘相抵，但背亲的男人深一脚浅一脚，步伐不稳时新娘仿佛惊慌的骑手，不得不全身伏在马背上，任凭驰骋。

好在有玉在一边看着，几个男人还不敢不规矩。男人身上的气味通过汗水散发，越来越浓重。灯花觉得自己充满罪过。一仰头，蔚蓝的天幕上白云翻滚，一只苍鹰在盘旋飞翔，更加觉得自己是尘世的一个累赘。

灯花幽幽地想，如果当初不听父母的引导，不把双脚板压榨成三寸金莲，那她现在就可以在山路上自由行走。灯花朝有玉望了一眼，心想，这些劳苦的人终究算是幸福的，可以健健康康地生活着、劳动着，身体上并没有拘束。又想，从迎亲的队伍可以看出，夫家肯定不是富裕人家，将来的家庭怕是要用自己的小脚和双手亲自操持的。

灯花胡思乱想的时候，有玉在山顶上等得不耐烦。他冲下山路，从一个男人背上接过灯花，迈开了沉稳的步子向山顶走去。她从汉子们的哄笑声中知道，有玉就是有财的弟弟。她只能从血缘的角度，遥想着另一副宽阔的肩膀。那是灯花未来的港湾了。而灯花未曾想过，这时有玉也是个未婚的汉子，第一次与女人的身体亲近接触，那手帕上的香气，一波一波困扰着他的内心。

出了山顶，灯花才发现这原是莲华山伸向梅江的山梁。山梁被梅江与支流夹住，为此下山就遇上一条河流。河流不宽，有只小船泊在渡口。对岸的村落炊烟升起，制作年货的味道飘忽可闻。

灯花上船，想起那一次在梅江上过渡的情景。那是她第一次坐船。那江面宽阔得多。由于艄公不在，她坐上了有财的船。她不知道自己真正的姻缘，就是这个撑船的男人。有财也不知道自己的姻缘，没有顾及过渡的人群，一味以走船的惯性操作，弄得船身晃荡，把灯花的红纱巾也晃掉了。

灯花坐船舷上，久等不见艄公撑渡。有玉说，年关到了，家家户户都忙着过年，船家恰好做年货，看来一时是指望不上了。有玉于是拔了竹篙，准备自己动手把渡船撑过去，走完亲后再把船撑回来。

这个渡口，离河村只有一两里路。

背亲的男人走累了，坐在船头不动。有玉娴熟地操着竹篙，银色的尖嘴探入了江底，在石头上发出咚咚的响声。灯花双手紧紧地攀着船舷，生怕晕眩掉入水中。一道残阳铺在江水中，无数闪着白光的小鱼在江水中跳跃，回落，仿佛江水被残阳煮成了沸水。江面的冷气在弥漫开来，沁入骨髓。

灯花把手从船舷上抽回拢进袖中，但刚放手就感到船身在晃荡，吓得赶紧攀住，心怦怦跳着。

望着无尽的暮色和河水，灯花想起第一次出嫁，心头凄恻，悲从中来。自从双脚禁锢之后，出嫁之路就是她最远的旅途。外婆家虽然远，去做鞋时外婆请了轿子来迎接。外婆是黄石的大户人家，自然不会让灯花走远路。

更加悲怆的是，第一次坐在花轿里，蒙着红盖头，她只知道一路颠簸着，江山景物无心欣赏，留在记忆的只有陈家大院杂乱的声音和脚步。而这次通往河屋出嫁之路，没有盖头，宽阔的天地一览无余，但固定在几个男人的肩背上。

她并不知道，一辈子要依靠的男人，会是什么样子。

## 10. 灯花

迎亲的队伍回到河村的时候，灯花开始辨识地理和人物。鞭炮的碎屑沾在鞋底上，硝烟的气息在暮色中弥漫。灯花打量着小村子模糊的轮廓，心里记下了来时的路线：经过了几口池塘，穿过了几栋土屋，听过了几只狗叫。

婚礼不算婚礼，与陈家大院形成巨大反差。上一次过于热闹，这一次过于冷清。灯花进了门户，直接就进了简单装饰的洞房。灯花心里一阵紧张。她担心着同样的时刻，同样的悲剧。“克夫命”三个字像只大蜈蚣在她的心里乱窜。但小村子很快安静下来，并没有陈家大院的乐极生悲——持久的喧闹和突然的啼哭。看来，一切平安无事。

灯花悬了一整天的心慢慢松缓。事实上从迈出娘家那一刻，她从母亲的目光里注意到一闪而过的隐忧，她知道母亲担心“克夫命”的刀子会重新砍下来，让女儿重复当初的悲剧。灯花想到夫君明知她的克夫命居然敢于迎娶进门，心里生出一份敬重和温暖。

灯花坐在发旧的婚床上。油漆斑驳的床栏上，龙凤呈祥的画案隐约可辨。看得出家里并没有临时制备，也许是时间匆忙来不及，也许是父母一辈的家具传承下来舍不得丢掉，与陈家大院那张婚床完全不能相提并论。

灯花没有怨言，她对这个勤俭之家产生了一丝细微的期冀。

夜色很快包裹了小村子。与陈家洞房最大的区别就是照明。这里没有高大的红烛，那一般是富家人家的奢侈。一盏油灯在桌面上燃烧，不一会儿，火焰中升起了一支硕大的灯花。灯花对灯花，人物同名，怜意相生，土屋里一片寂静。

灯花想起了小时候母亲教她用剪刀剔灯花的情景，生出了无限的眷恋。灯花越来越大，由艳红的石榴变成一条青红的鲤鱼，火焰被灯花按住，灯花在房间里阴影拖得很长。

灯花想，一定不能让油灯暗了，她开始打量着房间，寻找剪刀，却没有找到。她到窗台上找到了一枚生锈的方形的船钉，拿在手中朝油灯移步。由于不熟悉地面的坑洼，不小心绊了一下，身体斜靠在木桌上。

突然传来一声提醒：小心点，不要乱动。有财走了进来，扶稳了灯花，把灯花扶回床边，问她寻找什么。

灯花指了指油灯，有财这才发觉灯光渐暗，迅速摸到桌子边，用指甲弹了弹灯花，黑色的花朵掉落在桌面上。有财坐到床边，灯花惊讶地看着灯花飘落，拿起有财的手指仔细查看，却没有看到伤痕。

有财抽出手说，没事，没那么娇气。灯花定定地看着有财，确信眼前这个男人不会由于她的到来而突生变故，终于放下心来。

有财笑着对灯花说，看什么呢，我可是看过你的？

灯花说，不可能吧，我可从来不出门的！

有财说，本来不该提你的旧事。还记得那次你坐着花轿上船吗？你由于恐慌红头巾滑落，我在船上正好看到了你。灯花吃惊地说，那次坐的就是你的船？那可真是太巧了！既然是你渡我过河的，我们的缘分是那次定下的。

有财内疚地对灯花说，这次的婚礼比你上次的差多了，你不会介意吧？明天就过年了，亲朋匆匆吃了晚饭都回家了，迎亲的队伍也全部散去，真想不到我们的婚礼这样冷清！

灯花说，我不怕冷清，有平安就好！

有财说，你不用担心，他们说你不吉利，但我不这么想！这世上哪有天生的吉利？我们走船的人风里浪里，跟命运打赌惯了！你下嫁到我们穷苦人家，这是委屈你了。我们家就已经这样了，就像见底的池塘，有几条鱼一目了然，还怕什么不吉利呢？你心里就不要装那些莫须有的东西，不想它就等于没有，我们家指望着你进门后水满福满呢！

灯花听了，又心生安慰。从父亲的青砖小院，到这个破旧泥屋，怎么过日子，得靠自己了，得靠眼前这位男人了。生活将打开未知的一面，还会有苦难，还会有曲折，但也还会有自己未曾体验的喜悦与安慰。

对未知生活的挑战，对不确定性的期望，是婚姻最大的动力。这一点，灯花算得上是勇敢者。独身的女人都是一个人的漂泊，但婚姻交给了一只船，此后人生，是一帆风顺还是风口浪尖，取决于复杂的海面，也在于驾驶的精神状态。灯花被命运开了个玩笑，满以为小脚进朱门，却落入这样的穷苦人家。灯花看上去是被动，但她以主动的心态来迎接它。

灯花的这个心态，为敦煌所赞叹。但薪火和独依却不以为然。独依认为，灯花的命运是社会原因导致的，女性经济不独立而只能依附于男人，出嫁本来就是不平等的风俗。作为新时代女性，经济独立之后，婚姻不再是寄生，而是共享。既然是共享，就要找到懂得分享的人。否则，婚姻就是捆绑，就是自寻苦吃！

敦煌说，灯花服从命运的安排，也是一种寻找。幸运的是，她找到的虽然是穷苦人家，但毕竟是疼爱她的男人。新婚之夜，灯花与有财彼此都感到幸运，由此上升为感恩和珍惜。

第一次见面，第一次聊天，两人就知根知底，互相信赖。两人聊了一会儿，灯花凝结，按住了火焰，房间里又暗了下来。灯花说，灯暗了。有财说，不怕暗，我能看得见。

有财握着灯花的手，从脸上往身下抚摸，一把捉住了小脚，捧在手里嘴里喃喃地说，我想看看它到底有多大。灯花说，以后就要你伺候它了，任凭你看吧，我的身体都是你的了。她又指了指灯，说灯暗了。

有财走到桌边，弹落灯花，回到床边时，灯花已脱去花鞋，开始解下层层缠绕的裹脚布，一股汗酸味从脚板上散发出来。两只梭子般的小脚呈现在灯光下，脚趾已完全紧贴在一起，像小孩子刚刚长出来的新牙，欲突未突，而脚板如玉一样晶莹剔透，柔软无骨。

有财惊讶地说，这得忍受多少苦痛啊！他怜爱地抚摸着小脚，又说，这小脚又如何能支撑你走路呢，如何支撑你一辈子的生活？

灯花说，以后你就是我的支撑了，在外我就指望你了；我还有双手，家里的事就交给我吧！

## 11. 除夕

灯花被一阵鞭炮声吵醒的时候，阳光已从木窗的缝隙里挤了进来，与床栏上那对龙凤互相鼓舞，生机勃勃。

灯花看了看身边，有财还在呼呼大睡，口角凝了一洼涎水，像窗外柴草垛上的霜花。灯花感觉到身体有些微微发疼，看到被子一角染出的枫叶图案，那是昨晚未曾抹净的血痕。

灯花起来穿戴好衣服，呵着热气暖了暖手，走到隔壁的一个厅子里。她看了看乌黑的土灶，想，这就是以后劳碌的地盘了。揭开锅盖，发现里头是三四只光着身子的鸡，仿佛穷人在寒风中挨挤在一起，睡得非常香甜。一层白色的油腻盖在上头，正好像一床棉被。灯花找了一只木盆，把鸡从铁锅里拎出来。

但是，灯花不知道锅里的汤水，是留着吃还是泼掉。

在娘家，灯花虽然做家务，但毕竟各家的习惯不一样。来到河村，灯花离开了熟悉的环境，习惯也得重新适应，否则会闹起不快。不能什么都由着自己来。走出舒适圈，这是婚姻生活的第一项挑战。敦煌再次露出说教的面孔。

灯花拨弄着锅灶，不知道如何处理锅里的汤水。她不想叫醒有财。他忙碌了一天，睡得正香。这时，吱呀一声门开了，却是有玉。有玉住在隔壁。

有玉诧异地打着招呼：嫂子，这么早起来？你刚进家门，不熟悉家里的东西，还是先回房里待着吧！灯花说，迟早要熟悉的，你在一边指点吧。

有玉说，以前我们都是光棍，走船的走船，帮工的帮工，过年过节也不一定想着回家，合着了就在一起吃顿饭。这个灶头很少这么热闹红火了。梅江人家，忙什么都跟着风俗转。今天是大年三十，我们这里过斋年，今天晚上起，到正月初三早上，要连续吃上三天素，这是先祖对神明应下的诺。今天最主要的家务，就是把门窗灶台弄干净，把桌椅、锅盖、案板、碗筷都擦洗一遍。

灯花指了指木盆里的几只鸡说，这怎么办呢？

有玉说，只能先放到房间角落了，天气冷，留到初三没有问题。这锅鸡汤早上和中午弄来吃掉！说完，有玉就下了门板，搬到村场前的池塘里浸洗。一股冷风吹进了家里，灯花不由得战栗了一下。

灯花明白，她能忙碌的家务非常有限。她摸到灶台前，抓起一把柴草塞进灶膛，摸到火柴点燃了，不久铁锅里散发出袅娜清白的雾气。

灯花正在忙碌，门吱呀一声响了，有财推门出来，抖着衣服，抹着嘴角，一边抱怨说，不多睡一会儿？这么早起来忙活！

灯花说，有玉比你早起！有财说，我以前也不睡懒觉，现在不一样嘛！灯花看懂了有财眼睛里的内容，笑了笑说，那赶紧干活，要有个当兄长的样子。

有财看到木盆里的鸡，说，我送一只到书苗家里，那是我们家恩人，也是我们的媒人啊。

有财从书苗家里回来，端着一盆炸好的豆干、一碗白花花的麻糍，说是何大婶非得回个礼，看到有财家里没准备年夜饭，就张罗了一些。灯花说，你在村里有这样的人情，我今后就能过好日子了！

灯花和有财对视了一眼。属于他们的全新日子就在一年的最后一天开始了，内容自然是忙碌和快乐。

有财看到铁锅里热气腾腾，知道烧好了洗东西的热水，从房间的床底下取出一只大浴盆，往木盆里丢进了小桶谷糠，刨削了几块油茶饼，用热水冲泡，木盆里顿时一片白花花的景象。

有财把灶台上的木器炊具一一丢进木盆，对灯花说，你就在家里擦洗，我端到池塘里冲泡第二遍，做这些事要耐心一些诚心一些，这是对先祖的感念呢！有财端着几只圆圆的大小不一的锅盖，走向村场前的池塘。




池塘边堆满了大大小小的器物。有财转身往另一口池塘走去。书苗从江边回来，说是到江边看看，检查木船有没有进盗贼。有财说，这过大年的，盗贼也该回家了吧！书苗说，不一定，北斗有一回就是过年时被抓住的呢！

书苗看到有财手里的锅盖，问，还得自己动手？有财点了点头。书苗说，唉，请人为你说媒，结果找了个小脚女子，家务活没少要你自己做了，你后悔没有？

有财说，怎么会呢？自己忙碌惯了，不会在意她家务活能做多少的，只是怕累着她呢，人家可是大户人家出身！书苗点点头说，你这样看事情就好！那得赶紧“耕地播种”啊！

书苗走后，有财把锅盖丢进池塘里。正要起身回家，这时北斗神出鬼没地凑了前来，冲有财说，没想到你比我先娶上媳妇，而且还有几分姿色，你是老牛还吃上嫩草！我昨晚在你家听房，听你们在嘀咕大呀小呀的，你是猴急着想看人家奶子吧？

有财把手上的水泡往北斗脸上一洒，说：不正经！北斗机灵地跳了开去，得意地大笑起来，嘴里接着哼起了曲调：喇叭吹得嘀嗒响，一辆花轿放厅堂，一半喜来一半忧，黄花闺女进洞房……

忙碌的时光总是走得很快。太阳朝西山坠落，光影从窗棂上迅速消逝。这光阴一去就是一天，也是一年。灯花记起了在娘家过年的情景。这个时候，厨娘已张罗好了丰富的年夜饭，但孩子们一直赖在房间里不肯出来。她们拖出木盆躲在房间里洗澡，然后催着母亲把新衣服拿出来试穿，比画着，看谁的好看。年啊就仿佛是隆重的盛会，是华丽的舞台，等着老老少少登台，而人们却还在幕后化妆，那年就在门口等着他们出去……

灯花胡想之时，突然听到一声，“该做饭了！”

有财抱着一大摞木器走进屋。灯花不知道这句话的意思，是单纯说时辰，还是提醒她该做饭。他看着灯花眼角的泪花，说，想娘家了吗？灯花抹了抹眼睛，点了点头，对有财说，你去收拾东西吧，我来做饭，我十岁那年就跟着厨娘学会了做饭呢。

有财惊喜说，真会做吗？你们大户人家的手艺一定错不了，吃得多看得多嘛，我有口福了！他说罢又转身出去，和有玉轮流抱着木器，进来出去。

灯花想起了厨娘教的白斩鸡。她从木盆里捞起一只鸡，那是婚礼招待亲友的，结果没用上。她把鸡剁成两半，就横着鸡架片了起来，排得像木柴片儿。又到水缸底下找到了块生姜，扯去白白的嫩芽，操刀在案板拍碎了，剁成了丝。生起了火，灶火旺了起来。

灯花正要把鸡块倒进锅里，有财突然进来，把肩头的桌子放下，支在地上，对灯花说，忘了告诉你，我们村年夜饭不吃荤的！灯花一愣，脸红了起来，说，还有这风俗？！

有财说，祖上的规矩，我们得守住，只能委屈你了，还是我来做吧，我们的年夜饭，是素餐呢。灯花只好坐到灶口，老老实实地当起了伙夫，看着有财张罗起来。

没多久，桌上摆好了饭菜，虽然没有鱼呀鸡呀，但也素雅清气：油炸的白麻糍，蒜炒的米果，包菜丝拌油炸豆干，锡酒壶从深口锅里拎起来，倒出黄黄的米酒……那热气腾腾的食物，让灯花对河村的年夜饭有深深的好感，不油腻，不张扬，但又喜气又温暖。

独依对敦煌说，这种喜庆，是你们故意渲染的，其实那就是苦难！一个大户人家的女子突然来到河村，过年还不让吃荤，什么祖上的规矩，真是不可思议！

敦煌说，我自小就这样过年，不觉得不好呀！人世间敬祖上、守规矩，精神的超越比物质的享受更带来快乐！独依问薪火，你以前也这样？没意见？薪火说，这一点规矩我倒不反对，反正现在不愁吃！

## 12. 看灯

正月初三，河村正式开荤过年，杀鸡买肉，放鞭炮祭祖。初三过后，知道河村开了荤过了年，灯彩也一支支窜进村来，乡亲们一一开门迎喜，把夜晚弄得热闹极了。

在灯花的娘家，父亲是有灯必接的，乡邻来看灯的挤得满屋子都是。接灯要花钱，穷苦人家一般接了一趟就早早关门，睡了不再起来，任凭灯彩的锣鼓在窗外一遍遍地敲响。





初三那天晚上，有财接了一支灯彩，就早早关了厅子。灯花说，还有呢，后头还有灯彩！有财打开了门，又接了几支。

灯花问，有玉怎么不回家看灯？有财说，有玉吃过晚饭，就到书苗家去了，书苗家热闹，舍得花钱，还会花半块大洋请灯彩队唱个“半班”呢。

“半班”就是灯彩队兼唱采茶戏，人手只有戏班子的一半，但不需要舞台，减了些花子龙套角色，大半故事还是能唱起来。灯花对有财说，我也想看半班，父亲家每年都请呢。

有财说，是不是我们也接一趟？灯花想了想说，还是省点钱吧，今后开销多着呢，我们去别人家看。

有财陪着灯花，去往书苗家。远远就听到丝竹声悠扬响起，《十送郎》的调子已经起来了。书苗婶看到灯花，说，哎呀新娘子来了。

书苗的大厅里挤满了人，让灯花有种回娘家的错觉，但父亲家是青砖小院，书苗家仍是土屋，天井铺上了木板，成了舞台，人们围在四周，孩子们在人群里钻来钻去。

灯花被书苗婶拉到前头。只见一位女子扎着红头绳，两手支起了兰花指，向右边一撑，唱了起来：一送里个表哥，介支个柜子边，双手里个拿到，介支个两吊钱……

采茶戏就这样，梅江人家久听不厌，那调门再熟悉不过，那词句再熟悉不过，但就像每天吃饭喝茶一样，人们一次次重复着，那声调一响，就像回到了家门，找到了自己的桌椅，可以舒适地坐下来。

灯花跟着调门，心里头搭了个舞台，自己在心里唱。接着是男声了：表妹里个送我，介支个九曲滩，滩水里个流去，介支个又流还。滩水里个都有，介支个回头意，人情里个还能，介支个比水淡？哎呀表妹妹，今冬里唔归，我就里个明春还……

半班最适合小剧本，两个人就能唱完一场戏。其实人世间也就是两个人的故事，一个男人，一个女人。听完了《十送郎》，书苗招呼半班演员们吃茶饮酒。灯花和有财客气地道别，准备回家去。

这时灯花看到有玉又走了，跟着另一支灯彩进了别人的家门。灯花问有财，有玉那么喜欢看灯吗？叫有玉也早点回吧。有财说，自你到我们家后，他一直很晚回家呢，让他去吧！灯花突然听懂了其中的原因。她的到来，打破了三间房的格局。他们的婚房和有玉是相邻的。

此后，灯花不再闹着要去看灯了，每天晚饭后，灯花就早早关了门，任凭锣鼓起劲地敲，就是不理睬。有时候，听着那催着起床的锣鼓，灯花莫名地会流下酸楚的泪水。

有财听到灯花不吱声，说，委屈你了，以后我会好好攒钱，建起大房子，像你父亲家一样的，灯彩想演就来演，半班想唱就来唱。灯花仍不吱声。

有财又说，我们小镇处处是戏台子，蓼溪渔村的刘公庙有一座，再过几个月那里就会来戏班子，而且不是半班，是唱全本的，如果那时我不在家，你就和书苗婶一起去看。

一百多年后，薪火与独依对灯花的委屈愤愤不平。但敦煌却说，灯花虽然是委屈的，但这正是她的伟大之处！

独依说，我看不出任何伟大！敦煌说，不是吗？不然，就不会有后来的族人，也就不会有薪火了，你不就少了一个闺蜜？！婚姻哪，有时候要委屈自己，将就一下，不要太挑了！

## 13. 兄弟

婚嫁之事，对家庭结构影响总是如此深远。过完年，有玉就对有财说，他想去黄石和有银一起学生意，不想在家里种地了。有财想了想，只好同意。

有财讲起了有银不安分的事情，他对弟弟说，你去了黄石也好，可以教教有银做人做事，有一个人管着他。灯花听到“管教”两个字，不由得朝有银的房门看了看。自嫁到小镇，有银的那间房子一直关着门。河村的三兄弟中，有银过年不回家。

灯花拨弄着火盆里的木炭，细声问有财，有银是个什么人呢，是不是就怕兄弟管教，所以过年不回家呢？人家说，叫花子还有年节过呢，他一个人在外过年，肯定也伤心难过的。

有财摇摇头，跟灯花说起了有银的情形。

元宵过后，有玉搭乘了书苗的大船溯江而上，在黄石码头下了船，与书苗告别，上得岸去。

年后的集镇残留着春节的气息，鳞次栉比的店铺门楣上对联鲜红，石板街上遍地是鞭炮残屑。祠堂前，挑傩戏的人踏着面具、穿着花衣，代表神明讲述着人间的故事，表达上天的意思。

大半的店铺关门歇业，告示掌柜走亲戚去了。有玉问了几家店铺，找到了刘家铺子，门板上没有类似的告示，却是关门大吉。

有玉心下纳闷，问起邻家店里的伙计，伙计反复盘问，知道是有银的兄弟，这才说出真情。原来有银趁掌柜不在，就想着自由玩乐。有玉问，那知道他去哪里去了吗？伙计诡异地笑笑，说，可以到最东头那一家青砖小院找找。那院子，有个女人叫喜妞。

有玉不知道伙计究竟何意，就一路找了过去。他来以屋前，却见房门虚掩，敲叩了几声，没人回应。推门进去，听到房里有异样的声响，不敢深入，只好退出店外，坐在石阶上静静等候。过了一袋烟工夫，门吱呀一声响了，有银从里面走出来，整整衣服，左右看看，就要从身边走去。

有玉叫了一声。有银低头一看，大叫起来，二哥，你怎么在这里？大哥把你赶出来了吗？听说他结婚了，就顾不上我们两个兄弟了！

有玉说，胡说什么。

一个妇人从房门里探出头来，看到两人热烈说话，缩回了门里。有玉问，你不为掌柜好好看店，让掌柜知道了会怎么样，你知道吗？！

有银说，我又不像大哥有女人了，我来这里可是送货上门！生意我早就学会了，只愁没有本钱自己做，二哥，这次你身上带了钱吗？我们一起做生意吧！

有玉说，大哥把你的事跟我说了，我来就是到黄石找点事做，顺便和你有个照应，看着你好好做人做事，不会受人欺侮。

有银说，大哥支开你，是图自己两口子快乐，你还当真是为你好呀！我才不需要你照应！你走吧，黄石你能找什么事做呢？

有玉跟着有银回到了刘家铺子。有银果然像大哥说的，变化好大，肚里几个弯弯绕绕，一点也看不透。有玉不停地劝说，说起了家里种地的苦，希望有银不要想着回家，也希望有银帮他找个店铺，当个伙计。

有银说，二哥不要说教了，我从小也是在河屋长大的，知道田里那种苦，春播夏种，秋收冬藏，风里来雨里去，太阳底下一身光。但当伙计的苦只有我知道，你如果想早点出息、早点像大哥那样成家立业，就跟着大哥去跑船，等挣了银子再回来学生意不迟，留在这里白白消磨你的日子，而且看着别人钱生钱挣大把银子，你心里会受不了的！

但有玉决心已定，不想回去。有银沉默不语，在心里盘算起来。

如果留下有玉，就等于多了一重管束。他的银子都花在喜妞身上了，攒不起钱来做生意，这辈子怕是难有出息了，如果有玉知道了，就会说东道西的，叫大哥一起来教训他。

有银一边听着有玉唠叨着没用的人间真理，一边想着如何支开二哥。这时，有银听到面外有人叫了一声，刘掌柜好，走亲戚回来啦！

有银迅速从柜台上取下一瓶黄酒，啪地摔倒在地上，顿时酒香四溢。刘掌柜刚进门，大声叫起来，什么客人来了，上了这么好的酒呀！一看到地上的碎片，脸色一变，这怎么回事？！

有银从店内拿着笤帚走了出来，说，“碎碎”平安，岁岁平安啊！他指着有玉说，一位老乡想来当伙计，让他试了一天，结果毛手毛脚的，掌柜你说，这样的人能当伙计吗？

有玉没想到有银来这么一招，涨红着脸，没有吭一声，起身说，对不起了掌柜，这酒我赔！摸出几串铜板放下，转身走出店门。

有玉来到江边，书苗的船已经离开，往宁都州去了。回望黄石小镇，顿时感到人生地不熟的窘境。有玉想，这是个什么样的小镇呢，能把人变得那样无所拘束，全身心钻进钱眼里去！

有玉在河畔上游荡。大地有了些春天的气息，小草举起新鲜的绿色，在雨水中楚楚可怜。雨水该算是春雨了，田野里激起了白色的水泡。

多么熟悉和亲切。有玉一辈子在家里耕种，骨子里还是对田地熟悉和眷恋，虽然跟弟弟说了一大通苦楚，但心里却眷恋着河屋那一亩三分地，尽管那是租人家的地，自己永远不可能变成有土地的人。在河村，只有大哥或弟弟，才有可能挣上钱，完成父亲的遗嘱，成家，买地，建房。

有玉想，这几年只能在外漂泊了，等大哥走船攒着钱了，实现了父亲的遗嘱，另建了新房，和灯花搬开了祖屋，他就可以接下来走船。或许，也终会有出息的那一天吧。

江边的渡口上人影攒动，等船的人或站或坐。站着的，扁担挑着一两块贴了红纸的腊肉，雄鸡在竹笼里欢跳，那准是去庆贺亲朋大寿的。坐着的，竹篮放在地上，也是一块油珠点点的腊肉。

正月将尽，梅江人家抓紧时节走亲访友，大哥也应该陪着灯花回娘家了，只是不知道大哥是否雇请了轿子，还是自己背着，一路过山过水的。

江边也有人早早地开始劳作了。那挑夫、脚夫自然随着达官贵人东奔西跑，把钱挣得欢。远远的河坝上有几个人搬着木头，一前一后高低起伏，到了河滩，同时耸肩缩背，圆木轰隆隆滚落地面。

有玉看得好奇，脚步自然朝那儿迈开了去。前往一问，原来是搬运木头的排工，为梅江的第一场春水准备木排。有玉一边问，一边帮着起肩扶步，慢慢地融入了这个队伍。

## 14. 生计

有玉离家后，灯花和有财过起了两人世界，自是如胶似漆。欢爱之后，灯花总是喜欢听有财讲讲走船的经历。有一天夜渐渐深了，有财沉默了很久，不断翻着身子没有睡意。

灯花知道有财心里有事，就说，有事就说吧，积在心里不好。有财翻身坐了起来，说，过两个月份又是洪水季节，等你熟悉了这个家，我又要走船了，但把你留在村子里，我实在放心不下。

灯花说，有什么放心不下的，有书苗婶会关照。

有财说，你从大户人家过来，聪明能干，学起家务事很快，样样上手，这生活我倒不担心，就是担心晚上，你要关好门窗，这棚户不安全，要防备北斗那样的二流子！

灯花说，你和书苗走船了，我就和书苗婶住到一起，这样你总该放心了！倒是你，走船要注意安全，那捡散排之类的危险事，可不能去冒险了！凡事要想到家里还有人等你！

有财说，我以前没有成家，在江上自由惯了，胆子也大，现在有了家，我得更加小心，但其实我更想冒险。你想想，这样走船获利微薄，不知道猴年马月才能建起青砖小院。我有个打算，还是想试一试自己进货转卖，这样挣钱快。但是，我手头没有本钱。

灯花知道，有财在试探她的陪嫁。灯花问，你看准了什么货物了吗？有财点点头，说，会昌的盐。有财讲起了蓄谋已久的计划。

那一年，有财和书苗的船队过了贡江，到了贡江与湘江合流处，遇上了会昌门岭的船队。两支船帮在贡江上暗暗较劲，差不多同一时分到达赣州城下的大码头。谁能抢先占到码头，船帮就可以节省至少一周的时间，也许就可以多跑一趟生意。

有财看准了湘江的船队，抢头的是一个赤佬，全身木炭一般乌黑，拼力撑着木船，往码头冲去。有财也不示弱，几乎同时靠着了岸，但由于两船相挤，木船都停得不妥当，又没有挪移的空间。

赤佬和有财僵持着，看到竹篙移不动船，又都丢了跳进水中，只身推动船舷。两人忍受不了无声的较劲，干脆在水中扭打了起来，却是不分胜负。在水中僵持了一会儿，赤佬嘿嘿笑了，说，白发大侠，我们上岸去，以酒来决胜负，如何？

有财少年白头，三十过后已是白发过半，外貌显得苍老了十来岁。赤佬一声“白发大侠”，倒把他逗笑了。于是，相约上岸赛酒。一头白发，一身黑肤，突然从水中起身，像白鹭和乌鸦飞离水面，比翼而去。

有财有些日子没有喝酒，自然败下阵来，却并不感到可耻。都是跑船的汉子，都知道对方只是一时好胜，谁又在乎这江湖上的胜负和酒量上的高低呢？正是这种不生懊恼的胜负比拼，有财一次次结识了异乡的船客。

不久，码头边的酒店空了酒瓮。有财晕乎乎地说，兄弟，喝不过你啦，我输了，我们回码头吧，我移船给你让位！赤佬说，回吧，说说下货的时限，看看彼此的松紧，大家让着点吧，别耽误大生意就是！

赤佬走的是会昌湘江的船只，运载的是筠门岭转来的潮盐，出货时间自然比稻草紧一些。有财跟书苗说了说情况，把船移到赣江外侧。泊定之后，赤佬过来向有财道谢。有财的货船小，没有艄板，就移坐到了书苗的大船上。

大家伙聊起了两地的见闻。有财问赤佬，你分明比我年轻十来岁，怎么在水中占不到便宜呢？赤佬说，能活着下来继续走船，就是造化了。

原来，赤佬年后大病了一场，浑身无力，肤色发黄，看中医说是黄疸病，或肝腹里积了水，吃了好些中药总是不见好。内人打听到了筠门岭有个基督教堂，外国人开办，牧师懂些奇怪的医术。药是玻璃瓶装着的药片，针是玻璃管儿推着的针眼。内人对赤佬说，眼见这中医不见效，也到教堂试试吧！

赤佬告诉有财，当时权当一试，嘿，没想到真有效，打了针吃了药，然后加上中药调理了一番，还真捡了条命呢！

有财听了，惊奇地问，听说洋人钩鼻子蓝眼睛牛高马大，这洋人的医术用在中国人身上也有用？治病还真有一套呢！

赤佬说，可不是，我劝你们别再信仰佛祖了，跟着我改信耶和华吧，我们那边的人，好多被牧师治好的病人，都信耶和华了呢！只有那些顽固的老人执迷不悟，说牧师是外面来的妖魔，治好病那是施了法术，妖魔撤了法术也就无效了，病根又会倒回来。

有财说，只要能帮上我们劳苦人就行！

有财又问赤佬，洋鬼子到了会昌，怎么不来白鹭镇呢？赤佬说，当然是由于筠门岭繁荣，这里的繁荣得益于盐市，会昌周田有盐田，广东潮盐又经过这里，所以人气旺。

有财听了，细细问起了盐市的价格，不由大吃一惊，从门岭到宁都州，盐价翻了十倍，除去运费还有五成利。赤佬对有财说，将来你有了本钱，我们俩合作去贩盐，我走湘江，你走梅江……

灯花听了有财的想法，说，父母把我嫁到白鹭镇，知道是穷苦人家，他们怕我吃苦，给了我一些光洋作陪嫁，以备应急之需，但父亲叮嘱我一定不能随便拿出来使用。

有财说，你的陪嫁你留着，我自己会努力挣上本钱，只是我得继续走船的日子，不能在家里陪着你！这几年，我和书苗正一起做小本生意——贩运稻草，这可是好生意，正是收稻草，我们就有了这段姻缘。



## 15. 别离

有财在家里住了两个月，叫了个伙计一起去走船。风雨连绵，灯花送有财到了江边，看着船浮江上，洪水滔滔，心里不由想起《十送郎》的调子。

灯花对有财说，还记得半班吗？有财说，记得，我出门就是为了将来请得起半班！我要努力挣钱，建起大房子，像你父亲家一样的，灯彩想演就来演，半班想唱就来唱。

灯花说，不是说这个，我是说半班唱的内容，男角唱的。有财说，我不会唱，我只会听。灯花说，那不就是唱的今天的情形吗？两人相送，流水去来，都说戏里唱的是假的，没想到其实是真的。

有财说，我想起来了，是这样唱的：表妹里个送我，介支个九曲滩，滩水里个流去，介支个又流还。滩水里个都有，介支个回头意，人情里个还能，介支个比水淡？哎呀表妹妹，今冬里唔归，我就里个明春还……

灯花呆呆地看着有财。有财的戏文唱得非常别扭，但灯花却爱听。以后，这声音就要从家门消失，不知道何时才能回到身边。新婚有多少喜，新婚别就会有多少悲。这是人间没有办法的事情！

独依说，这也是婚姻带来的麻烦！独身主义者多么自由，赤条条来去无牵挂！婚姻，就是凭空多了一项牵挂，一条绳子。

敦煌却说，你不是喜欢海子吗？他那首《新娘》可是我最喜欢的诗篇！薪火说，我也喜欢，仅次于《活在这珍贵的人间》和《天鹅》，只是我不明白，海子写下这动人的世俗场景，自己却没有找到新娘！独依说，那《新娘》是写得好，但我感觉是海子的幻想，你们说，是不是这样？

敦煌说，我第一次看到这首《新娘》，就会想到灯花的故事，我觉得这不是幻想，而是人间真实的情景，你们听听——





故乡的小木屋、筷子、一缸清水
和以后许许多多日子
许许多多告别
被你照耀

今天
我什么也不说
让别人去说
让遥远的江上船夫去说
有一盏灯
是河流幽幽的眼睛
闪亮着
这盏灯今天睡在我的屋子里

过完了这个月，我们打开门
一些花开在高高的树上
一些果结在深深的地下

薪火说，这写的不就是灯花吗？独依说，怎么不是幻想，那是海子一九八四年写的，那时他恋爱了，但还没有新娘。

敦煌说，海子是懂得尘世的，如果他没有因为练气功弄坏了身子，肯定会活下来，就像他诗中说的，活在这珍贵的人间，再说他写过《四姐妹》，爱着人间一个又一个女子，肯定会走向婚姻！

独依说，问题是他没有婚姻，早早就离开了人间！“一些花开在高高的树上，一些果结在深深的地下”，我理解这就是他留下的伏笔。这不是赞同婚姻，而是无果的爱情，走向自我毁灭的爱情！

敦煌叹息说，如果海子有婚姻的底座托着，就可以避免悲剧！你看，灯花和有财，难舍难分，互相牵挂，就不会走向决绝之路！

确实如此，那天灯花呆呆地听着有财唱起半班的戏文，感觉地老天荒，而心有所依。良久，才听到有财说，你放心，我不要多久就会回来，不会像歌中唱的那样，我就明春还。

灯花说，我就要你早点回，顺风顺水，一路平安！说着，塞给有财一包东西。有财拿过去，沉沉的，就知道是什么。

有财跳上了货船，挥手说，我一定努力挣钱，你回去吧，我不在家，你也不要走多远，有什么活就问一下书苗大嫂，我叮嘱过她照应你的。

灯花说，放心吧，这两个月忙碌下来，我已经不再是千金小姐了，熟悉了各种家务，倒是你，长兄为父，你一定要去看望两个兄弟，劝他们安心挣钱，早点成家立业。

家里从此只留下灯花一个人。有财走后，果然有几个夜晚不得安宁。不时有人在窗外敲着，说，灯花，开个门，我给钱！说着把纸币递进来。灯花把钱拿过来撕了，丢掉窗外，把门窗关得紧紧的，任凭外面怎么叫唤，都不理睬。

有一天，书苗婶约她一起去蓼溪看戏，说是一位老爷生了儿子，请来戏班子，演的是《秦香莲》。

这戏是灯花喜欢的剧目，讲陈世美上京城赶考去了，一直没有音讯，秦香莲一路乞讨盘缠去寻夫，最揪人的场景是哭乞。演员要下戏台来，端着个盘碗向观众要钱。演得好的，动人心的，自然能够多讨得一些，收入都归演员自己；演得不好，空着盘碗回到戏台的也有。

路上，书苗婶问灯花，你带了零钞吗？灯花摇摇头。婶子又说，这次戏班中演秦香莲的，是个爱财的旦角，不给点钱就是不走，时时盯住一个人久哭不走呢。灯花就说，那就不看了。书苗婶一把拉住，说，你注意动静躲避就是，那么多人看戏，哪能都给的呢！

晚上，那女演员果然如婶子所说，盯人追人。不少观众醒悟得早，一见秦香莲下戏台，就从戏台前溜到戏场边缘。有些人沉醉在剧情中的，抹着眼泪，或者忘了溜走，或者当真同情，演员到了跟前，摸摸口袋，才知道空着手来，于是陷入窘境，呼喊着亲朋的名字救急。

观众里有位女子抹着眼泪，演员于是向这位女子要钱，女子却不知道躲避，也不知道要投钱，只是呆呆地看着演员。这时，一位后生挤了过来，递给女子一把纸币，说，投钱吧，给演员一份奖赏的。

女子方才反应过来，投钱后仍然不走。演员看出来这是两心相印的一对，特意加唱了祝词：一刀剔了黄竹尾，情哥先行妹落尾，走路俩人共脚迹，前世姻缘对着哩……台下顿时热闹起来。

热闹中，灯花忘掉了叮嘱。等她明白过来要找机会走人，演员却到了面前。她窘迫地站在那里，给也不是，不给也不是。北斗挤进人群，递来一把纸币，说，晚上给你不要，现在要了吧！观众哄闹起来，演员把他们当作一对，接过钱币，说，祝你们白头偕老，美满幸福。

灯花抢过纸币，撕得粉碎，撒在人群里，说，这是二流子的臭钱！书苗婶挨了前来，伸手递给演员一张纸币，说，这是我家新过门的媳妇，大家多多包涵，多多关照！这才算解了围。此后，灯花一到晚上就早早关门，睡觉时身边总要放上一把菜刀。

转眼就是五年。灯花先后生了两个男孩。有财更加疼爱灯花了！但为了一家子的生活，有财只能继续在外头漂泊，在河流上漂泊。而灯花一个小脚女人，拉扯着两个孩子，受着别人没有受过的苦！

灯花百结，亮了又暗。漫漫长夜，灯花跟着何大婶学会了编织网线，把网线送到蓼溪渔村去叫卖。

渔村边是一片河滩，渔船星罗棋布，散在江面上。岸上的樟树林里渔网遍布，把蓼溪变成了蜘蛛国。灯花在编网的人群众中穿梭，叫卖着网线。跳上渔船去叫卖，灯花知道了水面的动荡。

灯花回到家里，常常在灯前织线，一边发愣，想想有财到了哪里，他们兄弟有没有消息。

有财的出门渐渐有了规律，半个月一趟，过了半个月，灯花就开始提心吊胆的日子。等待有财回家日子，她每天晚上都要研究灯花的形状。梅江人家都相信，灯花开，有客来。

有一次，灯花结得非常饱满。灯花预测，有财的归期到了！她把家里收拾了一番，备了些食物，要为有财接风洗尘。但是接连两天不见归人。灯花心里又罩着阴影，胡思乱想。她点起了香，开始祈祷。

两天后，有财终于回来了，才知道有财遇了些风波。

## 16. 疾病

那天有财快到黄石，洪水中看到熟悉的身影。扎排的动作非常娴熟，光着的膀子晒得黝黑光滑，水珠滚动。远远看去，像是有玉。有财走船到了黄石，找过一回有银。听有银说，有玉改变念头另谋生路去了，但不知道去了哪里。

有财记起灯花的叮嘱，一定要找到兄弟，多多关爱！他把船泊在黄石，只身前往上游的村落。

就在琴江汇入梅江的地界，有一个木头堆场。厚厚的杉树皮成为工棚的屋顶、门页、墙壁。木屋里生起了炊烟，几个妇人在忙碌做饭，有几个大男孩只在堆场上开剥着树皮，一个小点的孩子往堆场的顶端攀爬去。

有财大喊一声，小心木头滚动，危险！

那孩子受到惊吓，伏着木堆上不敢动弹，哥哥放下手中的树皮，想爬上去把小弟弟拉下来。有财赶紧制止，说，圆木会滚动，不能上去！两个孩子看着有财，一脸惶恐。有财走到木堆上，踮起脚尖伸出手去，把孩子抱到了地面上。

有财问，你们知道这里有没有一个叫有玉的叔叔？孩子点点头。有财心里高兴，跟着孩子往扎排的地方走去。

江边满是人头和木头。排工各忙各的，那劳动的场面看似杂乱，却颇有秩序。有的两人一组抬着木头下水，激起澎湃的浪涛。有的用铁镐钉着木头聚拢。有的顺手拉着木头，往正在编织的木排里塞，蟒蛇一般粗实的竹缆把木头圈住，绑缚在杉木上。一根柴刀般长短的木片插进竹缆结成的扣里。

在江面上，在忙碌的人群中，新扎的木排就不断延续，变长，活像西洋镜里放映出来的铁轨。

有财朝江面叫了一声，有玉在吗？一个排工抬起头来，迷茫地看着岸上。接着似乎看清喊叫的人，从水里爬了起来。有财拉着有玉的手，说，当上排工了，有手艺了，好啊！没想到在黄石看到你，我们三兄弟可以聚聚了。说着就要有玉回工棚换了衣服，往集镇里找有银。

但有玉并不像大哥那样兴奋。路上，有玉讲述着有银不可救药的行状。有财气得跳了起来，气愤地说，越发不像话了，我要好好教育他一番。

两人朝刘家铺子走去。走到半路，有财突然头上冒汗，肝府生痛，身子不由自主弯了下去，蹲在地上。有玉慌忙说，大哥病了，我赶紧扶你去黄石找医生！有财挥了挥手说，不必了，老毛病，回船里休息一下就没事！

有玉说，还是在黄石找个医生看看吧，老毛病更得看啊！有财说，还是回老家看吧，灯花多等一天，就会多一份担心啊！





有玉说，那回到老家，一定要到镇里看看。有玉扶着有财，一步步走回到江边，把大哥扶进船舱，盖上被子。有财说，没事，你去忙你的吧，我待会儿好了，就和船帮一起起船！有银这畜生，下回再去教育了。

第二天，有财身体好了些，就往回赶。经过河村时，有财没有泊船，而是直接下到蓼溪，把船泊在江口码头上，到镇里下了货。有财急着赶回河村，但刚出了小镇，又痛了起来，就转身回小镇寻了家药铺。

白鹭与黄石差不多，都是水路交通造就的繁华古镇。梅江到了白鹭古镇又收一条支流，称做智水。双江合流，为此素有“小赣州”之称。智水三面抱住一个古寨，谢氏宗祠香火旺盛。智水和梅江交汇，把蓼溪夹住。从仰华山俯瞰，江河如鱼摆尾，把古镇剖画成太极双鱼图案。

从梅江边一个码头上岸，就是一片樟树林，穿过树林又是一条溪河的入江口，一座浮桥通往对岸的街巷。街巷一色的青石板，巷首是一座石门，沿石门而下，两边店铺都是木板房，偶然间杂一栋青砖楼房，灯笼鲜艳气象华丽，那就是大户人家。

正好逢上了三六九，圩日的小镇异常热闹。杂货店的水货发出扑鼻的腥味，而木器店新造的器物又散发着木头的清香。有财一路走过去，无非是些杂货店、裁缝铺、酒铺、小餐馆、剃头铺。

黄记药铺在镇子的西头。少年时，有财的母亲犯病，父亲每次都是叫有财到镇里抓药，沿着梅江走上五六里小路。母亲终究没有治好，父亲接着患病了。有财在书苗的船上帮工，抓药的任务落在有玉身上。

都说这黄中医如何了得，有财总是不大相信。父母最后在他手上并没有救过来。医生治得了病、治不了命。有财对黄中医有些看法。医生总能看好几个人，看不好的不声张，看好了的义务做起了广告，于是就成了名医。

黄医生行医积下了大家业，小镇上开的铺子有三四间。他挂牌行医的，当然只是一处。“但愿世间人无病，不怕架上药生尘”，二十多年了，那笔画与有财少年时看到的，还是一样。黄先生在柜台前翻着厚厚的医书，有财问候了几句，把手伸了过去。

黄医生沉吟了一会儿，说，这病是劳累出来的，先抓几服药吃吃看吧。

从小镇溯流而上，回到河村五六里路，却花了有财一天时间。有财本想把船留在蓼溪码头，从陆路先回村子里看灯花。但他隐隐感觉身体不对劲。他担心回村后就会卧病不起。有财不想离开了自己的船。这是他的老伙计！

到了河村，有财把船泊在岸边。船跟书苗家的一样，换成了大船，刚刚走了一年，有财正想着要像书苗那样，建起有厅子大屋子，建起青砖小院，让灯花不再委屈。但有财踏上江岸，心头飘过不祥的预感。他看了看梅江水，看了看大木船，仿佛一场告别。

看到有财回来，灯花一眼看出，疲倦的脸上充满无奈、压抑、不甘心。两个孩子欢天喜地跑了过去，吵嚷着要吃果果。有财在孩子的簇拥下进了屋。灯花替他拿下行李，抱怨地说，怎么迟了一天回家？弄得我这几天一直眼皮跳过不停！

有财说，直接下蓼溪到镇里了，在家门口没有停泊。灯花说，也不顾念家里？这几天灯花结得好大，估计你该回家了，但等到今天才回来！

有财有点累，坐到了凳子上。灯花看到有财脸色蜡黄，关切地问，病了？

有财点点头，从行李里取出几包中药，叫灯花煎药去。

有财回家果真是一病不起，脸色越来越黄。这可难坏了灯花。她有时叫大婶去镇上请黄先生，有时挪着小脚自己去小镇抓药。

两个孩子还小，丈夫生着大病，灯花隐隐有不祥的预感。灯花知道，人生的难关，就在眼前！但灯花并没有后悔嫁到河村。想到两个可爱的孩子，她决心用自己的小脚，为这个家庭，奔跑出平安和幸福！

敦煌说，婚姻的意义，既是分享，更是患难与共！人类最重要的精神，就是敢于迎难而上，这样方能生生不息。敦煌又说，如今的年轻人，缺少共患难的精神，我有一个年轻的同事，由于父母生病花钱，妻子直接离异，表示不想一起拖入无底洞！

独依说，在这一点上，灯花是值得敬重的，但要避免你同事那样的悲剧，只有提前预防，那就是绕开婚姻的城堡！

敦煌叹息说，绕开，这是人类精神的退化！真不知道我们的民族如果遇上新的灾难新的战争，还有没有迎难而上的年轻人！

灯花迎难而上，但不知道命运能否成全。黄医生来到村子里为有财把脉，说有财的病越来越严重。黄医生说，有财这病应是早就有了，一直拖成这样子，怕是肝里坏了，积了脓水，需要慢慢吃药。

灯花焦虑万分，责问有财怎么有病不早点看病！灯花说，如果你有个三长两短，今后我和孩子怎么过日子啊！有财说，以为没事能挨过去，不想在药店里花掉冤枉钱，得攒下来给你和孩子生活！

从河村到小镇，灯花用小脚一次次在奔波。灯花家里始终飘着中药味。灯花挪着小脚，张罗着煎药、喂药。灯花在跟一道深深的阴影赛跑。克夫命，三个字每天像蛇一样咬着她，催着她。

在灯花眼里，有财不只是她的男人，更是命运的符号。如果有财去了，就验证了灯花果然是“克夫命”！如果是这样，她的再嫁就是对有财的危害。如果是这样，灯花的嫁人、活着，始终带着罪孽！

有一天，有财躺在床上，歉意地对灯花说，你瘦了，不能这样不顾惜自己的身体啊！灯花对他说，你是一家的主心骨，你一定得好起来！

两个孩子也走进房间里，哭闹着说，爸爸起来，好久没有带我们去上街了！大儿子五岁，小的三岁。他们闹着说，姆妈，我们去赶圩吧，村里的孩子上街去，买了好多果子！

有财喝了药，扶着大儿子的头说，你要懂事啊，姆妈走不了远路，你带着弟弟到外面玩去吧，听到叫卖声就叫姆妈买！孩子们高兴地呼喊着出门去了。他们不知道父亲的病，将是家里的灾难。他们只希望货郎到来。

灯花刚想端着药碗出去，被有财叫住。

有财说，半年没走船了，家里的积蓄都快花光了，看来这黄医生手上是治不了的。灯花听了，难过地哭了起来，说，揭不开窝，我也要把你的病治好！你倒了这家怎么办？

有财说，我是不想治了，但想留着些钱给你们以后生活，不然人财两空，我就害了全家！灯花说，不能治也得治，我不能看着你就这样走！

有财叹了口气说，那就再想个法子吧！他让灯花坐下，细细说起了在赣州府外的会昌船讲牧师治病的事。有财对灯花说，赤佬的病与自己有些相似，只是路途远难行，你又是小脚，不能一起前往，家里又有孩子要照顾，这真是为难。

灯花听到会昌筠门岭，似乎看到了一丝希望。



## 17. 绝望

村子前依然橹声不断，帆影点点。书苗把货船拢到岸边，泊定在一棵樟树下，就看到了有财的货船。货船中间插着一个大花押，用竹缆编织的圆圈。

书苗熟悉船帮的规矩，谁家的船要出卖，就会在船上打一个花押。这个圆圆的标记插在船头或船尾，意思是船主出让一半，寻找买家合伙经营。如果这条货船全部出卖，标识就插在大船中间。

书苗暗想，难道有财的病不见好转，失去希望了？他提了点盒礼物，加快了脚步，朝有财家走去。一进门就问，你准备卖船了？

有财躺在床上，瘦得只剩下骨架。他看到书苗进来，眼泪流了下来，说，我不想卖船，真不想卖啊，我能有条码货船持家，是你帮扶着照应着！我对不起住你的关心！

书苗说，你这病是累出来的，你也太拼命了，当了船主还自己当杂役，怎么不知道细水长流的道理呢！书苗一边安慰，一边问，难道没有办法治疗了吗？

有财说，也想过，但路远难行，没有亲人愿意陪我去治病照看我啊！书苗看了看灯花的小脚，叹了一口气，说，我去给你两兄弟捎个信吧！

灯花说，别去了，有玉当排工没有个定处，有银上次回到家里，却不肯照顾有财。书苗说，有银回过村里？自己亲兄弟都不管？真有这种事？！

灯花说起了有银回来的事。灯花那天焦急地在村里寻找帮手，大娘告诉她，有银回村了，正在收购灯草，看来是做起生意了！灯花大喜过望，转身回家，把好消息告诉有财。

踏进家门，看到有银正在床边跟有财说话。灯花升起了希望。有兄弟帮忙，这回有财有救了！

有银问起大哥的病情。有财说，我怕是一时好不了！父母亲还在时，一直叫我要关心你这个老小，但看来我要走在你前头，照顾不了你了！

有银说，你就照顾好自己一家子吧！我一个人吃饱全家不饿的。只是你这样子，还真得为这一家子计划好后事！

有财说，有什么可划算的？我倒是想早点了断，早点撒手，我给灯花留了点钱，只是此后你得念着我们兄弟之情，帮着我照顾妻儿几个了！

有银说，我倒是有一个法子，可保灯花他们今后生活无忧！

有财说，什么法子？你说来听听。

有银说，大哥虽说留下了银钱，但银钱终究会花光，你不如拿出一半给我做生意，挣了钱我自然分给灯花。

灯花听了，心里升起一股怒火。她走了进来，对有银说，你是不是他的亲弟弟呀？你不想着如何来帮大哥治好病，却想着算计大哥的救命钱！

有银说，你这是不识好人心！大哥说没治了，我才帮忙计划后事！

灯花抢白说，什么后事，人好好的，我一定要救活他！你要真帮忙大哥，就帮我们做一件事情。

有银说，什么事？

灯花说，我请了轿子，把你大哥抬到筠门岭，我一个小脚女人，家里还得照顾两个孩子，你跟着轿子一起去，在那边有个亲人，治病吃药有个关照！

有银说，那么远，得花多少钱呀！

灯花说，命比钱更要紧，花再多钱也要送去。你们家三兄弟，有玉一直在外面跑，一年难得回来一次，眼下只能依靠你前去照顾大哥了！

有银说，我可没时间，在筠门岭住上一月两月，我的生意怎么办？我得耽误挣多少钱？我还没有成家立业，眼下正是做生意的紧要关头，怎么能错过了呢，你找别人去吧！再说大哥这病能不能治好，也没有把握，他想把钱留下来养家，这才是正确的选择！

灯花没想到有银如此绝情，说话口气软了下来，不断诉说自己的悲苦，希望打动有银。但有银毫不心软，坚决拒绝了灯花的请求。

书苗听了，愤怒地说，世上竟然有如此绝情的人！

灯花说，也怪有财脾气不好，人家回来一趟不好好说话，一回来就教训人家，人家在气头上，当然就不管了！

有财叹了一口气，说，这也是上天注定了的命，当初就不该把他送到生意人家，真是无商不奸，看来他是让银子蒙住了心，什么亲情也不要了！算了吧，我们就不去筠门岭，去了也不一定能找着！

书苗说，天无绝人之路，我们再想想办法吧！书苗走了，灯花知道这只是安慰之语。何大婶也病了，而且病得不轻，书苗得在家里照顾老伴，无法最后帮有财一把。

## 18. 花押

有财不时拖着虚弱的病身来到江边，观察船上的花押。看着花押仍然插在木船中央，有财心里既是一种安慰，又是一阵难过。

在梅江边走船几十年，好不容易置办了一艘货船，正是最好挣钱的时光，却不得不亲手把货船卖了。有财看了看花押，走到木船上，把木橹擦得发亮，把舵手转动起来，并加上润滑油，把舱篷的蜘蛛网粘掉。

有财从舱里拿出小桶桐油和一把小刷子，开始为船身上油。嘴里喃喃自语，木船啊木船，你陪着我走了五年了，我们的缘分为什么这么快就要尽了呢？到底是你舍下了我，还是我舍下了你呢？

有财走进船舱，翻开席子取出一个枕头，硬硬的，四四方方，扒开包在外面的稻草，里面却是一块厚厚的青砖，上面刻着两个字：灯花。

这是有财的梦想。自从娶了灯花后，他就下决心不能让灯花受委屈，一定要为她建一栋大房子。他的理想，是跳过了土砖房，直接建青砖小院，像财主家一样，像灯花父母家一样。

青砖青瓦，材料不是随处可见的黄泥硬土，而是精心细选的白土软泥，黏性大，质地沙，而且需要专业的师傅架窑烧制，这不是普通人家能够安享的。

有一次有财走船，经过梅江边的砖厂。他特意上岸跟师傅说，将来他要建房子，一定要来定制青砖。他特意买下了一块青砖，让师傅刻下妻子的名字，抱回船舱里，当作了枕头砖。这样，有财就能时时刻刻激励自己。

有财握着青砖，陷入无穷的悲伤。突然听到岸上有人问询，你的货船打算出卖吗？有财顺口就说，不卖了，不卖了，我怎么舍得卖掉呢，这么新的货船！

那人说，你明明插着花押，怎么又不卖呢，那愿不愿卖一半？

有财抬起头来，看到对方诚恳的样子，说，卖，全卖！

是明，还是暗？对方又问。

暗卖，上我们家去吧。

有财抱着青砖枕头回到村里。买主进了家门，有财泪水滂沱，说，买船的来了，真的要卖吗？

灯花说，我知道你舍不下，人都恋旧，但我们不是暂时没有办法吗？我们先卖了去，等你的身体好起来了，我们重新置办吧！

灯花顿了一下，又说，不是我绝情，我也不想卖船，我也希望你早点好起来。如果你现在不卖，一旦你去了，这船还不知道会落到谁的手上！我们孤儿寡母可能一分钱也落不着，以后怎么延续香火呢！卖吧！说罢，灯花别过脸去。

有财带着客人进了房间，郑重地说，大哥，我们家遇到了重大的困难，这次卖船价钱听你的，但你一定得为我们家保密，别把卖船的事说出去，以防我不在家的时候，有坏人来打这些孩子和妇人的主意！

客人点了点头，说，这江湖规矩我自然能记得，以后我们走船时就说还是你家的船，我们是帮工。有财和客人比画了一阵手指，说定了价目。

在绝望的笼罩中，灯花看着有财的生命之灯走向黯淡。疾病的刀子一小块一小块地切割，把有财身上的血肉越切越少，剩下骨架像个干尸躺在床上。这刀子同时把灯花的心脏掏得越来越空。

灯花又想起了陈家大院，大院里的那个洞房之夜，那夜的命运突变。那一次，她与夫君连面都来不及见上一次，她的痛楚只是一种自怜，而这一次，灯花面对着血肉相连的亲人就要远去，不但自己的命运加上了一道可耻的烙印，还深深为亲人分担着一份苦楚。

一个冬天的夜晚，有财突然醒了过来，叹了一口气，说，我多么不想离开你们，我拼命走船跑船，甚至自己当橹手和杂役，就是想建一座新房子，让你住上，让孩子们住上。

有财挣扎着要把头昂起来。灯花伸过手去，扶着有财坐起来。有财从床底摸出一块青砖枕头，对灯花说，你看，我走船一直枕着这块青砖，就是希望有朝一日为你建一栋青砖房。我人在江湖，心时时刻刻在岸上。漂泊的时候，想着岸上有一个房子，房子里有你和孩子，我就浑身是力气!

灯花说，我知道，你想着我们的时候，灯花就会结得更大，像山上的乌果子。

有财点了点头，说，我不在的时候，你们也一定会想我。我浑身力气，想早点挣下家业，上岸陪着你们过日子。我太性急了，没有顾惜好身体，没有机会陪你们了，这也是我的命！这个建房子的梦，只能留给孩子们一代了，你一定要把孩子好好地拉扯大!

有财说累了，伏在床上，过了不久坐了起来，对灯花说，我想吃碗豆腐脑!

灯花不知道这是回光返照，高兴地托人上街去买。回到房里，有财断断续续地说，灯花，是我害了你，我的病痛拖累了一家！可怜了两个孩子，你得想办法把他们拉扯大!

灯花摸着有财的脸说，这一切都是命，我们抵抗不了的，你说反了，是我带给你不幸，因为我是克夫命啊，你当初就不该娶我，今后我也不会再嫁人了，我会把两个孩子养大成人的，你就放心吧!

有财听了我的话，脸上浮起了温暖的微笑，慢慢地合上了眼睛……

看着有财紧闭的双眼，灯花嘤嘤地哭了起来，任凭油灯的火焰被一朵硕大的灯花压住。房子渐渐暗淡了下去，黑暗围拢过来。黑夜与土墙合为了一体，拿走了眼前所有的光明。

灯花坐在床上，在夜幕中抱着有财。有财像青砖枕头一样渐渐冰凉。在他旁边，两个孩子进入梦乡，鼻息起伏，说着梦话。

大风吹刮着窗子。乌鸦哇地叫了一声。灯花感到了世界的安静。屋后青山上，传来桐叶落地的声音。这是有财种植的桐树林。初冬时节，有财带着孩子上山摘桐籽。桐籽榨了油，就是造船补船的好材料。只是灯花家的大货船，早就被花押领走了。

敦煌听到这里，再次为灯花的命运感叹。敦煌说，如果不是有两个孩子，灯花肯定不能独活！婚姻最大的意义，就是能够传递血缘！

薪火和独依也为灯花的境遇感到悲伤！但两个年轻人，却认为悲伤的源头就是婚姻，避免悲伤的办法只有一个，就是独身主义。

# 第二章 跨界

## 1. 白区

独依奇怪地发现，到第二个周末，父亲祝虎也出现在讲古闻现场。父亲退休之后无所事事，对两件事很是热心，首要的当然是盼望抱孙子，其次是民俗研究。独依从父亲眼里没有看到责备的神色，略觉安慰，打过招呼之后就专注地听起了“灯花”的讲述。在粗糙的声音里，灯花的后裔回到了先祖的年代。

有财去世后，灯花显然陷入了困境。对大哥之死终生歉意的有银，一直躲在黄石，不想回河村。很早就有传闻，国军与红军打仗了。梅江水依然滔滔流淌，在州府之间穿村过镇，仿佛对战事充耳不闻，但到了一九三四年秋，走船的却有了明确的界线，从宁都州下来，到了黄石就不能往下走了，因为白鹭镇是红区。枪炮声开始是稀有之物，但后来在黄石附近的山头频频响起，终于成了一种习惯的声响。

黄石小镇里的人们虽然大都像以前一样忙碌着，生活着，但内心压着几分不祥之感。战争总是会带来意想不到的灾祸，只是不知道什么时候，会落到谁家。有银不敢再像以往那样四处游荡，去采购灯草之类的货物，每天早早地关了铺子，在深夜里警惕地听着外头的动静。

一天晚上，有银突然听到一阵急促的脚步，从远处的石板街上杂沓而来，很快到了自己的店铺附近。有银顿时紧张起来，伏在被窝里一动不动，等待敲门声骤然响起。随着脚步声的突然停息，嘭嘭的擂门声急促，持续，有银细细一听，是紧邻自己的郭屠户家。随后，开门声，争吵声，惊恐的，武断的，交织在一起，闹了一阵子又平静下来，脚步声沿着原路远去。不久，远处隐隐传来杀猪的嚎叫声。

有银一个晚上没有睡着。天蒙蒙亮，有银打开铺子，看了看郭屠户家门口的案板上空空如也，不像往常一样早早地摆好了猪肉，等着早集的乡民前来购买。难道是郭屠户被抓了壮丁？那副强壮的身板确实是当兵的料。有银想着，不由为早餐的肉汤发愁。以往，有银总是在郭屠户的案上切上一块猪肝、一点瘦肉做汤，看来今天只能中断了。到别处也能找到肉摊，但他们不肯那么小份儿地卖，只因郭屠户是邻居，有银那点儿汤饮的习性得以成全，延续经年。

有银背着双手，要往别处打听打听昨晚的动静，看到郭屠户从街上迎面而来，背着一个篾筐，里面长长短短的刀子正闪着白光，竹筐里不时滴下一两珠成分不明的液体。有银迎了上去，递上一支纸烟，问，兄弟，昨晚究竟是怎么回事啊，还以为你被抓去充军了呢！郭屠接过烟，就着有银手上的火点上，吐了一个烟圈笑着说，你是担心吃不上肉汤了吧！

有银说，你真是经过阵势的人，这个时候了还这样镇静！郭屠户说，有什么可怕，把我抓去当兵了还好呢，反正现在生猪都被这些当兵的抢了去，手上没生意了怎么生活，不如当兵去，反正杀人跟杀猪一回事！

有银忙问是怎么回事，郭屠户告诉有银，昨晚来的是一些国军，不懂打仗却懂得生活呢，在山里吃了败仗一路退回到黄石，沿途抢了些老表的生猪，半夜不知听了哪个天杀乡民报告，直接找他去帮他们杀猪，害得他折腾了半个晚上，天亮才把他放了！

有银哦了一声，说，原来是抓差，不是抓丁。

郭屠户说，对了老哥，你老家白鹭镇不是红区吗？那里应该有好多生猪吧！我们黄石不久前也还是红区，老表们分田分地、种地养猪，六畜兴旺！可红军一走，老百姓都怕了，担心地主还乡算账，哪家还敢留下一头大肥猪？我打听了一下，白鹭镇还是苏维埃掌权，那里生活安稳，鸡啼猪叫，依旧欢闹。你能不能回老家去弄些猪肉，这可是一宗好生意哪，比你走村窜镇收购什么灯草之类的，利益强多了！

郭屠户打开了铺子，叫有银一起进去坐坐。郭屠户从橱里找出一瓮米酒和一碗炸花生，两人畅谈了起来。郭屠户说，世道越乱越有挣钱的机会，人啊就得有钱，那些女人就会乖乖听我们的。今儿一早从兵营里出来，我顺道到喜妞家里一趟，这寡妇死活不肯，看到我拿出了刀子才服软从了我，临走还向我要了一块光洋，说是没钱花了。

有银听了，心里像吃下了一只绿苍蝇，一股怒火从心头腾起，但只能狠狠地按捺。本来他想对郭屠户说，从白区跨界到红区去，那可是冒着掉头的危险，如果人家抓住他，说他通匪，那就完蛋了！本来他想说，他可不敢冒这个危险，把命搭上，那可就是亏本生意了。但仇恨的怒火，推使有银对郭屠户说，跨界去红区多危险啊！真有你说的那样挣钱吗？

郭屠户说，真的，有几个屠夫早就这么干了。有银说，如果真这样，我倒愿意去试一试，别人能做的生意，为什么我们不做？只是我手上没有本钱。郭屠户说，本钱我可以先给你，你负责跑一趟脚力就是！有银一边喝酒，一边看到郭屠从店里拿出一包光洋，丢在桌面上说，五十块光洋，够一头猪的钱了。有银收起了光洋，对郭屠户说，你这么爽快，我就无话可说了，再不合作我就显得不像个男人！

有银抱着光洋回到了铺子里，想着喜妞的事，心里的几只苍蝇又飞了起来，闹得他很不痛快。他抽出二十块光洋，从后门出了街，朝喜妞家里走去。

喜妞的家在小镇西头，与小镇的街巷相邻，但隔着一条溪流，围起了小院，种了些竹子，所以又独自一体。院门进去，中间是厅堂，左右有厢房，楣额分别题写着、“青来”“碧涵”字样。

喜妞的丈夫是一位乡绅，在家里开过私塾。那次土匪洗街，回山的路上正好经过小院，看到里头灯火亮着，就嘭嘭地猛敲起来。正在夜读的私塾先生打开门来，看到一伙人明火执仗，就对匪首道，我非商非匠，家无余钱，你们且绕过了吧。匪首走进厅堂，看看气宇轩昂，知道是大户人家，说，家里总有些镇宅之宝吧，且拿出来看看。

先生说，盗亦有道，斩草不除根，割禾要留种，就几件祖上留下来的珍贵东西，总得给我留个宝。匪首一听，眼里放光，叫手下搜索，发现一个木盒。先生抢了回来，抱在胸前，说，这个可不能动！一个匪徒见先生死抱不放，拔刀砍了过来，先生倒地，血染木盒。

匪徒打开盒子，却是一本族谱，悻悻而去。先生气急不已，不久染上风寒病重归西。喜妞守寡在家，无儿无女，对先夫的眷恋渐渐淡了，过了一两年清贫日子，就开门纳客。有银来到黄石后，一直中意喜妞，想独占院宅，又无奈家财不足。这时，红军帮了他的大忙。

红军来了后，小镇建起了苏维埃，喜妞自然不能再干原来的营生，这样就更依赖有银的指点，做起小本生意。但暗地里，喜妞仍然接受各色男人的接济，有的是苏维埃里的腐败干部，有的是郭屠户，更有生意来往的有银。有银收货，喜妞卖货，除了有银自己打理的铺子，差不多快成夫妻店了。当然，这一切只能是暗地里的。

有银熟门熟路走到小院前，却见门关着。他朝四周瞧了瞧，大早无人，于是径自走到侧边的窗边，敲了三声。一会儿，喜妞开了后头的门户，把有银迎了进去。喜妞说，怎么不早点来，这战乱时期人心惶惶的，整个晚上担惊受怕！有银扫了一眼房间，一块油油的光洋还在梳妆台边，就像一双脏手待在喜妞身上不肯离开。

有银嘲讽地说，不是等我来吧，早有人给了光洋，怎么会担惊受怕呢？不是有郭屠罩着吗？

喜妞对有银说，你不敢娶我，又一心想占着我，你不来当然别人就会来！有银叭的一声给了她一个耳光，说，你在家为娼什么人都接，与青楼的人有什么区别，还花了我那么多银子！喜妞扑到有银跟前，与有银撕扯了起来。渐渐地，喜妞撕扯的力量小了下来，变成了拥抱和欢爱。

两人鱼水之欢后，有银推开喜妞，把一包光洋丢到床上，说，这是二十块光洋，好好做生意养活自己，别人就不会把你当作卖身的了，从今往后不能再接其他男人的钱了！看着喜妞兴奋的脸色，有银又说，我现在只是掌柜而已，毕竟是替别人打理铺子，待以后积了钱有了自己的铺子，就把你接过去一块儿过。

喜妞说，娶什么娶，这么好的小院我才舍不得离开，你知道吗，你一娶我，这小院就要落回那些叔伯手里。喜妞数着光洋，吃惊地问，哪来那么多钱呀？

有银把郭屠的计划说了一遍，喜妞把光洋递回有银说，这么危险的事，你可不能干，你把光洋退回去吧。有银说，我本来不想接这个生意，如果不是郭屠说起睡了你，我就不会接过来！

喜妞说，这么说你不是真心跟郭屠合作，而是想报复他？有银说，你真是聪明！我喜欢聪明的女人！喜妞脸上却罩上阴云，说，你想跟他斗？我看你就放下这个心思吧！我看你还没有这个实力！再说你还是一个外乡人！

有银说，我自有打算。喜妞听了，半晌说不出话来。她没想到这个瘦弱的外乡人，第一次对强势之徒生出胆量和心计。喜妞担心，就算过红区能成功，但郭屠事后知道了，也不会放过有银的。

在梅江边，一个寡妇即将影响着另一个寡妇的家庭。敦煌抱怨说，就是这个黄石的喜妞，害得有银做出了冒险的举动，从而为兄弟有玉带来危险！

但独依争论说，这种“红颜祸水”的观念非常落后，就算灯花是跟喜妞完全相反的寡妇，但同样给命运之湖丢下了一块大石头！

## 2. 回村

从黄石沿着梅江往白鹭镇走，要经过四五个村落。山路迢递，有银走了几个时辰，就到了一个叫蛇迳的地方。元田河流到蛇迳，就汇入了梅江。蛇迳两面临水，山势迅速低落成为半岛。岛上晨钟暮鼓，寺庙香火历来极为旺盛。寺庙上游，就是当年灯花从娘家到河村的渡口。

好事之徒发现，蛇迳正对着梅江下游的一座山峰，各有一座寺庙，寺门遥遥相对，钟声互相唱和，高低起落，布满梅江。蛇迳上的小寺叫江口寺。这天一早，管庙的北斗起来撞了晨钟，焚香点烛，念了一阵子佛经，就出得寺门，往蛇迳的后山走去。

夏天的早晨凉风习习。北斗衣衫轻飘，就要拐道到渡口。他要对岸的岭子脑去，看看昨晚有没有农户杀猪。自从他的叔叔书苗把他赶下船，北斗就四处流浪偷鸡摸狗，最终发现寺庙是个稳定的去处。他衣食无忧，只是肚里的油水不足，肠子时常纠结不畅。生理上的不舒服变为心理上的不痛快，也就时常趁空溜到附近村落里，以化缘之机寻觅荤食。

刚要跨过木桥，树上却落下一粒鸟粪，正中脑门。北斗一抹，手上满是腥臭。北斗走到桥下，伏身洗手，却听到桥上脚步声声，惊得鸟飞叶落。北斗起身一看，桥上那人朝小寺方向迈步而去，于是一肚子气愤。如果这人早一步过桥，那鸟粪就归他了，如今却无端让自己先一步领受。

北斗冲着背影喊，施主去哪里呢？怎么这么早上香来了？那人扭过头来，却是同村的乡亲。有银穿得一身清气，布褂布鞋沾了露水，高大瘦长的身材让北斗自惭形秽。看到行李上的香烛，北斗问，老哥，原来是你，以前怎么从来不见你来这里上香呢？

有银说，生意不顺，四处求神求佛保佑，今天转到这里来了。看到北斗洗手上岸，又问，看你模样，是寺里的掌门吧？这么早进到后山，是化缘去还是砍柴去？北斗说，当了掌门就不必操心油盐柴米，自有施主送来，我是准备进村化缘去的，看来今天的缘落在你身上。

有银笑着说，有缘，有缘，同是河村人，你是掌门，我是掌柜，你是替众生管寺庙，我是替东家管铺子，还是你的生意大，你找了一条好出路！北斗笑着说，鸟有鸟路，蛇有蛇路，青蛙没路，连跳三步！我这是被你大哥给逼出来的！

有银听到北斗提起大哥，不敢接话。北斗说，恶有恶报，善有善报，这有财在书苗船上抢了我的生路，自己也走上了绝路！有人说他是累死的，有人说他是灯花克死的！总之替我出了口气！

有银说，都是河村人，何必这么大的气！再说我大哥也是替你叔叔书苗卖苦力，不是他抢你的路，而是你自己被叔叔赶下了船！北斗说，你看你看，你也向着你大哥，不念我们是同村了吧？我可顾念老乡，看你走了这么远的路，该是累了吧？到庙里喝口水去。

北斗带着有银，回到寺里，打开大雄宝殿的正门，让有银一阵上香跪拜。进香之后，有银就向北斗问起了老家的情况。

有银说，听说这边还是红军掌管政权？人们还相信那个苏维埃？北斗说，可不是，红军上个月刚走，半夜里经过蛇迳，从我们河村往下走，我听着那脚步声，响了大半夜，听说从石城那边下来的。

有银说，一会儿红，一会儿白，这梅江边不得安身啊！这天才变了几年，前脚红军走，后脚白军就来了，黄石的苏维埃就散了！

北斗说，可不说，这几年红军管着这地盘，那些达官贵人倒了台，人们都分着阶级呢，你们家有玉不但分了田，还当上了苏维埃的干部，那个肖铁匠当了头，起初就把苏维埃就设在我们河村，后来我们上长洲、下长洲、蓼溪、楼子脑、大坪合并成一个乡后，苏维埃才移到小镇的谢氏宗祠去。

有银叹息说，真是世事难料！我们家有玉的好日子眼看到头了！这红军一走，这苏维埃迟早要散的！

北斗说，红区的变化确实不可预料，地主富农，贫农干部，有许多不明显的界线划得清清楚楚，分田分地，男女平等，许多清清楚楚的界线又一下子打破和抹掉。你家有玉一辈子就想有自己一亩三分地，现在一下子就实现了，而你家大哥有财呀，如果不是病逝了现在准是个大财主或大地主，被人打倒了，白费了一辈子的劳累。

有银说，人世真是不可捉摸，那书苗家里被打成地主了吗？

北斗说，那倒没有，他家并没有多少地，只是走船积了些钱财，看到红军来了，就大半给了苏维埃，他可拥护苏维埃，说河村人家都是小姓，而小姓能掌权，盘古开天第一次！他原来本想建栋青砖房子，但红军一来，谁还敢当财主？最终只是建了一栋土砖房。

有银问，你怎么不回去分田分地呢？北斗摇摇头说，虽说现时代泥腿子欢天喜地，但我却喜欢原来的生活，就是有地了又怎么样呢？还不是以前的累，只是多得一些粮谷而已，社会并没有什么大变化！再说如今红区讲究平均平等，你再怎么辛苦劳累，也不可能过上地主老财们的生活了，那有什么劲儿呢？

有银说，大有不同吧？农民种自己的地，心里高兴，家家养猪，鸡鸭满地，生活红火。

北斗说，这倒是，镇上那个杀猪的李屠户，生意可好呢！对了，你呢，你怎么不回来分地？

有银说，我也不喜欢种地。

北斗说，听说现在黄石成了白区？白区不讲共产，你跑回来干吗呢？你是怕白军，所以才回河村的？

有银说，苏维埃掌权时，店员涨了工资，红军告诉我们，东家剥削了我们，可以起来造反，我是高兴了几年。但红军规矩多，日子是过得舒坦，但要发财却不容易！

两人说了一阵子，就各自告别，谋划自己的小心机去了。有银走出蛇迳的茂林修竹，准备蹚过河滩到对面去。北斗提醒说，你不是回黄石？路在那边！有银说，我想回河村，大哥去世后，我一直没有回老家，我想看看有玉他们，顺便再去下面的寺里进香，听说那里很灵验！

下山路上，有银看到一位村民挑着柴火，问起了李屠户的家。在镇子西头，有银找到了李屠户。一进门，就听到几只硕大的苍蝇嘤嘤嗡嗡，冲有银飞来，转几道弯，又落到一块案板前。李屠户给有银上了茶水，继续在石头上霍霍地磨着刀，细小的褪毛刀，宽大的开膛刀，尖锐的剔骨刀，粗笨的砍骨刀，在石头上磨得发亮，哐当一声落进一个竹篓里。

有银说，李师傅，生意不错呀，这刀磨得这般有劲。李屠户笑一笑，还行，如今乡亲们有田有地，喂猪喂鸭，六畜兴旺，这生意自然多了起来。有银试探地说，能不能帮我杀一头猪，全部卖给我？我要挑到盆村的亲戚家，婚礼办酒宴用。

李屠户说，要是一个月前，这事还好办，那时这梅江上下都还是红区。但上个月红军走了，我半夜起来去杀猪，亲眼看见。红军走的时候从长沙过渡，把两岸的门板都征去搭浮桥，弄得我那天为东家杀猪都找不到案板！这可是我平生第一次遇上的新奇事！现在这里还是红区，杀猪是有规矩的，苏维埃政府管得严，布告上说“私运粮物到白色区域者严办”！我可不敢冒险！

有银把三十块光洋掏出来，给李屠户说，这是生猪的钱和宰杀工钱，多余的不用找了，你帮我找一头猪，就说是红区卖掉了。李屠户看着三十块光洋，心有所动，但还是不敢接下钱来。

有银悄声对李屠户说，你不是说红军走了吗？如今这白鹭镇的区乡苏维埃，已经是自身难保，谁还会管着你杀猪的事呢？！李屠点了点头，说，明天早上你到岭子脑来挑猪肉，这样你就不必经过小镇，直接从蛇迳经过，沿着小路往盆村走。有银说，明天一早听到猪叫，我就进村，装作是你的挑夫。

两人说定，各自欢喜，作揖告别。从李屠户家出来，有银说定了生意心里高兴，但想到挑夫，又心里打鼓。把猪肉从红区挑到白区去，能不能找到合适的人可是难题，杀猪容易挑猪难，不是脚力的问题，而是跨界出境有没有胆量。有银想来想去，还是想到了有玉。对，关键时期兄弟才会帮忙！兄弟照应着一路到黄石，也有个可靠的伴。

但有玉同意，灯花会同意吗？有银又犯愁了！

有银一个人来到小镇，找到了区苏维埃。区苏维埃原来是国民党的乡公所，一条小河边，巍峨高大的谢氏宗祠始终是政治文化中心。如今屋宇换了牌子，与以往比，标语明显多了起来，“布尔什维克”“苏维埃”“共产党”“红军”等字眼铺天盖地，像除夕涌出来抹布和毛巾，把旧世界轰轰烈烈洗刷了一番。墙壁上石灰水涂写的汉字高过人头，红纸上墨汁淋漓，不知是哪位乡绅的好字。镇里仿佛刚举行过盛大的节会。

有银正要进区苏维埃，被一个人拦住。有银说出有玉的名字，才得到允许进去。祠堂正中挂着两个外国人的纸相，胡子老长。一盏马灯高悬房梁，下面是一张宽阔的木桌、几条长凳，墙角杂乱地堆着各种纸张，有些是报纸模样，卷起的地方隐约可见《红色中华》等字形；有些是布告，正文的字体明显有蜜蜂那般硕大。一个长官和有玉讨论着什么事情，估计是门外那人说的区委书记了。

有银在下厅里连叫了几声，有玉，有玉！

有玉看到有银出现在区苏维埃，非常意外，对区委书记说，这是我弟弟，有银！书记说，亲人找来了，必定有什么紧急事，你先回家处理好再回来商量吧！对了，你的耕田队可不能散了，红军走了但红军的家属还在，现在人心惶惶，这些红军的家属可是稳定人心的重要力量！

有玉点了点头，说声“书记放心”，就拉着有银往外走。出得祠堂，有玉说，你好久没有回家了，今天我们回家去，看看大嫂和两个侄子，十多年不见，你恐怕都认不出来了，大的捡狗吵着要当兵了呢！

有银看到有玉浑身散发着活力，不再是以前的愁苦模样，感觉这也是红区的一个大变化。有银问，哥，你不记我的仇了吗？当初在黄石那样对你？

有玉说，都十多年前的事了，还记什么呢？你当初不希望我管束你，走与留也分不出是好是坏，我后来不是找着活干了嘛！我还更喜欢当排工，可以时时回河村看看，否则，我哪里知道大哥病逝的事情呢！

看到有玉不计前嫌，有银略加放心，但心里却更加内疚。有银对有玉说，听说红区小姓能掌权，这谢家的大祠堂，如今你也是进出自由了，要是在以前，这可是不敢想象的呀！

有玉说，苏维埃是穷苦人的政府，真的是好政府，我们家分了田，政府的事情也能说上话，这也是我一辈子不敢想象的！只是现在这红军走了，这穷人的苏维埃也面临着生死存亡！对了，你从黄石来，那边变成了白区，听说地主卷土回村，专门找红军家属和苏维埃干部算账，是不是这回事呢？刚才肖书记正与我商量这事。

有银说，是这个情况！

有玉听了，脸上漫起阴云。有银也不再开口。两人各怀心事，经过祠堂后的大樟树，拐到西头的街道，过了石桥，就到了蓼溪。这是梅江与智水合流之处。两人在码头坐下来。

几只空空的货船在码头随波起伏。白鹭镇是苏区对外贸易的重要节点。白区的物资在赣江上行，秘密经过赣县的江口，从贡江转到梅江。一部分继续上行，直抵宁都、长胜，供给苏区军民，而另一部分则改为陆路，从白鹭、黄石两个小镇上岸，分别经九堡、大柏地进入瑞金。为此，白鹭镇的码头，一直是繁忙的。但红军走后，这繁忙突然中断。

看到码头上的货船，有银又想到了走船的大哥。有银知道梅江水路的兴衰。他在码头上想，如果大哥没有病逝，说不定就是红军交通队的说话人了，就像有玉一样，在苏维埃里当干部。那样，自己可就有挣钱的机会了！他可清楚梅江边有不少人混进了苏维埃，其实是为了方便私底下做生意发横财！

有银问，大哥为什么没有把大船留给你呢？

有玉说，我在外面漂泊，半年之后才知道大哥病逝的消息。听大嫂说，大哥把货船暗地里卖了，换了不少土地，所以红军来了后，大嫂家种的其实是自家的，没有新分到田地。对了，你这次回来有什么事呢？

有银终于把回村的目的告诉了有玉。他说，这次来红区是想做一宗生意，白区国军任意抢劫，老表不敢养猪，肉价奇高，听说红区老百姓翻了身，家家户户种地养猪，肉价低得多呢！今天就在岭子脑定了一头猪，约了人明早屠杀，要挑到黄石去呢！

有玉听了，对有银的盘算明白了七八分。他默然不语，过了一会儿才说，这生意是好，但红区到白区，可不是人随意走动的，更别说挑着重要物资！有银说，不冒三分险，难得七分利，红白交替正好给我机会！我不趁这个机会挣点钱，永远翻不了身！你在家种地这么些年你知道的，虽说这一亩三分地是你自己的了，但能富起来吗？我得像大哥一样娶亲成家，为家族争点气！你是我亲兄弟，你得帮我一把。

有玉说，我不举报你就是了，又如何能帮上你呢？！有银说，你不帮我挑，我就找不到其他人了，我只知算数收钱，没力气挑担，我已把三十块光洋压进去了，这也是我们家族的希望！你得帮我把猪肉挑到黄石去，否则本钱收不回来，我就完蛋了，你可不能看着我走上绝路！

有玉没想到有银做事依然武断，像上次刘家铺子赶他走那样决绝，让你没法多加思考，不得不按他的意志走。有玉气愤地说，你这是要把我逼上绝路！怎么帮你？当初大哥生病你为什么不帮他？

有银辩解说，你不也是没帮他？我当时以为大嫂能找到别人！

有玉说，你不敢回河村，就是不敢面对大嫂一家人！我现在是苏维埃的干部，怎么能背地里过白区？有银说，干部也要过日子，何况苏维埃给了你多少工资呢？你一个耕田队长算什么官，不过是多了公家的事罢了，还不如在家种地自由呢！有玉说，我能当上苏维埃的委员，那是对我们家族和人品的肯定，能决断好多村的事务，以后我们家就有威望，不受大姓人家的欺压了！正如你说的，以前我们小姓人家，哪有资格进谢氏宗祠？哪有资格进乡公所？就是全镇的启堂文社，也没有我们的分，你识字念书，还是到黄石去的！

有银说，当干部有权势，这是好事，但家族要兴旺最终还是得有钱，这次无论如何你都要帮我的大忙，不能眼看着我把三十块光洋丢进梅江！如果是那样，我也只有跳梅江了！有玉皱起了眉头，犹豫了一下说，那我回去找区委报告一下，得找个去白区的理由。

敦煌说，有银的到来，让灯花刚刚安稳的生活，又将重新泛起风浪。女人在婚姻中，不只是走进一个家庭，而是走进一个家族。敦煌的话，让独依的父亲深为赞同。

看得出，在老姑妈休息的时候，敦煌和父亲故意高谈阔论，把现场当作讲堂。忌于父亲在场，独依只好缄口不言。




## 3. 重逢

蓼溪以上，梅江边的田亩原来是姓谢人家的，后来这人赌空了家财，就换了主，成为赖姓人家的。有玉回到河村后没有走排，租了几亩地，种了不到两年，这些田亩又换了主，归了苏维埃政府，分给了租地的人们。

把孩子拉扯大，小脚的灯花不知道经受了多少苦。有玉不再走排，而安心在家种地，显然是为了照顾大哥一家。转眼间十年，捡狗和弟弟大了，也跟着有玉下地。农闲时节，捡狗带着弟弟上山打柴，卖给小镇的商户们。白鹭镇起了苏维埃，灯花自然高兴，但也有新的烦恼。

灯花的烦恼，就是担心儿子闹着当红军。一九三四年，捡狗十五岁，当然还没有到参加赤少队的年龄。那时镇子里十六岁到二十三岁的年轻人，都编在赤少队，二十四岁到四十五岁的乡民，则编成了赤卫队。问题是，捡狗虽然年纪不到，但长得牛高马大，看上去就像二十好几的小伙子了！

年轻人都想嚷着当红军去，捡狗几年前就起哄过，这成了灯花心头压着的一块石头。

有银回河村那天，灯花在村场前刮苎麻。捡狗带着弟弟上山捡木梓去了。白鹭镇茶油金贵，小镇的居民一到白露，也去大山上捡茶籽。灯花带着捡狗曾去往她娘家的村子，白天上山捡木梓，晚上吃住在娘家，中午带着饭菜山上吃。孩子个个像猴子，一上山就溜上了树，灯花就在树下捡。捡狗大了，就不需要姆妈带着去了。

正是白露时节，捡狗带着弟弟书声一早出了村场，去往屋后的青山。捡了些木梓回家，他们吃过早饭，却没有继续上山。放下两扁篓，捡狗赶集去了。弟弟也说去列宁小学看看，今天有没有开门。以往捡木梓的时节，捡狗是不赶集的。那一天有些反常，但灯花没有责怪他，毕竟孩子们辛苦没完，赶集正好看热闹，也可以买些零嘴。

灯花一边刮着苎麻，一边观赏屋场上的鸟兽争斗。这是这个小脚女人打发时间的办法之一。

灯花养了一只狗叫大黑。大黑在屋边的树影里懒洋洋地醒了过来，伸着猩红的舌头，冲喳喳叫着的麻雀不满地瞟了一眼。麻雀继续围着一只鸡盆欢快地叫着，为几粒残留的糠饭兴奋不已。仿佛是两口子，麻雀在交流今天的收获，叫唤声彼此起伏，低的一声是询问，高的一声是应答。

大黑终于被这对公然的炫耀惹恼了，猛然起身冲了到木盆边。麻雀没有想到自己的欢爱影响了大黑，惊叫着飞起来，落到屋边的柴垛上。柴垛是捡狗两兄弟挑回来的。大黑被白花花的木柴晃了一下眼，又起势跳了起来，追咬着麻雀。

麻雀惊慌地叫了一声，交流意见后各奔东西，划出两道弧线，一只落在树梢上，一只落在屋顶上。大黑朝池塘紧追不舍，麻雀飞到了对岸的田野，消逝了踪影，大黑汪汪叫着，望池兴叹。灯花盯着大黑的身影，咧嘴笑了起来，自言自语道，俗话说笨狗猎飞雕，还真有这回事！

小镇自然有热闹的日子，每逢集日，四周的乡民往街巷上涌，热闹异常，挑担的，赶牲口的，嘈嘈杂杂，不时有乡民到村子里讨口水喝。灯花弄了个大茶壶，泡了些大叶茶，摆在大路边，一边织线割麻，一边同乡民聊天，灯花织线的手艺就这样传遍梅江两岸。

平日里，河村就安静得很。临河的码头上蹲着一排妇女，浣洗衣物。有玉牵着耕牛驮着农具，从村场上走过，不时一坨牛粪落地，有玉铲进随身带着的筐里，牵着牛走出村子，晃晃悠悠去往梅江边耕种。

有财走后，灯花在书苗婶的帮助下学习各种生计，刮麻纺线，浆布纳鞋。每做一样事都要比别的女人更专注，更用心，手艺很快超出书苗婶。看着大黑远去，灯花忽然听到一只喜鹊落在棚顶上，没头没脑地叫了两三声，心里立即起一个大问号：难道有什么不吉的事情？

梅江人家把喜鹊和乌鸦混为一谈，都叫“死翼雕子”，往往发布一些凶兆。灯花不会忘掉十多年前那声悠长的鸟叫，有财就是在那悲声里离开人世的。听到喜鹊的叫声，灯花盼望屋场里有人早点回来，让这声鸟叫有个说法。

但村子依然静得让人发瘆。灯花坐不住，就移到村子东头去找书苗婶。婶子却去地里伺候苎麻了，倒是过门不久的媳妇春妮，放下柴草担子，一边拔出竹杠，解着绳索，一边问，我婆婆上哪儿去了？屋场里怎么这么安静？村子里怎么这么安静？灯花笑着对她说，怎能不安静？人们都闹着去镇子里，捡狗和酒箩几个青年闹闹嚷嚷去了。

春妮解散了柴草，拔出插在柴草里的镰刀，勾起一抱柴草，分散在空坪上晾晒。她埋怨说，现在正是捡木梓的好时节，这些人还往集镇里跑，分明是越来越懒了。书苗婶子回来，灯花和她一块儿侍弄苎麻，一边说，今天的鸟叫得厉害，我心里慌慌的。书苗婶说，现在白鹭镇换了天，有什么可慌的，你家有玉都是区苏维埃政府的人了，定了你的心吧。

快做午饭的时候，捡狗也回来了。捡狗这天回来后显得非常快乐，也十分勤快。下米起火，择菜烧饭，他不让母亲沾家务，只是支使着弟弟。吃饭的时候，捡狗说，姆妈，我跟你商量一件事。灯花心里一惊，点了点头。

捡狗说，我想去报名当红军，村里油箩也去，我们约好了。

担心的事情终于到来了。灯花吞了口饭，停了下来，吃惊地望着捡狗。过了一会儿，灯花把碗往饭桌一放，用筷子拍打着桌面，说，红军不是走了吗？那天夜里，我们一夜没睡，听到村外的队伍走了一夜！再说，你能丢下姆妈不管？我把你们拉扯大，容易吗，你说声走，就可以抬腿就走？

捡狗说，我没有忘记，但我们也不要忘记是苏维埃的好。红军是走远了，但也有留下的红军！小镇上人们都在议论，说红军分成两半，一半从云石山出发，去了于都，一半留在瑞金，躲到山上。他们还说白军打过来了，已经到了黄石，不久就会来白鹭镇，年轻人不去当红军，就会被抓去当白军！

灯花黑着脸说，别跟我说大道理，我们跟别人家不同，至于白军，那是将来的事情，到时再说。捡狗还想说下去，灯花起身离开了饭桌，说，不要再说，等你叔叔回家再说。

有玉一大早出门去了，不知是给红军家属当优力去了，还是到区苏维埃说公事。灯花想让他回来劝劝捡狗，趁早打消当红军的念头。

傍晚的时候，捡狗跑回家对灯花说，有客人来了。灯花抬头看去，说，那不是你有玉叔吗？灯花心里纳闷，有玉又不是客人，喜鹊叫什么呢？一边想一边埋头忙着手中的活，丝丝线线和皮皮骨骨在竹椅边不断增多。

这时，灯花听到了另一个人叫大嫂，声音与有玉不同。

是我，我是有银！灯花仍然没有抬起头来，身边响起了一声遥远而熟悉的声音。灯花正捏着一块厚重的瓦片压着苎麻，抽丝剥茧般挥动着手臂，听到叫唤，手抖动了一下，和瓦片一起停在了膝盖上，抬起了头。

那一天，有银应该从她的眼光看到了冷漠。事情过去了十多年，灯花不会忘掉有财临终时的话，不要怪罪有银，毕竟还是亲兄弟，以后还要多多互相帮衬。所以她眼里的这些冷并没有结成冰，应该不是他想象的那么寒光闪闪。灯花冷冷地应了一声，就没有再吭声。

有玉把有银带进了屋里。灯花竖起耳朵，关注着有银的打算。

还是那三间土屋！梅江边的三兄弟，虽然有使不完的劲头，想不完的愿头，但在梅江只有三间存身的土屋。那一个厅子，还是和乡民共用的，只有一半的使用权。父母先后病逝，让这个家族陷入最艰难的境地。

有财去世一年后，有玉得到消息回到了村里，怕灯花孤儿寡母会受到欺侮，就留在村里继续耕种为生。有银看到，两座灶台，一座在厅子里，一座在自己的住房里——这是有银常年不回村里对家族的唯一贡献。

灶台上一只蜘蛛正在结网。有玉对有银说，你不在家，就把你房间当了厨房，但是很少用，农活一忙没时间做饭，大嫂把我的饭一起做好了。

大哥的房间，或者说灯花的房间，与有玉的那间相邻。这十来年，有玉和灯花共在一个屋檐下，分不清是一家人，还是两家人。有玉告诉有银，大嫂的意思，灶头分着过，农活一起做，最怕有客人来家里，一有客人，就必须自己做饭。

有银说，我知道，这就叫搭伙过日子，我也理解，我在黄石和喜妞也是搭伙过日子，但又各自独立。你当年结束排工生涯，是为了大哥而留在河村的吧，大哥会感激你的，要不是你留下，这个家就像飘萍破絮，早就散了！

有玉说，这得感谢大嫂有决心，对大哥有情意，如果她带着大哥的两个孩子改嫁，那这个家恐怕就断了香火！有玉招呼着有银把行李放下，说，等你挣了钱，另建一栋大房子，我们就可以沾光了！

有银说，所以你得帮我！

敦煌说，从大户人家嫁到穷苦人家，门不当户不对，灯花的婚姻在今天看来，几乎不可思议！婚姻没有固定的模式，所谓的门当户对多是预期，并不具有排他性！婚姻的任意组合，才是人类生生不息的奥妙所在！

薪火说，但这种任意组合，往往也是悲剧的根源！这时，独依的父亲笑了起来，说，不是悲剧，而是正剧！历史跟婚姻一样没有预定的剧本，悲剧与喜剧总是相伴相生的！

## 4. 纠结

看到有银回来，灯花有种不好的预感。她默默地在村场上刮苎麻，一边竖着耳朵静听，看有银这次要折腾什么。

有银从行李中拿出一包糖果，对侄子说，来，叔叔专门给你们买的果子。捡狗和书声吞咽着口水却不敢上前。有玉说，叫叔叔。两人这才走上前去，一边拿糖果一边喊叔叔，欢天喜地走到屋外，向灯花报告去了。

捡狗人高马大，模样就是小一号的有财。书声小两岁，却差不多高大，只是不像哥哥那么憔悴，高高的个子背着一个小书包，上面印着“列宁小学”的字样。有玉问捡狗，弟弟在小镇读书，你怎么带着弟弟一起回来了？

捡狗说，今天我和酒箩到小镇打听消息，听说红军走了，留下了红军的游击队，我们想参加，弟弟的列宁小学也关门了，不知道什么情况！

灯花从屋外进了小厅，开始在灶前忙碌，锅瓦瓢盆有节奏地响起来。有银也关注着灯花的一举一动，似乎她的每个动作，就关联着他的大生意。

有玉对有银说，这十来年，两个孩子跟着母亲倒没有受到什么欺侮，但眼前倒是遇到一件犯愁的事。

有银问，怎么啦？有玉说，这捡狗不知天高地厚，和书苗的儿子一起到镇上区苏维埃要求当兵呢！看到这些年轻人积极性高，区委书记肖昌喜给我们梅江片区 20 个“扩红”的名额，说是一个都不能少。

有银说，那是大哥留下的根脉，灯花当然不会放他去的。有玉说，问题是捡狗虽然不到年龄，但他长得快，看上去早就到了年龄，而他自己也嚷嚷说到了年龄，如果不让他去，我的工作又难以开展呢！真是愁人！

有银说，这个容易，我来想个法子。听到有银有了法子，灯花对有银的怨气消了大半——他毕竟是夫君兄弟，毕竟为这个家族着想。晚饭烧好了，这是一家子十来年少有的大团圆，虽然没有多少酒肉，但大家还是吃得挺欢愉。灯花把书苗婶送来的一块野猪肉烧了，供有玉两兄弟下酒。

吃饭的时候，书声说起了列宁小学的故事。有个同学把“苏维埃”叫做“苏叔叔”，被老师一顿批评，有个同学把“红军”与“白军”两个词写得一样大小一样漂亮，也被老师训了一顿。

捡狗说，如果我是老师，我也会批评你同学，红军怎么能与白军相同呢，当兵就要当红军，今天我也到镇上去看招兵。灯花说，你还敢嘲笑人家老师、人家小学，当初叫你和弟弟一去列宁小学念书，你却不肯去！捡狗说，我不是小孩子了，怎么能挤在小学生里头？再说，我去读书了，家里的田地谁来耕种？我们两兄弟，一个照顾家里，一个上学，不是最好的安排吗？当初你也是同意的！

灯花说，你还知道说是要留下来照顾家里，怎么现在又嚷着要当兵去呢？你死了心吧，别想着去当红军了，你走了我们家怎么办，我们家与别人家不同，你看我的小脚，还要靠你将来奉养我啊！

捡狗说，不是还有叔叔在家吗？今天油箩在镇里表明要当红军了，叔叔说明天马上组织一帮人帮他家干活，让他没有后顾之忧呢！叔叔既然会组织优力帮别的红军家属干活，怎么会不顾自己家里呢，是吧，叔叔？！

有玉并没有顺着他的意思，而是说，你的母亲终究要你自己来照顾，我将来会有自己的家，不跟你一起过了，你的姆妈必须自己赡养，照顾姆妈可不只是下地耕种的事情。捡狗说，我可是打听了，一人当红军，全家都光荣，如果我当了红军，全家免纳一切捐税，看戏、买东西都能够优先呢！

灯花沉着脸对捡狗说，那只是一时的法子，一辈子长着呢，谁知道将来怎么样！我可指望你伺候我一生，这可是你父亲走之前对你说过的！灯花提起了捡狗的父亲，让大家感到了气氛的严肃，只好不再吭声。

吃完饭后，书声在房里写功课，捡狗到书苗家串门去了。有银进了大哥的房间，看着书声写作业。时而夸赞字写得好，将来准是当大官的料，时而夸赞数算得快，将来做生意准是块好料子。灯花把洗过的碗放在桌面，有玉接过来，搬到橱里。





灯花说，兄弟回来了，过去陪他聊聊吧，这离开十多年了！有玉说，我有件事想跟你说说。什么事？我明天打算帮有银挑猪肉到黄石，有银已经定下了三十块光洋，不帮他挑去他就完蛋了。喳啦喳啦的锅盖交响声骤然停顿下来。有银的心也提到了嗓子上。那边是白区，你敢过去吗？我们两人悄悄走不声张，人家不一定知道。小厅里出现长久的沉默，好久才传来一声咳嗽，随后是灯花压低的声音，丝丝缕缕搅动着有银的耳朵和心跳。

灯花对有玉说，过白区去是大事，另有一件大事我必须跟你讲讲。当年你大哥准备抬去会昌医治，我求有银去照顾大哥，但他与你们大哥为借本钱的事正吵着架，也许是在气头上吧，终究就没有答应。这件事没有对你说过，只是今天的决断关系着家族大事，我必须告诉你，你愿去还是不去，由你自己决定了！这是你们兄弟间的情分，我不想干预。

有玉急切地追问，还有这事？接着厅子里是长久的沉默，像一座黑夜中升起的大山，向有银压过来。打破沉默的，是书声的提问：叔叔，这道题怎么做？有银并没有回答，而是猛地站了起来，走出房间。灯花和有玉互相看了一眼，沉默了下来。

有银倚着门框，对有玉说，我也没想到大嫂后来找不到帮手，你们就一直这么记仇吗？你现在是家里主心骨，你得为家族着想！有玉瞪了一眼有银，说，我从来没有说起过你的事，你还有理了吗？大嫂就是希望我们兄弟和好、互相照应，一直叫我要把你找回来，在河村成家立业，振兴家族的。

有银不再反驳，嘴里嘟哝着说，反正你不帮我，我明天就把猪肉丢进梅江，跳江死了算了！

兄弟之间有再大的矛盾，关键时候也会伸手来帮衬。所以呀，每个当母亲的，都希望多几个孩子，都希望孩子长大后互相有个照应。是啊，今天的社会，独生儿女一大堆，将来有个事情得独自承担！更可怕的是，独生子女习惯了独身，将来就更加孤零，让父母如何安心？

## 5. 祸根



那天大早，有玉离开河村的时候，路上没有遇到一个人。灯花松了一口气。她并不知道，有玉会在半路上会遇到北斗。

夏天的早晨空气凉爽，山路上的丝茅草凝着露珠，像观音娘娘手里的拂尘，不断向有玉的脸庞、手臂、脚板洒来圣水。从岭子脑挑着猪肉出来，李屠户就匆匆消失在村外了。

有玉来到元田河与梅江的交汇处，看到初冬时节水落石出，水浅可以过河，就跟有银说，我们从进蛇迳去吧，从江口寺边经过，这样不容易被人发现。有银说，进蛇迳可以，但我们不能从江口寺前过，北斗在那里，我们要绕到蛇迳的后山里经过。

快到蛇迳的后山，有银又紧张起来，嘴里喃喃说道，菩萨保佑，别撞见了何北斗。

有玉奇怪地问，北斗？我们村子里的人？他一个懒人能起得这么早？有银说，这个人懒，但这个人也馋，听到杀猪的声音，大早就会起来！回来时我就在前面的木桥撞见了他，估计就是进村打探谁家杀猪没有，我担心昨晚杀猪的叫声被他听到了。

有玉说，他一个寺庙里的人，也想吃猪肉？

有银答，没什么不可能，酒肉穿肠过，佛祖心头坐，这个人进寺庙就是为了逍遥过日子，你以为他真是想出家修行吗？

两人正说着，有银低声说，哥，你停下，停下来，前面有人！

两人赶紧闪进了树林里，躲在灌木丛里。却是一个赶早集抄近路的人，挑着一担蔬菜，急匆匆走过，扁担吱吱呀呀地响着，在山林里回荡。两人松了口气。有玉说，今天是白鹭镇圩日，上圩的人早，我们得赶紧走。

转一个路口，木桥就到了。鸟儿在榨树上啄食着果子，树下正是昨天北斗洗手的地方，溪流清澈见底，上面飘着一些落叶。两人急匆匆地过了木桥，就要转到江边的山路上。

忽然后面有人在喊，卖肉的老哥别急着走，给我匀些猪肉。有银回头一看，心里一沉。尖嘴猴腮的脸，正是北斗。有银让有玉停下来，说，我们亲戚家正等着猪肉办喜事呢，你上圩里去买吧！

北斗说，你急慌慌地干什么，我付钱给你还不成？有玉说，北斗，你是佛门中人，怎么可以吃猪肉呢，会触犯神佛的！北斗说，哎呀，有玉兄弟也在呀，有意思，有意思，你不是苏维埃的干部吗？怎么也可以跟着有银去白区？

胡说，我这是去盆村走亲戚！

走亲戚？以前我可没听说你们家有亲戚在盆村的，有银，昨天你可没说走亲戚的事，只是说回到老家的寺庙上上香吧。

可以，可以，就像我在佛堂里做事，也一样想吃猪肉。

你别油嘴滑舌了，你到底想怎么样？

你们别着急，我今儿就想你匀些猪肉给我，我懒得上集里去卖，赶着新鲜，你是苏维埃干部，还不知道猪肉宰杀和销售的政策吗？遇上一趟不容易，我们乡里乡亲的，你就是挑到白区去，我也不会说什么，只要你留下一块肉！北斗把话挑得越来越明。

你休想，我就想挑猪肉去白区，你管得着吗？

我管不着，但政府管得着。北斗的口气硬了起来。

有玉朝有银使了使眼色，说，北斗，你可不能乱说，我这真是亲戚家的呢，那边买头猪不容易，但亲戚办婚礼做喜事没猪肉又不行。这样吧，你要多少你说，给你就是！

北斗说，还是干部的觉悟高。他走到担子前，拨了拨两扇猪肉，说，就这块五花肉，加上这块后腿边的！有银说，你可是眼尖呀，好的都挑了去，这可是最好卖价钱的。

哎呀呀，有银老哥，你别舍不得，你们挑走大的，我留下点小的，对了，我下次再来时，到寺里拿钱吧，我钱没带在身上。

有银说，不行，要挑好的肉，还想不给钱，不行！没说不给，就是下次给嘛。何北斗，二流子，你别得寸进尺，别以为我们怕你，我到小镇上说出你吃猪肉的事，看你今后还有谁来上香！

有玉看着两人呛上了，拖延着走路时间，心里着急起来，说，有银，给他吧，都是河村的人，就请了回客嘛！说着把猪肉割了下来，递了过去。

北斗提着猪肉，乐悠悠地踏上木板桥，朝寺里走去。有银看着他的得意劲，气得火冒三丈，追前去把猪肉抢了过来，说，今天我就不给你，看你想翻天了不成，走，我们不理他，我们不怕他！

北斗没想到有银有这决心，冷笑着说，我们走着瞧，你这个小气鬼！

有银把猪肉丢回担子，催着有玉上路。有玉说，既然割下来了，不要再斗气，给他吧！有银说，这两块肉在黄石能卖多少钱呀，才不给他，看他怎么样，如果他敢乱说我到时收拾他！

有银催着有玉起步，匆匆走过蛇迳的后山。有玉换肩时，回头看了一眼，北斗站在路上愣愣地站着，看着空空的双手，又看着远去的猪肉挑子，嘴角露出了一丝冷笑。有玉从这冷笑里看到一丝不祥的预兆。

有银说，快走吧，我们赶路呢，这偷鸡摸狗的东西，你理他干什么？

有玉说，你真不能这么对待这个同村的乡亲，如果到时去区苏维埃乱说一通，等着我的不知道是什么！

有银说，他敢乱说，你就到镇里告诉乡亲们，说他吃肉，说他吃不到肉就诬蔑人。乡亲们知道一个管庙的吃肉，还不会把赶出庙去？！

有玉说，这样弄僵总是不好的，他对寺庙神佛忠不忠诚是他的事，我们不必跟他计较，你是太计较你这点猪肉了！

有银毫不在乎地说，有什么错啊，这猪肉在白区就值多少铜板啊！

去往黄石要经过一片茫茫群山。无数的山坳，连绵的山峦，像上天布置的迷魂阵，有银却一点儿不会迷失方向。他专门挑选人少的路径，尽量避开人眼，这样紧走了一个时辰，有银就是空着手已走得大口喘气，更别说有玉挑着担子，累得大汗淋漓。

紧走慢走，走了两个时辰，眼看就要到黄石小镇了，有银却叫有玉挑着担子拐进了附近一个村落，找到了一个叫刘屠户的家里。刘屠户笑眯眯地迎接着，说，有银，看你文文弱弱的，没想到你真的敢到红区去，有胆量！

刘屠户拿出了一杆大秤，一头钩了箩筐，叫有玉掂起来脚尖挑起钩圈称量，另一头如是重复，核实了有银报告的数量。他转身就从屋里拿出一包光洋，交给有银，说，以后多多合作，我一定不会将这件事告诉郭屠的。

有银收了光洋，用手伸进布袋捏着摸着数了数，一边放到耳边吹了吹，说，没错，正是说定的六十块光洋。有银拿着包裹，别在身上的夹袄里，拉着有玉就往黄石小镇走去。

有玉说，你不是收了郭屠的钱吗？回去怎么跟他交差呢？

有银说，你再帮我一个忙，就可以！说罢拿起一块石头，朝有玉头上狠狠砸了过来，有玉哎哟一声丢了空箩筐，蹲在地上，双手捂着头脸，鲜血从指缝里流了出来。他从地头抓了一把泥土，封在伤口上，又扯了几张树叶，捂着额头痛得差点昏了过去。他指着弟弟有银说，你真狠心呀，你想过河拆桥、恩将仇报？你拿你的光洋走人就是，我没想过要分你的！我这就回去！

有银把有玉扶了起来，说，二哥对不住，你现在还不能走！我不是怕你要分钱财，我们得让郭屠相信，是红区的人抢了我们的猪肉，否则没法交差！

有玉弄明白了有银的苦肉计，就点了点头，哎哟哎哟地叫着，声音里就有一些夸大的成分。有银装作费力的样子，扶着有玉朝黄石小镇走去，一边对乡民说，不好啦，不好啦，那边的红军过来抢东西了，大家赶紧逃吧！

人们被这种虚假的消息弄得人心惶惶，一路上有人在匆匆奔逃，回到家里嘭地把门关上。有银暗暗笑着，对有玉说，你喊大声一点，继续喊起来！红军抢猪肉的消息比有银跑得更快，而且很快添枝加叶，像不断发酵的面团。到了郭屠耳中的时候，消息已升级为红军在江边杀人放火了，还追杀了两个从红区挑猪肉过来的人。

有银扶着有玉进了小镇，找了一家药馆。药馆不再是纯中医了，而是学会了中西兼用，处理伤口简单易行，不再是草药敷了纱布裹了。医生一边处理着有玉头上的伤口，用碘酒清洗，敷上一些消炎的药粉，一边问，到哪里这么不小心，伤得这么重！

有银说，到白鹭镇走亲戚，路上遇到抢劫的！医生看着有玉说，你们也真够大胆，在这样的乱世还敢乱走，以后可不要到红区去了，再等些时间黄石与白鹭一样了，不就可以自由来往了。医生一边说着治心的话，一边开了一些中草药，用草纸包了递给有银，叮嘱说，好好休养一段时间，对方下手太重，口子很深，出了不少血。

有银接过草药，送上一串铜板，扶着有玉出了药店。来到大街上，却没有直接进自己的铺子，而是来到郭屠户家。

进了门，有银一看到郭屠户，就跪在地上，扫了自己几个耳光，泪流满面地哭了起来：兄弟呀，当初我不该喝你家的酒，不该壮起胆来说过红区去，我冒着危险杀了一头猪，叫了个乡亲半夜起身往黄石走，眼看就要回到黄石了，不料红区的苏维埃干部接到告密，说是有人私卖猪肉到白区，一路追了过来，硬是把我们打伤了，把东西抢走了！我对不起你啊！

郭屠户愣愣地看着有银，半信半疑。有银用眼光的余光瞄了下郭屠户，又嚷叫起来，说，我们眼看就要被抓回红区，幸亏找了机会逃走了，才保住一条小命！兄弟呀，我这乡亲都受重伤了，你说这生意弄成这样，我怎么向你交差呢！你那五十块光洋我怎么还得起呀，你干脆把我捆了送到国军那里，说是我通匪去了红区吧！

郭屠户扶起有银，听得云里雾里，最后才弄明白是去红区贩猪肉的生意黄了。他看了看有玉头上的纱布渗出了鲜血，手臂还用纱布吊着，拍了拍有银的肩膀说，兄弟别哭了，算我们倒霉，没有把这项生意做成！你扶着乡亲回去吧，养好伤再让他回老家去，这事就不要在外面声张了，就说是土匪抢劫！

有银抹了抹眼泪，对郭屠户说，以后有机会，我们再合作吧，下次我一定当心点！说完，扶着有玉出了门。

## 6. 白区

夜色低沉，黄石小镇慢慢热闹起来。而最热闹的地方，要数重新开张的青楼。黄石小镇依山傍水，红军一来，那些大户人家和乡公所官吏都逃了。有的逃到山上，有的逃到赣州，有的逃到南昌。红军撤离后，那些地主富农，那些土豪劣绅，又纷纷回到黄石。青楼这消费，自然重新红火。

黄石原来归属宁都。宁都有个著名的土匪叫黄镇中，红白通吃，占山为王，梅江边都知道他的名头。红军一来，倒是压住了他的气焰。但苏维埃建立后，人们还是胆战心惊，干部不敢大胆工作。后来黄石与对坊、长胜、瑞林等几个梅江边的区合并为长胜县，系中华苏维埃临时中央政府四个直属县之一，中央派了个叫朱开铨的瑞金人去当县长，工作才大为改观。黄石那些暗中开张的青楼，就彻底停掉了。

有银走在石街上，想起了老家的白鹭镇。有玉回去向区里请示过白区的时候，有银蓼溪码头回到集镇转了转，看看红白的世道有什么不同。从表面看，那些货摊、理发铺、酒家，都并没有什么两样，就是不见烟馆和青楼，没有花枝招展涂脂抹粉的女子，和那些呵欠剔牙的权贵，抹汗收钱的轿夫。

有银选了青楼附近一家酒铺子坐下，这里离青楼近，传出的消息更丰富也更真实。那些带枪的、穿绸褂的、黄军装的，在青楼前进进出出。几个商人模样的围在一起，一边谈论着时局与生意的关系，一边斗酒。

一人把碗放下，酒珠洒在桌面，抹了一下胡子，喷着酒气对同伴说，今朝有酒今朝醉，管它是红是白。一个人高声骂道，这几年我们家逃到山沟里，过着苦日子，可算把国军盼回来了！那些泥腿子，迟早我要跟他们算账！

一人掩着嘴凑到同伴耳边，说，听说瑞金的中央红军都逃了？他们连首都也不要了？哈哈哈！一个人说，梅江的货船，多少年没走赣州了？宁都州、赣州府，梅江水路不久又要全面打通了，那时我们的生意就好做了！

一人说，现在红白正打得厉害，听说红军吃了大亏，战争无论谁输谁赢，棉花和盐之类的，都是紧俏物资！一个人说，我也是这样想的，我们得赶这个时期多做几样大生意，说不定到白军一统天下，我们就没有好生意可做了！

听到棉纱和布匹生意，有银想起了有玉。有玉说，区委肖昌喜答应他到白区，是要打探两件要紧的事，一是土豪还乡的情况，一是打探绵花布匹这两样货物。可惜自己下手太重，有玉回到铺子里，并没有很快好起来，而是发起了高烧，整夜整夜说着胡话，不时惊叫着坐起来，叫有银赶紧逃跑，一会儿是白军来了，一会儿是红军来了，一会儿是北斗来了。有银请来医生治疗，开了几服药，有玉就在铺子里沉睡起来。有银不放心外头的世界，就上街打探消息来了。

那边谈生意的人继续在猜拳划酒令，一会儿又结伙去了青楼里。酒家接着又静了下来，有银这才发现其实小镇很冷清，虽然今天是个集日，并没有听到像以前那种一浪高过一浪的喧嚣市声。自从国军打过来后，黄石再次成了红区和白区的边界，下游的人不敢上来赶圩，这边的人不敢去下游买卖。人们被分割后，发财的心思暂时收敛起来了，不知道将来局势如何，日子就得过且过的。

有银习惯了红与白。任何时候，柴米油盐，都是生意。白的时候，他对乡公所的人点头哈腰；红的时候，他对苏维埃的干部点头哈腰。红的时候，他还有过一阵子幻想，要和喜妞一起过日子。但暗地里那些左右喜妞的人还在，有银慢慢就丢掉了幻想。

有银喝了酒，吃了点猪耳朵，就匆匆离开，回到自己的铺子前。打理这个铺子有一两年了，他还是第一次这么悠闲地过日子，白天关着门，和有玉一起睡大觉，晚上自己出去打听时局的变化。人们时时聚在一起谈论时局，行色匆匆，又神秘低语。

过了两天，有玉有了好转。有玉在地面上蹦了蹦，觉得自己可以活动了，就对有银说，我得出去，看看白区的情况。有银赶紧拦住，你一个红区来的人，到处打听消息，可别让人把你当成红军的探子。

有玉说，那怎么办，我可是带着任务来的，昌喜听到我跟你去黄石，本来是不同意我过来的，说那样风险很大，但见我说得坚决就同意了，却来不及召集区里其他干部一起开会研究，就分派了特殊任务，到黄石了解购买棉花与盐的途径，说红区正缺少这两样物品。

有银说，这样吧，打听消息的情况我来办，你帮了我挑猪肉，我也得帮你完成任务，我有熟人做这个生意，我们去问问。

有玉跟着有银出了街，朝集镇东头走来。有玉当然记得这个地方，正是十多年前第一次找到有银的铺子。

有银说，这家主人叫喜妞，是个寡妇，不瞒你说吧，她是我的相好，等我有钱了我想把她娶了。去红区前，我给了她二十块光洋，叫她自己做生意，其实就是帮我铺子一起进货，正好去寻找一些棉花食盐的进货渠道。

有银敲了敲门，一会儿喜妞吱呀一声推开门页，让他进了屋子。喜妞看到有银，就想粘了身来，要一个久别重逢的厚礼。有银推了推说，我二哥在呢。喜妞住了身势，过来叫了声二哥，让两人到桌前坐下，取来黄酒和花生米，把一盏端到了桌面上。

有银问，棉花与食盐的情况，打听得怎么样？喜妞说，这些物品吃紧，前几天进了一批还没有出手，我想囤着看看。有银笑了起来，说，你这个妇人，天生是做生意的料！你就不要出手了 ，我这位兄弟要带到红区去呢，价差可大了，你们可以好好挣一笔！

有玉说，我可没有带钱，只是了解情况，后一步再考虑采购。有银说，你帮我挑猪肉走了一路，还受了“苦肉计”的伤，我不得付给你酬劳呀，我早想好了，卖猪肉的钱我分给你十块光洋，正好可以把一部分棉花和食盐买下，挑到红区去，你又可以翻一倍，这样一趟等于你挣了二十块光洋，还为区苏维埃解决了进货渠道，有了一个公务的交差。

有玉说，那好吧，我明天就走，不能在白区久留了！

有银把铺子的钥匙丢给有玉，说，我和喜妞再商量点事，看看那批棉花和盐，帮你准备一下明早好出发。你先回铺子里，记住不能乱走，你毕竟是红区来的干部，有人认出来或盘查起来，那就麻烦！

有玉知道有银的意思，无非是和喜妞久别了需要单独在一起，就把碗里的酒水喝干，起身走了。有玉出门时把大门关了起来，左右瞧瞧，一片安静。有玉想起第一次来小院的情况，那时他推开虚掩的房门，听到里面异样的声响，就坐在门口等候，直到有银出来。

有玉想，有银有自己的活法，在乱世里如此从容。有玉站在石街上，打量着黄石的夜景。琴江在小镇边盘绕，似乎要把灯火带往不远的梅江。星辰在夜幕中闪耀，灯火在琴江中寂寥燃烧。下弦月落在高高的树梢上，仿佛找到了依靠，但不久慢慢升起，高出树梢。月光带来了更深的凉意，一只猫头鹰叫了一声，传播到黑沉沉的大地。

有玉回头看了看小院的灯火，想起了一个人，就往梅江边走去。有玉的独身，在后世的族人中一直是个谜。在清明扫墓的时候，敦煌常会听到族人说起这个话题。敦煌说，任何时候，独身都是一个谜。独依听到敦煌的谈论，也沉浸在对谜底的追问之中。

## 7. 排工

独身的人，情感并不是独身的，只是由于特殊的原因，另一半无法显形。有玉有江湖漂泊中，其实遇到过另一半。这跟他走排的经历有关。

杉木是梅江两岸的一宗出口物产。每年春夏之交，就有被称作“客子”的外地树贩在梅江两岸的山场游走，和合伙的本地木商一起看树木，定山价，并雇工采伐、剥皮，晒上两个月后滚下梅江去扎排。若遇价钱不好，木头就搭架堆积待价下河，有时搭架搭到三四年的。客子雇请当地人当排头，排头又招揽大批乡民当排工，木头堆场就是排工走水路的起点。

有玉当年被有银弄计支开，就来到黄石小镇上游的村落里，在堆场上落身，并结识了早来几年的排工铁蛋，两人合得来，铁蛋站前头，摇橹，看水，有玉木排后头，掌舵。两人一起在木排上扎棚做饭，摊被睡觉，一起在夜静时分竖耳静听梅江的变化，应对突然猛涨的洪水。

星空灿烂的夜晚，铁蛋和有玉睡在木排里，仰望高天，伴着江水，铁蛋就会说起老家，说起老娘，说起自己的媳妇秀珠和孩子。那天在堆场里遇到的孩子，其中一个正是铁蛋的。

铁蛋姓钟，老家在离梅江很远的山沟里，有一年收成不好，收租时铁蛋与地主管家发生冲突，打死了人，就带着老娘逃到了一个叫上田的大村落。这里的人家全部姓蔡，对于外乡来的铁蛋异常客气，每次杀猪或办红白喜事，铁蛋都会接到请约。老娘对铁蛋说，孩子呀，这村坊都是好人哪，对我们单家独户的外姓人这样客气，你可得好好回请人家。铁蛋点点头，一年下来，发现自己拼力气耕种的收入，除了糊口，就是回礼请客花掉了。

有一次，铁蛋在深山里帮人砍伐木头，听洗木头的人说这木头一路出去，就到了洋溪河，进入梅江，扎起排来。铁蛋顿时心动，跟着木头来到大山外，从此当起了排工，并把媳妇接了出来，让母亲一人在家，免得再回礼花销。

大江大浪里奔走，让人感到生死无常。十年前的一天，有玉和铁蛋从白鹭镇到上游的黄石镇接排。雨是那天下午开始下的，狂风暴雨下得铺天盖地，给人快要天崩地塌的感觉。铁蛋检查了系船的榴木扎得够不够深，有玉也看了竹缆有没有拴牢，两人确定就是涨水也没事，回到木排的竹棚睡觉。

半夜时分，有玉被雷电惊醒，发现木排带着大家已远离江岸，正在江中随波逐流，正是最可怕的“发夜水”。木排紧连着木排，排工慌乱起来，惊叫声此起彼伏。铁蛋叮嘱有玉不要惊慌，不要乱跑，待在木排上顺江而下，等待时机进入河湾回流之处，就有希望顺势拢岸。有玉紧张地待在竹棚里，心随浊浪起伏，紧紧揪着。时间过得非常漫长，心里计算着行程，木排准是出了梅江，进了贡江。

突然，木排变得缓慢起来，铁蛋点起了火把照了照宽阔的江面，却不知道是什么地界，只是发现木排进入了一片回流的洪水，往岸边不断地移动。有玉高兴地喊叫起来，我们有救了！

铁蛋举着火把查看流势，说，不能高兴得太早，如果不把木排固定在河湾，很快就会重新翻滚到中流去！有玉的心重新揪了起来。铁蛋把火把递给有玉，说，照着我，我去系木排。

铁蛋拉起一根长长的竹缆，跳进江水中，朝一根腰身弯曲枝叶入水的大树游去。铁蛋吃力地把竹缆绕在树身，高大的桤树在江面摇晃了几下，平息下来。有玉正要庆贺系排成功，却看到一根松脱的木头被一股暗流怂恿，往铁蛋头上漂去。有玉大叫一声，有木头，往水里躲。铁蛋一个猛子扎进水里，却不料用力过多，一头钻进了木排的底下。

在黑暗的江水中，铁蛋并没有从木排地下钻出来。铁蛋在生命的最后时刻，一直在木排下游动，寻找边缘，但没有方向感的寻找，却把他引向了木排的腹部。他感到天空压了下来，像五指山一样压在孙行者的头部。

有玉敲打着排面，呼喊着铁蛋的名字，却无法看到铁蛋在水下摸到了何处。第二天早上天亮了，有玉在木排的尾部发现了铁蛋的头发，飘浮在水中，像一簇水草。只差一步，铁蛋就可以游出水底，但他没有力气了，生命像一根失去动力的钟摆，停在了木排的边缘。

把铁蛋埋葬后，有玉默默地接受了铁蛋生前的托付，和那位叫秀珠的寡妇组成临时的家庭。孩子真真只有三岁，每天问有玉爸爸放排远行什么时候回来。有玉说，等真儿大了就会回来。秀珠有了有玉的安慰，慢慢走出了阴影，与有玉睡在一起的时候，已是全身心地付出。

但有玉每次完事之后都会有一丝内疚感。

又迎来一个出排日。杀了雄鸡，祭了河神，喝了黄酒，汉子们精神抖擞，做着第二天一早出排的准备。这天晚上，秀珠早早让真儿睡了，在工棚里点起一盏油灯，为有玉布置了另一场出发仪式。

这是一场极尽心力与体力的交欢。湿热的空气里，两根原木紧紧抱在了一起，枝叶翻腾，相互抵触，撕扯，试探，交错，挺立。不一会儿，原木褪去了树皮，只剩下光滑的胴体，仿佛两根激烈碰撞的树筒子，在江水中浮沉。一根粗壮而尖锐的檑木猛地扎入大地，木排发出了吱吱呀呀的响声，顺江而下又被扯住，抑扬顿挫，摇摆飘荡，止不住快乐地呻吟和挣扎。

梅江流域的原野在雨水的击打下狂放不羁，水草摇曳，鲜花怒放，蜜蜂嗡嘤，无数不知名的生命在释放，在诞生，在奔涌。从宁都州到赣州府的水路上，一只独木舟在穿行，时而静水深流，缓慢凝滞，时而狂澜骤起，一日千里。

江水如注，浪峰崩塌，落水的人在江中拼搏，卷入水底，暗无天日，又猛然出水，重见蓝天。洪水渐退，两具经历了生死瞬间的肉体瘫在工棚，就像刚刚脱离排工肩膀而轰然坠地的原木。

有玉那一晚离开后，真的再没有回去。他在放排的半路上看到老家的船帮，打听大哥的货船，却得知大哥病逝的消息。木排顺江而下，到了河屋，他就告别工友，回到了家里，从此与大嫂生活在同一个屋檐下，一同照看孩子，一同支撑那个快要倒下的家。

过了十多个年头，有玉依然忘不了那个工棚。仿佛那就是故乡，有着自己的小木屋、筷子、清水，许许多多的告别，许许多多的日子，有盏灯为有玉亮着，等着他回来，虽然那个家并不属于自己，那孩子不属于自己。有玉走出黄石小镇，摸黑走到了熟悉的堆场，看到了那些工棚。

独依再次相信海子的诗歌，是扎根的。“有一盏灯 / 是河流幽幽的眼睛”，灯花如此，秀珠如此，都是河流中幽幽的眼睛。而有玉来到梅江边，在离秀珠最近的地方，想起了这双河流中的眼睛。秀珠还在那个工棚里吗？远远地，有玉就看到了那个熟悉的杉皮屋顶。

昔日的木头堆场规模越来越大了，工棚也比十年前多了几排，但堆场里却没有往日的热闹。有玉知道，肯定是由于国共交战，梅江上下游不能自由行船走排导致的，一部分排工回家务农去了，只有一部分还守在工棚里，等着梅江上下游一起成为红区，或者白区，重新开始放排的人生。

有玉朝工棚走去，心里一阵紧张。作为一个排工，生死之事朝暮之间，多少个夜晚他在劳累一天之后钻进这个工棚，获得了生命的舒展。他没有再要一个孩子，他知道秀珠迟早要带着真儿回到那个热情好客的小山村，尽孝于铁蛋年迈的母亲之前。

突然，有玉听到工棚里传来歌声。仿佛是秀珠的声音，在唱一首幽怨深深的歌子：有女莫嫁放排郎，放排郎子没风光，食了几多黄泥水，睡了多少硬板床……仿佛是秀珠的声音。秀珠还在吗？

有玉一阵欣喜，紧走几步，要推开工棚的木门。这时有玉听到一个男人的声音，说，吵吵闹闹的，完事了就早点睡觉，有精力留到明天！

有玉收住脚步。秀珠身边有了另一位排工。有玉驻足在夜空之下，听着滔滔梅江，恍若隔世。他既是欣慰，又是心酸。

一茬茬排工在梅江边来去，出生入死，大半是没有妻室的汉子，秀珠自然容易重新组合，像当初他那样。但他知道歌子是唱给他听的，唱给一个下落不明、不知归期的排工。十多年的时光，他没有给秀珠留下什么，只是留下这首以前唱过的山歌。

有一次，有玉站在排头，看到岸边的高山上有一个穿蓝衫裹头巾的女人，身影就像秀珠。那女子敲着竹杠唱起了山歌。有玉听了歌谣，跟这位异乡的妹子对起了一段：有女要嫁放排郎，放排郎子有风光，食了几多鱼和肉，走了几多好地方！回来后，有玉向秀珠讲起了这件事，这首歌。

秀珠依然记得这首山歌。歌声关联的故事，遥远而熟悉。月光突然刺破了云层，从天空打下来，打在杉皮扎成的屋顶上。这些杉树的厚皮早已与树身分离，树皮还在岸上经风历雨，而树身早已随着江水，漂入江湖，在远方转世。有玉就是这样一根离散了十多年的裸木，与树皮相见，却不能重逢。

有玉看着工棚里吹熄了灯火，堆场上一片黑暗。他抹了下眼角，转身往黄石小镇走去。

## 8. 被捕

有玉在黄石的日子，灯花每天都烧香，祈祷他平安归来，但等来的却是有玉被捕的消息。

有玉回村那天，天气很好。山里头的太阳出来得晚，月亮还在天幕上挂着，似乎等着太阳迟迟不愿离去。晨风轻徐，露珠从路边的树枝上掉下来，落进脖子里有些冰凉，捉弄着山路急行的有玉。有玉挑着棉花和食盐，不走大路，专走小路，像来时挑猪肉一样。

急促的步子里，有着对灯花和孩子的挂念，有着向区里反馈任务的急切，有着对北斗那诡异莫测眼神的焦虑。

蛇迳就要到了，几棵高大的榨树就在眼前，紫色的果子落在地下，踩上去，就变成一泡鲜红。霞光如火一般染红小小岛，寺庙的钟声安详而有节奏，仿佛人间并没有什么事情会改变它古老而悠久的节奏。有玉把挑子藏在了树丛里，小心翼翼地往江口寺走去。在小寺边转了一圈，大门紧闭，北斗的鼾声隐隐传来。

有玉心中暗喜，赶紧回步，从树林里挑起担子匆匆走起，过了蛇迳的河滩，往河村走去。

一条纤细的道路从悬崖上穿越，峭壁伸入江水，像一头饮水的大象。象鼻上建起了一座茶亭，亭下涛声阵阵，深潭鱼龙起舞，不时激起水花。一条剽悍的草鱼从潭底游窜而上，往上游的沙滩游去，几只渔船跟踪而上，悄悄地围拢过去，将大鱼往浅滩上赶去。突然江面上渔网哗啦啦响成一片，像白色的莲花朵朵绽放。拉网，转篙，呼叫，热闹异常，让有玉浑然不觉身边的危机。

几个人围了前来，手上拿着红缨枪，指着有玉说，举起手来，放老实点。一人拿来绳索，把有玉绑了一个结实。有玉说，你们是什么人，竟然敢绑苏维埃的干部!

从不远的树阴下又走来一个人，说，有玉，你知道自己是干部吗？我们等候你多时了！有玉一看，是新任的文书何远仁。

远仁是书苗的弟弟，有玉的同村人，与堂兄何北斗是一个模子里出来的人。有段时间，有玉听说远仁在民团里当兵，有时还把枪背回村里，在乡民前炫耀一番，顺手拿走乡民的东西，大家敢怒而不敢言。后来白鹭镇的民团都被红军打跑了，远仁回到了村里，跟着大家分田分地，表现积极。

他曾经发动书苗的儿子一起去当红军。后来有人揭发他当过团丁，“扩红”干部找到有玉对证，远仁为此没当上红军。但他没有气馁，一有机会就主动帮苏维埃的干部做事，不求回报，自称是主动要求改造。

白鹭镇最早的革命者叫赖昌祚，是一个裁缝。1931 年，白鹭镇成立创建区苏维埃，他担任了区委书记，后调到瑞金工作，肖昌喜接任了区委书记。区苏维埃主席赖世玉，与区委书记肖昌喜素来不和。

肖昌喜是铁匠出生，当年有财走船时到他铁匠铺子里买过船钉。肖昌喜后来利用打铁的手艺走村串户，和赖昌祚一起宣传共产党的主张，最后加入了组织。白鹭镇成立区苏维埃，肖昌喜就找到有玉，让他担任土地部长。

赖世玉是当地发展起来的革命干部，对外县来的肖昌喜心生芥蒂。两个人做事风格不同，对许多政策的理解也就有分歧。比如对于政策宣传，肖昌喜认为要多召开乡民大会，现场讲讲政策条例，赖世玉则认为这样耽误大家生产，纯属扰民，在道路和村场多刷些标语布告就行。

比如群众主动帮助干部做事这个问题。

区苏维埃成立，事务繁忙。土地部长、粮食部长、税务部长、裁判部长、宣传部长、文书，几个人忙得人仰马翻，但机构又不能随便增加人手，于是这种主动帮助政府做事的群众深得干部喜欢，甚至用得顺手顺心，何远仁就是在这个时候频频出现。

不少群众甚至以为远仁也是干部，遇到事情要求政府调解，干部忙不过来，群众就直接找远仁申诉，远仁对自己的身份不加说明，只是说，一定认真转告首长。每当赖世玉从外面开会回来，背着厚厚的报纸和文件，远仁就立即放下手上的农活，接过肩上的袋子，说，首长同志辛苦，到我家喝口水吧，等下我帮你背到镇上哈。

区委书记昌喜看出了干部身上旧官僚的习气，在会上提出了批评，弄得赖世玉很不高兴，认为这实际是针对自己的不点名批判。赖世玉站起来反驳，认为群众热爱政府帮助政府没有错，相反有些干部自己都不主动为政府做事，成天忙着自己的家业，比如有玉同志，几个月来只是被动地接受安排，甚至都要到他家里地里去请，这样的态度对开展革命工作有什么好呢！

有玉当然是事后才知道这样的议论。肖昌喜把内部意见反馈给他，叫他注意点，已经有的干部提出了不满的意见。也正是肖昌喜的一次次反馈，有玉知道区苏维埃在一派祥和中也充满斗争。左右逢源的远仁看准了世玉与昌喜不和，表面对昌喜一样热情，但背后听到世玉埋怨昌喜安排不妥，都会附和一番，很是让世玉解气。

一次，世玉要草拟一份布告，远仁正从外面进来，说是反映群众意见，说了一通无关痛痒的话，随后赞叹起世玉的字来，站在一边帮磨起了墨。世玉一边沾墨书写，一边嘴里念念有词：“凡红军战士，家在白色区域内的，以及新由白区过来的，则在苏区分得公田，由当地政府派人代耕。”念到“新由白区过来的”一句时，世玉在纸上少写了一个“新”字。

远仁一边磨墨，一边提醒说，主席，主席，少了个新字，少了个新字呀！世玉停顿了一下，横竖看看读读，发现果然写漏了，烦躁地说，这文告怎么这么拗口，不要“新”不是照样可以吗？说罢卷起就要揉了，准备重写。远仁赶紧拦住说，不必，在最底下加一个“新”字，刚好就能接过去。世玉满意地说，远仁不但对革命忠诚，而且还有文化，值得培养。

后来，为了扩红工作的需要，年轻的文书主动要求当红军了，在赖世玉的坚决推荐下，远仁如愿以偿当上苏维埃的干部。

有玉看到是远仁，说，远仁你误会了，我是区委派到白区执行任务的！

远仁阴阳怪气地说，我只是听从命令，是主席主张把你逮捕的！我们是同村的乡亲，不是我想你出事的！你有什么意见，就到区里去说吧。有玉说，那行，但希望你不要绑着我，不要从村场过，这样影响不好！

远仁说，可以，但时间紧急，同志们正在区里等着你呢！

一行人从茶亭顺江而下。经过河村时，远仁故意让押送的干部推搡着有玉，催促快走。远仁看到乡亲惊愕的表情，大声招呼，这是我们村的有玉呢！捡狗仔正在河边种地，看到叔叔五花大绑，丢下锄头前来拦住。

远仁大声喝道，你要干什么？你知道这是什么性质吗？这是反革命罪，可以抓起来杀头的！

有玉说，捡狗不要胡来，这是发生了误会，到了区里会说清的！捡狗说，是什么误会呀，为什么要抓人？！

远仁大声说，你看这挑的担子，是白区的东西，身为苏区干部，到白区去做生意，这是通匪的大罪！有玉说，你不要胡说，吓着小孩子。

有玉安慰捡狗说，告诉你姆妈灯花，我没事的，不用担心。捡狗说，她着急几天了，急着你回来呢。有玉问道，你报名当兵的事，定了？她着急了？

捡狗说，没有，我吃了有银叔叔的果子，第二天生病了，不断拉稀，病了一场，当红军的事没戏了！



## 9. 监禁

白鹭古镇旧时称寨，小河环绕，三面临水，区苏维埃的对面，隔着小河是巍巍南山，仰华山孤峰突起，文人雅士喜欢来此登高赋诗，凑成“八景”流传于世，山顶上有座瞭望的哨楼，可以观察四周的军情。

一大早，昌喜就和世玉一起登上哨楼，检查岗哨的情况。查岗本是轮着的，但昌喜决定和世玉一起上山，与世玉单独沟通，以免旁人搅和，影响决策。下山时，放眼四望，晓风吹雾如行云流水，梅江东来滚滚流过小镇。

世玉想起一位乡贤的诗，不觉诵出声来：“扶桑低偃日初温，烟树人家三两村。万户云霞新栋宇，百年营寨志乾坤，林喧鸟雀三分曙，帘卷湖山一抹浑。何事辋川新绘画，绿荫花下又桃源。”世玉比昌喜有文化，这是昌喜支持他当区长的原因。

听到世玉诗情大发，昌喜说，恐怕这白鹭镇算不得桃源吧，我记得你说起过谢赖两姓百年来争斗不停的。世玉说，是的，小镇与蓼溪隔着条小河，谢赖两姓隔江而居，互不来往，苏维埃政府起来了，两姓人家才缓和了矛盾，一起共事议事了。

昌喜说，你这话说得好，有了革命事业的共同目标，什么矛盾都得化解。当然 ，革命事业又会带来新的矛盾、新的分歧。有玉的事，我们有分歧是正常的，但我们必须把握底线，要看到过去和未来。

世玉知道，昌喜是话有所指。就在昨天的会议上，如何认定有玉的行为，苏维埃内部斗争很大。有玉是昌喜答应去白区的，有玉也按照区长的指示，认真了解还乡团的猖狂情况，并带回了一批白区的棉花和食盐。但远仁一口认定，据群众何北斗举报，有玉是跟有银一起过白区的，是把猪肉挑给白区的敌人吃，这是通匪大罪。

昌喜说，有玉挑猪肉是一个掩护，事先跟区里作了汇报，只是当时同志们在外头工作，其他同志在外办事，正好有玉说要为亲人挑猪肉，来不及召开会议讨论决定，我就临时作主同意了。

远仁说，现在是非常时期，白军眼看就要打到我们小镇，过白区不是小事，必须民主讨论，革命斗争这么严峻，敌我斗争这么复杂，怎么能够随意决定呢？谁同意他去也要承担领导责任！

世玉接着说，这件事看来要高度重视，一家兄弟一人在白区一人在红区，不能轻易判断是不是互相串通一起，我们的干部是不是策反和收买的对象。我们要深刻了解有玉过白区的背景，如果必要就上报给县苏维埃，请求指导。

昌喜看到事情受到远仁操纵往坏处滑，虽然想一心挽救，但孤掌难鸣。

世玉又说，听听裁判部长的意见吧。裁判部长拿出裁判条例，念了起来：“第四章惩办反革命条例，第 19 条，为白区反动派做侦探者严办……第 32 条，私运粮物到白色区域者严办……”

世玉顺着条例说，听县里的同志说，临时中央政府正在打击投机分子，处理了一批混进苏维埃队伍的腐败分子，我认为处理有玉的事件，正是树立形象的机会，在符合政策条例的前提下，我们必须从严处理。

昌喜说，顾念亲情，顾念家庭，这是有玉的弱点，这些弱点在我看来并不是问题，革命干部为公家工作，实际是为群众服务，亲情家庭也是群众的一部分，只要是合理的范围和举动。何况，这是一起公务行为。

远仁却继续在会上煽风点火，说，谁知道有银是什么身份？谁能认定这不是敌人一起有预计的策反活动？我们白鹭与黄石与紧紧相邻，白区与红区针锋相对的，没有那么温馨的亲情可讲，我们必须找出后面的根源来，防止敌人内外联合，进攻我们白鹭镇！

世玉趁热打铁，说，昌喜擅自决定让干部过白区，也要承担领导责任，也一起报告给县苏维埃，请求上面处理！

昌喜没想到事情会弄成这样。他甚至有些自责，当初没有想得更周全，以免招来这样严重的后果。会议没有作出最后的决定，昌喜建议做进一步调查。晚上，昌喜翻来覆去睡不着，思考挽救有玉的关键，到底是调查重要，还是争取世玉的宽容重要。

这件事情上，看来世玉针对的不是有玉，而是自己。看来两人需要一次更加坦诚的交流。在查哨口的路上，世玉对昌喜的话头心知肚明，但故意含糊地说，我们革命就是为了未来，摆脱过去不平等的旧社会。

昌喜说，世玉，你是本地人，你说说，有玉一家以前在白鹭镇是一个什么样子？古人尚且知道疑罪从无，我们不能无端猜测有玉就是通敌啊，哪怕他这次确实有些过错。

世玉说，我们得按政策办事。下山的道路弯曲蜿蜒，世玉似乎不愿意深谈，在前头迈开了大步。

昌喜紧追几步，说，世玉，我们共事以来，一直合作得非常好，白鹭的工作也开展得不错，当然这主要是你的功劳，你是当地人嘛，熟悉当地情况，很多事情都要靠你推动。我这个人嘛，有时候工作起来可能不留情面，因为我从小看不惯国民党政府那种作风，不知不觉就喜欢批评两句，其实我不是针对你，而是真心希望我们的政府与以前旧政府有所区别，让人民群众感受到新政府的好，这样就更坚定地支持我们。今后我们还要更加团结，目前那么多繁重的任务，光扩红就是一个难题。

世玉停了停步子，他想到了扩红任务，正是当前的难题，赖姓与谢姓两家目前又在为这事起了矛盾，谢氏族里有个老人似乎一直盯着，每天都来区里向世玉“汇报”扩红进度，其实就是汇报两姓参军的比例，老头一会儿为谢姓多了几位后生骄傲，一会儿指责世玉做事不公，想多为赖姓多留几条根脉。倒是那些小家小姓的人，踊跃参军没有废话。

昌喜见世玉有所触动，进一步说，我是一个打铁出生的人，没文化，做事粗糙，你是当过先生的人，肚里有文墨，知道的道理更深更远，我们的革命工作不容一点儿意气用事，其实稍有随心所欲，就容易导致工作局面难以打开，特别是我们这种红白交界的地方。就拿打铁作比方，什么时候拉风，什么时候起铁，什么时候下锤，什么时候淬火，都讲究火候，否则这件铁具就可能报废。

山路沿着坡势下走，世玉的语气也降了下来，说，你是经过革命斗争烽火的人，我一介书生，阅历不比你丰富，许多事情还是由你作主吧。

到了山脚下，世玉回家吃饭，而昌喜坐在小河边的柳树下，抽烟，想事情。过了一会儿，他起身磕了烟斗，朝关押有玉的地方走去。

这是谢氏宗祠旁边的厢房，临时变成了苏维埃的用房，厨房、住房，还有就是禁闭区。

一路上昌喜想，看来事情有了转机，现在关键是始作俑者，必须了解何远仁和北斗的情况。这事必须妥善处理好，如果事情闹大了，说不定自己也要跟着扯进去。事实上这几年肃反不断进行，瑞金甚至整个赣南，被错杀的同志又是何其多，所以不但是为有玉，也为自己，为白鹭镇的工作。

昌喜端了早饭，为有玉送去。

打开牢门，一股难闻的气味飘了过来。青砖砌就的墙体上，一扇小窗紧闭着，昌喜走过去打开，屋子猛地亮了起来，一匹阳光伸进窗里，像被拉直绷紧的绸布。昌喜看到有玉和衣卧在地铺上，地上的稻草被碾轧得非常零乱，知道有玉没有睡好，说不定一早才刚刚入睡。昌喜上前为有玉掖了掖衣服，有玉惊醒过来，坐了起来。

昌喜与有玉坐在一起，又为有玉整理了一下衣服。有玉满脸倦容，头发蓬乱。昌喜说，你与远仁是不是闹了不共戴天的矛盾？为什么他总是想置你于死地？

有玉说，没有呀。对了，是不是何北斗告的密？远仁与北斗是同村同族，我和弟弟挑着猪肉经过蛇迳时，北斗想要点猪肉，结果我弟弟坚决不肯，说是这猪肉挑到黄石更值钱。

昌喜说，你们兄弟呀，可真不知道世道人心的复杂，怎么能够为了这一点小事树一个敌人呢？作为干部，无论是什么群众还是得搞好关系，这白区红区的情况多么复杂，多么敏感！

有玉说，是不是政府判定我通匪之罪了？！昌喜说，我孤掌难鸣，他们坚持把你的案子送到县苏维埃，上面都是一些激进的人，我看这次是难逃一劫！有玉听到昌喜为难的神色，知道事情比想象的还要更坏。

有玉有些黯然。过了一会儿，他说，我是你派出去的人，那你会不会受到牵连呢？昌喜点了点头。有玉说，我挑回来的棉花和食盐，就是公务的证明呀，怎么他们不相信呢？

昌喜说，昨天远仁押着你来的时候，并没有看到担子，在会上远仁也没有提起，估计是故意隐瞒了！我到时再去查访一下，或许事情会有转机。

有玉说，你得为我作主啊，这事由我弟弟有银牵扯而起，我过白区，可真的是想着为苏维埃做事才去的呀！

昌喜安慰说，世玉经过沟通，思想上有所松动，你把饭吃了，好好休息，红军走后形势非常严峻，我们还有好多工作要应对！我知道你是个好干部，红军离开前夕，上级要求征粮，下派的任务又急又重，你们乡任务完成得最好，区里组织干部大会，你作了典型发言，才完成任务！

有玉说，那是乡亲们信得过我，信得过苏维埃！那次接到任务后，我挨家挨户上门，大家念我是耕田队长，曾经帮他们家耕田种地，特别是红军家属，都说这粮谷是送给红军，就是给我们自己的亲人吃，亲人在部队当兵打仗，没粮食怎么打仗？一家子，我们乡苏就征了一百多担谷子！

昌喜说，有你带头，我们区那次突击征粮，完成了六千多担，我们的先进事迹，还上了《红色中华》。

有玉说，我知道，你还为我们念过这报纸，标题叫《长胜瑞金同时完成秋收借谷》，报纸上说我们区一个工作人员大会上就借到一百二十三担，后来把这个例子发扬到各乡去，鼓动干部以身作则来领导群众，结果该区七八天中就完成了六千余担。你说，这还是世玉报上去的材料呢。

说起这些往事，有玉越来越兴奋。他接过饭钵，扒拉了起来。昌喜走后，有玉又放下碗，紧扶着木门，看着昌喜远去。

## 10. 喜鹊

听到喜鹊长长地叫了一声，灯花心里一颤，刮苎麻的瓦片把手弄伤了。自从听到有玉被关押的消息，灯花就坐不住了。但身边没有托付事情的男人，书苗在外走船，灯花不知道如何是好。

灯花听捡狗说，远仁正是收押有玉的干部。灯花对捡狗说，走，你带着我到镇上去，我要找到苏维埃说说，有玉是什么样的人，我最清楚。捡狗说，我打听了，昌喜说还没有最后结论，人家不让见面，说是怕我们串供。

灯花坐在屋子里，一会儿想做饭，一会儿想洗衣，一会儿想刮麻，一会儿想晒柴草，一会儿想纳鞋底，但什么都做不成，有玉的生死压在灯花的心上。到了晚上，灯花挪着小脚，来到了远仁的家里。

远仁正在灯下喝着小酒，唱着小调，心情似乎非常好。看到灯花进来，远仁赶紧住口，说，婶子来了，你行走不便，有事叫捡狗喊我一声就是，怎么自己跑来呢。灯花说，我是来求你的，看在我孤儿寡母的分上，就饶了我们家吧，如果没有了有玉，我们家就难支撑下去！

远仁说，你们家？你们到底是一家，还是两家？

要是往常，远仁的油嘴滑舌早就挨要花一顿骂了。但那天灯花没有气恼，对远仁说，我们是两家，又是一家，我们都是小家小姓，自然团结得像一家人了。灯花从布袋里掏出十块光洋，哗啦啦倒在了桌面上，让远仁两眼发光。

但很快，远仁又一本正经地说，灯花，你想收买我吗？你也不好好教育你家的孩子，如果不是有玉和捡狗说我当了团丁，我怎么当不上红军呢？

灯花一惊，知道远仁原来是在记仇。

灯花说，不让你当红军，也是保住我们村子里多留些人，你说不是吗？书苗的大儿子当红军去了，去了就没回来！再说，你留下不也是当干部吗？！

远仁说，那是我争气，有出息！

灯花说，我们都是河村的乡亲，低头不见抬头见，有些事不必计较，当初那也是苏维埃的干部问得急，捡狗这孩子实诚，就实话说了。再说，那也是为了你好，如果你当红军了，现在战事紧张，你还在这个世上活着还不一定，更别说当了干部喝着小酒。

远仁听了，脸上缓了下来，摸着光洋，放在嘴边吹了吹，说，没想到你还是个财主，这些花边哪里来的？是当年有财叔卖船的光洋吧？

灯花说，是死人留给活人的，孩子他爸特意留下来救急用的，你就拿去帮我请干部们吃吃饭吧，也不知道如今的政府是否兴这个，是否有用。远仁把光洋扫进口袋，说，好的，我试一试，不是我想图你这点钱财，而是事情难办。

灯花托付了事情，回到家里，稍稍松了口气，赶紧回到家里。

自从有财走后，灯花不舍得花这些光洋，为有财办白事用了一半，留着的，就一直藏在床底的木柜里。红军来了后，她看到变了天，一直想把光洋拿出来，让有玉找个地方开基建房，虽然不是有财生前梦想的青砖房，但总算是他半个心愿。但有玉一天到晚忙着，事情就耽误了下来。





第二天一早，灯花就催捡狗说，今天别下地了，你去镇上看看有玉的事情吧。午饭时间，捡狗才脸色凝重地回来报信。捡狗说，有玉叔叔这回看来难逃一劫了！灯花大吃一惊，问，你到区苏维埃问清楚了吗？

捡狗说，问清楚了，县里今天来人了，昌喜开完会后看到我，就要我回来报信，让你下去看一看有玉，怕是送别。

灯花跌坐在竹椅上，两眼发呆。捡狗突然发现，母亲的头发更白了，一夜之间就长出了大把白头发。

灯花站了起来，说，快，快带我去区苏维埃看看，我要问问远仁，托他办的事情怎么办不好。

灯花移着小脚，跨过谢氏宗祠高大的门楼，进到院落里，院落地面一色青砖。祠堂坐北朝南，大门两侧两座石狮子威风凛凛，粗壮的门柱红漆斑驳，笨重的木门往两边张开。祠堂两进，隔着天井边四根柱子，远远看到昌喜坐在一张大桌子前，埋头看着文件。

看到昌喜，灯花觉得有玉有希望。昌喜高大勇武，从面相上看却是一个和善的人，难怪当年有财和他有着不浅的交谊。有一年装运石灰，有财在村场地面上划符号计数，不料一场大雨把符号全部冲掉了。有财一心想记下地面的数字，那头忘了叫帮工把货船遮挡严实，雨水漏进船舱，石灰遇到雨水，起了一场大火，结果把货船也烧掉了。有财决心造一只新船，事先跟昌喜说，工钱得欠着，昌喜二话不说就同意了。

俗话说，一只木船半船钉，那年昌喜在小镇住了一个月，带着徒弟呼呼接着风箱，叮叮当当把一堆堆废铁敲成船钉形状。新船下水时，有财特意把昌喜从于都请回小镇，参加了新船下水仪式，两人开怀痛饮。梅江边船帮多，木船一年要修缮一次，有些破旧的甚至翻新重造，需要大量船钉。旧船拆下的铁钉要重新回炉，为此昌喜常来打铁，每次来，就住灯花家里。

昌喜听到灯花的招呼，赶忙起身端茶请坐。

灯花说，有段时间不见你了，有财在时经常提起你，感激你呢。昌喜说，当年有财兄弟勤俭吃苦，可惜不幸染病去世，我一直想着有机会帮助他，可惜东奔西跑的，身不由己。

灯花说，有财走了，那是他的命，现在有玉是他亲兄弟，这次可就得你花力气帮忙呢！昌喜知道灯花的来意，喝了口水，在烟斗里装了袋烟，猛吸一口，说，事情变了，上头来了新政策，这次有玉怕是有难了！

灯花听了心头一紧，赶紧打听究竟。昌喜说，上午我到远仁家查访，估计有玉从白区挑回的担子让远仁藏了起来，等案子处理之后几人私分，看到我问起之后，远仁倒是认可了。但他认为这不但不能洗清有玉的通敌嫌疑，反而更是一件罪证，就是有玉到白区去做生意了。

事情的恶化，是中午的时候。县里的巡视员听到昌喜的汇报，拍案叫好，决定要严办。这时候，昌喜、世玉、远仁站在了一起，请求巡视员从宽处理，说有玉只是一时糊涂，并没有与白军有什么接触，只是受到弟弟的怂恿，顾念兄弟的亲情。

巡视员却说，我看糊涂的是你们！一年前，我们就不断接到群众反映，一些县、区的苏维埃干部工作不积极，反而拿公款私下里做生意，邻近的于都就有很多干部在贩谷子到白区，导致苏区的粮谷价格上涨，群众反映强烈，幸亏被及时查办了！这事都登在《红色中华》上，你们平时没认真看报学习？！

昌喜说，有玉是个苏维埃的好干部，他征粮的先进事迹，也上了《红色中华》！昌喜特意找到了这份报纸，递给巡视员看。巡视员说，这报上没他的名字呀！昌喜说，这报上写的，借到一百二十三担谷子的，讲的就是有玉！

巡视员认真看了看报纸，思考良久，说，我把这个情况带回去，再请示一下吧！离开区里的时候，巡视员悄悄地对昌喜说，白军就要打过来了，苏维埃面临着要上山躲避，情况复杂，你们要做好最坏打算，如果情况紧急没时间甄别、审判，关押的人全部处决！

昌喜听了大吃一惊，看来有玉面临大难！

## 11. 死别

看到灯花出现在禁闭室门口，有玉没有意外。在她之前，昌喜就来告知了他最坏的结果。

昌喜对有玉说，我对不起你，当初我没有把事情想周全，没有保护好你，落到这个地步！有玉说，是我为自己的家事所误，我不会怪你的，你现在必须与巡视员的意见保持一致，再扛下去你自己也会受到处分，所有的事就让我来扛了吧。昌喜说，没想到苏维埃政府还会出冤案，我不甘心啊！

有玉安慰他说，这次毕竟是我擅自到白区去，违反了规定，现在白区红区相邻，情况复杂，你自己也要小心一些，干部各有各的思想和看法，就怕有个别人要加害你，会遇到许多意料不到的事情！我们的苏维埃政权是好的，但人心却是复杂的！

有玉停了停，说，我做好了最坏的打算，但还有一件事情放不下。昌喜问，是灯花一家吗？有玉说，不是，是陈家瑶的后代！去年春耕时分，我们一起到武阳参加"春耕模范"授旗大会，我们见到了老书记赖昌祚同志，你还记得吧？昌喜点了点头。

那天，三个白鹭镇的老乡相聚在武阳店前街。几碗水酒过后，赖昌祚聊开了。他说，我受中央指派进驻武阳，把春耕的情况中央首长汇报，引起他的高度重视，才有这个授旗大会。听他说到中央首长，有玉和昌喜都非常兴奋，这是他们此行徒步到武阳的最大收获之一。有玉说，你快说说，首长是怎么说的？

赖昌祚说，我们的首长，可真是一国之主！他说，我们中国是农业国家，历朝历代的君王都重视农业，而且要躬耕劝农，还规定“天子三推，三公五推，卿诸侯九推”，我们苏维埃的干部，也要全部下地，为乡亲们鼓劲！

昌喜说，这是自然，我们有玉就是耕田队长！赖昌祚对有玉举去赞赏的目光，接着说，首长也亲自下地，你们不知道吧？他跟乡亲们举行过一次比赛，他还得第一呢！

看到两个老乡不相信，他又细细讲了起来。昌喜感叹说，红军来了，家家分田分地，乡亲们种地的积极性可真是高啊！以前，地主管着田地，从来不下地，只顾收粮！这些土豪劣绅，就该打倒！

那天晚上，有玉和昌喜跟赖昌祚汇报了白鹭镇的工作，说起了区里遇到的一个争议，那就是如何处理陈炽后代。

陈炽，白鹭镇的乡亲都叫他陈家瑶。自陈炽一九零三年归葬梅江后，留下众多传说，大都是读书人的励志故事。陈炽的弟弟陈焘后来成了省议员，儿子和孙子当上白鹭镇的乡长、区长。红军一来，他们就逃到南昌去了。他们老家横背“天马山庄”的田地，也被苏维埃政府分了。

陈焘的孙子陈英玉以木匠为业，所以没有逃走。远仁时时提出，英玉是地主阶级，要抓起来处决，但有玉和昌喜一直反对，说他是个老实的木匠，不能执行“过左”的政策。

赖昌祚听了，也表示反对。他知道横背陈家，虽说是国民党，并不会作威作福，那陈英铃更是个劳动阶级，妻子也是自食其力，在小镇摆摊卖油糕。赖昌祚说，苏维埃里总是会混进些以公报私的干部，我看是陈英玉家婆娘一定是得罪了远仁！

在禁闭室，听有玉说起这些往事，昌喜更是伤感！有玉说，这远仁迟早会对陈英铃一家下手，你要尽力保护他们！昌喜感叹说，你自身难保，还想着这事，真是大仁大义之人啊！有玉说，我是不想看到梅江边多一个像我一样的冤死鬼！

昌喜无语，陪着有玉坐了很久，手上的烟蒂明了又灭。良久，昌喜叹了一声，说，这闹革命怎么就不比打铁，能按自己的心意，要打成什么就是什么呢！接着，他又满脸内疚地说，事情不可挽回，你有什么想办的事，就好好说说吧！

有玉想到了大嫂和侄子。有玉知道罪名已经坐实，就说，想和大嫂见上一面，请你叫她下来一趟吧。

从河村到小镇的道路，灯花感觉非常漫长。得知有玉面临绝境之后，灯花想立即去禁闭室看有玉。昌喜说，按规定不能，要等到判断下来之后，才能作临终之别。这一天终于来了。灯花整理了一些食物，拖着沉重的步子，再次踏上了去往小镇的道路。

沿江而下，从河村到了蓼溪，过了浮桥，灯花就踏上了南北街。小镇还是那样，一片喜气洋洋。熟悉的居民看到灯花脸色不好，问，灯花婶，是不是身体不舒服？得看医生哪！灯花摇摇头，却无力应答。

青楼烟馆早就改成了手工作坊，里头聚着一帮人忙碌热闹。灯花在街巷里走着，小脚像是一只梭子，道路就是根根麻线。只是她没想到，织来织去还是织成了一片乱麻。过了集镇，灯花直奔区苏维埃祠堂。

这祠堂曾经是灯花的希望，但现在却带来阴云。灯花看着那几棵高大的樟树，沧桑挺拔。在樟树的眼里，这苏维埃与乡公所有多大的区别啊。自从有财走后，灯花就和有玉就相依为命。十余年来，他一心在家保护寡妇孤儿，经历着许多难以预料的风波，终于迎来了新政府，但乌云散了还有乌云！

灯花刚刚走进禁闭室的木门，有玉就看到了。他说，大嫂，对不起你了，我给我们家庭抹黑了！我对不起大哥！灯花双眼一红，理了理头发，缓缓地说，这都是命啊！说罢就嘤嘤地哭了起来。

有玉拍着灯花的肩膀着，说，不要哭，这是命，我们拗不过！

灯花说，这十多年来，有多少人叫我改嫁，我也不是没有想过。两个孩子那么小，我想带着他们找个人家，那也是没办法的办法，就像当年你们范家的先祖仲淹公。

有玉知道，是大哥跟灯花讲过先祖的传说。有玉也听过，说范仲淹的母亲守寡之后改嫁朱家，直到仲淹六岁才告知儿子真相，从此仲淹复姓为范，发奋读书，终于考上进士，当上宰相。

灯花说，但我知道仲淹公的母亲是遇到了好人家，但我担心自己没有这么好的运气，我一次次克夫，怎么会有好运气呢？要是改嫁了，这两个孩子受到亏待，流落人间，我怎么对得起他们父亲！

对于灯花的决定，敦煌一直充满疑惑。他受到的教育中，贞节坊一直是受到攻击的封建余毒，每每看到鲁迅大加鞭挞他越加困惑，因为他的家庭中，灯花就是自发守寡的先祖，完全配得上“贞节坊”的美誉。如果说贞节坊不好，那灯花如果改嫁，他们的家族将是另一个样子。

覆巢之下，安有完卵！敦煌总是感叹说。但薪火意见不同。她对父亲说，改嫁也是一次婚姻，婚姻就是运气，就是寻找新的可能，必然包括好的和坏的！独身主义，就是避开这些可能！

但灯花坚心守寡，其实面前有一个好的可能，那就是有玉！有玉表示会一心保护两个大哥的孩子。这样，灯花不想像仲淹公的母亲一样，再尝试另一种可能。对于灯花，活着的意义已经不是个人的幸福，孩子就是她的全家！

灯花和有玉，两个人一条心。有玉在家保护寡妇孤儿，经历着许多难以预料的风波，终于迎来了穷人自己的新政府，仿佛乌云散去见到天日。本来他可以透口气了，没想到却不能继续保护下去了！这一切虽然事发有因，但主要还是他自己过于顾念亲情，担心弟弟三十块光洋白丢了会想不开。

灯花站在有玉面前，一句话也说不出来，只知道哭泣。有玉安慰灯花说，不要伤心，现在两个侄子都大起来了，我也可以放心走了，倒是大嫂自己要注重身体，今后还要教导两个孩子。你看，你都满头白发了。

其实，自从有财走后，灯花的头发就白了一半。为养活两个孩子，她压住了内心的愁苦，安心跟着河村的乡亲学会了拉苎麻、纺线。梅江两岸都知道有一位小脚女人纺的线好，精致、周密、匀称。

一天到晚的忙碌和劳累，让她很少想她和有玉之间的事情，因为他们之间其实没有事情，有玉在，这个大嫂活得无比坚定。有玉围着这个家庭，在外打柴、种地、收粮、赶集，陀螺一样让自己不知停息。在有节奏的劳碌之中，岁月按着两人的预想没有出现什么岔子，孩子长大了，家庭安稳了，倒是有玉的婚事让灯花放不下。

有玉的房间与灯花一墙之隔。成天的奔忙让他们的心麻木于无尽的苦累，回到房里基本上倒头便睡，但总有的时候无法入睡。

夏天的夜晚，灯花把在自己房子里关门洗澡。灯花拿起一把大瓢，从水缸里一勺接一勺地舀水，把木桶满了，提着水桶往房里去，木桶和小脚，晃晃悠悠，明显地头重脚轻，一个趔趄，水泼了一地。有玉有时看到了，就过来帮灯花提起木桶，放到房间里，迅速出来。

灯花紧闭了门窗，点起了一盏油灯，从床底下拉了一只大木盆地，木桶的水倒进去，木盆半满。灯花解了衣服，坐在木盆里洗着一身的汗味，一身的疲劳。这时，有玉在隔壁的床上听着水声，哗，哗哗，哗啦啦，眼前便出现了瀑布的样子，晶莹的水珠在光滑的皮肤上流动，青春的血液在皮肤下流动，空谷里绽放着一朵幽兰。

桌上的灯花也慢慢结了起来，仿佛由于看到了木盆上精致而美好的人体，忍不住春心荡漾，开始只是白玉枝头忽然挤出蓓蕾，金粟珠垂，不多久又变成半颗安榴、一枝秾杏、五色蔷薇，表演着人间四时的花事。一只蛾子像蝴蝶一样向花朵飞去，却撞在微小而炽热的光焰中，自取灭亡。

灯花用手掌掬着水花，往肩膀上撩去，把清凉布散到水面之上的一处处身体。这时，灯花听到隔墙传来床板的吱呀声，不多久，有玉的房门打开了，一阵脚步笃笃笃地往屋外走去。灯花知道，有玉辗转反侧之后选择了离开，到星空下纳凉去了。

冬天的晚上漫长，但更需要警惕，盗贼总是选择这个时候前来作案，因为人们容易疏忽和放松。为了防止盗贼光临，有玉干脆把牛关进了有银的房间，在墙上开了一个小洞，一根杉木穿过墙洞，一头拴着耕牛的嘴圈，一头攥在手里。有一天晚上，有玉睡得迷迷糊糊，感觉到手上的杉木越来越紧，惊醒了过来，他大喊一声，不怕死的盗贼，老子砍了你！

盗贼走了，有玉看到大嫂的房间亮起了灯，他犹豫了一下，敲了敲大嫂的门。门开了，灯花一脸惊吓地蜷缩在床上，两个孩子睡得非常香甜。有玉站了一会儿，说，盗贼走了。灯花嗯了一声。有玉觉得站着不好，留下也不好，就转身出了门。

从此以后，半夜有玉总会不时醒来，看看隔壁有没有灯火。透过门缝，看到灯花房里的灯半夜还亮着，被油灯放大的影子布满墙壁，有玉知道，灯花睡不着，在为孩子们和他纳着鞋底。

有玉想推门进去坐一坐，但又感觉整个村子的重量都压在他身上，让他迈不开步子。有玉不敢跨界，在他面前有根伦理的红线，隐秘而粗壮。

事实上，村里人早就传言他和灯花是一家，理由是媒婆找上门来，有玉总是拒绝，而灯花同样拒绝改嫁。人们揣测两人的心思。有玉自己有时也问自己，为什么拒绝得那么果断？是秀珠的原因，还是大哥的原因？

灯花对有玉说，你没有对不起大哥，对不起这个家庭。我知道你是冤枉的。一切都晚了，我只是想问你，我时常在夜晚听到你在门口的脚步声，但你为什么不进来呢？我以为你胆小的人，没料到却敢去白区！

有玉对灯花说，我，我，我不能对不起大哥！灯花说，你留在家里帮着大哥照顾两个孩子，大哥不会怪你的啊！你是不是外面有人？有玉想起了秀珠，点了点头，又摇了摇头，说，不是。

灯花又问，那你是不是觉得会惹祸呢？你也相信了我是克夫命！

独依和薪火，当然不相信“克夫命”一说。敦煌也不相信。

回到河村，灯花没有烧火做饭，捡狗默默地生火，让弟弟没有因此挨饿。那天晚上，灯火亮到天明。捡狗也时醒时睡，每次醒来都说，姆妈睡了吧！灯花叹着气，不应答也睡不着。一朵硕大的灯花压着了灯火，灯花也不去剔除，屋子里阴影庞大。

半夜时分，灯花听到有人敲门，以为是有玉回来了，高兴地迎了出去，却看到远仁。他进屋后，把一袋光洋放在桌面上，说，婶子，这回不是我不帮忙，我也不料到上头来的人这么“极左”，一点儿情面都不给。区里的干部一致反对通敌罪的判定，但就是争不过上面。

灯花愤怒地说，都是你和北斗起的事，你这个天杀的二流子，老天不会放过你的，你滚吧！远仁落荒而逃。

那晚，村子里非常安静，连狗都不叫一声。那种安静，让灯花想到有财去世的那天晚上。

## 12. 处决

蓼溪古村北临梅江，沿江也有一条青石板铺成的街道，但乡公所移到对岸古寨后，集市了也跟着移了，蓼溪古街从此冷清下来，人气不旺。蓼溪东头是渔村，西头是码头。码头上船只密布，码头上去是一片茂密的樟树林。樟树林北侧是滔滔梅江，石滩像一个诡谲的兵阵，涛声从河滩不息地传播。

有玉的枪决在蓼溪进行。有玉被绑在一棵高大的樟树上，正对着远方的仰华山寺。有玉想起了那个被枪决的掌门，那个与地主乡绅私通离间革命群众的佛堂中人。当时，他跟着红军冲进山寺，捆起掌门后让他认罪，掌门供认不讳。后来，那个掌门正是在这片樟树林里枪决的。

有玉扭了扭身子，想，与自己所在的是不是同一棵树呢？有玉听见远仁念着那些文绉绉的字句：

"为宣布罪状事查得，有玉，男性，现年42岁，系江西瑞金白鹭镇人，成分贫农，白鹭区苏维埃政府土地部长。于去年6月17日，该犯未经区苏维埃开会讨论决策，私自帮助白区的商贩挑运苏区禁运物资猪肉一头，并与其弟有银合伙经商，其弟畏罪潜逃不回，表明两人确有通敌行为……"

远仁读得断断续续。这是由于他内心并不平静。观众听着他古怪的声调，却没有发笑，而是一片肃静——

"该犯明知政府法令，身为区苏维埃干部明知故犯，严重破坏区苏维埃形象。该犯虽为贫农，却积极从事反革命活动，出卖阶级利益，成为工农政府的敌人，为着巩固群众政权向外发展，保障工农胜利，将该犯押赴刑场，执行枪决，希我工农劳苦群众一体周知，此布！"

有玉听到了枪决两个字，身子有些软，突然看到了北斗远远地躲在人群后头，与他的目光正好相遇。有玉闭上了眼睛，等着那把大刀砍到身上。他对人间的最后希望，是这刀快一点，利索一点。

但过了良久，刀并没有砍下来。几个人来到远仁身边，耳语了一阵，又把有玉押回了禁闭室。有玉心中疑惑，以为又有了生的希望。但不久，他的希望破灭了。原来，苏维埃要把他和陈英铃一起处决。

蓼溪樟树林的对岸，有一片河滩，被小镇的人称作"杀人坑"。以往小镇乡公所处决坏人，都在这里进行。有玉蒙着脸，被押到河滩的时候，拉开了脸罩，不由得大吃一惊。他看到陈英铃，不只是一个人，而且是一家四口！

有玉气愤地说，连孩子也不放过吗？他只是一个木匠，怎么算是地主豪绅呢！你们不能这样做！

但没有人听他的话。几个押解的人在坑边无动于衷，仿佛稻草人。刽子手不见踪影。这一次，区委的人也没有一个出现在现场。连远仁也不见踪影。河滩上围满了观看的乡民。人们在纷纷议论。

听到有玉高声叫喊，有人对他说，苏维埃的人早就跑了！听说白军就要打过来了！你们是他们丢下不管的犯人，你现在喊也没用！

有玉不知道刽子手是谁。他只知道被人押到河滩，好久没有动静。陈英铃一家四口，连同一批全身哆索的人，并排跪在一个巨大的坑边。坑里倒下不少人，血在坑中冒涌。一个被砍成半截的人，并未断气，在不断呻吟。陈英铃和婆娘脸上一片惨白。在他们身边，两个孩子大声哭叫。

人群中有的乡亲不忍观看，蒙住了脸。有玉心里叹了口气，说，幸亏灯花没有来观看，她怎么看得了这样的场景！

但是，让他惊讶的是，就在他一声叹息之后，灯花突然出现在人群中。她看着有玉五花大绑，在坑边跪着，悲伤地背过脸去。但她很快又转过脸来，看着坑边的两个孩子。

这时，有玉看到人群中还有一位河村的乡亲。他叫喜翠。他悄悄对灯花说，你看，那是那孩子的父母！杀人的回去磨刀了，你赶紧抱着孩子回河村吧！但灯花看到了有玉，自然不肯挪步。她痛苦地看着有玉跪着，无可奈何地等着去往另一个世界。

有玉对灯花说，你怎么来了？灯花细声说，我听到喜翠回村说，有两个孩子今天要被杀害，喜翠昨天押解时隐藏了一个，还有一个在这里，就赶紧下来看看，没想到你也一起押到了这里！

有玉说，赶紧回去吧，你不怕刽子手连你也一起杀了？！灯花说，我不怕，这孩子这么小，能犯什么错呢？这孩子怎么能杀？

这时，刽子手回到了杀人坑。刽子手蒙着脸，但有玉觉得有些眼熟，又觉得这人有些陌生，以前从没有看过。有玉想，看来是从别的地方请来的。

灯花看到大刀来了，就知道是杀人的刽子手，跑过去说，这个孩子，我要抱走！刀手说，我是执行上级的命令，不知道什么可以不可以！灯花说，孩子这么小，能犯什么罪？！我要抱走！

刀手叹了口气说，看你是个小脚女人，我不跟你计较，其实我也不想杀，但上头交代了，留下的犯人来不及审判的，都要自行处理！我不知道这些人得罪了谁，说是一定要处决！你快走吧，要是在以前，你也一起被杀头的！我不完成任务，他们到时会找我算账！

有玉对灯花说，快走吧，我们家里已经有一个犯人了，就跪在这里，你还敢犯事吗？你可要为家里两个孩子想想啊！如果他们到时前来收查，说不定我们全家也会跟这一家子一样，跪在这坑边啊！你可以想清楚啊！

河滩上围观的人议论纷纷，猜测灯花是孩子的什么亲戚。有玉闭着眼，两行热泪从脸上流下。几只白鹭在江面飞过，飞落到对岸的中洲岛上。这时，有玉听到灯花决然地说，我克了两条命，我要保住这几个孩子，向菩萨赎罪！

说到灯花的壮举，敦煌一直不理解她哪来的勇气，更不理解她救人的动机。独依听了，居然不顾父亲在旁边，开口议论了起来。她说，虽然灯花自称“向菩萨赎罪”，她不是为自己赎罪，而是为小镇的人！这红白冲突，居然连孩子都不放过，那些真正有罪的人，却躲在暗处！

独依的父亲祝虎沉思良久，说，灯花是不是听过陈炽的故事？她是不是出于对这位思想家的敬重？敦煌说，灯花从杀人坑抱走孩子，完全是非亲非故的孩子！她出身大户人家，书香门第，当然自小听过陈炽的故事，但不可能是由于这种敬重，而不顾一切地去救孩子！

祝虎说，灯花有好生之德，是天生仁义，她就是爱孩子才这样做的！薪火则说，灯花为了别人家的孩子，而不顾自己家里孩子的安危，我虽然敬佩，但却不敢赞同！

独依说，这是人性的力量！也不知道孩子有没有救下。

# 第三章

# 避世

## 1. 逃离

虽然只过了一周，但“灯花”的声音又长了十来年。正如上周一样，独依对声音的变化周期有了初步的敏感。“灯花”的讲述，仍然不是从自己开始。这就表明，这个“灯花”超出了真实的历史时空。

东方露出了鱼肚白，梅江飘着一团团雾气，仿佛梅江人家忙碌早饭的灶台。黄石码头上，一只客船已泊了半个时辰，人渐渐满了，船夫肩上扛着一根竹篙，从岸上姗姗而来。

这是最早的一趟船，如果风帆高挂顺风顺水，中午就可以赶到白鹭集镇。船上多是一些贩夫走卒，扁担垫在船舷打坐，摸出烟袋，一边往烟斗里塞着烟丝，一边催促船家早点出发。

红白拉锯的那几年，梅江是尴尬的，走船的航线断断续续，从宁都州到赣州府几百里路水路，直到红军离开赣南以后才完全畅通。有银早就听说过有玉被杀害的消息，他一直不敢回老家。红军走后十年了，黄石与白鹭早就恢复通航，有银坐上这趟久违的客船。

看着江水滔滔，码头渐远，有银不知道自己什么时候再回来。有银离开黄石，是与喜妞闹翻了。

一天，有银和喜妞一起去乡下收购茶油和灯草。在黄石南面的小山村里，一位老妪挑着担灯草来村场称量，换了几串铜钱。过会儿这老妪又回来向喜妞要钱，说是半路一摸口袋钱不见了，想了想，可能是商贩没有给。

有银对老妪说，钱货两清，没有回头草。老妪开始哭诉家里的难处，喜妞听了心头凄恻，就再次给了钱，叫老妪看小心了。

有银却把钱一把抢回，冲喜妞说，你还懂不懂做生意，东奔西跑挣点钱容易吗？！喜妞说，我把自己的份儿给老人不行吗？你只知道做生意，一条心钻到钱眼里去了！

回黄石的路上，喜妞与有银吵闹不休，断断续续的责问和埋怨，把两个人相识以来的无数矛盾重新梳理了一遍。喜妞数说着有银的不是，进而说，这么些年打打闹闹分分合合的，终究没有在一起，看来两人真的不是一路人，还是各走各的算了！

有银说，本来就只是搭伙过日子，要分也可以，你得把这些年给你的钱算清楚还我，我看把你院子卖了还不够！喜妞说，你占了我这么些年，还想来个空手套白狼，想得够逍遥！

有银说，又不是我一个人占着，我不在你铺子的时候，谁知道还有谁呢？吵口的言语总是会越来越难听，喜妞气得跑在前头，径自回到小院了。

有银没有和喜妞搬到一块儿过，有他自己的打算。他的理想是挣钱后成为有头有脸的人，要回到老家明媒正娶，虽然喜妞的身体让他眷恋回味，但细想，要跟一个声名不好的女人磕拜先祖举办体面的婚礼，又怎么可能？！

但他非常矛盾，每次禁不住去找喜妞。时时又会算算跟喜妞在一起花费的钱物，非常心痛地反省自己投入太大，丢下她已是非常不合算。而这一点喜妞看在眼里，为了刺激有银，有时尽管不是十分情愿，只要有银不在身边，若有男人半夜敲门，也会选择性地迎纳。这让有银非常恼火，又拿她没有法子。

这一天，落在后头的有银知道喜妞生气了，想去哄哄。刚到喜妞的小院，听到琅琅书声。有银转到后面小门，就看到了喜妞先夫的伯父，提着一支烟管在不远处溜达。有银把手缩了回去，挑起担子又匆匆离开。有银有些留恋地回头望了望小院，心里一声叹息。

半年前，就是这老头，带着亲族来到小院，要把喜妞赶走，说这是郭家财产。他嘲讽地说，小院里男人进进出出的，保不定什么时候会落到外姓手上。喜妞撒起了泼，说这辈子坚决不嫁，坚决不出小院。她在院内号啕大哭，一边诅咒族亲不仁不义，一边向先夫诉说苦难。

后来，族里叔伯再次使人前来说媒，说是如果能嫁给郭家人，喜妞就可以住下去。喜妞没有接受，而是找到了族长，要把小院捐出来作为公产，重新用来开办私塾，她暂时留在院里。

有银听到喜妞的事，是从外头采办回来之后。听了喜妞的哭诉，他也抱头大哭。他告诉喜妞，他辛苦挣钱就希望有一栋这样的青砖小院，这些年来没有娶喜妞，就是由于钱财不够，现在正在筹钱准备买下小院，如今小院充公了，就彻底没有机会了！

喜妞说，你是要小院，还是要人？小院没有了，不是没有负担了吗？有银说，两样都要！走出小院，有银就不再提娶喜妞的事了，他本意是想乘着小院在喜妞手里，便宜点盘到自己手上。小院不在了，喜妞似乎就没有价值了。

有银回到黄石小镇，在铺子里把东西入了库，整理了一天来走村串户的采办账目，就闲了下来。人一闲着就想事，特别是想着喜妞，这成了这个孤身男人的生活习惯。

虽然还在原始积累阶段，一个商贩的收获与支出即使在数量上非常悬殊，但项目上必有对称，否则就不会有更大的动力。有银在黄石做生意这么些年，他先是把钱花到烟馆青楼，后来就专门指着喜妞了。有银觉得在一个女人身上用心和花费，就像一宗越做越顺手的生意，稳妥，而又不断生出新境界，让人期盼，那情意与肉体的结合，远比青楼的单个项目更有滋味。

晚上，有银估摸着散学了，喝干碗中最后一滴酒，就朝东头走去。在他想来，只要向喜妞道个歉就能重新热乎起来。但这一次有了意外。有银远远就看到郭屠户从小院出来，一副得到满足的样子，又是一脸怒气的样子。有银心里对喜妞激起的情意又冷了下来。

他转身回到自己铺子，上了楼睡了下来，一边乱糟糟地想着刚才让他烦恼的一幕，一边猛抽着烟。这时，他听到铺子响起了急促的敲门声。有银心烦意乱地打开铺子，却见喜妞闪了进来，一脸紧张地对有银说，你赶紧离开！你到红区挑猪肉的事败露了！

有银顿时吓得脸色发青，催着问喜妞究竟。喜妞支支吾吾，还是把事情说了一遍。

从乡下回到铺子后，喜妞就一个人回厢房张罗晚饭。私塾的孩子后来陆续走了，她送走了先生，刚想关上院门，不料郭屠户就闪了进去，一身酒气和蛮力。喜妞正怨恨着有银的无情无义，心里一松就顺从了郭屠户。

完事之后，郭屠户就问喜妞，有银是不是经常上她家，给了她什么好处。喜妞恨恨地说，这个无情的家伙，早就答应要搬到一块儿生活，一块儿做生意，但一直拖着我哄骗我。

郭屠户说，怎么答应你的？喜妞说，那次去红区前，就给了我二十块光洋，说是从此自己做生意，不能接纳其他男人，我就用这点本钱，做起了商贩。喜妞在气恼之中，口不择言，没想到郭屠顺势一问，你们一起做了什么生意?

喜妞顺嘴就说，有银过红区挑猪肉后，我们一起贩卖棉花和盐，挑到红区去卖了。郭屠问，他哪来那么多钱?喜妞猛然发现自己说漏了嘴，说，这些年积蓄的吧。

郭屠说，这小子自己说没有一点积蓄，当时让我把猪肉的钱全部先垫付出来，怎么到你这里就有钱了?想起那次亏本的事，郭屠从筐里拔了一把刀子，在喜妞跟前一晃了晃，你还是老实交代，你们当初是怎么设局骗我弄钱的?我早就怀疑有银有鬼，红军走了后，我到下游的村落调查过，那次的事情有些不对劲。

喜妞信以为真，看着眼前白晃晃的刀光，心里一寒就把实情说了。郭屠前脚出门，喜妞后脚出来，抄近路赶到了有银的铺子前。有银又气又怕，吼道，你这婊子，我今天被你害苦了!

有银上楼卷了银钱，拖着一只大包裹，转身就跑。他离开黄石，跑进梅江边一个村落，躲进一座稻草楼。有银藏了一夜，一大早就盯着江边，看到客船上人渐渐满了，紧张地四处打量，匆匆跳上船去。

客船离开码头，有银松了一口气。他望着梅江滔滔流水，眺望着下游的村落，炊烟从树林间飘浮起来。对未来的路，有银一时充满迷惘，也许从此就要告别黄石，这个挣扎了二十来年的小镇，有酸甜苦辣，有收获和失落，如今一切都清了零，变成口袋里的几十块光洋。

他望了望码头，隐隐看到一个人影，似乎是喜妞，掠过一丝温暖和忧愁。郭屠会放过喜妞吗?虽然喜妞没有参与，但从此郭屠会把那一份仇恨全部算在喜妞身上。

敦煌觉得，灯花与喜妞，有玉与有银，简直是上天故意制造的对照。同样是搭伙过日子，但情分如此不同。

独依说，婚姻其实有许多变体，搭伙过日子就是一种，如今许多都市老人流行和原来的老同事、老同学“搭伙养老”，我一直以为是这个时代的新鲜事物，没想到梅江边上早就有了!

薪火说，现在许多都市女性经济独立不需要搭伙，但暗底下也存在不少“隐形搭伙”!如果不承认事实婚姻，婚姻不过是一张法律的纸。

## 2. 码头

蓼溪和古寨隔水相望，由于梅江水路，与黄石一样是繁华之地。在白鹭古镇，蓼溪与古寨被智水分隔，分别为谢、赖两姓聚族而居，两大宗族暗中较动，且互不过界，但在江口有座浮桥交通。原来，官衙在蓼溪，集市也沿江兴起，后来风水转动，官署和商铺都过了浮桥扎在古寨，一条L形街道挑起古镇新的繁华。

有银每天晚上就会来到蓼溪码头上散步，观看江面的帆影，与村民闲聊，就慢慢熟悉了“蓼溪八景”。什么五星归垣、双水夹秀、狮背滩声、龟尾竹影，什么桥下溪光、洲中树色、衙静挥琴、庵高送磬。蓼溪古建筑多达十余处，有祭祀的宗祠，有纪念的石坊，有铭恩的祠庙，有读书的雅居。





避难的日子，有银不大出来活动，闲时只是一个人在村里转悠，但很快由于熟悉而厌倦，毕竟他只是一个生意人，而不是文人雅士。

有银回到老家，却不敢回到河村居住，这并不是与灯花生活在一起不方便，而是怕郭屠追到老家，毕竟那不是一笔小款子。有银在蓼溪租了间屋子，闲住了一段时间，等风头过了，仍然寻找做生意的机会。

看着梅江上白帆点点，有银就会猜测大船上拉的是什么货物，上行的船时时出现新货，下行的依然是土产。生意人的本能促进他每次都把散步变成了一次打探，在与船家的聊天中了解时局和生意的行情。与船家的伙计们相熟了，一些暗中的生意也呈现在他的眼前，那就是烟土。

有一天，一只从赣州回来的大船泊在码头，有银照旧与船上一个叫花蛇的伙计聊了起来。有银说，老弟，有空我们进酒家坐坐。

花蛇忙完了船上的事情，就跳过岸来，跟着有银进入小镇。花蛇问，老哥，你天天这么悠闲地在江边转，你是世界上最幸福的人了，肯定是祖上积了财富，你只管享受了吧。有银信口编排说，红军来时我卷起家财逃命去了，红军走了我就回来了。

花蛇笑笑说，你天天在小镇喝酒，这么逍遥自在，你不会是那个在罗汉岩山洞中开枪打死赖司令的人吧？有银说，你可不要乱说，这是要命的事！

花蛇提到的赖司令，就是有玉和昌喜在武阳“春耕模范”授旗大会上见过的老乡赖昌祚，白鹭镇最早起来闹革命的人。由于工作出色，被调往中央直属机关工作，红军离开前夕，又调任了闽赣省委书记。红军离开赣南后，被中央分局任命为瑞金特委书记，到瑞金九堡铜钵山区组织游击队。

梅江边的传说，除了陈炽，就数这个“赖裁缝”的故事多。传说他当上了司令，白鹭镇好多人投奔过他，但他有一次在罗汉岩养病时，不幸被叛变的警卫员杀害。杀他的人，是看中他带在身上的金条。有银在蓼溪这段时间，也听到了赖司令的传说。

花蛇说，这个赖司令也真是，本来是我们赖家的大人物，却落到这个地步。红军走了打什么游击，回来开个裁缝铺子不就没事了吗？有银说，不说政治的事，聊聊生意吧，我知道你们船上当伙计的，表面为东家买货运货，其实也会带点私货，怎么样，这次手头上有什么东西没有？

花蛇说，老哥真是个精通世事的人！有银说，不精通世事，我能活着回来吗？花蛇说，那就别绕弯子了，老哥，这小镇上的烟馆有熟悉的人吗？

有银是个过来人，知道受雇用的伙计，不论铺子里站的，还是船上走的，如果活络都会弄点私货暗中交易，挣些外快。前几年红白拉锯时，这些人就活跃在封锁线上，为苏维埃政府出过不少力。红军走后，烟土又暗中活跃了起来。

有银敏感地问，是不是你手头上有私货？对方点了点头。有银说，交给我吧，我在这地界虽然没有熟悉的人，但可以弄到外头去。

通过几次联系和交易，有银对烟土生意做上了瘾。巨大的利润让他尝到甜头，但他苦于不能自由奔走江湖。直到有一天，他在江边聊天时遇到一个黄石的船家，讲起了郭屠户被抓丁的消息。有银开始着手囤积着伙计手上的烟土，准备挑到黄石去出手。

但是，就像十年前挑猪肉去黄石一样，在他物色挑夫时又遇到难题。有玉不在了，捡狗倒是长大了，但他不可能去求灯花。先误了大哥，又害了二哥，有银在灯花眼里已是十恶不赦之人。这几天，他不断在码头上转悠，并不是欣赏什么狮背滩声、洲中树色，而是看有没有合适的人物。

一艘大船泊在蓼溪码头。一块长长的木板联结着码头的石阶和船舷。搬运货物的民夫队从蓼溪涌了出来，在临时的木板桥上来来往往。这时一个年轻的小伙子引起了有银的注意。

只见他腰上扎着一条粗布汗巾，庞大的麻袋嚯的一声蹿上肩膀。他弯着腰，一手扶着麻袋，一手撑着腰板，汗水流到眼睛时就顺手拉起腰间的汗巾，擦一下脸又掖进腰间。他行走在板桥上，颤巍巍的桥板由此更加弯曲。

有银觉得奇怪，由于国军四处抓丁，民夫队伍里年轻人并不多。另外，有银觉得这个人有些面熟。

小伙子嚯的一声把麻袋丢到码头的货堆，与有银正好脸对脸望了一下。有银看清了这张脸，与大哥有财一模一样。有银心里一激动，走上前去，问，是捡狗吧？我是你叔叔啊！捡狗惊喜地叫了声“叔”，放下手中的活计，两人走到码头边的树林里，问讯各自的情况。

有玉被处决后，捡狗更加顾虑母亲，不敢随便外出。红军走了，苏维埃没了，祠堂变回了乡公所。过了几年，国军时常抓丁，捡狗没当成红军，当然不想进国军。他只得常年在外流浪，逃避抓壮丁。拉纤，搬货，挑担，他有的是力气，梅江上也有的是活计供他挥洒汗水。

这一次，他躲在蓼溪拉活，正遇上大船拢岸，就临时加入了搬运的队伍。得知有银也躲在蓼溪，就说忙完后再去找他，说罢警惕地望了望林子的四周。有银正想说起挑夫的事，捡狗却突然蹿了出去，往蓼溪东头跑去，一边跑一边对有银说，叔叔，我会回来找你的！

有银正在惊讶，发现江边情形大乱，几个兵丁提着枪出现在码头，迅速包围了码头的民夫，几个年轻的小伙子刚要逃跑就被国军按住，在挣扎时被枪托砸得哇哇大叫。有银心里一惊，这分明是国军精心组织的抓丁行动。

有银庆幸捡狗逃过一难，同时佩服侄子的机敏，与大哥有些相似。

暮晚时分，有银又来到码头转悠，等候捡狗的出现。江面上货船亮起了灯火，船头升起的炊烟散入江边，那些伙计像水鸟一样攀在船头吃饭。这些货船来自宁都、石城，阵容壮观，方言杂乱，有如鸟鸣。

石城船比宁都船细小，就像支流琴江比梅江细小，但船小好掉头，小有小的用场，梅江清浅的时候就容易上下。在蓼溪码头，石城船就由于细小能挤进小镇边的支流。有银在黄石的时候就看过，这种船依岸而行，船在前人在后，一根棒子支着往上推。

有银正在比较着江面的船只，突然听到有人从林子里闪了出来，朝他喊，叔！捡狗果然找来了。两人来到有银的住处，有银拿出了准备的果品食物，热心地招呼着侄子，一边聊开了。

有银说，这次实在太危险了，看来还得另谋出路，不能在码头做工了。捡狗笑笑说，这有什么，对于我来说，这样的事非常平常，在河村逃丁，不过是家常便饭。

## 3. 壮丁

抓丁仿佛是国军和乡民之间展开的一场游戏，既有军事化的严酷，又有戏曲化的民间诙谐，它锻炼了双方的智慧，为乡村培养了一批游击战争的能手，如果这批人能够上战场的话。

捡狗对有银说，国军怎么能够不吃败仗呢，抓去当兵的都是一些草包，机智勇敢的都像梅江里的鱼，警惕，瞬息之间就会逃得无影无踪。

由于捡狗的屡屡逃脱，国军采取了更严密的计划，为抓捕物色了内线。梅江边，剃头匠是一个不起眼的角色，但却颇熟悉村情。梅江人家男人自小开始“扎脑”，也就是常年固定匠人剃头，剃头匠会每月进村一次，报酬年终结算，或是钱币，或是粮谷。

为河村“扎脑”的匠人叫光捕。深冬的一天，光捕突然进村来了，看到捡狗打起招呼，捡狗，好久不见你在村里了，什么时候回来的。捡狗突然想到，这天并不是剃头的日子。他警惕地看了看四周，说，刚回来。光捕说，捡狗，把你的火笼递过来，借炭火点一下烟。

捡狗看了看光捕，立即发现一种阴谋的气息在脸部肌肉上滚动。捡狗把火笼放在地上，对光捕说，给，你自己过去点吧。光捕不向火笼走去，却向捡狗走来，说，你这捡狗，怎么这么没礼数！突然伸手想扯住捡狗的衣服。捡狗早有防备，灵敏地闪开，立即往梅江边跑去。

光捕在后头大喊，你跑什么，你回来！躲在村边的国军听到光捕的喊叫，立即从柴草堆边跑出来，往江边追赶。

捡狗有两件时刻不离身的宝，一是汗巾，一是刀，捡狗当时一边跑一边冲江边发呆的青年说，快跑呀，抓丁的来啦！但那个草包愣愣地不知道怎么回事。

捡狗顾不上他，冲到江边把竹排的缆绳一刀砍断，把柴刀系在腰间汗巾上，拿起竹篙往江岸轻轻一点，就往对岸划去了。竹筏到了江中就安全了，回头看去，那个草包已被抓住，哇啦哇啦地哭着。

在捡狗哈哈大笑的讲述中，有银看到了大哥有财昔日的风采。说实话，他有过一丝犹豫。事情有着惊人的相似，他想到了那次叫有玉帮挑猪肉的事，就是在这蓼溪码头上提出来的。那次让有玉把性命丢了，如果这次私贩烟土让国民政府抓住，与抓住壮丁一样，结果的严重是可以想象的。

有银问，听说有玉处决的时候，就在这码头？你到现场看了吗？

捡狗的脸色变得阴暗了下来，说，先押到了这蓼溪码头，远仁宣读的判断书，但后来又押了回去，和一大批人同时在对岸处决的，当时我不在场，我上山打柴回来，才知道姆妈去了现场，救回来一个孩子。

有银奇怪地问，一个孩子？

捡狗说，是的，一个孩子，才三岁，听说是横背人，打成了地主，一家四口要抓了起来，和有玉同时处决。姆妈抱回来后，就藏在房间里，半年后才敢出来透透气。那段时间，我和弟弟既高兴又担忧，高兴的是有个小弟弟，担忧的是苏维埃会来，把我们全家打成反革命！

有银说，后来呢？这孩子现在哪里了？

捡狗说，大概是一年后，这孩子的伯伯从南昌回来了，到我们村子里找孩子，我姆妈舍不得孩，这孩子带了一年了，跟我们都亲，但这孩子的伯伯回来，当上了联保主任、区长，管着这梅江，哪能不让孩子回到自己家族中去呢？只是这孩子已经是个孤儿了，没有母亲没有父亲，姆妈想把他留下来，但没得到允许。

有银听了，叹息说，你姆妈真是个仁义之人，我没想到她一个小脚女人，竟然比男人还勇敢，那种情况下，谁还敢从犯人堆里救人哪！

捡狗说，我也觉得姆妈真了不起！可能是她受的苦太多了，就什么都不怕了，她也时常教我们遇到事不用怕，越怕事越有事，所以这些年抓壮丁，我一点儿都不怕，倒是姆妈时常担心，一个人在家提心吊胆。

有银听了，点了点头。他沉默了很久，对捡狗说，你姆妈有没有说起过我呢？捡狗说，说起过，说三兄弟只剩下一个人了，如果找到了有银叔叔，叫你回家里娶亲成亲，建房安家，外头挣再多钱终究是一根草，家里才有根基。

就这些？没说其他的了？说了，说有玉就是和你一起挑猪肉惹的事，以后遇到你，叫你一定做生意要谨慎一些，不要太冒险。没有责怪我带上了有玉叔吗？没有。有银心里有了一丝温暖的宽慰，知道灯花是一个大度的人。

他又问，你姆妈好吗？你弟弟书声呢？捡狗说，书声去黄石念书了，我还叫他到黄石找你呢，难怪来信说没找到，原来你也是四处避难了。

有银说，书声在黄石念书？我怎么没遇上呢？也怪我一心在生意上了。

捡狗说，姆妈也叫他别找你，你生意上忙。姆妈身体还行，就是成天担心我们被抓，有时整夜点着油灯睡不着觉，怕我们突然半夜回来要开个门的。

在侄子的讲述中，有银仿佛看到灯花在河村又孤单又担忧的样子。乱世之人，风中之巢，灯花是一盏破屋中的灯，摇摇欲熄。

捡狗说，为了省洋油，姆妈还把灯芯改为了灯草，就着幽暗的灯光补衣纳鞋，眼睛越来越不好使了。那年中秋过节我们刚吃过饭，就听到村外狗叫，我和书声逃到后山在墓地里睡到天亮，回家时看到姆妈还没有吹熄灯火，却伏在桌子前睡着了。

有银说，你妈不容易，你要好好挣钱，让姆妈生活得好一点哈。

捡狗说是，要是不抓丁，我就能好好种地做工，安安稳稳地过日子，但眼前东奔西跑，饿不着自己，给家里的钱还是不多，你看我们就一直住在几间破旧的土屋里呢！

有银说，眼前有一宗好生意，不知道你愿不愿意一起来。有银最终还是把贩烟土的想法告诉了捡狗。

捡狗说，私运烟土可是政府明令禁止的啊！

有银说，我已经做过几次，没事！

捡狗说，自从有玉叔叔出事后，姆妈一直告诫我们不能去做违反政府条令的事。她总是对我说，你父亲走得早，我一双小脚把你养大不容易，就指望你将来养我了，一定要规规矩矩做人哈！

有银说，如今是乱世，不冒险你哪能生存？就像今天白天的事，你还不是冒险出来揽活，差点被抓丁了！跟着我，总是更安全些吧。

捡狗说，那也是为生活所逼，实在没办法啊！原来，我们河村是姓陈的人当保长，那时大家挺安全的。可能是姆妈救了陈家人的缘故，他每次到乡公所开会后沿河回家，都会一路为我们放口风，说晚上安排了抓丁，叫大家不要睡在家里，后来换了个保长可就一心想壮丁财，多抓一个壮丁赎回就是五十个光洋，你说他还不卖命？！我只好离家出走。

有银说，你就做我的挑夫，如果生意成功，你就出一部分本钱，当我们是合伙做生意；如果出事了，你就说只是挑夫，并不知道担子的东西，货物是我的，这样行吧？！

捡狗想了想说，好吧！我晚上回去跟母亲说一声，省得让她担心。有银说，你说了，她更加担心，何况你白天逃脱了，说不定晚上就有国军在我们村子里等着你呢！





敦煌说，孩子避乱在外，才是灯花最难的时刻，如果孩子在身边，就是再难也是安慰！现在的人经常抱怨养孩子难，能有旧社会难吗？如果有点难就不养孩子，那人类就停在旧社会了！

独依笑着说，旧社会也有不难的人家！薪火也反驳说，当初搞计划生育，那多人逃避，躲的躲藏的藏，但你却只生了我一个，虽说是遵纪守法，但骨子里是你也不敢挑战，害怕困难，不是吗？

敦煌被女儿击中要害，苦笑了一下。他本想现场教育后辈们，却发现自己成了反面典型。

## 4. 隐瞒

自灯花嫁到白鹭镇，就与亲人们聚少离多，有财走船，捡狗逃丁，多少个夜晚看着灯花百结，为他们担心。

红军走后，那些田地的东家又回来了。灯花还是种自家的地，倒也没什么。捡狗有的是力气，加上书声也大了。农闲时节，捡狗上山打柴去卖，到码头搬运货物，还像灯花一样学会了结绳。灯花织的是苎麻，是细线，用来织布和织网。捡狗编的是黄麻和棕丝，用来挑担和拉纤，能受重力。这些小手艺挣了不少光洋，吃穿不愁，用度不愁。

如果不是国民党来抓丁，灯花还思谋着有一天能够建栋大房子。虽然灯花有陈家人罩着，但抓丁的是国军，陈家人也罩不住。建房子的梦想，就一直压着。

苏维埃散了后，乡公所又复了原。国民党反攻倒算，为苏维埃做过事的被抓了一大批，押到河滩上杀害了。有人告密，说灯花家也有苏维埃干部。有一天，乡公所的人来灯花家，捡狗把有玉的判决拿了出来，乡公所的人无话可说。这张生死判决，灯花一直收藏着，不曾想到，有玉的冤死竟然保护了一家人。

有一天，灯花和书苗婶到蓼溪卖线，回来时买了些盐巴。盐巴在古寨东头，要路过乡公所。乡公所人头攒动，围着一张布告，有人读出了声音，布告原来跟捡狗有关，说如果有人能够抓到捡狗，乡公所奖赏五十块大洋。灯花大吃一惊，捡狗竟然值五十块大洋，白鹭镇的土匪也就值这个数！

大樟树下，有人突然喊了一声，疤脑，发财的机会来了，你不知道吗？那个疤脑愣了愣，问，什么机会？那人又说，你不认字呀，看这布告说，捉住河村的捡狗，奖赏五十块大洋呢！疤脑说，有这事？他兴奋起来，赶紧前往布告前。他一个字不认识，只是看了看，指着布告说，这事说的是真的吗？

这时有个人说，疤脑，别做梦了，人家带枪去也抓不了，你还想凭空手捉住捡狗吗？疤脑听了，摇了摇头，说，有道理，有道理。

灯花和书苗婶相互看了一眼，赶紧上路回家。虽然是小脚，但那天她竟然能赶上书苗婶。穿过小镇，灯花回到家里，看到捡狗从山上斫柴回来，说，你赶紧去外头躲一躲吧，乡公所奖赏五十块大洋要抓你呢！

捡狗说，我又不是土匪，还有奖赏？灯花说，还不是说你能耐，但你再能耐，也躲不过政府和军队的。现在出奖赏了，你不能在家里待了，谁知道那些贪财的人会出什么阴谋？重赏之下必有勇夫！

捡狗说，稻子还没有收呢，我不能走！这时，棚屋的狗叫了起来。疤脑出现在村场里，他正在向乡民打听捡狗在哪里。灯花大吃一惊，没想到这人发财心切，这么快就找上门来了。

灯花催捡狗快走。捡狗说，这疤脑我认识，那次在河里捕鱼时，看到机堂里有动静，以为是大鱼落网了，不料是个人在里头，就在沙滩上教训了他一顿。灯花对捡狗说，虽然你打得过疤脑，但他在暗处你在明处，总会有失手的一天。

这时疤脑已经晃到了他们家门前，说，过路，渴了，想找一口水吃。捡狗走了前去，冲疤脑说，偷鱼的人，我们才不给水喝，早点滚吧，我知道你的心思，想把我抓去讨赏，没那么容易。

疤脑脸红了起来，说，什么奖赏，我就是路过！

灯花看到疤脑临走时嘴角的冷笑，感觉到了风险和不祥。最终，捡狗在姆妈的劝说下离开了河村，去往洋陂做长工。那东家姓郭，是灯花娘家的远亲，自然可以照应一下。

捡狗走了，灯花又为书声担忧。书声转眼到了当兵的年龄，他不如捡狗勇敢胆大，如果不走迟早会被抓。灯花决定把他送进黄石读私塾，既能逃壮丁，又能学文化。

灯花早就想让孩子读书识字。有财就吃过不识字的亏。当年，有财走船请过帮工。这些帮工跟有财一起吃住，工资年终结账。帮工做了多少天，有财就在墙壁上画个符号，到了年底就请来先生算数，不料土屋漏雨，墙体上的符号被泥污涂改得一塌糊涂，有财疑心是帮工做了手脚，因为帮工走时兴高采烈，比往年多领了光洋，而瓦顶的漏洞以往不曾有过。

十年前，书声在小镇读过一年列宁小学。就为这，灯花觉得苏维埃好。红军走后，列宁小学散了，灯花一直盼着红军回来，还能办起人人都能上学的学堂。但等了几年，也失望了！

灯花要让书声继续念书。读书的地方，小镇也有，跟灯花一家没有关系，因为灯花家是白鹭镇的小姓。

就在小镇的西头，有一座仰华书院，陈炽就是在那里读书的。陈炽是梅江人家的榜样。灯花听父亲说，他十二岁去宁都州考试，是父亲背着去的，别人笑他“骑父作马”，他就回答“望子成龙”，考官叫他后退几步，陈炽说青年人只求上进不准后退。这些传说，灯花自小听父亲讲过。

灯花听故事时，也想过将来自己为夫家生一个孩子，要像陈炽一样聪明伶俐，能像父亲一样识言断字，像陈炽一样知晓外面的世界。

父亲跟灯花讲过，陈炽在京城逝世，三年之后方得归来。路过黄石，任凭船工怎么使力，客船就是不动。家人惊异，请了个风水先生前来解难。先生说，陈炽是沿梅江走出去的大人物，想留在江边看天下形势，就请人在黄石寻找了一处好风水。

但是，嫁到河村后，她不再有此梦想，只想让孩子读几年书谋生时能用上。仰华书院有一两百年历史，是梅江边十八族姓集资建成的。参加文社要上交五百担谷子，才允许在书院该姓弟子进书院读书。灯花的夫家，祖祖辈辈没有能力交出五百担谷子参加文社，为此被排除在外。

没想到，红军来了，打破了这个规矩，小姓人家也可以上仰华山读书了。有一天，有玉回到河村，说仰华书院办成了列宁小学，各姓各村的孩子都可以上学。灯花高兴极了。书声到了书院，却发现没人上课。

有玉听了感到奇怪，明明听说上头拨了经费下来。可他是土地委员会的，不经管教育的事情。过了一个月，有玉回到村里说，那办学的那个人想吞了经费，就造了一个假名册，有多少老师，有多少学生，被上头捡查的发现了，于是被撤销职务。很快，列宁小学真的办了起来。

书声真的进了学堂。不要捐谷，不要学费。可惜，一年后红军走了，列宁小学又停了。等了几年，书院倒是复办了，但仍然是以前的文社，以前的学堂。灯花只好把书声送往黄石。这一年，是公元 1941 年，书声已经十八岁了。

两个孩子不在家，灯花孤身苦守，每天都要上香祈祷一番，希望神明保佑孩子平安。那天晚上正在祈祷，忽略听到一声呼唤。姆妈，我回来了。是捡狗回来了。灯花大喜过望，到门外张望了一番，悄悄张罗起晚餐。

像往常一样，捡狗吃完了饭，就要为灯花洗脚。他烧了一盆热水，放进木盆，把姆妈安置在木盆边就座，把脚放在盆边，一层又一层耐心解着长长的裹脚布。布里散发出汗溲味，小脚像一条草鱼露了出来，脚趾像五颗玉米粒子，紧紧地盘在脚板上。忙活了一天，灯花小脚确实又酸累，泡进了热水里，就像鱼儿游进了河水，安妥，舒服。

捡狗一边给姆妈洗脚一边说：姆妈，我要去黄石一趟，这次可能要多些时日。

灯花心里一惊，说，不是在洋陂做长工吗，怎么又去黄石了？捡狗说，远近都是躲，我走远些是为了多挣些钱，在洋陂做长工，不是天天做，农闲了也偷偷到梅江边找零工，这样能多挣些钱，将来世道太平了可以建房子。

灯花知道捡狗另有谋划，但事情有些突然，有些蹊跷。灯花想了想，问，不是你一个人去吧？捡狗支吾了好久，才说，和有银一起去。听到有银的名字，灯花急了起来。虽然不是红白相隔，但有银挑东西到黄石去，竟然又来叫亲友做脚力，肯定不是一般的事情。

灯花反复追问，捡狗知道不能隐瞒，就讲了出来。



## 5. 烟土



从白鹭镇到黄石，江边的道路蜿蜒曲折，时而顺着江边走，时而拐进山里跑。有银看着捡狗脚步轻盈，脚底功夫竟比当年有玉还要好。有银空着手被落得好远。

上坡路，捡狗像一头小鹿，一下子蹿到了山顶，在枫树下歇一会儿，有银好不容易爬了上来，挑起担子又走开了，弄得有银喊：多歇息一会儿吧，不急的，这烟土又不是猪肉，不会腐臭的。

过了河滩，到了蛇迳，江口寺就在眼前，有银叫捡狗小心，不要撞上了何北斗，上次有玉挑猪肉的事，就是北斗告密弄出来的。

捡狗说，叔，放心吧，北斗早已不在江口寺。上次有玉被处决了，昌喜想到了有玉叔说起北斗吃肉的事情，跟小镇里的信众揭穿了北斗的真面目，北斗在蛇迳再也待不下去，逃到外面去了。

有银说，真是报应。

过了蛇迳，两人又穿行在大山中。捡狗说，叔，讲讲我父亲当年走船的事吧。有银说，你父亲呀，为了钱财不要命，那次一边走船，一边还顺便跳到洪水中捡木排，当然那是为了我，那时我刚到黄石，没有钱花。

捡狗一边走路，一边兴致盎然地听着，缓解肩膀的辛劳。

到了黄石，有银事先到郭屠的铺子里看个究竟，果然换了个人在操刀卖肉，心下里自然高兴。老板看到有银突然出现在黄石，一把扯住，说，当初你丢下铺子不吱一声就逃，这次可不能走了，还有多少糊涂账要结算！

有银笑着说，不走，不走的，还想回来重新做掌柜呢！说着拿出一本出逃时匆匆带上的账本，当场结算了一年前的款子。老板说，看你是早有计划要回来的，账本不离身。

有银说，账目清了人心安，生意不在情意在，如今铺子是让谁主事了呢？他看了看店招上“郭记客栈”几个字，正是要寻找的落脚之地，于是他连声说好，这次可真是宾至如归啊。

梅江边的客栈称作火店，小镇的火店不比县城的，三教九流都有，主要就是一些贩夫走卒耽误行程的，铺子再也不像原来开杂货店那么清静，后院里鸡飞狗叫，笼子里的猪大声应和，而牛吃着夜草麻木地看着这人畜共居的铺子，神色泰然如世外高人。

有银和捡狗在客栈住下，吃了晚餐，叫捡狗待在房里不动，自己就上街去找烟馆。



虽然隔了些时日，有银对黄石的熟悉仍然胜于蓼溪，很快和烟馆的伙计聊上了天。伙计说，有银哪里做生意发达了？学会吸烟土了？有银说，可不是，吸烟是有钱人的面光，而你是为有钱人服务的生意，自然容易成为有钱人啊，最近挣的不少吧？

伙计说，哪里，最近政府禁得严，熟悉的路子都断了线。有银说，借一步说话。两人躲到一边。

有银从身上摸出一包烟土说，你看，纯正得很哪！伙计说，有多少货？有银伸出十个指头。伙计惊讶地说，你囤积了这么多，原来改行专门做这个生意了？有银点了点头。

伙计说，烟馆里一下子进这么多私货，会引起政府方面的怀疑，掌柜也不会同意，我只能先囤着，一点一点分批带进去。有银同意先付一半的定金，货先在客栈里放着，十天之内钱货两清。



这十天的等待，对于有银是一种煎熬。他生怕会有什么变数，这些烟土在老家白鹭镇囤积多时，他就指望着能够借此一朝翻身，从此成为富商，衣锦还乡，正如灯花叮嘱的，在老家建座大房子，这样威望自然就出来了，再不会受人的欺压和轻视。

第一天过去，有银在客栈里待不住。他跑到烟馆看动静。伙计当然知道有银的心事，就带着他到烟馆内部巡视。

烟馆里生意红火，一个个房间烟雾腾腾，小镇的大户、富商，及他们的子女和友朋，都是这里的常客。烟土对于这个阶层的人来说是一种时尚，就像他们身上穿的绸缎。

伙计说，看到了吧，你的这些货不要多久就会变成他们嘴上的大烟泡。有什么办法呢，这些人家里有钱，留着用不完就得找个出处。国民政府表面是严格禁烟，又知道烟土其实是财源，能禁得了吗？禁的只是私贩私运，因为这样政府收不到税银。

伙计指着一个包厢说，你知道这里面什么人吗？郭家的大公子，据说娶了三个女人，家里吵吵闹闹成了戏台子，干脆搬到这里来住。现在赌博吸烟土，父亲分给他的钱财快花光了，家里女人一个接一个休了。最后一个小的哭着说，把我卖了吧，卖到青楼换钱给你吸烟土！郭公子毫不手软，果然就把她卖了！你看，他父亲又来找了，两人躲猫猫一样你来我往的。

看到烟馆的生意，有银放心了。

第二天，有银拉着捡狗出去走走，两人刚刚走到酒馆，有银又掉头带着捡狗向烟馆走去。捡狗说，叔，你是不放心吗？有银点了点头。

有银来到烟馆，不好前往打探，怕被伙计看到了笑话。有银说，捡狗你去吧，看看烟馆今天的人多不多。捡狗说，我平白无故地走进去，又不去消费，他们会把我当盗贼抓起来的。

有银说，你聪明得国军都拿你没有办法，这事还不简单，你装作去找你的家人，说家里出事了。

看着捡狗进了烟馆，有银躲在一边，远远看着。一名伙计拦住了捡狗，问消费什么价位。捡狗说，我是来找人的，说罢装模作样地大喊起来，爷爷，爷爷，我们家里来客人了，说要请你去断事呢！

掌柜走过来说，不许喧闹，你家爷叫什么名字，我帮你去叫一下。捡狗愣了一下，说不出名字。看到捡狗支吾着不说，掌柜叫了一声，来人！捡狗说，你这里不是青楼吗？我找错地方了，我们是州城的人，陪爷爷下乡来做客的。说罢转身就跑。

第三天晚上，有银看到连续两天烟馆里生意都红火得很，就稍稍放心。他让捡狗待在房里，又一个人出去了，说是去打听动静。

有银是朝喜妞的小院走去的。这女人有些日子不见，也不知道有没有被郭屠下手残害。虽然有银对喜妞的泄密有些怨恨，但想到她紧急报信，算是有一份情意。再过一条支巷就要到喜妞的院子了。由于正好路过烟馆，有银的眼光却不由自主改变了方向。

一名伙计正在烟馆门外与一位商贩模样的人嘀咕，像是在谈一桩生意。有银立即警觉起来，靠近前去，躲在一旁细听，原来是赣州府上来的客人，声称手里有一批好货。

伙计说，迟了点，烟馆现在备足了货呢！商人说，你不一定在这个烟馆出手的，你可以再找人带往州城里，你挣的肯定不止这些工资！说罢，从手里塞给伙计十个光洋，说，这点小意思，就算给你的辛苦钱！伙计收下光洋的一刻，有银的脸顿时沉了下来。

第四天了。有银决定采取一点行动。这一天吃过早饭，有银来到烟馆找到伙计，说是找他商量烟土的事。

到了街上，有银却拉着伙计往青楼走去。两人各找了一位女人，玩够之后又到酒馆里坐下。有银拿出十五块光洋，对伙计说，家里有点急事，希望能够让烟土早点结账清货，需要伙计通融一下。

伙计为难地说，不是有约定的吗？有银把钱塞到伙计手上说，这是给你自己的辛苦费！伙计接过光洋，说，好吧，我争取提前几天。

## 6. 仇人

黄石是个烟柳繁华之地。有银的烟土过几天就要清货，就放心地带着捡狗在小镇吃喝逍遥。捡狗惦记着弟弟，对有银说，你把零钱给我吧，我买点果品去看望弟弟。有银掏出几串铜板说，到时在你的工钱里扣除。

捡狗难堪地说，前几次你带我喝酒的，也算吗？有银看到捡狗不满的表情，说，前几次就算我请你吧，这次的开始计算，因为是你私自出去的开销。

黄石的书院在小镇最南边，与喜妞的小院正好一南一北，首尾分享。书院收容着梅江上下游的读书人，都是脱了蒙的青年。书院原来是郭氏宗祠的后花园。捡狗一路打听，走进小院时却看到大门紧锁。

他透过门缝，往里头瞧了瞧，只见院内茂林修竹一片清幽，一棵高大的枫树枝叶探出了墙头，树叶开始变黄变红。在左侧的檐角下，一个破旧的水瓮上长着一株造型奇特的铁树，树枝盘旋虬劲，向左侧伸展，下头撑着一块大条石，远远看去那铁树与石头形成一道高大的拱门。拱门望进去，却不见一个人影，也听不到人声。

捡狗茫然地望着书院，难道是放假了？但没有收到口信。难道书院的青年也在逃壮丁？捡狗在院外转了一圈，看是不是另有小门进出，结果非常失望。这时，一个老妪从侧门出来，对捡狗说，先生和学生都去外面参观了，这不，我来帮他们做午饭，见不到人影，不知道到底是不是回来吃。

捡狗向老妪道谢，就坐在书院大门边等着。捡狗看着大门边的对联，想起了老家。有一次过年请人写对联，平时写对联的老先生病了，没有写成。看着光光的门面，灯花对书声说，你得念书，将来我们自己写……

快到中午，书声果然出现在对面的山头上。书声告诉大哥，今天先生带我们去看望一位人物了，不过是墓地，他是我们白鹭镇的大人物呢。

捡狗听说过这名字，叫陈炽，小名叫家谣。捡狗说，那就要学人家好好念书的。书声问，是不是家里出事了，要接我回去？

捡狗摇了摇头。书声说，你不来接，我真不敢回家，来黄石的时候就差点被国军抓住。

那年书声去黄石，原是捡狗说要送一程，但他坚持自己走。书声十八岁了，第一次独自出门远行。他带着行李走到了蛇迳对面的茶亭，遇上一艘军船泊在河滩。兵丁刚要过河，就被兵抓住了，要他帮忙去拉纤。

上宁都州的水路非常难走，这一趟拉纤至少要一两个月。书声无奈，思谋着如何摆脱。这时，军爷要到对岸去买货物，但渡工看见书声被捕，故意装作没有听到，躲到舱里不出来。

书声对兵差说，官爷你放一放手吧，我站到高处帮你呼唤一声，这样对方才能听到。官爷觉得有理，就放开了书声。书声双手获得自由，立即顺势一推，兵丁哗啦一声落入了激流，扑腾着向下游漂去。书声朝着蛇迳跑去，消失在茫茫深山中，然后找了一条捷径，走到了黄石书院。

有银听了，说，生在乱世，就要这样机灵一些，这次我是和叔叔有银一起来黄石做生意，过几天就要回老家，如果有时间，我叫上叔叔一起过来看望你吧。捡狗说罢，把东西递给了弟弟，离开了书院。

看望弟弟归来，捡狗一路心情畅快。弟弟在书院学得好，叔叔把生意盘算得周密大胆，捡狗仿佛看到家族声望大振的那一天。书香门第，富贵人家，终有一天会在梅江边横空出世，母亲劳苦了一辈子就要跟着沾光了。

回到客栈，捡狗看到有银神色紧张，门前东张西望走来走去。到捡狗回来了，低声地责怪，怎么这么久才回来，跑哪里去寻欢作乐了？！不等捡狗解释，拉着他就往江边跑。

捡狗一脸惶惑，跟着撒腿飞奔，却不知道究竟发生了什么事。船离开黄石有一段路程，有银才讲起了变故。

这是有银回黄石的第五天。他放下了心，准备花天酒地一番，弥补在蓼溪隐居的寂寥无味。侄子去了书院，有银整理了一番行头，再次往喜妞的小院走去。但路上，一个巨大的悬念在他心底里盘旋。与头一天如出一辙，他不由自主地在中途把目光拐向了烟馆。

这是一种从未有过的生意体验。以前只是走村串户把一些农家物产变成商品，辛辛苦苦地挣上一些脚力和差价，收获比农民好一些，但好不了多少。这次的生意不一样，烟土是一种特殊的商品，在政府明面上禁止和暗地里纵容之列，也就充满暴利和危机。

这是一次赌注太大的博弈，他时时梦到政府没收烟土的情景。除了与烟馆经手的伙计结好关系，他还进一步想到了政府的税吏，如果通过伙计进一步结识官吏，那这条路就是彻底走通了。

有银的巡察立即有了很大的收获。他的目光再次磁在了烟馆前微微卷起一角的公告上。那公告远远地呼唤着他，诱惑着他。他慢慢挨前去一看，心里凉了大半截。

这是一份政府稽查私烟的布告，要求烟馆和市民主动上报私藏烟土，同时对烟馆实行查验措施。这些政府的表面文章有银早就知晓，让有银寒心的不是这些布告内容，而是布告最后的落款。稽查官的名字，竟然是他最不愿意看到的。他像看女人的身体一样，一下子盯住了布告的关键部位，看到了郭屠户的大名出现在布告上！

有银马上放弃了对喜妞的悬念，而转向了另一个更大的黑洞。他焦虑地等待郭屠户从烟馆里离开的时刻。等了大半天，躲在一边的有银终于看到郭屠户出现在门口，嘴上叼着一支香烟，伙计几次上前要为他点火均被拒绝。那只是一种装模作样的派头。

郭屠户向伙计说了几句狠话，不耐烦地向街头走去，有银注意到他的腿脚跟原来不一样，走路一高一低。

郭屠户离开不久，伙计对有银立即出现也大吃一惊，说，你还在对烟馆盯梢？有银说，不是，就是想知道郭屠户为什么当了税吏，他不是被抓丁了吗？

伙计说，他当兵打仗不要命，冲锋陷阵受了伤，这样的人物送到后方不就成了政府官员吗？伙计紧接着把有银拉到一边说，你的货暂时不能过来了，我手头还有好多私货，郭屠户盘查得紧，而且一般的银两收买不了他，你得过一阵子松下来再说。

有银说，无论如何你不能说出我的名字！伙计不知道有银跟郭屠户的纠葛，说，这个自然。

有银叮嘱之后，立即转身回到客栈，把剩下的一半烟土整理好，谁知捡狗久等不回，又不敢在大街上随意跑动，只好时不时到门口转转。这些天在黄石转悠，幸亏没有碰上郭屠户。

有银看着滔滔江水，对捡狗说，看来老天不打算灭我。捡狗好奇地说，你与郭屠户有什么仇怨呢？就不能互相解开吗？

捡狗说，以后再跟你说吧。

## 7. 躲避

客船到了半路，有银要求船家拢岸。岸上的村落，叫盆村，是梅江边一个大村落。下了船，有银带着捡狗走进了一望无边的田野。

与河村相比，这里村落宽阔，田亩起伏绵延，一看就知道是一个富庶的地方。盆村离黄石并不远，以前有银就经常进村收购大豆、花生、谷子，在盆村也算是常客。有银留在盆村，是知道村民经常去黄石赶集，便于打听消息。

他不想让烟土在黄石白白丢掉。

有银找到的东家，是位老家巴交的农民，家有两个子女，但只有女儿秀秀在家。住了几天，秀秀和捡狗就熟悉起来，两人年纪相仿，捡狗闲不住，常帮秀秀出些力气，帮助一些家务农活。

捡狗问起秀秀的哥哥，秀秀说他们家在盆村里也是小姓，是从黄石搬到这村里住的，外姓人家的青年，正是抓壮丁的对象，哪敢在家里待着呢！

捡狗说，这里也抓壮丁，怎么村里能看到好多青年人呢？秀秀说，他们是大家大姓，家里有钱的，保长会罩着，就是抓了出点钱财也能放回来。

在盆村住了几天，捡狗越来越待不住。他是靠脚力为生，自然不能跟有银一样放长线钓大鱼，加上叔叔不再提合伙生意的事，看来只把他当成脚夫。有一天，捡狗试探性地问有银，这生意不知道何时能挣钱，母亲还等着钱用，这样待着不是回事，他想离开去揽活。

有银不加阻拦，也没有提起烟土的收入分成，只是算了来去的两趟脚力钱。捡狗对有银的算法非常不满，说，当初我们说过的合伙做生意，我把力资算投股，就说脚力钱也不能这么算，我在黄石待了这么些天，耽误多少活，如果只是算一来一回两天的工钱，让我怎么生活！

有银说，我也没想到会耽误这么长时间，我们做生意是有风险的，你跟着我也就要一起分担。这不是还没有挣到钱吗？算了两趟的钱就不错了，这回来只到盆村，我是半趟算一趟，黄石的几天花销我还没有算你的呢！

捡狗无话可说，只当看清楚了一个人，毕竟是亲叔。就说，我得回去看看姆妈，今后就不过来跟你走生意了。

有银说，你是想家了，沉不住气。有银说罢又拿出一块光洋给捡狗说，买点东西给你姆妈，算是我的一点心意。捡狗谢过叔叔，就朝梅江下游走去，重新开始浪迹江湖的生活。

秀秀从山里砍柴回来，不见了捡狗，问有银，还有一个人呢？有银不动声色地说，先走了。秀秀说，不是一起来的吗？闹了什么矛盾？有银说，合伙做生意的人，想偷我的钱财，被我发现了，赶他走了。

秀秀半信半疑，转身出门，在梅江边张望了好久。

有银又过上了隐忧的日子。这次在乡村隐居，比蓼溪更加无聊和难耐。有银对房东自称是经常跑黄石的生意人，由于亏本到乡间躲债。

房东平时以耕种为生，女主人做一锅豆腐在村里叫卖，换些钱或等价的黄豆，由于手艺好很畅销。去黄石赶集也必是一副豆腐担子出去，一些盐巴布匹回家。去黄石一般是男主人出动，毕竟需要脚力。有银住了一段时间，发现秀秀经常跟着一起上街。有银想通过秀秀打听黄石的消息。

秀秀白天上山打柴，下地耕种，晚上就要跟着母亲推磨。有银每天晚上都去帮忙，渐渐地大人换了手去忙着其他家务不回来，就剩下秀秀添豆，有银推磨。萤火虫在屋檐下飞来飞去，虫子在田野鸣叫不息，稻花香随着晚风飘到磨边，与大豆粉碎后的清香搅拌在一起。

一边是石磨与大豆不断摩擦产生白花花的豆汁，一边是男性与女性在眼神上的摩擦，两个人聊着聊着就产生了另一种神秘的东西。

秀秀一边添豆一边问，你真的在黄石做生意？你知道黄石有一家清汤店？味儿够好，我父亲带我去吃过。当然知道，是福建人过来开的，这东西北方叫馄饨，我经常去吃呢。

经常？你有这么多钱吗？有呢，这点钱算什么。对了，下次你去黄石赶集，你带几斤回来，我们自己煮着吃，这钱我出！

真的？那要我为你办什么事吧？不用办事，你是就抽空去烟馆看看，上面有没有禁烟布告，现在负责烟土稽查的官员叫什么名字。

你是做烟土生意的，还是吃烟土的呢？这可都不是好事呀？！不是，我怎能做这种事呢，我的债主是烟馆收税的，我欠了他的钱。

秀秀添完豆，用热水冲一下磨盘，滞留的豆渍随着水流千回百转，注入木桶。秀秀说，做人得像豆腐一样，清清白白，你走私烟土，迟早会出事的。

秀秀每次从黄石回来，都要带回一包清汤皮儿，吃得全家满心欢喜，越来越把有银当成自家人。乡民有时来买豆腐，问，招了个上门女婿？秀秀满脸通红，而父母却不置可否。

有一天，母亲问秀秀，你跟有银一条心了？秀秀说，有银心眼多，做的不是正经生意呢，我才不跟他一条心。

母亲说，要合要散你得明白点，不要让乡亲们说闲话。秀秀点点头。母亲说，我们要赶走人家又不好，毕竟人家出租金，多少能帮我们家一些困难，我就叫人上门提亲吧。秀秀没有摇头，也没有点头。

提亲那天，有银看在眼里，闷在心里。

有一天，村口的戏台上请来戏班子。又到了禾苗青青时节，戏班子趁农闲前来凑热闹，村里有钱人家生了孩子，就都愿意出份子，图个吉庆。秀秀的父母是个戏迷，早早就端了木板凳前往占位子，吃过晚饭，叫上有银出了家门。

秀秀早就打听了一下，剧目是看过多遍的《卖水记》，就没有兴致，愿意留在家里收拾家务。有银和秀秀一家吃过晚饭，不知道秀秀的安排，就想趁看戏的时候，跟秀秀说说话。

在戏台边转了一圈，就没有看到秀秀，就往回走。看到土屋里灯火亮着，有银心里一喜，就走了进去。有银问秀秀，怎么没有去看戏？却没有声音。秀秀的房门关着，里面透出了灯光，似乎有水声哗哗。有银小心敲了一下，秀秀，我们看戏去。

房间里顿时静了下来，说，你去看，我不去看戏。有银知道里面有人，就壮起了胆子，把门页攀紧，往上一提，门页就从门轴里脱了出来。秀秀抱着身子蹲在木盆里，尖声叫着说，你走开！你这个流氓，你走开！你这个忘恩负义的家伙……有银看到白花花的身子，二话不说把秀秀抱了起来，就像捞起一条草鱼，丢在了案板上。

秀秀一口咬在有银的手臂上，有银忍着痛，按着秀秀两条手臂，嘴巴慢慢地朝秀秀胸前拱着，秀秀慢慢软下了身子。有银看到秀秀放弃了反抗，就以黄石小镇青楼里得来的经验，慢慢伺候着一具肉身，一边做着各种动作，一边想着喜妞。草席里先是一片血迹，接着是一片水渍，汪汪地向床边淌去，有银发现，这不是木盆里带出来的，而是来自秀秀身体里的水。

有银得手后，把秀秀抱回木盆里，继续为秀秀洗着身子。秀秀清醒过来，木然地看着有银在身上抚摸。有银问，你中意那个青年吗？那个走路一高一低的家伙，你也合适？秀秀不高兴地说，谁叫你在外面说我们好上了？弄得我现在好人家不敢上门提亲，我母亲一急，让什么人都上门来。

有银说，跟了我吧，虽然我年纪大，但我会生意，不会让你过苦日子的。秀秀说，你的生意会把你送上天堂，也可能送进牢房，你一个躲债的人，保不准明天就会被人抓走，我能靠得实吗？

有银说，我在生意场上二十余年折腾，自然知道怎么趋吉避凶。你放心吧，我会没事的。

秀秀身子失了也没办法，说，好吧，你得好好经营，不然鬼知道你下一次会躲到哪个村坊。有银见秀秀答应了，为秀秀擦干净身子，说，明天你就上黄石，帮我再打听一下消息。

秀秀从黄石回来，又带回了大包清汤皮儿。看着一家子人吃得有滋有味，有银却没有心情，因为没有带回他想要的消息。秀秀看到有银吃完后不高兴，就说，不舍得花钱了吧，那就以后别叫我买了。有银说，不是，我是郁闷债主还没有离开。

终于，秀秀从黄石回来说看到布告了，也问了问烟馆的伙计，税官换了人，原来的郭屠户在黄石捞足了钱财，调到宁都州去了！有银一把抱住秀秀，说，太好了，我有出头之日了！

秀秀用手推了推，提醒有银不要得意忘形，父亲母亲都在家里。有银对秀秀说，你是我的恩人，能给我带来福气的人，我娶你吧！有银取出二十块光洋，说，跟你父母提亲去。





## 8. 婚宴

深秋的日子，河村迎来一桩喜事，全村的饭桌和条凳集中在村场上，给灯花家办酒宴。一年到头难见荤物的木桌，享受着十二碗全荤的待遇。

参加喜宴的乡民若是男人，就痛快地喝酒；若是妇人却谦虚地晃晃筷子，喝着擂茶，吃点米饭，每一碗荤菜早已均分到各人面前，稍微尝尝就打好了包，准备接回家里让孩子一饱口福。

捡狗提前接到口信，知道叔叔日子出头了，不但挽救了烟土，还把东家的女儿娶到了手。他转道到黄石书院，把书声也接回来了。

听到有银成婚，捡狗别扭了一阵子。但终于缓过气了，帮着张罗起来。这次有银显得很是大方，请来了先生写礼单，择吉日。灯花一家子谋划着婚礼，不时在笑谈中讲起了这门亲事的来头。

灯花以大嫂和家长的身份，接受了有银和秀秀的高堂之礼。找小礼，请厨官，安排迎亲队伍，借还桌凳……虽然请来了外公一家人前来帮忙主持，一大堆事还是忙得捡狗团团转。

有银从来没有操持过家务，只是把银两交给灯花说，大方点办起来，壮壮我们家的声威！但他又对捡狗交代，银两要省着花，日子长着呢！

捡狗笑笑说，知道你心思，我合算着呢。捡狗知道叔叔后来把全部烟土卖到烟馆了，挣了大笔钱，不但在黄石重新租了铺子做生意自己当老板，明里是以前的小商小贩老业务，暗里却在梅江的船队中穿梭，私贩烟土。

这顿河村人共同分享的喜宴吃到下午三点多钟。亲朋散去后，捡狗和弟弟书声忙着善后的有关事宜，把桌凳一一送还各家，把外村的亲戚挽留一番，把剩下的饭菜好好归置，把匠人的工钱一一结算。

没有人知道捡狗在紧张地忙碌中心里还警惕着什么，只有捡狗心里有数，白天的喜庆只是一个表面的平和，他担心的事情就在后面的时段里。

灯花坐在私厅里，看着人来人往，特别是看着捡狗当家作主的模样，脸上露出了久违的笑容。她想起了二十多年前自己的婚礼，冷清，匆忙，有财虽然有钱却不能雇花轿，她一路骑着男人的肩背，没有举行隆重而又美好的拜堂之礼。

这是一个女人一生的遗憾。看着秀秀被送进洞房的时候那沉稳的脚步，让灯花感到遗憾的又何止是礼节，还有自由行走的双脚。当然，自己的遗憾更加反衬了家庭的喜庆。

灯花与两个孩子久别重逢，自然有说不完的话，尽管忙碌了一天。捡狗住在有玉的房间，书声回家了，自然和哥哥一起。睡觉前，捡狗打来一盆热水，把姆妈的小脚搁在自己的膝盖上，像纺织娘转着梭子一样，绕着圈子拉开一层又一层的裹脚布。

灯花的小脚浸泡在热水中，不多久脚板起了一层白色的死肉，以一把剪刀刨净，剪除指甲，揉了揉，就取来一根干燥的布条一层层包裹回去。为姆妈洗脚的程序，虽然由于常年躲避抓丁而不时中断，捡狗动作依然是那么的娴熟。灯花在儿子的服侍下心满意足地放松了身心，书声就在灯花的膝前说着外面的见闻，聊着书院里的事情。

灯花不知不觉就睡着了。

两兄弟回到自己的屋子，由于一天的劳累很快就进入梦乡。半夜时分，狗叫声突然打破村子的岑寂，惊醒了沉睡中的人们。

最先支起耳朵的是捡狗，他在狗叫的第一声就从梦中醒来，并反应过来这是怎么一回事。一条汗巾往身上一裹他就起身，随手抄起了枕边的柴刀，一边叫醒弟弟。惊慌的弟弟裹上寒衣，跟着哥出了房门，却不知道往哪里逃。

捡狗拉着弟弟站在饭厅的黑暗里，竖着耳朵细听房屋四面的敲门声。

村场的房子栋栋相连，以大厅堂为中心，向两边分散，纵是土墙共体，横有小巷相连。捡狗在黑暗中分辨出了通往屋后的门边始终无声，于是拉着弟弟就朝屋后跑。捡狗打开大门的一瞬间，发现自己中计了。

屋后就是青山的悬坎，两头堵着持枪的兵丁。原来是抓捕壮丁的国军故意不敲后门，让捡狗兄弟自投罗网。

捡狗并不慌张，迅速托起弟弟往悬坎上去，跃上了青山密林，自己却并不跟上。他挥舞着柴刀向东头冲去，一边大声高呼：杀啊！堵在一头的兵丁被捡狗的气势吓住了，不由自主闪到一侧。

捡狗冲过第一道防线，继续像疯子一样挥舞着柴刀，一路冲杀过去，旋即消失在黑沉沉的青山，像一条鱼回到了大海。

不久，身后嘭地响起了一声枪响。一头的兵丁追赶过来，却在山下止步了。一人埋怨说，眼看包围起来了，怎么还是让他跑了，怎么闪开不堵住呢？一人说，砍杀过来谁还敢拦住，我可不想丢掉这只胳膊！

在后山，捡狗与弟弟在父亲的墓地会合了。四周草木幽深，这里是一片远离尘世的安静之地，静得仿佛能听到逝者的说话声。

这片梅江的山坳，叫大窝里。这里葬着爷爷，葬着最早来到河村的先祖。父亲的墓地，就在山坳最高处。这里林木幽深，但视野开阔，对山下的村落和梅江能一览无余。有玉被处决之后由灯花作主，与捡狗的父亲葬到了一块。两个兄弟，如今在地下相伴，对人间置之不理。

是啊，父亲让灯花延续了香火。但这香火像灯花一样微暗、微弱，是叔叔有玉的臂膀，替两个孩子挡住了风雨。如今，这个家族的责任，得自己来扛起来了！公元一九四四年了，离父亲去世已经近二十年。捡狗想起有玉逝世那年，自己还闹着要去参加红军。如果自己离开，这个家族将会如何，真不敢想象。

捡狗想，现在回想起来，母亲显然是对的。如果不是自己迟几年出生，当兵还不到年龄，自己也许就跟着村里的年轻人一道加入了红军的队伍，去了远方。书声是个文弱青年，母亲和弟弟又如何能相依为命？

捡狗枕着头，望着天空一闪一闪的星星，想着哪一颗是父亲，哪一颗是叔叔——他们俩准是受不了尘世之苦，躲到另一个世界了，提着灯笼在天上游走，把照顾灯花的任务交给了自己。

惊吓的弟弟受到哥哥安抚之后又睡了过去。捡狗起身站了起来，细听山下的动静，狗吠停息，家里的灯却亮着，就像姆妈跳着的心脏，盛满了亲人之间无穷无尽的担忧。

敦煌每每叹息，如果自己生逢乱世，也许没有爷爷捡狗的血性与胆略，敢于与当兵的英勇对抗，否则他无法完成家族传承的使命。

而独依的父亲也接过了话题说，他早年对血脉传承不以为意，但灯花的故事让他深受触动。中华文明强调家国情怀，其实是为了民族更好地传承，而民族的传承离不开家族的传承，为此，传宗接代可谓是每个人先天带来的使命。

## 9. 祈祷

儿子在外避乱，灯花孤独守家，是那个年代的悲欢离合。与后世河村人由于打工而引发的背井离乡完全不同。那是乱世烽烟中的求生，充满着危机与险恶。由于抓丁，捡狗有家不能回。捡狗四处流浪，总是挑暮晚的时分突然回到河屋。为此，灯花每天在暮晚时分，对村外的动静格外关注。

灯花对暮晚时分的狗叫声尤其敏感。但她知道这些狗叫意味着两种可能。一种是吉祥的，是儿子回到了村里。一种是不祥的，抓丁的人藏到了村里。独依说，就像《静静的顿河》中葛利高里的母亲，每天晚上会在篱笆边对着星空祈祷，保佑自己的儿子们平安归来！

那一天，村外的狗又叫了起来。灯花心猛烈地跳了起来。她不能确定，这是不是捡狗又回来了。

是的，一道高大的身影进村了。他看到了熟悉的池塘、村场。大黑轻轻地叫了几声，看到是熟悉的人，又摇了摇尾巴，不再叫唤。这人从江边回到村里，看到屋子里的油灯亮着。这是无数重复的情景。灯花孤身在家，但儿子却不能在身边尽孝，总有许许多多告别，由于各种各样的原因。

狗叫声停息了。这人来到灯花的门前，敲响门扉。手指在敲，但这人心里却在想，下一次，又会因为什么原因离开呢？这个人，就是捡狗。灯花盼望平安归来的儿子。这次回来，也是逃回来的。他没想到躲开了小镇的抓丁，却又遇到江上的抓丁。

这一年，梅江上的突然活计多了起来，因为客船突然多了起来，大都是从赣州府上溯而来，一看就是拖家带口的全部家眷。打鱼为生的捡狗时时能够捡到丢弃物。捡狗不知道这些人逃避什么。他们从下游往上游去，说是要去宁都州城。他们衣冠楚楚，不像是逃避的壮丁。况且，他们拖家带口。

但捡狗知道，这些人，显然也是在逃生。这些船，不时需要雇请纤夫，捡狗就回村里叫上几个人，干起了这项不需要招揽的活计。走了几趟，聊过几回，才慢慢了解客自何处来。

客人们说，赣州府遭到日军轰炸，城池也在年前落到了日军手上。政府、邮政、税务、银行等公共机构分散向上游而来，从贡江到梅江，从于都到宁都。梅江两岸水路两路络绎不绝，走路的、坐船的，行色匆匆，前途未卜。有些船只目标过大，在江上被飞机炸沉，全家覆没。

捡狗并没有庆幸乱世带来的活计。因为他看到一路被土匪抢劫和杀害的同胞，看到水面被飞机炸得四散的木板，心里非常沉痛。捡狗的庆幸，是自己能够帮助这些人逃生。就是母亲灯花所说的，这是一份功德。

但这种活计并没有持续多久，他和同伴就被官府抓住，为官船或军队作义务的拉纤。从白鹭镇到宁都州要走上几天几夜，遇到好的长官回家时给点路费，遇到不好的就白白辛苦一趟。

有一次，捡狗拉着官船，沿着江岸一步一顿往黄石小镇移去。走到半路，他看准了一条山坳，故意装作大声呼喊，不要停呀，用力拉呀！突然，他向同伴使个眼色，丢下纤绳逃进了深山，一路走回到河村。

但这一次回来，捡狗并不是逃回来的，而是从宁都完成官差之后回来的。这一次捡狗并没有逃，是看到长官一路上非常亲善。他跟捡狗讲起了家国之难，讲起了天下兴亡。有些道理捡狗并不懂，但他知道日本鬼子打过来了，每一个中国人都是同胞。

官差结束时，捡狗想着年关将至，拉纤一趟空手回家，不知道怎么过年。于是他大着胆子对长官说，我们家有老母，行将过年，希望长官给点路费和盘缠，母亲在家里都揭不开锅了！长官听了，深受触动，欣然答应。捡狗有了钱，置办了一些货物，就匆匆回村看望母亲来了。

他轻轻推开门。走了进去。

灯花还在厅子前默默祈祷，对着灶台的观音纸相喃喃自语。她听到狗叫声停了，估计抓丁的人躲藏起来，专门等着突然回村的人。这就像梅江的渔事，这些逃壮丁的梅江汉子，就是一条条随时充满危险的鱼，即将落入乡公所暗暗布置的渔具。

自从捡狗说起东洋人后，灯花又多了一层担忧。她知道飞机的炮弹不长眼，谁知道轰炸的时候，不会落到纤夫身上！听说东洋人攻到了赣州，灯花的担忧更深了，对孩子平安归来的等待和祈祷演绎成早晚两炷香，每次磕十来个头。

灯花觉得磕头非常灵验，有一次天色渐暗，正在插香磕头的灯花被人扶起，扭头发现居然是捡狗，抱在一起痛哭之后，又为躲过劫难破涕为笑。这一天暮晚，灯花数着第十个磕头，耳边又响起熟悉的声音：姆妈！

梅江人家，叫母亲不叫娘，不叫妈妈，而是叫姆妈。捡狗从小到大，都这样叫灯花。这是灯花最喜欢听到的声音。

灯花对捡狗再次回来充满欣喜。两人在灯前又说起这次被抓的过程。捡狗把一串铜板交给灯花说，这次遇到的官爷发了善心，给了路费。灯花说，能安全回来就好，不要得罪了拿枪的官爷，一不高兴就会吃枪子的。

捡狗正说得兴奋，灯花告诉他不好的消息：婶婶被关进了宁都州的牢房。

灯花说，有银回到老家，但没有回到河村，只是捎来了信，说是在黄石的铺子被政府查封，幸亏当天有银外出做生意去了，但他的老婆秀秀被抓进牢去，传信让有银前往赎人，始终不见有银，就把她押解到了宁都州城。

捡狗吃了一惊，想，一定是私贩烟土的事暴露了，我早知道他会出事的。

灯花说，有银捎信让我们想办法，帮他去宁都州看看秀秀，找人送钱赎回秀秀，你有什么办法吗？

捡狗说，这样的人，也该吃点苦头了！一个大男人，当个缩头乌龟，自己老婆不去救，还好意思叫我们帮忙！哄我一起去挑烟土，他当初多精明啊！说罢把黄石挑烟土的事告诉了姆妈。

灯花听了，知道捡狗还在记仇，耐心地对儿子说，这个家族就剩下有银这个男的长辈了，再怎么无情，总是家族里一根支柱，如果不去营救，一家子散了，就更加势单力薄了。

但捡狗就是不答应，继续数说着有银的不是。

灯花说，儿子呀，我的气愤比你的深！灯花想起有财病逝前的遗憾和痛苦，想起了有玉被苏维埃枪决的事情，于是顺着捡狗的气愤，把有银对待两个哥哥的事情，说了出来。

捡狗听了，更加气愤，说，姆妈如果早说这件事，我是无论如何不会陪他一起去黄石的，这次我无论如何是不会帮他了。

灯花却长叹了一口气，说，我告诉你这些，不是不让你见死不救，而是让你气完了，像我一样最终还得认他是一家人，事情与他有关，但又不能全怪他，毕竟事起有因。我们在世间活着，就要多记恩、少记仇，无论如何帮还是得帮，他求上门来，就认我们是一家人，毕竟他是你的亲叔叔。

多记恩，少记仇。这是灯花一生奉行的观念。这句话让独依心中一震！她最初听叶嘉莹先生说起弱德之美，并不完全理解。弱德，就是对懦弱的辩护吗？有什么值得倡导和赞美呢？但是，听了灯花的故事，独依开始有了新的领悟。一位乱世寡妇的生存理念，如此柔弱而又坚强。

独依对敦煌说，多记恩，少记仇，这就是灯花的弱德之美！而她的父亲祝虎也接了一句，灯花的这种弱德，并非自我保全和苟且，而是源于更加深远的家族意识！

且说这天捡狗听了母亲的话，点了点头，说，谁有恩，我会记着。这天晚上，他在床上睡不着。他在想母亲所说的人伦、人情。为什么有银叔叔坏事做绝，还得上去帮他呢？捡狗知道，这就是母亲的本性。他慢慢知道，只有天性善良的人，才能把事情看得更远。

捡狗叹了口气，思想着怎么去宁都州救回婶婶。他半夜做了一梦，早晨起来从梦中得到灵感，“救人之计”终于确定。

## 10. 计策

吃过早饭后，捡狗又到江边打鱼。这次，他不再像以前一样，而是在劳作之时充满警惕，身心紧张，一心两用，眼观八方。

捡狗来到村外，盯着江面，判断上下的船只是私船还是军船。不时有私船叫他拉纤，他一律回绝了。一艘官船出现在河屋村前，捡狗不但不躲避，还主动走到了江边，顺理成章地被抓了差。

走船的时候，捡狗招呼着同伴卖力拉纤、撬船，让大船顺顺利利地往梅江上游走去。泊船的时候，捡狗又到船上主动为长官烧水泡茶，鞍前马后地伺候着，还上岸为长官买来鸡蛋、蜂蜜等食物，献足了殷勤。

一天傍晚，长官问捡狗，你这位小老表，对我们这样热心，是有什么事要办吗？捡狗说，没有，没有，就是想为你们尽点力，你们为国家出谋出力不容易。

长官说，有事你就说吧。捡狗挠了挠头，把救婶婶的事说了一遍。长官说，多大的一点事，这些人只知道对老百姓动手动脚查烟土，暗地里自己做了多少违法的事，到时跟着我到宁都州牢狱里走一趟就是。

捡狗千恩万谢，漫漫水路，对长官更是一片殷勤。到了宁都州，捡狗在一家客栈里住下，等着长官带他去见婶婶。

宁都州是梅江边最大的城池，黄石、白鹭等七八个小镇加起来还不如这般大。这里邻近吉安，赣江下游烽烟一起，人们就往宁都这边逃避，为此宁都自古人文兴盛。红军来了以后，更是在这里盘桓进退，成为破解白军围剿的福地。

捡狗走排、走船，自然对宁都州并不陌生。但是，他少有进入城区闲逛，大都依水而居，傍城而行。他对小城的喧嚣感到吃惊。喇叭声吵得头晕。他试图在车水马龙中走几步，很快又缩回了腿脚，待在客栈门前，不敢走动。

华灯绽放，把一大片地盘照得如同白天。捡狗想，这得多费油啊，一个晚上该是要用上他家几年的灯油钱了。他想到了姆妈，现在肯定又是坐在灯前穿针引线，不时拨拨灯芯，任由灯花压住灯光，以省一点油钱……他在客栈前问了问挑夫走卒，监狱在哪里？

人们以奇怪的眼光看了看他，当他是一个疯子，没人理他。他只好退回客栈，不再关注自己，转而关注人类。

火店的客人五花八门，来路不明，挑担子的占去大半，捡狗曾经是同行，所以倍感亲切。卖牛的似乎不放心客栈后头的牲口，走动不已。背包袱子的过客由于生计未卜显得有些烦躁。那些耍把戏的、卖膏药的、算八字的、和尚化缘的、行医的、看风水的、唱叫花歌的，则算是老江湖了，四海为家乐观自在。

最严肃的要算是四乡到城里来打官司的，愁眉苦脸。这些人都住着下等的房间。店小二最欢迎的上等客人，是那些撑伞子的和穿长衫子的。他们来了，店小二茶点伺候，好床铺留着，甚至离开时还不要付钱，因为打官司的客人与他们接上了头，被奉为上宾。

捡狗有一刻想凑近长衫客，去听听“狱法”之事，不料却被对方大瞪眼睛，才想到自己探听别人家隐私的不妥。正在无聊之际，几个警察走进火店，搜查了一遍后带走了几盒烟土，兴高采烈地走出火店去。

第二天一大早，他在火店等着长官来召见他。街头楼上的大钟响了九次，正在捡狗焦虑失望之际，一位兵差走上前来，问他的名字，并一起回到房里，互相换了一下衣服。

捡狗穿着军服找了处镜子照了照，自己咧嘴笑了。这些年在梅江两岸东躲西藏，无非是怕身上这种黄衣服，现在却突然披挂在身，心甘情愿。捡狗随着兵差走到一个路口，上了一辆车子。车上，正是在梅江上遇到的那个长官。

长官看着捡狗一身军服，不由得哈哈大笑，说，你真是块当兵的料！你要愿意当兵，我就让你来当我的副官！捡狗说，我家老母需要赡养，长官就放过我吧！长官又是一声朗笑，说，你的孝顺比得上李逵！捡狗不知道李逵是谁，只好难为情地笑了笑，不再说话，但他知道长官不会为难他。

车子不断地转方向，根本弄不清到了什么地方。车子突然就停了下来。捡狗紧随着长官走进了狱长的办公室。两人也不待对方招呼，就自个儿坐了下来。这是长官交代他的，越是傲慢，越能吓住对方。

狱长弄不清什么来头，礼貌地说，长官有什么事吗？怎么还得亲自跑一趟？！长官说，可不是，这是我的贴身副官，跟随我鞍前马后，冲锋陷阵，可他的母亲却被你们随便抓了起来，这不是动摇我们的军心吗？

狱长说，有这等事情？一定是底下的人不知情，我替你好好查一查。捡狗说了一声名字，狱长为难地说，这么多人，记不住的。

于是长官招手叫了个部下，带着捡狗到牢狱里走了一趟。捡狗走了七八个牢间，终于找到了婶婶。秀秀看到一个陌生的兵差出现在牢房，就习惯地哭叫起来，你们这些当兵的，怎么就欺侮女人？你们有本事就抓那些男人呀，抓我们女人来顶罪，算是哪家的王法？

捡狗轻声喊了一声婶婶，秀秀听了大吃一惊，仔细一看，果然是有银的侄子。她急切地说，怎么你被抓丁了？你家母亲怎么办？捡狗轻声制止她，说，你现在扮演的就是我母亲，我是来救你出去的，这是别人的军服！



秀秀听了更加紧张，说，你是劫狱来了？这当兵的可不是好惹的！我们这么冲出去，走不了多远终究会被发现！你走吧，我可不想连累你！捡狗没想到婶婶这般仁义，比叔叔有银更知道顾及家人。他悄悄地把自己的计划跟秀秀说了一遍，秀秀听了，不由露出了微笑。

捡狗对婶婶交代了一番、安慰一番之后回到办公室。狱卒在狱长耳边一阵嘀咕，狱长脸色轻松起来，说，这事好办了，原来是走私烟土，而且是替夫顶罪，案情不大，就是需要交点罚金，对送押的官府有个说法。

长官一拍桌子，说，这不是敲诈吗？我们当兵的冲锋陷阵打江山，你们却对我们的家属下手，让我们怎么安心上前线？！

捡狗赶紧上前，说，长官息怒，我准备好了两包光洋，狱长有难处，可以理解，可以理解。他把光洋递了过去，说，那头就请你们费心了。狱长说，本来长官出面是不必银两的，只是那边的人员不太熟悉，有这东西还是灵便一些。



长官说，彼此心知肚明的，就不必谦虚了，我们只求放人。

捡狗随着长官出得办公室，车子开到了墙外，却让长官停车，塞给长官一包光洋，说，就在这里停下，我要等着家人出来。长官说，那怎么行呢，怎么也得回火店把衣服换回来吧，虽然今天的装扮挺像我的副官。

长官说罢，哈哈大笑起来。

## 11. 生育

有银躲官府的这段时间，一直住在蓼溪。有时半夜回到河村，向灯花打听秀秀的消息，听到捡狗前往营救了，这才放下心来。

秀秀重新出现在河村的那一刻，有银充满愧疚，想想自己当初对大哥有财、对侄儿捡狗如此无情，而捡狗仍然放下仇怨帮他的大忙，热泪满面地说，捡狗好侄儿，一路辛苦你了！

捡狗说，这是我姆妈的意思，如果是我，才懒得走一趟呢，对了，你办事的光洋在这里，还剩下五十块呢！

有银握着捡狗的手说，这点留给你和姆妈用吧，不用退回来！双手却没有退缩的意思，仍然握着不放。灯花说，我让捡狗去帮你救回秀秀，是因为我们是一家人，我们家在梅江边姓小力单，亲人不帮谁来帮？这不是钱的事，你要记着这是一份亲情，光洋你就收回去吧，今后不能回黄石做生意了，两口子好好生儿育女在家里生活吧。

有银千恩万谢，走出河村，回到租住的蓼溪。半年之后，秀秀的肚子仍然不见鼓起来，寻医吃药，却是不见效果。

有银有时烦恼，就对秀秀又是打，又是骂。秀秀说，当初是你自己强迫我的，怎么现在倒来埋怨我了。你自己也不好好想想，自从新婚之夜受到抓丁的惊吓，你哪次做事不是潦潦草草，半途就蔫了，问题是出在你自己身上。

有银无话可说，想起新婚之夜，对抓丁的国军充满怨恨。那天河村大喜之日，忙碌了一天，有银打算在新房好好快乐一回。两人就像初次在秀秀家里那样，激情奔放。

突然，几声狗叫，接着是侄子和兵丁一阵喊叫，有银顿时激情萎落，吓得抱着秀秀躲在被子里不敢出声。好在兵丁只是冲着捡狗兄弟，没有对新郎打主意。但此后每次在床上接近秀秀，眼前会自动浮现那晚的枪声和惊吓，一股热情总是突转寒潮，弄得半途而废。

落居蓼溪的日子，是有银最无聊的岁月。虽然发了一笔横财，但不敢拿出来大张旗鼓地择地建房。每天晚上，他就叫秀秀从床底下抱出一只油瓮，把几百块块光洋倒出来，在桌面上一块块地数。

有银就在光洋出来的那一刻，双眼放光，啪，啪，他不断拿在手上，放在嘴边吹吹，开心地听着嘤嘤的响声，又一块一块压到桌面，向秀秀唠叨着在黄石小镇的奋斗史。

有银说，你知道我在黄石当杂役多可怜吗？每天搬运货物，没有一粒钱子过手，东家给多少饭，你就只能吃多少饭。东家的婆娘节俭，馊了的饭菜下一顿仍然接着吃。我们走村串户，走累了，只能在山路边牛马一样蹲下来，喝一口泉水。再远的路，我们都得走回店里吃饭。有时冬天走得远了，饭菜没有热一下，只是打来一壶开水，说将就着。

秀秀习惯了这些唠叨。还在盆村娘家时，有银就不断跟她说道过。只是那时秀秀还不懂世事，对有银充满同情。现在，这些说了上百遍的唠叨，她只当是屋子外呼呼的风声。她不打断，让这“风”继续吹下去。

有银说，你看现在，有了这些光洋，我想怎么吃就怎么吃。这光洋呀，白花花的，就是人的脸。你知道这些脸有多凶险吗？为了六十块光洋，我过到红区，差点把命丢了，差点被郭屠户杀了。为了这几百块光洋，我躲在你家里，有集不能赶，有家不能回，郭屠户离开黄石后，我赶到烟馆一问，那伙计差点就像要卷着我的烟土走人了，幸亏你的消息反馈得及时。人心凶险啊……

慢慢地，光洋悦耳的哐啷声变成了一片噪声。有银爱上了喝酒，总是醉乎乎地回到家里，说，把光洋抱出来看看。

秀秀有时应道，你还担心我用了不成？有银就不耐烦，说，我不担心你，担心这些光洋会没有用。现在有钱了，却房子不能建，孩子生不了，我挣了这些钱，还有什么用呢？不就是用来看看，用来闻闻，用来听听吗？

挣下了钱，却只能用来听听，用来闻闻，用来看看。这个梅江边商人的故事，让独依非常感慨。这比葛朗台更加可悲！薪火听了独依的感叹，却冒出一句：这么有钱，旧社会不知道可以娶多少小妾！就是到了现在，有钱的商人，哪个不是花心大萝卜？！

祝虎对薪火说，让有银痛心的，主要是香火问题。你们仔细听听吧，一定是这样子的！

祝虎说得没错。那天晚上，有银又要听银元，秀秀没办法，就随了他的话，抱出来放到桌面上。但她刚打开瓮子，却看到有银醉倒在床上，不省人事。秀秀只得把光洋重新放回床底下，叹了一口气，打来热水，为男人脱鞋洗脚。没办法，谁叫他不能在她肚子里播种呢！

有一次，有银折腾之后一脸沮丧。秀秀整理着衣物，说，你不会去看看医生吗？看看这事有没有挽回的余地。有银动了心，第二天就去找了医生，带回大包的草药。秀秀耐心地煎药，吃了几个星期，有银满怀信心地试验效果，但每次爬到秀秀身上，耳朵就响起狗叫声、枪声、呼叫声，耳边嘭的一声出现幻觉，下面就跟着嘭的一下泄了气，萎了下来。

有银知道，这回没有办法了，无可救药。

有一天，有银在蓼溪码头转悠，又遇到了那个花蛇，问起生意的情况。有银说，不想做了，做生意没意思。

花蛇说，有钱人就是这样，说挣钱没意思！老哥是不是遇到什么不顺心的事情了？有银见花蛇催得紧，就把自己没用的事情说了出来。

花蛇说，老哥，我这边倒有个法子，我看你这是心里出了事情，你得换一个人，换一个环境。有银问，怎么换？花蛇说，你把秀秀休了，另找一个媳妇。

有银听了，盘算良久，说，这法子不好！如果再找一个还是不行，我不是白白浪费了银子。花蛇笑了起来说，你银子不花，守在身边也没有用呀？我再教你个法子，你可以到青楼里找人试试，如果这法子行，就你换人，如果不行，你就只能认命！

有银点了点头，说，行。

有一段时间里，有银反复尝试着花蛇教给的办法，晚上不再去酒楼上醉饮，而是偷偷摸到青楼里找人。回到家里，秀秀要抱油瓮出来，有银说，不数了，我要的是人。秀秀惊讶地被有银按倒在床上。

有银心里想着青楼女子花样百出的动作，激情地跨上了秀秀的身上，但关键时候，心里的阴影又鬼魂一样地漫了上来。

就这样，有银尝遍了小镇青楼女人，每次被女人弄得半死不活，满怀信心地回家播种，但总是乍暖还寒，意兴阑珊。

花蛇问起来，笑着说，有银你这法子用歪了，不能上了别人就马上回家试验，得养好身体，隔日再找家里的田地播种，或者在青楼里有激情之后赶紧抽身回家。有银如法炮制起来，但还是没用。

一种悲凉漫上了有银的脸容。银子花了，身体掏空了，但就是没有播种。他悲伤地跑到码头，观看那些水手强壮的体格，有时不禁羡慕起来。有一天，他在水手中见到了捡狗。

有银问捡狗，最近揽活走黄石吗？捡狗说，会去的，书声还在书院里读书呢，时时去看望他。有银犹豫了一会儿，像是下定决心，对捡狗说，你到了黄石去帮我打听一个人。

捡狗听了，追问喜妞是谁。有银有点难为情地说，我原来的相好，不知道还在不在，你婶生不了孩子，看来我是要绝后了！我想看看喜妞有没有生育我的孩子，或者有没有嫁人。

捡狗说，好吧，我帮你找找。

有银叹息了一声，说，虽然你父亲不在人世，但我还是羡慕他，能娶上一个会生养的妇人，生养了你兄弟两个孩子！真好！有人就有世界的，人一辈子奋斗为了什么？还不是要留下点什么。我现在天天在这里躲藏，过着没面子的日子，身边没有一个孩子，冷冷清清。我和你婶婶表面风光，举行过隆重热闹的婚礼，但只有花没有果，早知道就不让你花钱救婶婶了！

捡狗说，说什么糊涂话，婶婶是家里人，能不救吗？

敦煌至今为这位先祖感到痛心。这位生意的好手，有时唯利是图不顾亲情，但最后落得没有香火！他借口说为了家族，让灯花一次次原谅他，但最后上天没有原谅他！

但薪火却说，生孩子不是人生终极目的，他过完了自己痛快的一生，有什么不好呢？！独依说，要是到了今天，就不必遗憾，做一个孩子不就是了？！祝虎听了，瞪了女儿一眼，但忍住没有开言。

## 12. 江湖

黄石书院门口有棵大梨树。每到夏天，有个驼子一拱一拱挪在树下冲凉。驼子六十上下，冲澡时非常认真，水声哗哗，充分享受着溪流的泉水。冲了一桶，驼子又弯着腰身，挪步到溪边打水。

书声和他的同学绍谟对这幕场景关注多时，大感兴趣。绍谟说，你看这老头，为什么不直接跳进溪里洗呢，提水冲凉多么吃力，多么费劲啊！书声说，他那身材跳进溪水中，不就成了一只大蛤蟆，怎么洗得了？人家不比你手脚便利的。绍谟说，也是。

两人继续观赏老人冲凉。一只葫芦瓢舀起水来，往头上冲去，老人惬意地闭起了眼。那水流淌在光光的身子里，似乎有无数条纤纤玉手走过，皮肤下生长出一片艳丽的花朵。绍谟说，看这老头这么久了，我们怎么不做一首诗呢，先生不是布置了作业吗？

书声说，好，那我们来凑句子吧。拍着脑门你来我往，一会儿就是七言诗：

人生残疾是前缘，嘴在胸前耳在肩；仰面岂能观白日，侧耳方可见青天；

眼如心字少一点，坐似弯弓缺一弦；最苦百年身死后，棺材只好用犁圆。

先生还没到书院，就听到学堂中笑声欢闹。学生似乎在谈论一首诗，读得开心极了。先生打听弟子们哄笑的原因，一人站起来说，先生，我们的作业做完了，请你过目。

先生接过手中读了这首诗，也忍不住笑了起来。但过了一会儿，他又板起了脸孔，对大家说，我布置你们写实纪实、咏人咏物，不能这么一哄而起。你们可以写人生的苦难和苍凉，不能一味取笑和逗乐，这是非常可耻的。先生看到书声埋头桌子上写着什么，转身问书声，你的呢？

先生姓郭，叫家贵，是黄石有名的乡绅。他对书声独有一份偏爱，是由于两人都喜欢谈论陈家瑶。书声家离陈家瑶的天马山庄不远，而黄石小镇是陈家瑶的外婆家。郭先生说，陈家瑶叫陈炽，是个章京，官不大，但有思想。书声为先生带来许多陈家瑶的传说故事。正因为如此，先生寄希望于书声，有一首不同凡响的作业。

书声站起来，却不敢应答。曾绍谟拿起桌上的纸页，大声读了出来，却是一首《妓女》诗：

二八佳人巧样妆，洞房夜夜换新郎；一双玉手千人枕，半点朱唇万客尝；

做尽几般娇态体，装成一片假心肠；迎新送旧几多少，故作相思泪两行。

书声原是写着玩乐，不想先生问起，一脸难堪。同学们又哄笑了起来。

先生沉吟片刻，说，如今的世道礼崩乐坏，你们生于乱世是此生不幸，不能科举进取，不能谋取功名，只能学些文化供以自用，但不能一味用于娱乐。还记得那次我们参观陈炽之墓吗？他是最值得敬仰的梅江人物。但陈炽哪点好？你们说说。

书声说，他聪明勤奋，日夜用功，六年私塾，相当于我们读了十二年的书，所以十二岁就考上了秀才。绍谟说，他关心国家，写下了《庸书》《续富国策》，主张变法维新，拯救中华于列强之手……学堂热闹起来，学生把陈炽的传说故事，都一一搬了出来。

热闹过后，先生说，你们说的，都是陈炽的过人之处。而我觉得他最重要的是，懂得乱世之中持有家国之心。庚申之变，外国人打进京城，火烧圆明园，国运衰落，世事沧桑，作为文化人当有铜陀荆棘之叹。我们读书人，心中要有一份文化人的骨气，礼崩但乐不能坏。行文由心，如鸟鸣于野，既要有一份清净自洽，也要一份对家园的感应。

书声和同学们听得半懂不懂，但觉得先生语重心长。

下课后，先生找到书声，留下来单独教导。他说，眼看就要毕业回去，你得写篇有骨气的文章，你不能再写妓女、驼背之类的游戏笔墨了。

书声不好意思地点了点头。

先生接着说，我知道你们喜欢看《解学士诗话》，学不来才华，倒学会了游戏笔墨。我讲论过一篇《好义的卜式》，虽说现在世风日下，但黄石未必没有卜式这样的人物，你看，不远那个开蒙的私塾小院，听说就是一位商人捐献的家产，这也算是一位义商，你不妨写写这样的人物。

书声听了，决心按照先生的教导，好好寻访这个义商。正好，哥哥找到了书院。捡狗拉纤上宁都，经过黄石时逗留了一下，问书声有没有在黄石听过一名叫喜妞的女人。

书声听了大吃一惊，说自己也在寻访这个人物，但这女人在黄石神奇地消失了。一连几天，他们一起穿行在黄石街巷之间，打听小院的来历。但黄石几经沧桑，物是人非，没有人知道隐名助学的"卜式"。

有一天，书声在街头又看到一名疯子，头发蓬乱，两眼乌浊，如果不是看到喉部缺少隆起的肉结，分不清是男是女。疯子走到书声跟前，说，好心人给一个铜板吧！

书声正在想着卜式，看到眼前冒出一个来自世外的人物，说，喂，疯子，你经常在这大街上转悠，知道两个人物吗？如果知道，我赏你五个铜板。女疯子听懂了，朝书声点了点头。书声高兴地问，一个叫喜妞，就是捐出私塾小院的女商人。女疯子眼里突然闪过一丝亮光，但很快隐藏了这一丝光。

女疯子点了点头，随后又摇了摇头，然后自顾自地走开，朝梅江边走去。书声看到疯子点头又摇头，抱着一丝希望跟了过去。他一路说，帮我打听打听，我叔叔有银在找她，有消息告诉我，我会再给你铜板的。

女疯子突然触电一般站住了。不久，她眼里流出泪水。书声觉得奇怪，一直紧跟着走到梅江边的一个废弃的工棚里。

让书声感到惊奇的是，虽然外面看荒凉，但工棚里却收拾得干净整洁。断了一只脚的松木桌子被砖头垫了起来，一张竹椅少了两根竹片，但仍然可以坐人，两只废弃的木马上摆着一扇破旧的门板，金黄的稻草结成的枕垫像一个可爱的婴孩。这是一个残破的世界，却又是一个完整的世界。或者说，在遗弃和残剩的物质世界里，却有人建立起了完整的生活。锅灶、柴草、被子，甚至枕边还有一面小镜子。

透过光亮的小镜子，书声仿佛突然发现邋遢的外表下，疯子有一颗干净整洁的心。看着女疯子忙碌着整理着外面带回来的东西，书声反复追问女疯子的身世。过了许久，女疯子对书声说，我就是喜妞，就是你说的“卜式”。

十年前，喜妞向有银透露消息后半路遇到了郭屠。郭屠户没有找到有银，于是又回去找到喜妞，喜妞说不知道有银的去处。郭屠户从此每天夜里都要到喜妞的小院里问消息，变态地折磨喜妞。喜妞搬出小院，逃到一个村落隐藏起来，但不久郭屠户又找了上来。

有一天，喜妞走进乡公所找到区长，把身子贡献给区长后提了个要求：把郭屠抓去当兵。这样，她终于摆脱了郭屠户。此后，喜妞四处打听有银的消息，一年半载没有动静，于是就死了心，到黄石上游的一个村子里找了个排工。不料排工在一次事故中去世，腹中来不及留下种子。

不料，郭屠户又回到了黄石，而且当上了税吏。为躲避郭屠户的迫害，喜妞佯装成疯子，郭屠户这才罢手。从此，黄石时常看到女疯子在梅江边的村镇流浪，偶尔回到黄石走走，直到郭屠户离开黄石。人们都在传说，这女疯子是克夫命，克死了两个男人，现在无家可归。

书声听了喜妞的讲述，万分感慨。江涛阵阵，秋风中，一枚叶子无声无息落在水面，树叶打个旋转，定了身子又随波远去。书声离开工棚之后徘徊在江边，远望白帆点点，他想着如何把消息告诉大哥和叔叔。书声不敢相信这是真实的故事，就像听了一回话本。书声反复回想女疯子的请求，心中充满矛盾。

女疯子说，我为了躲避而装疯，但久了就觉得真的疯了，觉得这个世界比我更疯，所以我不想回到正常人的世界，这样就省去了许多烦扰，自由自在，来去无牵挂。我对不起有银，我知道他成婚了，举行了隆重的婚礼，所以不能把我的消息告诉有银，让喜妞从此消失在人间。

多年以后，有银坐在树梢上眺望梅江，眼里只有一个人物在活动，那就是喜妞。那段时间，有银坐在树上编织竹缆，书声在树下清点木头，两人会抽时间坐在一起聊天，但书声始终没有告诉叔叔喜妞其实还在人间。

独依认同喜妞的人生观——自由自在，来去无牵挂。但敦煌指出，喜妞是经历过婚育之后的感叹，至多算是“试错”的结果。祝虎也说，灯花的人生，比喜妞有意义得多！

## 13. 回家

书声结束学业，上了货船当帮工。有时两兄弟同走一条船，捡狗卖力气，书声当文书。在梅江走船叫走上江，入赣江，转万安，去星子，就是走下江。书声读了私塾，断文识字，书记做账，验货写单，洽谈业务，颇受重视，被船帮带着专门走下江，有时要一年半载的才回家一次。

两兄弟跑船走江湖，分离总是比见面多。虽说走船是可以躲壮丁，但江湖风波同样让灯花担心。仲夏的一天，灯花叫捡狗找书声回家。捡狗躲壮丁刚回村，要去河里捕鱼，听到吩咐，就问，不过年、不过节的，找他干吗？

灯花说，我有些不放心，他如今走得没一点影子，一点也不顾家。你这些年走船放排做搬运，认识水路上的人，你去给书声带个口信，或者自己去找他回来。

捡狗说，书声有文化，你有什么不放心的呢？是听到什么消息了吗？

灯花说，白了这么久，我思谋着社会得变。红白交替时期，最容易出事！还记得十年前那个小裁缝吗？师傅带着他上我们家做年衣，真是年轻不懂事，就是喜欢看热闹，听说红军走了、白军来了，不听老人劝阻，特意看军队，结果刚到那边就被逮去杀害了！多可爱的孩子，跟书声一个年纪呀，说没就没了！

捡狗说，我记得，那年他师傅可能受了打击，把书声的过年衣给裁错了，我们不忍心叫他赔！

灯花说，就是这原因！我可担心我们家书声！你去给接回来，或者叮嘱他一声，这时节可别乱跑。捡狗说，书声不会的，上次他去黄石念私塾的路上被国军抓住了，都能灵活应付想法子逃走。

灯花说，就怕他大意，这孩子喜欢多嘴，常言说祸从口出，谁知道他会不会惹上事！郭家女人是怎么死的？就是男人当兵去了，守了个活寡，孩子爱哭，尤其是沾黑就哭，她哄着说，天灵灵，地灵灵，我家有个夜哭人，孩子呀，不要哭了哈，这天就要亮了，不要哭了呀……第二天，就叫乡公所抓去杀了，说是保甲的乡邻告密，说天就要亮了，就是盼着红军回来，这不就是地下党？！

捡狗说，还有这等事！难怪有玉叔叔被冤屈！灯花说，可不是，现在保甲制更厉害，十户一甲，十甲一保，保甲连座，乡邻必须互相举报，否则出了事一起受牵连，书声年轻气盛，就怕说错话做错事，你得去接他回来，我才放心！

捡狗只得答应。一个洪水滔滔的日子。捡狗缠着汗巾别着柴刀走出家门。他准备去黄石问问。

黄石，是两兄弟的避难所和联络点。书声回到河村，总是念叨书院郭先生的好。灯花就让捡狗去黄石赶集，每次都带上一些土货。芋头呀，红薯呀，当然还有自己制作的鱼干、米果之类。郭先生是黄石的话事人，也是有权有势的乡绅。有了郭先生的关照，白鹭镇的人自然不敢到黄石抓壮丁。

有一次，捡狗挑着一担活鱼到黄石出卖。脚盆刚落地，小镇的居民围了前来，问价称量。捡狗并不带秤，总是从盆中捞起一条活鱼，掂量一下就说出重量。人们不信，拿到旁边一秤，果然相差甚小。但是，捡狗发现居民拿上鱼后，并不回来付钱，而是直接走了。捡狗不敢去追讨。不到一刻钟，盆里的草鱼就卖完了，却没收到一点钱。

捡狗知道，这是黄石的居民欺侮他是个外乡人。他来到郭家贵家，对先生说，他的鱼被抢了。郭先生听了，气愤地说，这些人也太嚣张了！他来到小镇集市上，长衫飘飘，过街走巷，高声喊叫：我家亲戚来卖鱼，刚才谁拿了鱼的，自己把钱送过去，不付钱的也可以，你来我家说一声，我替你付了！

谁也不敢得罪郭先生！不一会儿，捡狗如数收到了卖钱的钱，一分不少！捡狗对郭先生感激有加，又说起了家族里的事情。

原来，灯花手上一直珍藏着一些纸页。那一天，灯花对捡狗说，县城里有人来我们村联络，说是修族谱，你父亲临终前交给我一卷纸页，我后来才知道是族谱，还是同治年间修的。他叮嘱我交给你们传下去，我当时万分悲伤，不知道这东西有什么用。后来才知道是族谱，是为你们兄弟准备的。你们只有进族谱，才知道是从哪里来的。一百多年了，这次修谱的机会，不能错过！

捡狗收到卖草鱼的钱，都交到郭乡绅手上，说，这是我们家修族谱的钱。郭乡绅正在惊讶，只见捡狗又从身上掏出一卷纸页，说，这是我们祖上留下来的资料，我们看不懂头绪，还要有劳先生为我们梳理梳理！郭乡绅接过纸页一看，认真翻看起来，答应了捡狗的重托。

看到郭乡绅如此宽爱关照，捡狗又说，我还有一事有劳先生，我家叔叔一直在黄石做生意，得罪了一个恶人郭屠，躲在老家不敢出来，无以谋生，我想请先生跟从中调解，跟郭屠户说说，叔叔犯下的罪错，我来帮他赎过！说罢，捡狗把有银的事讲述了一遍。

郭乡绅说，这事好办，我家铺子的掌柜要回宁都，我正愁找不到接替的人手，既然你叔叔曾在黄石做事，懂得经营之道，那不妨为我做掌柜，这样一来郭屠户也不敢怎么样了！捡狗自然大喜，千恩万谢，回家给灯花和有银报喜。

捡狗回家后，天天上山打柴，卖给村外的货船，换来钱款作为去外地修谱的盘缠和经费。郭乡绅把族谱资料整理好了，对捡狗说，你们家去永丰修族谱，得找个懂文墨的人，从族谱里看你们宗族在宁都州城建有会馆，参加考试的定然不少，族里可有人选去修谱呢？！

捡狗说，祖上是荣耀过，可惜到了我们这一脉差点断了香火。捡狗于是把母亲灯花的往事说了一遍。郭乡绅听了，说，你母亲可是贤母，这样吧，你们修族谱去永丰正好要路过宁都，就叫有银去一趟吧，我给他放假！

捡狗自然欢喜，把打柴的钱都交给了有银。

半年之后，有银一直没有动静。捡狗找到他，问修族谱的事情怎么样了，有银说，资料交上去了，只等回音就是。但是过了一两个月，不见宗亲前来联络修谱的事情。灯花问起修族谱的事情，捡狗说，让叔叔有银去了。

到了春节，有银回到河村，捡狗又问起有银修族谱的事情。有银支支吾吾，说不出具体的情形。捡狗看出叔叔背后有鬼，就厉声责问起来。有银知道隐瞒不下去了，只好说出了原委。

原来，有银想到自己无儿无女，对寻根问祖之事根本不感兴趣。但由于家族的重托，他只好独身前往。一路风波，到了永丰县一个叫沙溪的地方。他或许听说了欧阳修那块《泷冈阡表》，或许并不知道，反正他压根就不感兴趣。他感兴趣的是当地纺织的一种土布。

有银饶有兴致地探问，物美价廉的土布立即激发了他做生意的本能。他完全忘掉了来永丰的目的，把全部的盘缠换成了土布。他或许有过一会儿犹豫，但他肯定心存侥幸，反正是他一个人来永丰。巨大的利润战胜了他的宗族观念，有银子才是硬道理，挣钱才会有家业。用一堆银子去换回一堆毛边纸，族谱当不得饭吃，有什么意义呢？

就这样，他在永丰进了一批土布，卖到了郭家铺子。

捡狗要他把钱拿出来。有银说，我现在当的是掌柜，而不是自己开铺子，那点收入不高，钱早就花光了！

捡狗气得说不出话，拿起一根木棍就要朝有银打去。灯花赶紧走了过来，说，你这是怎么了？你还敢犯上？有银再有什么错，但他毕竟是你长辈，怎么敢打他！有银趁机逃走，年也不过，提前回到黄石去了。

捡狗没办法，只好重新上山打柴卖钱。这一次，他叫回了书声，让他跟着有银叔叔一起前往永丰，这才把族谱修成。

这一次，捡狗到黄石找书声，他并不想去看望叔叔有银，但灯花却认为这样做不好，因为会让郭乡绅看出家族不团结。灯花说，有银的事还是不能跟他说，得装作一家人亲亲热热！想到这里，捡狗不由得叹了口气。

捡狗一路想着这些事，不知不觉走了一两里路。他往蛇迳走去，快到茶亭的时候，捡狗看到区长谢光球从对面的峭壁上走来。

正是这个人物，无数次带着国军的兵丁扑进村来，出其不意，试图干净利索完成一个壮丁名额。区长作为本地人，深知族姓间盘根错节的利害关系，多少大姓青年在抓捕之后，要么族长出面，要么银钱开路，让区长瞻前顾后，不能自由决断。像捡狗这样寒门穷族，抓捕之后就没有什么后顾之忧，却天生了一副泥鳅的本领，难以捕捉。

捡狗和区长两个在梅江边狭路相逢，用惊讶的眼神相互对望，内心澎湃如滔滔江水。

捡狗首先想到的是区长有没有带着兵丁，如果是两头截住，他东奔西逃的日子算是结束了！上是挺峭的石壁，下有浊浪滔天，捡狗纵有一身水性和腾跳功夫，也终究在大自然面前不得不承认自身的局限。他手持柴刀警惕地东望望，西瞧瞧，却见四下里一片安静，只有梅江涛声大作。

捡狗最后确定，这是一次纯粹的邂逅。他是从区长的脸色看出来的。

两人越走越近，目光互相盯得越来越紧。这时捡狗发现区长的脸上一片紫色，像是在锅里被炒过的猪肝。透过脸色，捡狗看到了区长的恐惧，这表明自己不但是安全的，而且拥有了一次良好的复仇机会。

只要伸手一推，区长就会落入梅江，消失得无影无踪，而且没有第二个人会知道峭壁上发生过什么。捡狗把柴刀抓在手里，向着区长走去。

但他又内心矛盾，犹豫起来。他知道区长就是区长，就是国民政府的一个工具，杀了这个区长梅江边还会有另一个区长，而带给他浪迹江湖的命运的是区长这个公职，而不是区长本人。

何况，母亲灯花一次次说，多记恩，少记仇！

让捡狗没想到的，是区长虽然脸色大变，但并没有转身逃跑，如果那样正好表明他有负罪之感，内心虚弱，如果那样捡狗就可以紧紧追上，做个了断。但区长没有逃跑，继续迎面而来，甚至没有谦卑地让路。

捡狗意识到，自己所想的区长已经全部想到了！区长断定自己不会加害于他，在拿性命验证自己的判断，验证对捡狗的看法。捡狗为区长能够看懂他的心思而吃惊。如果不是乱世，捡狗简直要把区长当作知心的亲友，当作能够看透彼此内心的知音。

捡狗心里不由生出一丝感动，他把柴刀插回了腰里，身子让到一侧，让区长擦身而过朝西走去。

捡狗来到黄石，书声的船帮正好到宁都腾货，在黄石歇脚。听到母亲的挂念，书声决定随捡狗回村，在村里等船帮下行。

两人去看望了郭乡绅和叔叔有银，从黄石回村。捡狗刚踏上河岸，就看到区长出现在村场。书声转身想逃跑，捡狗说，不用。区长刚从村场上走出来，看了看捡狗，点了点头，没有吱一声就走了。

捡狗和弟弟回到家里，看到灯花正坐在屋檐下，微笑着迎接他们。捡狗问区长来家里何事，灯花再一次露出了难得的笑容，说，区长感谢我呢！

感谢？谢什么呀？捡狗奇怪地问。

感谢我生了一个仁义的儿子呢！

捡狗这才知道，区长到家里不只是道谢，也承诺了今后他们一家的安宁。区长说，从今往后他再不会带着人来抓捕捡狗兄弟了！

灯花说，做人哪就该这样，要多记恩，少记仇！现在，我们终于可以安定下来了，一家人好好努力，完成你父亲的心愿，你们转眼都是三十上下的人了，得赶紧成婚成家，在梅江边开基建房，延续香火。

灯花从床头下取出枕头，却是一块厚厚的青砖。灯花抚摸着砖头，对两个儿子说起了他们父亲临终前的遗愿，一个是族谱，一个是房子。

捡狗和书声两人都是第一次知道这块青砖的意义。灯花说，过几天就是清明节，既然今年不用担心抓丁了，你们今年得自己上山去扫墓，不单是后山你们父亲的，还有深山远远近近的祖宗，向他们讲讲人间的事，让他们保佑天下太平家业兴旺，我们从此能够安生过日子了。

书声说，这么些年了，我们四处逃生，还不知道能不能找到墓地。捡狗说，放心吧，那深山的墓地每年母亲都雇请了人去祭扫，不会完全被草木吞没，总归有个记号的，记住了山头地角就能找出来。

书声说，那么远的地界，请人去扫墓，如果他们偷懒没有割青挂纸，只是撒谎骗工钱怎么办？灯花说，骗不了的，我每次都叫他们带上草纸和墨水，祭扫了一座墓地，就把墓碑上的文字拓一张回来，作为验收的证明。

捡狗和书声都打心里佩服母亲的精明，于是一起张罗着扫墓的事情。

清明那天，两兄弟来到屋后山坳里，捡狗一边割草挂纸，一边向父亲和叔叔介绍人间的事。捡狗说，现在终于不用逃跑了，可以明着来为你们祭扫了，你们就安心躺着吧，不用挂念我们兄弟会被抓走了！

祭扫回来，捡狗却发现家里多了一个人。灯花说，这是个逃兵，腿脚受伤了，到我们村子里要口饭吃！这个人就地一跪，对捡狗说，我原来想偷点东西吃，看到一个女人在家里，就擅自闯了进来！我被你母亲发现了，我正想打昏她，她却说，家里做清明，正好有好吃的！说完给我一大碗蛋包子、一大盘米果！

捡狗说，你是从哪里来的？怎么逃到这里来了？

兵丁说，我们是赣州的守军，日军轰炸，我被炸伤了，我在军营医治，想起来了老家吉安的母亲，就一个人逃了出来！但腿脚有伤，走得慢，走了七八天，才到这地方。

捡狗扶起兵丁，撸起他的腿一看，伤口已经腐烂。灯花说，你就住下吧，我们用草药治一治，治好了再回家找母亲去！兵丁千恩万谢，就住在灯花家里，直到捡狗举办了简单的婚礼才离开。

刚刚送完这位兵丁，捡狗又救了一位兵丁。一位乡民从地里回家，发现屋檐下木柴少了，跑到村外一看，知道是兵丁所为。乡民拿起斧头冲了过去，拉住兵丁不放，兵丁求饶说可以付钱。乡民正要抓起斧头劈向兵丁，回村的捡狗前去拦住。有银说，人家也就是一个兵，得饶人处且饶人，说不定也是穷人家里抓来的壮丁！

放了兵丁，捡狗一起帮乡亲整理着柴垛。乡亲一边收拾，一边奇怪地问，这些年你吃够了这些兵丁的亏，区长带着他们一次次来抓你，弄得你们兄弟东躲西藏的，你怎么一点儿不记恨他们呢？

捡狗笑着说，我逃避的是兵丁，是区长，是公差，而不是这个人。乡亲说，人就是公差，公差就是人，这难道还有区别吗？捡狗笑了起来，说，有的，有的，你仔细想想，就会明白。

敦煌说，灯花的仁义为儿子赢得了安宁，在乱世之中终于可以成家立业！自由总是相对的，自由要靠努力去获取！祝虎说，现在的年轻人总以为世事艰难，无以为生，甚至轻易自弃，真是得学学上辈人的精神！

敦煌说，我一直好奇，我父亲竟然出生在抗战胜利那一年，灯花在那样的年代居然能修成族谱，张罗婚事，现在的年轻人，有什么理由说生活艰难，谎称不敢结婚，养不起孩子？

薪火笑着对敦煌说，你自己当初还不是这样吗？妈妈一直还想生，你却以计划生育为理由，其实是薪水低微，不敢多养几个孩子，你美其名曰“少生优育”，分明是“经济困窘”的别名！难道多生就不能优育？！还说是为了把我当宝贝，能有更好的生活！

祝虎听到薪火开怼父亲，也笑了起来，说，灯花的家风，你们是怎么传承的啊！

# 第四章 卜筑

## 1. 秋天

独依知道了对面那个青年的名字，叫鲲鹏。果然是灯花的后裔。

蒜头说，这次叫集大家，原是村落规范的需要。鲲鹏是镇政府里请来的设计师，他从深圳赶回来，就说要听听这栋屋子的故事，以决定这房子是拆掉还是改造。

独依瞄了鲲鹏一眼。是个不错的小伙子，原来是参与村落改造的设计师。他端着一台笔记本电脑，一边听“灯花”讲述，一边敲击键盘。独依非常好奇，不知道鲲鹏是在记录故事，还是设计的灵感。独依每次都是回城之后记录“灯花”。独依甚至想，如果敦煌、鲲鹏、自己，都记录过灯花的故事，三个文本会有什么不同呢?

独依坐定猜想之际，灯花的故事已经开始了。那是梅江边一个普通的秋天。晚稻刚刚种下，禾苗青青，散落在地角山坡的稻草垛像一个个碉堡，成为孩子们“战争游戏”的道具。

后山上，哨楼经过十余年的风吹雨打早已倒塌，成为草丛中一堆乱石。但红军与白军的战斗、国军与壮丁的对抗，依然在村庄里热烈进行，不过已成为孩子们的模仿，那些木枪和口令，不时触动经历过战乱的大人们，让他们在哈哈大笑中陷入往事的回忆。

屋檐下，妇人们迎着凉风在纺线，纳鞋底，浆布，剥茶籽，一年到头仍然是忙不完的活。女人是家庭运转中不可或缺的齿轮，而聊不完的家常是添力解乏的润滑剂。灯花与英子把话题从新社会拉回到旧社会，以孩子们的成长来计算岁月的长度。

灯花和英子在热烈交谈的，是蒜头。这一年，蒜头十五岁了，在小镇念小学。蒜头是灯花的长子长孙，在灯花眼里的地位可是非同一般。

英子说，蒜头是哪年生的呢？怎么性格文文静静？灯花掐指一算，说，转眼十三年了，那年听说东洋人打下了赣州，逃到梅江上的人不计其数，捡狗躲壮丁常年在外，我担心东洋人的炸弹不长眼，急忙为他定下一头亲事，当年就生下了蒜头。可能炮火战乱吓坏了，出生至今都安静沉闷，不像他父亲那样狂乱呢。

英子说，也可能是随了姆妈何氏的性格吧！

灯花说，那何氏出生的村子叫下罗迳，深山沟谷，经见的世面少，沉默寡言，但点豆的本领可是无人能比！

英子听到这里，哈哈大笑起来，说，那场点豆比赛，我就在现场，真是我们村最好听的故事，哈哈哈，一想到这事，我就肚子痛！受不了，哎哟，真是受不了，那喜翠一个大男人，居然像个没过周的小孩子，拉裤子里了！哎哟，真是好笑极了！

灯花也咧嘴笑了起来。英子所笑的事情，的确是河村的新闻。如果不是建起了人民公社，土地归了集体，何氏那一手点豆的绝招，一直不会显露。

十年前，新政府建立后，河村来了一大帮子人，说是要土改，但灯花家没有分土地，还是种原来自己家的地。虽然有田地，由于小姓人家常年躲避，两兄弟四处流浪，为此灯花家划为了贫农。不久，河村又兴起了“打社”，先是初级社，再是高级社，土地又归拢到一起。大家都在一块地里劳动。

那天是生产队组织社员们种豆。那地原来是灯花家的，叫竹篙丘。地形细长，打的豆垅也是弯曲细长。上工之后，队长远仁根据各人的特长，安排喜翠跟何氏一个劳动小组，喜翠打豆窝，何氏点豆。

远仁对何氏说，下罗迳人，听说你点豆快，你能快过喜翠吗？今天你们两个就比一比，是他打豆窝快，还是你点豆子快！喜翠是村里的种地能手，看到队长让自己跟一个女人比赛，有些不高兴，说，“好男不跟女斗”，怎么让我跟一个女人比赛！但他暗下决心，要把何氏比下去。

平常，河村人各种自己的田地，并不曾比过赛。但河村的各种农活，谁的手势快，谁的农活好，那是在村子里有口碑、有比较、有传播的。只是，这些快和好，都只是传闻，不曾放到一块儿比。但建起了生产队，广阔的天地便提供了这样的舞台。

男人打窝，女人点豆，都是社员们习惯了的安排，虽然河村的女人男人，其实既会打窝，又会点豆。这次，远仁想起了村子里的口碑和传闻，故意把两个厉害的角色搭到一起，还起哄说是比赛。如果不是起哄，何氏当然会留一手，不会跟一个大男人较劲。男人慢点，自己也放慢就是了。

但喜翠那句话，让何氏听了很不高兴。怎么让我跟一个女人比！好男不跟女斗！这是什么话？我何氏还怕你远仁不成！何氏当场就反口批驳，当着远仁的面撂下这话！

那场梅江边的比赛，吸引了众多的社员观看。这真是让远仁忧虑！他原想通过比赛提高生产的效率，没想到大家倒放下农活，都来围观！算了，当是村里演了一场戏吧，河村看戏的机会也太少了！

比赛在远仁的铁哨子声中开始。这哨子本是社员出工的号令，这是头一次移作别用。喜翠听到哨声，提起锄头在地垅上起起落落，像是缝纫机的针头在布匹上点击。

这种地的场景，独依自然不能想象，但她想起了毛主席那首诗，“天连五岭银锄落，地动三河铁臂摇”。主席的诗句，真是劳动人民的绝妙写照！

这喜翠的银锄落，那何氏的铁臂摇，如影随形，无有间隙。何氏点豆的手像是观音的拂尘，任喜翠的银锄如何快，那豆子也就点得如何快。那锄头像是一头奔跑的小鹿，那打出的豆窝是清新可爱的鹿蹄，土色新鲜，形如酒窝。它刚刚出现，两三粒黄豆种子，就立即出现。像是从地下自动冒出来的。但它们分明出自何氏之手。

远仁早已安排了裁判。裁判要看的，不是那豆和窝之间的间隔时间，那是最后自然可以见到的。裁判要做的是看那窝打得会不会浅了，那豆的粒数是不是合农事要求。也就是说，不但要比速度，还要比质量。

只见何氏那点豆的手像白鹤亮翅，越来越快。而这边喜翠却暗自叫苦。这何氏一点不让！这打窝和点豆，速度不相上下，久而久之这体力可成了问题，虽说自己是男人，但锄头自然比豆子重。两人紧追不舍，喜翠手臂还没有叫苦，肚子倒是叫了起来。

由于上工匆忙，喜翠今天上午还没有来得及上茅房，腹中那些余物还积在身上。他原想早点打完窝，趁空上个茅房，没想到给这比赛耽误了。自己是一个男人，肯定不能输了，否则如何还有脸面在河村待？那何氏也不肯服输，两人僵持不下。直到最后一个豆窝打完，喜翠丢下锄头要往村场里跑。

但远仁拉住了他的手，说，得等他总结完后才能走，否则要扣工分！在众人的哈哈大笑中，喜翠头上急得直冒汗，说，我要上茅房！喜翠被远仁挡住，腹中的余物虽然未到茅房，已豁然落地，涌出身体。人们随即闻到一阵粪便的气味，大喊起来，谁拉裤子了？！

从此以后，这场不分胜负的比赛，被说成了何氏赢了，理由是她赶得喜翠拉了裤子！这些笑谈，让灯花和英子同时笑得直不起腰。

英子说，这何氏安静，倒是练就了一手本领啊！灯花说，这蒜头随了他母亲，也有一手好本领呢！英子惊讶地说，也是点豆本领高超？难道这还有遗传？

灯花笑着说，蒜头的手上本领，是打算盘！他自小喜欢珠算，我特意为他置办了一个算盘，自小练着呢！

英子恍然大悟。灯花又问英子，你和喜翠，打算再生个儿女吗？如今社会安稳了，条件好了。英子说，我哪敢向喜翠提这事呢？我又不是明媒正娶，何况他已有几个儿女了。灯花这才想起英子与喜翠并没有成婚，只是一对相好，心里对这个女人生了怜敬之心。

英子的前夫，家在古镇西头一个村落，男人在“扩红”的潮流中被裹挟而去，而且一去不返。 在一块“光荣烈属”的牌子下，妇人独自把三个孩子拉扯大，各自独立成家，自身反而落得冷清。

新中国成立后，捡狗成了耕田队长。那时田地还没有归集体，各家单干。一到农忙时节，灯花家门口总是人来人往，英子就是其中一个。英子像其他女人一样，一来就哭闹，说家里地没人耕种，捡狗怎么还不来帮忙。

灯花知道，耕田队长是政府安排的工作，必须帮烈士家属耕田种地，让烈士英灵有个安慰。她就把大家叫到家里，安排茶饭吃喝，陪大家消气解闷。这群女人都是战争年代的受害者，灯花知道家里没有男人的苦处。吃了茶饭，劝大家散去，答应捡狗回来一定催他早点安排耕田队上门。

人们纷纷散去，有一个妇人却赖着不走，就是英子。灯花问她怎么不走，她说，这么多人等着安排劳力，谁知道要轮到什么时候，今天我就不走了，要等着捡狗回来，人家都说懵懵懂懂、清明下种，现在清明到了，我们家的地仍然没有翻耕过来。

灯花告诉她，捡狗这趟走排去了，估计是路上有什么事给耽误了，回来一定叫他先到娄子脑来。不料英子还是不肯走，于是灯花让她留了下来，正好晚上有个伴，一起睡觉聊聊天。

英子问，我白天到你家里又哭又闹，你怎么没有赶我走，还把我留宿呢？灯花说，寡妇人家难处多，身边没有个男人撑腰，心里越是虚弱，外表越是凶悍，张牙舞爪地就是想让别人不敢小瞧，不敢欺压！

英子听了，眼里红红的，说，你真是钻到我肚子里去了，话说这男人披花戴红地走了，变成门楣上一个烈士的牌子，他死了倒清静省心，留下我们女人在驮着世间的苦处！

那天晚上，两人聊到好晚，说着各自守寡的苦处，把彼此当作了知心人。第二天吃过早饭，英子信任灯花了，先回家去等着。

过了几天，捡狗回村了，果然是半路木排被石滩打散，耽误了归期。他带着喜翠为烈士家属耕种田地，不久喜翠就与英子好上了。喜翠早年被国民党抓走，半路逃了出来，但一直不敢回村，就在梅江两岸漂泊了十来年，直到解放，就回到村里分了田地。

一对孤男寡女好上后，英子不顾孩子的反对，每天到河村来为男人做家务，成为没举行婚礼的媳妇。灯花认定英子是一个实诚的女人，就让蒜头认了她做干妈。梅江人家，不知道“干妈”这个词，只是有一种“认契”的风俗类似，把干女儿称作“契女”。但灯花又觉得英子比“契女”更亲近。



听灯花说到孩子，英子说，在村里我不是有孩子吗？我可把蒜头当作自己孩子了。灯花听了，笑了起来，说，你可不能宠着他啊。

英子说，我知道你还记挂着另一个孩子，只是一直没有他的音讯。灯花听了，脸上起了淡淡的微笑，说，那个横背的孩子，准是喜翠跟你说起过吧？英子点了点头。

灯花幽幽地说，也不知道这孩子怎么样了，我当年藏了他几年，早就当是自己的孩子了啊！

英子说，是啊，那横背的孩子如果不是你和喜翠，早就成了刀下鬼了！喜翠那天到禾塘，本是要找拜陈英铃为师，想学本木匠的手艺。不料，苏维埃的人正好这天来到上坪抓人。那是晚上，喜翠学了一天的徒，刚想睡下，就看到有人进村捉人！

灯花说，原来他是救师傅的孩子啊，他可一直没有对我说！

英子说，可不是。看到师傅被抓，他就一路跟着。那天师娘正好回家，平日在小镇买油糕，一家四口就一起被抓了！师娘抱着孩子，一路上哭得伤心欲绝，他听得不是滋味，眼看救不下大人，决心要救下孩子，算是对师傅的报答。

灯花说，那是群什么人呀，怎么连孩子都不放过！有什么仇恨，会到了这个灭门的地步！

英子说，喜翠跟着押解的人马，一路往小镇走。喜翠装作不相识的人，凑到押解的人面前，问这问那。押解的人也同情这一家子，故意说，这妇人走不动了，抱着两个孩子！你帮她抱一个吧！喜翠看了那师娘一眼，就心领神会，把这个大的给我吧！师娘看了看押解的人，明白了那是一片好心，就把孩子塞给了喜翠。不久，喜翠脱离这一队人马，悄悄把孩子隐藏到娄子脑一个草楼里。他连夜回到河村，告知了灯花。

灯花说，那天晚上，我正在为有玉处决的事情伤心，突然听到有人拍打门户，狗汪汪叫了起来。我以为有玉被放回来了，赶紧起床。捡狗和书声还在睡觉。我一打开门，看到了喜翠和他的老婆。喜翠一脸焦急，说，捡了一个孩子，还在小镇上，我婆娘身体发病，带不了，你能不能抱回来，否则会被人处决！

英子说，喜翠说得没错，不久他婆娘就发病死了，这孩子送到你手上，正是合适，你家有几个孩子，正好陪着！

灯花说，我连夜到小镇抱回了孩子，听说还有一个，我第二天又去小镇，想抱回来，也是想看看孩子的父母。那天，我其实就是去让父母放心，孩子有我们带着，但我没想到有玉也留着一起处决了！

英子说，喜翠说你把孩子带回村里，隐藏在暗间里半年。过了几年，这孩子的族人找上门来，你不肯让他带走，无奈这人是区里的头领，再说是孩子的堂伯，不得不让孩子离开。这喜翠什么都跟我说了，说你是仁义之人！

灯花说，那天你对孩子说，孩子呀，将来长大了，可要记得有位奶奶带过你呀！我给你做过擂茶，做过薯片，你可要记得它的味道！唉，这一晃就是二十多年了，不知道这孩子怎么样了，准是不在人间了，否则也该回来看看我！

英子说，留下了血脉，比什么都强，喜翠才是对得起师傅师娘！

英子说，喜翠也在找那孩子的下落，但一直不见音讯。他只听说新中国成立后，那带走孩子的人，带着枪逃到了山上。喜翠说那人没有血案，新政府会给生路的，但他想到小镇的“杀人坑”，想到英铃一家四口的灭门惨案，又在村子里待不住，最后被政府从山上抓捕了，也给枪决了！

灯花说，真是吗？那孩子估计也遭难了！这样说，那孩子我和喜翠白救了一回，终是逃不过人间的轮回！英子叹口气说，我们做女人的，一心希望的就是孩子好，所幸你们家儿孙越来越多！

孩子是女人的一切，敦煌为过去河村的女人们赞叹！蒜头沉醉在“灯花”的声音里，听到敦煌感叹，也接过话头说，这就是我们的来源呀！在旧社会，做一个女人有多难啊，但每个女人都是一个河流的源头。

## 2. 抓捕





听到“灯花”讲到自己的故事，蒜头不时看看土屋的众人，发出感叹，说，就是这样，一点不错，就是她说的那样！独依暗暗发笑，听上去蒜头的话倒像是一部古典小说的批注。

那天，灯花与英子说着蒜头，蒜头果真出现大汗淋漓跑到了两人面前。真是说曹操曹操就到，蒜头从野外跑了回来，满头大汗，手往脸上一擦，变成了一个大花脸。

灯花看到蒜头由于慌张而说话结巴。蒜头说，婆婆，婆婆，爸爸被政府的人抓走了！灯花听了惊奇地说，不是解放了吗，怎么又有抓丁的了呢？蒜头说，不是抓壮丁，干部说是违犯了政策。

英子递给蒜头一碗水，说，慢慢说，不急啊。这时，喜翠从地里回到村场，便接过话头，向灯花把事情说了个大概。

捡狗被抓走之前，正在一块地里掘土。捡狗挖了一会儿土，累了就在田埂上坐着歇息，欣赏孩子们在田野里玩抓壮丁的游戏。蒜头被“国军”抓住了，被押解着从捡狗身边经过，一脸无奈的样子。

捡狗一边抹着脸上的汗，笑着说，没用的东西，有我一半机灵你就不会被抓着了。这时，几个干部在队长远仁的带领下，围了过来，问道，你在这里挖土想干什么？

打地基，我们家要建新房。

你难道没有听到政府的宣传吗？耕地是不能建房的！

我知道，但我没地方建房，队长远仁总是不给我家批地基。

远仁听了，反驳说，你什么时候向队里申请了？你是在找借口，看着这地盘好，是公然破坏社会主义，对抗共产党的政权！

我不是。

捡狗辩驳，但干部不听分辩，就押解着他往镇里去了。

灯花说，捡狗不是有意要违反政策，他就是想要个地盘建房。你看我们家还是祖上三间房，捡狗结婚住有玉的，有银回来住自己的，而书声和我睡一个房间，都快四十岁了都结不了婚。建房子是我们家的头等大事，你说我们急不急？但远仁就是压着不给我家批，现在怎么办呢？人都被政府抓走了，怎么办呢？

蒜头看到灯花急得小脚乱转，一会儿想坐，一会儿想跑。蒜头当然不懂捡狗是不是故意违反政策，只是跟在奶奶身边着急。

英子说，不要急，且看政府怎么处理吧，该不会送去劳改的吧。

灯花对蒜头说，赶紧到公社去看看，带点饭下去，打听一下政府怎么处理，跟公社的人说，我们不建房了，人放回来了就行。

蒜头回家从锅里拿了些红薯，就往小镇去了。蒜头当时在小镇念小学，道路自然熟悉，从河村沿江而下，走六七里路就到了蓼溪，过蓼溪，进小镇，就是一座气派的大礼堂。

大礼堂的青砖全是南山一处乱葬岗上挑来。有些村民护着墓地不让挑砖，说刨坟挖墓是不孝的人，会受到神明的处罚，而公社干部则说，这些死人对社会没贡献了倒住着青砖房，现在活人都住不上，该让出来了。

蒜头当年上学每周要劳动半天，先是挑粪种地，后来又挑砖砌墙，支援人民公社的建设。大礼堂建好了，又挑到梅江的公路边，砌起了“跃进墩”，墙墩布满魁梧端正的标语和斗志昂扬的漫画。公社就在大礼堂对面，三栋坐北朝南的平房高低错落。

蒜头找到了公社，却不知道父亲关在什么地方，在公社里乱转。他在一排排窗户后头踮起脚尖。蒜头一个个窗户听过去，有时听到一男一女吃吃嬉笑的声音，有时听到算珠噼哩啪啦的声音。

最后，在西头独立的房子里，蒜头仿佛听到了父亲的声音。房间里有三个人的声音，仿佛在交流建房的看法。蒜头于是就停下了脚步，觉得可能跟父亲有关。

一个人说，听说今年申请建房的，全公社就我们三家，怎么都违反了政策呢？是啊，你是公社的干部，怎么也违反了政策？那都是老父亲坚持要那块地，说是风水好，老人家都盘算十几年了。

有人问，你是怎么进来的？这时，蒜头听到了父亲的声音：我嘛，是故意让公社干部抓进来的！

还有这等事？两个人异口同声地问。

不错，真有这事。我选择的宅基地，是河村的一块良田，政府自然不允许我建呢。我家三代人没建新房了，我父亲早年走船，挣了点钱刚想建房，不料一病不起，人走了船卖了，房子没有建成，那时我才五岁，弟弟才三岁，我母亲好不容易把我俩拉扯大，红军来了，叔叔当了耕田队长，母亲本想用卖船的钱，让叔叔开基建房，但叔叔被冤枉杀害。

蒜头听出来了，这就是父亲！他趴在窗子上，继续听父亲说下去。

后来我成婚生子，也想建房，但逃壮丁逃得没有立足之地，更别说回家建房了。现在，天下太平了，我当了耕田队长十来年，一家五六口人挤在三间土屋里，又起了意要开基建房。我原以为有了积蓄，建个房子是容易的事，不料队长故意不批宅基地，我怎么办？我只有请政府作主。我每次找政府，政府让我找队长，我只好让政府来找我。

原来是这样，你们跟队长家有仇？

还不是族姓之间的争斗。这队长与我们家还真有仇，当年我叔叔是区苏维埃的干部，就是这个队长设计害死的。后来怕我当红军，故意压着我不让参军，说我年纪不够，后来自己去当红军了，负了伤，流落外省，新中国成立后才回到家里，当上了队长，是我们村里最早建新房的。

那你现在怎么办？队长压着你，你怎么建房呢？

我就向政府要宅基地，一天不给批地基，我就在这里把牢底坐穿……

听到父亲发继续坐牢，蒜头攀爬上去抓住窗户，喊，爸爸，婆婆叫我来看你！婆婆说，只要人平安回去就行，我们不建房子了。

刚刚喊完，房门就被打开了，一名干部走进来严肃地说，今天你们关了禁闭，做了好好反省，回去后一定不能占用耕地了，这些地不但我们这辈人要耕种，还要留给子孙后代呢！

蒜头看到父亲被放了，从窗台下溜了下来，欢天喜地去接父亲回家。

但是，捡狗第二天又去那个田里挖土，装作要建房的样子。有银看到了，前往打探，问，捡狗，政府批准了你在这里建房？捡狗点了点头。有银说，我们合起来建吧，你在左边，我在右边，我们一起来挖土。

捡狗说，好，你卖烟土的光洋还留着？有银说，是的，我一直藏着，等着有一天回村里来建大房子，为我们家争光！

捡狗问，那你的光洋换成人民币了？怎么换的？我当然只换了大半，我原来的理想是要建一栋青砖房，但现在的社会，谁还敢这样显山露水呢？建土砖房，我一半光洋就够了。现在一块光洋只换一元人民币，但没办法，我听说给匠人付工钱，一块光洋还抵不了一块钱的，还要少一些呢。

捡狗说，你舍得把光洋拿出来建房？不是没生育孩子吗？有银说，我想好了，我们到别的村子里抱养一个宗亲，过继给我名下，也算是留下香火了。

正在这时，公社干部又在远仁的带领下，把捡狗抓了起来。有银看到捡狗被抓，才知道政府并没有批准地基，赶紧对干部说，我只是帮他打地基，我只是帮忙而已！

捡狗被关押了一天，仍然没有放回来。这一次比上次的时间长，灯花更加担心了，就去找有银，想让他去向公社求情，同时劝劝捡狗，好好向政府认个错，只要人平安回来就可以。

灯花挪着小脚，来到村场的西头，屋后的山坡上。

山坡上是一大片树林。枫树的叶子像鸡爪，秋风一吹叶子变红，满树就张牙舞爪，看上去就像一大群的雄鸡在引吭高歌。荷树枝头结着灰色籽儿，灰不溜秋，圆壳裂开，不久就掉落地面，几个孩子在草丛中找来结实的树籽，去掉果仁，挖开蒂孔，一根草茎穿过，就是只小陀螺，手指捏着一旋一松，落到平地上继续打转，谁的转得久，谁就算赢了。

满坡的松针是大山的红头发，灯花小脚不能远行，就带着竹耙到山坡上扫松针。杉树的枝叶生脆，风雪一打就断落，青绿的枝叶变成火烧过一般，和松针一样都是开灶引火的好柴草。有段时间，灯花来到树林里不是弄柴草，而是教有银编竹缆。

中华人民共和国成立后，梅江的木排顿时多了起来。扎排的不再是杉树，都是深山伐下来的松树，锯成等长的一节一节，乡民称之为“筒子”，从山上滚入小河，漂到蛇迳脚下，就进了梅江，汇聚在一起就形成扎排的堆场。

捡狗先是在洋溪河里洗筒子，在河坝上用带钩的竹篙为木头开路。后来就成了排工，当上包头，宁都方向的木排都归他承包。每次放排回来，家里都等着一大伙人。他们不是排工的家属，也不是找工的乡亲，而是等烈士家属。

捡狗是耕田队长，河里放排当了头，上岸耕地还是头，直到村里的土地归了初级社、高级社，才结束这种风光的生活。

有银就是捡狗承包放排之后，学起了编竹缆的活。回到河村，行商惯了的有银不会农活，分的田地总是让捡狗帮忙，为此捡狗干脆让他另谋生路，就想到了扎排需要大量竹缆。

打竹缆需要爬到高树上去，有银上不了树，捡狗就在树身上钉着马灯。有银踩上去，一级一级蜗牛一样往上爬，不久就两股战战，趴着不敢动。

灯花在下喊，有银，你下来也是摔死，不如往上爬吧，爬上去就可以用绳子溜下来，就有了活路。有银果然继续攀爬，到了树顶。上下了几次，就不再怕了。打竹缆跟女人结辫子差不多，在树下破好竹篾，灯花教有银编织，竹篾缠绕交错，一天时间就学会了。

从此，有银就成了居高临下的人，一边眺望着村场田园，一边重复着手上的活计。

有银在树上钉了一个木台，用麻绳把竹篾提拉上来，披散在木栏边，像大树长出来的头发。有银盯着手指，聚精会神地把竹篾互相交融结合，生成一根粗壮的竹缆，像大蛇从树梢溜下来，越来越长，越来越长，不久就拖着了地。路过的人不小心看到就一声大喊，蛇，菜花蛇！仔细一看才自嘲地笑笑，朝树上一望，就看到一双眼睛望了下来，嘿嘿一笑。

手累了，眼酸了，有银会朝梅江望去，随着白帆点点，想着上游的黄石，想着想着，喜妞就在心里头浮现。沉醉之中，就听到有人在树下喊，以为是吃饭的时间到了。

但这次喊有银的，不是秀秀，而是灯花。灯花说，有银，你到公社去一趟，帮我劝劝捡狗，向政府求个情，让他们放了捡狗吧。

但有银却不情愿，居高临下地说，捡狗是个固执的人，他认定的事情不会改变主意的，我下去也是白走一趟，还耽误我做事。灯花说，有银呀，你老毛病又犯了，侄子出事了，你这个当叔的怎么就不帮忙呢？你就忘了当初秀秀被政府关了，是捡狗帮忙弄出来的。

有银说，那时的政府用光洋就可以弄出来，现在的政府用这个是没用的。灯花气得没办法，知道有银求不上，只好回家等着蒜头放学。

蒜头回来后听到吩咐，放下书包再次跑向小镇。

公社的楼房渐渐亮起了灯。蒜头当时心想，这么晚了政府不放父亲，肯定是生父亲的气了，就像老师生气就会把学生留下来。蒜头告诉过奶奶，说父亲是故意违反政策的。他不知道父亲为什么不听政府的话，明知道干部要抓起来关禁闭，但还是在菜地上打地基。

奶奶不相信蒜头的话，说捡狗是个聪明的人，怎么会故意让政府抓找苦受呢？蒜头也不知道父亲为什么会这样。蒜头只能按照奶奶的吩咐去找父亲。

蒜头来到小镇，走进公社，却看到父亲形单影只站在禁闭室门外，受着干部的教育：怎么这么顽固不化呢？再不听话就要作为反革命分子抓起来判刑！蒜头吓得站在远处不敢上前，但父亲却满不在乎地说，不给批地基，我还在那里挖。

捡狗没事一般走出了公社大院。

回到家里，吃过晚饭，捡狗打了一盆热水，要为姆妈洗小脚，剪脚趾甲，换脚布。灯花脸带愠色地说，我自己来吧，我不敢指望你了，你几次三番被抓进去，就一点不怕政府给你个罪名？别忘了大叔有玉的下场！现在同样是远仁说话，同样是共产党当权，随便给你戴个帽子把你打成反革命，你就没命了，到时我就不能指望你帮我洗脚了。

捡狗说，那是红白对立的年代，如今政府清明着呢，怎么会随便给我们穷苦人定罪呢？

灯花说，清明？清明怎么你当初不去当乡长？

那是十来年前的事情了。梅江流域终于迎来了解放，全面“红”了起来。白鹭镇来了个区长，人们叫他“彰州兵”。他找到了捡狗，说，听说你在旧社会受尽压迫，家庭成分好，又有好名声，希望你出来当乡长，为劳苦大众服务。

捡狗说，我没有文化，大字不识一个，会误了政府的事，当不了官。

区长说，我们共产党的不叫官，叫公仆，就是为老百姓办事的！

捡狗说，那我也当不了！我母亲是小脚女人，家里一摊子的事情，我得留在家里照顾她！

区长看到捡狗诚恳的态度，说，共产党为你们分田分地，你总得为政府做得什么事情，大字不识，耕田你总会吧？那就当个耕田队长。捡狗说，我家有几亩土地，那是我父亲的命换来的，不论是红的时候、白的时候，我们都是种这点自己的地，不多不少，不需要政府分。

区长笑着说，难道你们家是地主？那我们要打你家的地主，如果你不答应！捡狗想了想，就答应了。那一年土改，但区长叫捡狗参与的第一件事情，却是帮助区长划地主。

那天捡狗被叫到区里，区长说，你虽然不是区里的干部，但我还是相信你能说实话，你看一下你们乡这份地主的名单，是不是符合事实？

捡狗把区长递来的纸一挡，说，我说过我不认识字的！区长笑了起来，说，我倒是忘了，你不肯当乡长，说的就是这个理由！人家也是大字不识，可还是想当乡长，天天上门找我！我有点信不过他们。你越不肯当，我越相信你！怎么样老哥，算是帮我个忙吧！我念给你听听。

捡狗看到这个“彰州兵”热情和善，知道是个好官，就点了点头，听了下去。

第一个地主，叫罗宏汉，寨上人，有田有山，出租为业，平时还教书，我们想把他吊户到你们河村去。捡狗说，这人有田地不假，但不是坏人，打成地主我同意，但不要为难他。区长点了点头。

第二个，赖名涛，月形人，又是你邻村的，你应该熟悉。恶霸地主。捡狗说，这个也没划错，他怎么能说自己家没有剥削，他家的长工是他舅舅，但大家知道他舅舅家一直困苦！他虐待长工，害得人家破人亡。区长说，这人得送到东北劳改去，至少判十八年！

第三个是罗善梯，竹山下人，是个厨官，有田有地。有人说这人在苏区时就是个漏网地主，这次可不能放过他了，只是这个抓起来当天，就在路上自杀了，真是自绝于人民啊！捡狗想了想，说，这人不是个善辈，罪有应得！

第四个，谢荣泮，是大坪村人，破落地主，家里的地被他败光了，他不知悔改，成了小镇的流氓，在集市上为所欲为！有人建议把他吊户到枫坑，省得到小镇上吃吃喝喝！捡狗说，这人也没有划错。

区长收起了那页名单，又说，还有一个人，你说说看，是不是地主？捡狗问，是谁？区长说，横背的陈英钊、陈英锷。

捡狗说，横背？我倒是听母亲说起过，红军走那年她救过一个横背的孩子，时常叫我打听下落。只是，我们不知道那人叫什么，是不是陈家瑶的后代。来我家带走孩子的人，就是横背人。

区长说，横背人在梅江边当权几十年，他们国民党的头领，发展了十多个党员。那个叫陈英钊的，倒没听说他杀害过什么人！陈英锷呢，也都是仰华书院出来的文化人，在老家办起了水口小学，人们都叫陈校长！

区长叹了口气说，当年杀害陈英铃，是有人公报私仇！还有你们家有玉，也是这个情况。但是，陈英钊带枪逃到山上，就是与人民政府为敌了，他是走上了一条绝路！政府不得不枪决他！陈英锷倒老实接受政府的教育改造，在家种地当个农民。

捡狗说，那陈英钊带走的孩子，有没有一起逃山呢？

区长说，那倒是没有，那孩子成了孤儿，考虑他父母都是自食其力的劳动阶级，没有给他划地主的成分，还根据他的意愿送去当了解放军！我们区里送了五十多人，只有八个合格，他就是一个。这不，刚刚传来喜报，他参与了解放翠微峰的战斗，立功受奖了！

捡狗说，那就好，那就好，希望以后能平安归来，我母亲灯花一直惦记着他呢！区长感慨说，你母亲当年救下他，等于是为国家留下了一个好苗子，一个解放军！你母亲也算是有功之人！

这事过了十来年。听到姆妈说起当乡长的事，捡狗有些懊恼地说，别说了，要是当了乡长，现在还至于受到远仁的捉弄吗？我当了乡长就要把远仁这样的人关进去！队长老是不答应给我们批地基，我到菜地里一动土，他就到公社去报告，叫人来抓我。也好，如果不是把我抓进去，公社就不会知道我的申请，干部就不会给我批地基！

灯花说，那就过几年再说，远仁不会当一辈子队长的。捡狗坚决地说，不行，不给批地基，明天我还去良田里挖地建房。

过了几天，捡狗又被公社押走了。灯花拿捡狗没办法，只能叫蒜头去小镇看情况。蒜头对父亲这样翻来覆去犯错误，也有些意见了，如果是学校，这样三次犯同一个错误，是会被开除的，视为故意搞破坏。

但是这次蒜头来到公社，却看到父亲在禁闭室门外兴高采烈。

原来，捡狗几次三番被关在公社，公社的干部拿他没办法，就命令队长远仁一定要给他批一块宅基地。干部说，已经让你队长为你找了块地基，你看，这是图本。

捡狗向干部敬了个大礼，说，感谢政府，我就知道共产党不像国民党，终会为我们撑腰的！

从公社回到村里，捡狗就和蒜头一起按图索骥，去观看了那块宅基地。蒜头按照文字所示一指，捡狗倒抽了口冷气，这里坡坎陡峭，荆棘密布，八九棵高大的柞树盘根错节，没有半年是打不开地基的。

捡狗回到家里，对灯花说，远仁故意为难我们。灯花问，还没有同意批准？捡狗说，批是批了，但是一块骨头地。

灯花听了捡狗的介绍，说，再难也是政府批给我们的地，有了图本就不怕队长为难我们了！捡狗说，这倒是，队长小瞧我了，以为我们不敢开辟这块荒坡建房呢，我们偏要在这里建起大房子，这儿就是我们家重新开基的好地方！

接下来的日子，捡狗带着刀斧来到宅基地，挥舞着柴刀披荆斩棘。柞树木质坚硬，斧头发出嘭嘭的声响，回荡在河村各个角落。一棵又一棵高大挺拔的柞树发出喳喳的响声倒在地面，仿佛在宣示一个新时代的到来。

捡狗一边抡斧，一边看着木屑飞溅，心里涌起开天辟地的豪情。他想象着先祖初到南方的情景。有银叔说，先祖在北方，后来南迁到福建，清末漂泊到梅江边，最先开基的叫九珠公。捡狗每一次挥动斧头，都觉得自己与当初的九珠公一样，充满创世的意志和决心。

砍完一棵，捡狗就磨一次斧头，兴奋、憧憬，让捡狗干得非常起劲，对北斗的到来全无知觉。北斗对捡狗说，你这么起劲在这里折腾什么？你难道不知道这块地是我家祖上留下的吗？北斗冲过来，打断了捡狗的万丈豪情。

捡狗抹了一下汗，看了看北斗说，这是政府给我批的地基，是队长同意过的，我有政府的批文。北斗说，什么政府不政府，这地儿就是我家的，你趁早收心别浪费精力打地基吧，我是不会让你在这里建房子的！

捡狗说，你不让我就不建了吗？你还能高过政府了？！

北斗与捡狗终于从言语上升到行动，发生激烈的冲突，两人先是拉拉扯扯，再是抱在一起，在地上打滚，势均力敌难分胜负。这时，另一些青壮年男丁走上前去，嘴上喊着救架，实际上一起帮助北斗对付捡狗，捡狗渐渐处于下风，被扭打在地上，一边号叫，却无力反抗。

那天蒜头放学回家，看到父亲被打倒在地上，赶紧回家报告了奶奶。灯花说，你赶紧去叫喜翠大大，你是英子的干儿子，他不会不帮忙的！

在喜翠的劝说下，一场混战终于平息。蒜头扶着父亲往家里走去，捡狗恨恨地说，这些人无法无天，把政府都不放在眼里，我要到公社告他们去！

灯花说，这北斗以前不是远方的寺庙里谋生么，怎么会突然回到村子来呢？这分明是队长看到你真下决心了，自己不便动手阻拦，就叫北斗出来闹事。

捡狗说，这说明他们还是怕政府的。我们照旧做我们自己的，看他们还敢再来阻拦！

敦煌对薪火说，上一辈人成家立业，建房子同样是最重大的奋斗内容，那时虽然不是当房奴，但不比现在的商品房压力小！



## 3. 砖木

梅江人家建房，最开始的准备工作是打地基。依傍山体，平整地基，必然解剖出大量泥土。如果土质好往往同时“放砖”。

在人类发展史上，筑土夯墙，晾晒土砖，烧制火砖，都是建造屋宇的方式。这三种方式虽然是递进的，但直到二十世纪，仍然是并行于梅江两岸。制作土坯、晒制泥砖，梅江人家称之为“放砖”，这是南方客家人建房的必备项目，就像是北方人割树皮砍木头做房子抵御风雪。

“放砖”的劳作，到敦煌这一代就没有了。敦煌对薪火说，你们这一代人，无法体验到“放砖”的美妙感觉，虽然它是一种劳累，但其实也是一种快乐！

独依说，自女娲抟土造人开始，人类就有玩泥巴的爱好，现在的孩子也喜欢玩泥巴，也是源自这古老的血统！你说的“放砖”，也属于这个血统！蒜头不知道敦煌与独依谈论的血统是什么，只是不经意说，泥土变成砖，砖变成房子，这房子就是站起来的泥土！

房子，就是站起来的泥土。独依为这个比方吃惊。而她不知道，她的父亲祝虎和灯花的后裔鲲鹏，正在为“放砖”的风俗所迷，仿佛教授发现了一个极好的文化项目。“放砖”的风情画面，被这两个男人放进各自的文化建构之中，转化成文学创意或规划思路。而这些建构，皆源于蒜头的点评的金句：房子，是站起来的泥土。

但见蒜头沉醉在灯花的讲述中，手腕随之而动，似乎在回味那泥土在摩擦掌心的感觉。

南方的大地多是红壤，土方打下来，就是一个圆形的土丘。拉一头黑牛进入土堆，这土丘就活动起来，变幻起来。红色的土，黄色的人，黑色的牛，在南方的天空下像是升腾的云朵。在圆形的土堆中，人和牛在一起转圈，慢悠悠地走来走去，仿佛一个巨大的时钟，指针在互相追随，互相转动。

这真是古老的景象！添水，加草，练泥，做坯。可以一个人做，也可以多个人合作。捡狗一般是上午采土，下午“放砖”。蒜头放学回家，就一起帮忙。

由土到泥，水是个关键。把铡好的稻草撒进泥堆里，或者舀起一大瓢水，洒向炼制得渐渐黏稠的泥土里。看着父亲和黄牛反复踩踏，蒜头有几次想进去试一试，体会泥土在脚底下滑动的感觉，但总是被父亲制止。

最兴奋的事，就是替父亲拿“砖格”。砖格就是砖模。梅江边，家家户户都会备着一两只松木砖格。建好了房子，这砖格收留起来，随时起用，比如修补砖墙，比如新建畜圈。砖格被泥石打磨过后，口沿光滑，微微弧形，松板上的松节像一只眼睛，亮丽而朴拙，挂在墙上，便是最好的艺术品之一。

蒜头兴奋地说，看父亲“放砖”，是他小时候的娱乐之一。只见父亲找到平整的地面一放，一把铁扎捞起大坨黄泥，叭的一声甩进砖格，两手左捏捏、右按按，软泥满框，手指沿着对角线划出两道杠，仿佛少先队员肩上的标志，然后轻轻拎着砖格，反复试提，突然模框脱出，一块方方正正的土砖像刚出锅的年糕，新鲜动人。

放好一块砖坯，砖格紧接着丢入木盆浸泡，用稻草擦洗一遍，摆到了砖坯的旁边，迎接下一坨砖泥。“放砖”时，往往两个砖格轮流着使用。

蒜头能帮上手的，就是替父亲摆砖格，扶砖格，洗砖格。要么就是向晒得起皮湿度不够的泥滩上洒水，然后用铁扎再搅拌一下。有时蒜头气力不足扶得不稳，父亲一脚踩下，噗，砖泥从砖格下边冒了出来，像一朵大蘑菇。

这时父亲就会对蒜头一顿臭骂。有时砖格传递不及时，父亲就会说起那句口头禅：要是我像你这么木，早就被国民党抓了壮丁！

放砖是一个累活，父亲骂人，多是由于天色渐暗而目标未完。

如果阳光好，砖坯晒了三天就得扶起铲边，趁着边缘多余的泥土还未坚硬先行清除。这也是小孩子能够帮忙的环节。黄昏时分，蒜头放了书包，拿了一把锈迹斑斑的旧菜刀，把砖块一排排扶起，砍削。完成的时候，整个晒场上砖头林立，很像书上的兵马俑。

但是，放砖、收砖的日子很快便被打断了。一天晚上，蒜头放学回来，看到捡狗喝着酒，郁闷地坐在灯前，并不去屋场放砖、收砖。灯花将一把松针支到油灯前点着，塞进灶膛，一边安慰说，烧炭终究是一时的，我们家建房再推迟一年半年，也不要紧，从你父亲病逝到现在，都推迟几十年了！你可不能犯事，队里安排的任务，就要服从啊！

蒜头听不懂，对父亲说，我们收砖去吧，我昨天点了，估计有八千多块砖了呢。捡狗说，没时间放砖了，你又还小，放砖的事要放一段时间了，我要进山去烧炭。

捡狗喝了一口闷酒，对灯花说，要是书声不上班就好了，队里派什么任务，我们家出一个，就能留下一个，不会像抓壮丁一样全都被抓走的，这样建房子的事情就不会中断。

正说着，门吱呀一声推开了，书声走了进来。蒜头欣喜地迎了上去，弟弟和妹妹也跟着喊叔叔，盯着书声手上的提包不放。书声从袋里拿出一包糖果，让蒜头去分了，孩子们一哄而散，仿佛过节一般高兴着，打闹着。灯花说，你哥正念叨你呢。

书声说，哥，砖放得怎么样了？我看屋场上一大片，该是差不多够了吧？

捡狗说，你还关心这事，不是当了公家人，不管家事吗？

书声知道哥哥生气了，但不知道所为何事，就问，到底怎么了？我们不是说好了，你多出力，我多出钱吗？

新中国成立后不久，书声因为有文化被招进了蓼溪的木头站上班，成为国营单位林业公司的人。这是灯花家族第一个公家人。原有的三间土屋，一间住着有银两口子，一间住着捡狗一家五口，一间住着灯花，还有半个厅子，是大家的厨房。书声迟迟说不上对象，就是看到难以容身。

书声不知不觉就像父亲一样，到了三十六七仍然没有成家，这让灯花焦急，更让书声忧愁。他平时多住在蓼溪单位里，但在河村建房，也是他迫切的愿望。为此，他跟大哥商量好了，自己在单位上班，攒钱出钱，哥哥在家里劳作，出力出工。这样的分工方案合理可行。

捡狗知道自己朝弟弟发火没有理由。他缓了缓，说，队长今天召集全村的男人开会，说是全国都在热火朝天地大炼钢铁，我们白鹭镇是山区，主要任务是供应燃料——木炭，所以家家户户都要把木头上交集体，而且要派出一部分劳力参加全公社的烧炭队，我又是名列其中。

书声说，每年都派活，怎么都有你的名字呢？

捡狗说，这明显是远仁的一个阴谋，这些年公社派活他可一次都没落下我，要么是去大柏地修公路，要么是去壬田修龙山水库，这次本以为可以免了，眼看着我们家建房，他又毫不含糊地安派了我！





书声说，不用担心，难不住我们，你去深山烧炭，我出钱请人放砖，家里有蒜头兄妹在，每天清点好数目就行。

捡狗说，远仁说家家户户要上交木头，准是看到我们家备建房的木料！

书声说，这也难不倒我们，我就在木头公司上班呢，要木头随时有，不必事先储备的，今天晚上我们就把木头拉到梅江去，扎好木排放到蓼溪，我叫上木头站的同事突击收购。

吃过晚饭，两人说干就干，把屋后的木头一根一根搬到了梅江边的沙滩上。月光照在沙滩上，泛起一片银光。月亮在江水中透明得像要溶化，浪涛翻涌的时候，月亮又像一尾鲤鱼不可捉摸。捡狗搬着木头，就像与自己的孩子告别。

多少个日子，捡狗上山打柴的时候，总是一担柴、一根树从屋后的山梁上走下来。扛着这些树，这些未来的房梁、檩子、角子、窗子、门板，这些未来幸福生活的框架和草稿，捡狗不觉得累，而是充满快乐。

但“大跃进”来了，“大炼钢铁”来了，这些木头不得不服从于国家的安排。一切关于个人家庭的虚拟和构想，在一夜之间打破了，它们像临时变更了路线的军队，受到另一种召唤来到了沙滩上，开始走向另一种命运。上百根木头到齐了，像沙场秋点兵的阵营，在捡狗心里激起无限的伤感。

但在那样的年代，是容不下个人伤感的。捡狗对弟弟说，这些木头，花了我多少心血，走了多少山头！书声知道哥哥满腹心酸，说，幸亏它们不是交给公社，不会变成木炭！到了林业公司，就会送往外地去，一般是去支援城市的建设，说不定它也是建房子用呢！

捡狗说，当初林业公司叫我们一起进去，我没有答应，就是为了留在家里有人照顾母亲，张罗建房的事情，没想到好事多磨，这样多波折！

书声说，世上无难事，只怕有心人，终有一天会建起新房子！

两人正在忙碌，有银朝河滩走来。捡狗说，叔，你年纪大，夜风凉，跑出来干吗？有银说，你是不是又开始放排了？那我可以能找着活儿了！

原来，林业公司组织了公家的排工，村里个人放排的活便结束了。有银虽然每天上树打竹缆，但那竹缆打来并无用处。

捡狗说，我们不是去放排，是政府动员家家户户要上交木头，我们是趁着晚上把木头存到林业公司去。对了，你家里还有木头吗？

有银摇摇头，说，我还没有找到地基，也没有备上木头，家里只有一堆堆卖不出去的竹缆。对了，书声，你不是在木头公司上班吗？能不能向领导说说，把我的竹缆收购了去。

书声说，好吧，你把竹缆一起搬来，我送给木头站领导看看。

捡狗新中国成立前就是个排工，惯于浪迹江湖，熟悉水上劳作，自然是扎排的老手。忙到半夜，十来条木排推进了梅江。弟弟驾着第一只竹排到了木头站，到小镇叫起熟悉的同事搬运木头。

这一夜，捡狗像个孤独的排工，一趟接一趟驾着竹排在梅江水路前行。但路途短暂，只有六七里路，终点就在下游的小镇，蓼溪的码头。为此，捡狗只是短暂地温习自己的水上生涯。

在半生漂泊中，捡狗就像是梅江的一条鱼，岸上的生活只是出来透一口气。刚解放时，政府把地分给了每个家庭，捡狗一到农闲时节，一到洪水季节，就扎进梅江当排工、挣工钱，享受和平年代给予的自由和快乐。土地收回到人民公社，组建了生产队，便被捆绑在土地上了，只能农闲时到梅江打鱼。

行走江河，成了捡狗一半的人生。梅江穿越他的生命，就像他不断穿越梅江的时空。跟蓼溪的专业渔民不同，捡狗的渔事招式繁多：草滩边的舀鱼，沙滩上围堰，江面上撒网，无所不能。

网是捡狗最熟悉的用具之一。那渔网，也是捡狗自制的，从种苎麻到纺线，从织网到浆猪血。他仿佛是一个无所不能的民间艺人。从做网到补网，捡狗给人的印象，就像是一只劳碌的蜘蛛。

但捡狗不是守株待兔的蜘蛛，而是善于观察水情的渔夫。作为专业的渔民，捡狗下网变化不定，应时而动，时而沿着近岸打浅水，时而撑起竹筏撒大网。他一生与各种鱼族斗智斗勇，劳碌不休。

炎炎夏日的午后，人家待在家里躲避骄阳，他却拎着渔网走向江边，专找树荫边的浅滩，他知道这时候鱼也在乘凉。七八月秋风渐起，他则喜欢晚上出门，不顾白天的劳累打起了夜网，忙碌到半夜三更，他知道这时候鲤鱼喜欢趁着秋水和月色上滩。冬闲时节，他喜欢挑霜冻之日正时分出动，落网之鱼与冻红的指头一起在网眼里苦挣，他知道深潭里冬眠的鱼这时候正迎着阳光变呆变傻。





当然，卖鱼又是一项苦差。提着鲜鱼在梅江两岸的村落里游荡，穿山过崇走得双脚劳累不说，狗叫声此起彼伏如临大敌。村民由于生活并不富裕，往往并不打算买鱼吃鱼。遇着富裕人家，往往只能低价出手。

捡狗一边打鱼一边卖，在上游或下游随走随卖，身上并不带秤，但他却能掂量得无比精准。一根柳枝串起，大的搭配小的，正鱼搭配杂鱼（梅江人家以草鱼和鲤鱼为正），一串就是一斤或两斤，分量八九不离十，一串的价钱就是一个整数。由于捕鱼技术娴熟，而梅江鱼儿确实太多，各种渔事下来，捡狗家里总是有吃不完的鱼，整个家里都是鱼腥味。

打鱼是为了换钱，换盐巴和布匹。但鱼不好卖，打鱼仍然不够家里钱银度支，捡狗就只得另找营生换钱。比如走排，比如走船。他一辈子在江上奔忙，但从来没有倒卖过木头。

这天晚上，是大炼钢铁与建房子的冲突，是国事与家事的冲突，才让他重新下水，和书声、有银三个男人在梅江忙了一夜。

敦煌说，成家立业总是会带上时代的烙印，灯花的家族无有另外。

## 4. 烧炭

捡狗进山烧炭后，家里平静下来。灯花操持家务，日子一天天平稳运行。每天放学回来，蒜头就带着小本子来到屋场边，按照捡狗进山前反复交代的，好好清点雇工放好的土砖。

“放砖”的人是外村的。看到蒜头人小，就有了坏主意。有时砖做得粗糙，日头一晒就裂成两半，或掉了棱角，“放砖”的人就说是完好的，算是一块。有时是半砖，供砌墙时特殊用途，也要算作一块。

蒜头一边指着砖一边念着数，工人有时故意插话，一打乱就忘了数到了什么数，工人趁机随便说个更大的数字，蒜头想一想，就接着往下数。

比起“放砖”的时光，数砖的日子枯燥无味。蒜头知道，这些数字是父亲的关注焦点，而他更感兴趣的是“放砖”的过程，哪怕父亲有时脾气不好会骂他一通。那些暮晚一起“放砖”的时光多么让人怀念！

那段时光，捡狗白天在生产队下地，晚上就让蒜头打火篮，一起放砖。看到新鲜的砖坯从父亲手下诞生，蒜头有时忘了添松片。火焰暗下去，父亲就喊一声，蒜头又赶紧从竹篓里拿出一块暗红色的松木，丢进火篮里。松脂接触到火焰，吱吱响着燃了起来，晚风把火焰吹得呼啦啦地旺。

捡狗进山烧炭后，蒜头打着火篮只是清点和写数。一排排整齐的土砖望不到边，一直通向黑沉沉的夜幕里。蒜头看到土砖林立，心里头非常高兴。如果告诉父亲，他该有多高兴。但父亲在山里烧炭，一个月难得回来一次。

蒜头忙着忙着，就听到弟妹在喊吃饭。蒜头忙着数砖，没有应声。直到弟弟直呼其名，让蒜头惊醒过来，收了手走了过去，拍着弟弟的脑袋说，没大没小的，居然敢叫我的名字！

蒜头决定去看父亲，是几个星期之后的事。

那一天，灯花叫蒜头放学后到镇上买洋油，给了五毛钱。看着纸钞上劳动人民可爱的脸孔，蒜头高兴得过头了，攥着的钱不知道什么时候丢了。放学时，蒜头一看空空的手掌顿时惊慌。没钱了，洋油怎么买回家？

蒜头知道婆婆每天要在灯下忙这忙那，做不完的家务事，有时灯花开得老大，把灯火压得好低，蒜头就说，婆婆，灯要暗了！但婆婆说，先暗着，火小不费油！婆婆如此节俭，自己却把买灯油的钱丢了，这可怎么办？

蒜头想到了干妈。从学校出来，蒜头心情低暗地穿过了大礼堂和人民公社，无心观望路上张贴的海报。公社里的喇叭音乐高昂，激动人心，更反衬了蒜头的低落心情。

干妈家在娄子脑，与集镇隔着一个山坡。蒜头出了学校往西走，翻过山坡，却看到木门紧锁。蒜头每天上学都要把饭盒寄在干妈家，中午就可以吃上热饭，为此早上和午餐时干妈会准时等他。午饭后蒜头带走了饭盒，干妈自然不知道蒜头还会回来找她。

蒜头等了一会儿，只得转身往回走。过了集镇，到了蓼溪，他看到林子里一条花蛇游动，吓了一跳，仔细一看才想到是竹缆。蒜头心里一动，往树梢上高喊，细爷爷，你能下来一趟吗？

树梢上的人，是有银。

那天晚上，捡狗帮有银把竹缆运到木头站。木头站的领导一看，不但收了竹缆，还收了人，把有银安排到木头站里当工人，专门负责上树打缆。有银绝处逢生，自己好歹也算是新中国的技术工人了，虽然只是个临时工。

树上的有银听到有人叫唤，往树下看了看，看清是蒜头，问，有什么事你说吧，我上下一趟不容易。

蒜头说，能借我五毛钱吗？我把婆婆买洋油的钱丢了！

有银说，谁知你说的是真是假？！如果你是拿来买零嘴，你奶奶就会怪罪我的，我可不借，你回家问你奶奶要吧！

蒜头又一次失望。他往蓼溪街巷里走去。他想到了叔叔书声。

蓼溪虽然是一个江村，但比小镇更早开基繁荣，村里有一条古街，与对岸的小镇一样，两面都是铺子。蒜头一家家铺子找过去，希望能看到叔叔。街道上人丁稀少，有些冷清，两边的铺子里并没有什么货物。什么都结成了集体，商户都转移到乡间务农和居住了。

蒜头就像赶集时一样，习惯地朝两边的铺子看过去。但那些铺子里不是五彩斑斓的商品，却是清一色的东西——木炭。蒜头看着那些黑压压的木炭，心想，这就是父亲和工友在山里劳动的成果吧。通过那些粗壮的木炭，蒜头想象着父亲跟他讲起过的烧炭场景。

高大的树木一根根倒下来，发出猛烈的轰响，去了枝叶，砍成小段，父亲和工友挥动斧子，这些木头就被肢解成一片片木柴，被竹担挑到另一处山窝里，垒起了高大的柴垛。

在土山上找悬崖挖一孔土窑，红色的泥土闪着光亮。一担一担木柴挑进去，很快挤满了土窑，仿佛古代殉葬的人。柴垛边排着的是带叶的树枝，点起火，火光轰然冲出烟孔。不久，黄泥封了窑口，木头在烈火中永生，脱胎换骨，青皮肤变黑皮肤。灌水，开窑，重见天日，已是木头的转世。开窑出炭时，如果炭好，就会喝酒庆贺一番……

蒜头一边寻找，一边想，要是父亲能带上他进山看看就好了，听听那里树木倒下的轰响，看看柴垛堆成高墙的样子，如果能尝上一口甘甜的米酒，那就像大人一样快活了。

蒜头在蓼溪古街找了一遍，不知道林业公司在哪里。一位老人在墙根下打坐，听到蒜头打听，指了指西边，说，木头站就林子边。蒜头回到林子里一问，再一次失望了。叔叔书声并不在木头站，同事说他去外面采购木头了。

蒜头顿时没了主意。回家？婆婆的灯油怎么办？找父亲去？这倒是蒜头萌芽已久的念头。这时，父亲烧炭的场景再次浮现脑海，诱惑着蒜头的想象。蒜头最终打算去找父亲要钱，顺便汇报土砖的数量。

蒜头拐进了一条通往大山的道路。太阳快要落山了，路过一片乱葬岗的时候，天色渐渐暗了，蒜头不由加快了脚步。那些墓穴像老人掉了牙齿的嘴巴豁然洞开，野兔和黄鼠狼不时钻进钻出，探头探脑。几朵磷光像萤火虫一样飘出墓地，朝大山里飘去。

学校上劳动课时，这些墓地的青砖被蒜头和同学一担担挑到了小镇，变成了公社的大礼堂。现在，这些墓地成为空荡荡的土堆，那些磷光仿佛带着死者的怨气到处飘荡，让蒜头脑皮发紧。跑得越快，那光点跑得越快。

劳动课时，蒜头曾经把四块厚重的青砖刨出来，看到了里头有几根头骨，吓得惊叫了起来。老师告诉大家不要怕，讲起了鲁迅先生踢鬼的故事，让大家集体朗读了一下《毛主席语录》，驱散了大家心头的恐惧。蒜头壮起了胆子，认真打量了一下头骨。从死者的头骨上猜测，这是个爱笑的人，那空洞的口腔仿佛一直在向人间微笑。

进山的路上，蒜头跑，磷跟着跑。蒜头想，是不是那个爱笑的人来了？蒜头越想越怕，越怕越不敢想。人多的时候和人少的时候，对墓地的体验截然不同。集体劳动时，墓地和骨头是沉默的。但一个人走过这里，它们就好像有说不完的话，追问着你。蒜头尽量不想那些鬼故事，但那些翻飞的蝙蝠又来凑热闹，仿佛鬼怪所变。

蒜头一口气跑了过去。峰回路转，终于看到一两户人家升起的炊烟，这让蒜头稍加安心。耕牛嚼着青草往村场上走，看到蒜头有些陌生，长哞一声。蒜头冲大黄牛笑一笑。蒜头熟悉它们的喜怒哀乐和悠闲自在。蒜头在集体里能挣的工分，就是周末放牛，所以与牛有着天然的亲切。

蒜头向一位乡民问路，继续往深山里去。走了几里路，并不见人烟。蒜头心里着急起来，担心走错了路，不由得哭了起来，为自己的鲁莽后悔。蒜头一边走，一边哭。山坳上炊烟袅袅，一条溪涧流水潺潺。路转溪头，突然看见了几座工棚，像放大的瓜庵。

半圆的顶棚，平板的铺面，棚里人声喧嚣，工棚边堆着黑压压的木炭，与蓼溪和小镇铺子里看到的一模一样。就是这些木炭诱惑着蒜头，来到了深山里。蒜头心头大喜，知道这里就是烧炭队的工地。

看到蒜头突然出现，捡狗大吃一惊，忙问家里出了什么事。听到买洋油的事，他才放下心来，大骂了一通：你不知道婆婆在家里会等你吗？这么晚没见着你，不知道她会多么着急。

工友前来安慰捡狗，一边找来一份饭，让蒜头吃了。蒜头吃完饭，等着父亲来问自己。捡狗问，放砖的人还来吗？蒜头点了点头。有多少砖了？一万三千五百六十八。

捡狗听了，又喜又忧，说，那快够数了，可惜今年不能建房了，那些砖积压着，真不知道怎么渡过雨季。

捡狗连夜把蒜头送出山去。回到家时，村子里灯火辉煌，道路上到处火把闪耀。走进家门，家里已经乱成了一锅粥。英子在安慰着灯花，妹妹和弟弟在一边哭叫。细爷有银和过继的儿子，以及村里的乡亲，在江边和山上敲锣打鼓，大声呼喊。

蒜头没想到自己的一个小小决定，惊动了全村的人。

灯花看到蒜头，一把搂在怀里，仿佛担心他会重新消失。灯花哭叫着说，你死到哪里去了呀？可把大家吓坏了，全村人都在找你！

捡狗赶紧跑到江边和山上，朝找人的火把大声呼喊：蒜头回家了，大家别找了！人们陆续回来，有笑有骂，询问去向，仿佛村里迎来了盛大的节日，或回来了大人物。

捡狗讲了蒜头进山的事情，向邻里乡亲道谢，让大伙儿散了。灯花问蒜头进山的原因。蒜头说，买油的钱不小心丢了，想进山找父亲要钱去。书声接口说，难怪我回到单位，同事说有个小孩子找我。有银也接口说，还以为他要钱是想买零食，否则我就给他了。

捡狗呼应着灯花，又把蒜头批评了一顿，说，我知道他的心思，进山找我不单是为了要钱买洋油，是想向我汇报砖的数量，让我早点出山建房子，他也算是立了功，让我知道了砖的数量。

捡狗转身对书声说，现在砖是够了，但我一时半会还不能出山，看来今年还是没有机会找时间建房，但土砖放好了，久了又容易坏，所以把放砖的工钱结了，看看村里和邻村有没有人建房，尽量把砖借出去！



## 5. 食堂

梅江人家对天气有着精准的预言。“一日南风三日报，三日南风狗钻灶”，说的是寒冬时节突然来个小阳春，意味着寒流蛰伏，随时冲出来冻住池塘，看家狗也不再看门，而躲进灶膛里取暖。

那天蒜头放学回家，在“小阳春”里走得发热，一回到家就脱掉了棉袄，嚷着要吃的。灯花说，哪有吃的了，全村的都吃大食堂了，家家户户做饭的铁锅、磨谷的砻，统统都收缴到队里去了，家里不准生火，不准做吃。

蒜头就问，你就没有办法给我弄一点吗？今天上劳动课，帮学校种菜，我现在又累又饿！灯花笑着说，好吧，我就学像孙悟空变点东西出来！

灯花总是疼爱着自己的儿孙，特别是这个长孙。过了一会儿，蒜头看到奶奶从房间里找出一块饭糕，说，吃吧，就知道你们每天放学回来闹吃的！蒜头高兴地问，你是怎么变出来的呢？！难道你真是孙悟空？如果是你藏粮，被人发现了可就不得了啦！

灯花说，都是捡着人们浪费的米饭，怎么是藏粮呢？蒜头问，捡的？米饭又不是稻穗，怎么能够在地上随意丢下，让人捡到呢？

在河村，蒜头从小到大只捡过谷串，从来不知道还能捡米饭。收获季节，大人们下地割稻子，收红薯。由于集体劳动，甚至小组竞赛，农活做得有些匆忙和粗糙。这时，童子军就有了用武之地。

蒜头带着镜子和扁篓，早就等在岸上，队长吹起收工的哨子后，就冲到地里。地里的红薯已经挖过一遍，他们的收获并不大，往往要挖一大片地才能看到一块残缺的红薯现身。这种稀少的收获带给孩子们巨大的欢乐。

蒜头工具好，力气大，但这些优点都没有用，反而那些小家伙收获大，因为这是运气的事。地面的谷穗就不同，地面上明摆着，要靠灵活和速度，为此蒜头手上的谷串把儿总是最大。





蒜头突然听到灯花讲捡饭粒，自然非常好奇。蒜头一边吃，一边问饭粒是怎么捡的。在梅江人家，饭粒是很少遗弃的。并不是“谁知盘中餐，粒粒皆辛苦”的教育结果，而是大人们严苛爱护。纵是丰年，饭粒直接联系着风里来雨里去的劳力之苦，没有那个小孩敢挑战饭粒在大人眼里的神圣。

蒜头不止一次听婆婆说，饭有饭神，谷有谷仙，你可得好好对待它们！但这种神圣却被大食堂打破了。大食堂就在老村场的大厅里，虽然队里也制订了严格的管理制度，对浪费行为进行严厉处罚，但人们对于新鲜事物的好奇，对共产主义提前到来的陶醉，慢慢就得意忘形起来。

在村里的集体食堂，眼大肚小成为乡民普遍的现象。村民吃到撑肚皮之后，看着碗里米饭无可奈何，急中生智把这些饭团塞到墙缝里，以免受到处罚。每次吃饭，蒜头都扶着奶奶，奶奶总是不紧不慢，小脚一步一挪地来到食堂，就餐后就坐在一边，看着狂热的集体生活不断叹气：这哪是过日子的光景！

灯花看到蒜头吃得开心，就对蒜头说，大家上工后，我就拄着拐杖来到食堂，沿着四周的墙缝找粮食，那些天杀的后生，没有经历过饥年的苦楚，多么不懂世事，浪费了多少谷米！我看河村迟早会遭大难的！人有多大胆，地有多大产，那也禁不住折腾！“三日南风狗钻灶”，我看这大食堂就是三日南风，过不了多久，就会是大寒天！

蒜头突然停止了咀嚼，为难地说，婆婆，你是说这些饭糕，就是些墙壁缝隙里的剩饭？我可吃不下！灯花，愠怒地说，你也学着坏了，不敬饭神了！蒜头说，饭神我当然敬，但老师说要讲卫生，脏东西吃了会生病！

灯花说，什么叫脏，饭粒是脏的吗？

蒜头说，饭粒在碗里，是干净的，但粘在衣服上，就是脏了衣服！这墙缝里的饭粒，当然也是不干净的，那得多少灰尘！

灯花笑了起来，说，你放心吧，又不是直接拿给你吃的！那是给头牲鸡狗！卫生着呢，我每次捡来饭粒都用清水泡好，在阳光下晒干，在擂钵里粉碎，在火笼里煨热，你就放心吃吧！

蒜头听了，仔细瞧瞧，果然没有一点脏物，吃了一口，就问，这么香，加了什么香料？灯花说，我还加了点芝麻呢。看着蒜头吃得满意，灯花说，如今吃食堂了，我一双小脚派不上用场只能吃干饭，这才寻了点事做，专门伺候你们这些小猴子。

小阳春过后，真是一日南风三日报，寒流进村了。捡狗和乡亲们出山，带回了几包木灰。那是用来打米果的碱灰。这种木必须是杂木的，由于屋后的树木都被砍光了，木灰就要翻几道山梁到深山里去烧制，这次他们在烧炭队顺手完成了这项任务。

打米果选的是一种叫大禾子的糯米，蒸熟后加上几瓢木灰水，就成黄黄的，特别有黏性。而在大水缸里储存米果时，加的则是稻草灰。

往年打米果，是家家户户自己做。打米果需要人多势众，一个石臼边能排满十来号人，一家打米果，几家来帮忙。比人头还要高的棍棒，你来我往，使力对准黄黄的米饭捣鼓，直到发黏吃住了棍子，又一声吆喝，众棍起来，把大坨米糕翻了过来，又接着打，再次吃住棍棒了众人才罢手。

人们把棍拔了，一位不怕烫的汉子在石臼里左翻翻，右翻翻，一边哈气吹着手掌散热，看准时机就把米糕从石臼里呼啦一声盘了起来，往木案上一丢，叭的一声响，又赶着把米糕揉面条一样辗转搓揉，压成条状，然后双掌成刀切成十几块，放了棍棒的汉子就前来接手，把小块的米糕揉搓，一条条米筒般大小的米果就做成了，排在事先洗干净的门板上。

这种集体热闹的制作场景倒是特别适合大食堂。年前十来天，队长远仁就安排好打米果的日子。两座石臼摆在大厅里，上厅一个，下厅一个，寒风在屋外呼呼地吹着，全村的青壮汉子在食堂大厅里热气腾腾地忙碌着。第一臼米糕打好基本上不用揉制，扑鼻的香气早就怂恿着人们把手伸了出去，捏上热乎乎的一团米糕丢进了嘴巴。

队长并不制止，让大家吃了个饱。接着第二锅起来了，开始区分着人们的饭量。特别能吃的人，都是大食堂制度的忠实拥护者，看着别人按着肚皮吃不下了，自己却仍然斗志昂扬地大快朵颐。肚皮小的人就嘀咕着，哼，他上工时没有我贡献大，却吃得比我多！说罢又前去扯上一块，在手里当泥巴捏着，象征性地咬一口，趁人不注意，就塞到墙缝里去了。

集体生活把北斗吸引回来了。北斗把米果塞到墙缝的举动，被捡狗看到了。捡狗大声说：北斗，你也不是小年轻了，怎么还不知道粮食的珍贵呢？

北斗说，关你什么事？你又不是队长，我是暂时吃不下，搁这里先放一放！

捡狗紧追不放，说，你刚才还塞了一团，现在热乎的刚起来，又是捏上一团，是接着吃吗？我看你是寺庙待久了，不懂得劳动的辛苦，要不是毛主席把你们赶出来，我看现在还在等着大家的供奉吧！

北斗恼羞成怒，抄起棍棒就往折捡狗脑袋劈去。捡狗躲开了，两人在大厅里打转，人们一边做着米果一般看热闹，有的人在起哄，有的人在喝止。远仁走了进来，大喝一声：谁再闹，我就扣谁的工分！





## 6. 饥荒

打地基是力气活，把山坡劈开不是一月两月的事，而是一年两年。土方远远超过了“放砖”所需，只能挑到江边去。有时土崖塌下一方土，看起来不多，挑起来就是一个上午。累了，饭量自然大增。好在村里吃食堂，放开肚皮吃。

但好日子很快就到头。灯花预言的“三日南风狗钻灶”正在应验。第二年冬天，灯花开始在墙缝上找不到饭团了。队长告诉大家，粮食只能吃到年前，大家必须把裤带勒紧。

村民不满地说，地里不是粮食丰收了吗，怎么会没有粮了呢？远仁在计工分的会上解释说，公社让我们上报亩产超千斤，大队又帮我们加了水分！眼看仓库存粮不多了啊！

远仁叹了一口气，又说，政府就算是知道我们没粮食了，但也可能要下派任务，听说苏联人卡我们国家的脖子，国家需要粮食来支援工业！我也很想让大家吃饱饭，但形势不乐观啊！

这年冬天，由于吃不饱饭，又没有时间去外面找吃的，捡狗打地基的速度也放慢了。蒜头的饭糕没有了。灯花叹气说，村子里断粮是迟早的事，我早就盼着做饭糕的日子结束了，但我不是盼没粮食，而是散了食堂各家各户自己升火，再多粮食也经不住折腾浪费啊！吃食堂那只能是短时间的光景！世上哪有那么多粮食供这些兔崽子挥霍。

到了春天，蒜头不再嚷着要饭糕吃了，说，婆婆，我不想上学了，五六里路那么远，走得累，我的腿脚一下子就长粗了，却没有力气，走不动。

灯花知道，这是得上浮肿病了，梅江边最严重的时期到来了。最让她担心的还不是蒜头上学走不动，或者捡狗地基打不动，而是出生不到一年的满秀。何氏早就没奶水了，孩子饿得哇哇叫，灯花整晚睡不着，孩子的哭声像一把刀子，把全家人的睡意全部削去。

雨季包裹着河村的夜晚，没有人到外头玩闹，寻乐。饥饿的河屋村民要么待在家里节约体力，要么在床上辗转反侧思谋问题：明天到哪儿找野菜。屋檐水滴答滴答，也不再像往常一样成为优美的乡村音乐，而是不断挑战着人们的耐性：鬼天气，也来捉弄人们了！

何氏怕孩子哭叫吵着大家，就把奶头塞到满秀的嘴里，孩子的嘴巴虽然没有牙齿，但吮吸的疯狂把奶头弄得针刺般难受。加上交汇着内心的痛苦，何氏越来越担心满秀过不了春荒。

半夜醒来，蒜头看到母亲在灯前叹气。姐姐弟弟早早睡了。他们已计划好明天的觅食活动。

春天的梅两岸，野菜到处都是。这是大自然的馈赠，是人类最后的保障。有一种水生植物，叫田珠子。藏在水田深处，上面是一篷细碎的叶片浮在水中，以前这些叶子是猪儿的饲料。孩子们早就发现田珠子的根儿像花生一样可口，一株一粒。它拔起来非常费时，但孩子们仍然视若金子。

但是，田珠子这种大众化的野菜，很快吃光了。接着是野芋头，野茭头。这两种土里的植物，根茎都能吃。接下来，才是酸得让人牙齿打战的马齿苋。蒜头听老师讲过，这马齿苋是帮助九颗太阳躲过了后羿的箭镞。是时候了，现在它也来帮助河村的人们躲过大饥荒。

跟马齿苋一样难吃的，是水蓊菜。它就像空心菜一样，碧绿高挺，在水渠里随处可见。跟水蓊菜一起吸引孩子们的，还有野荸荠。它们都长在有泉水的沟渠。野荸荠比乡民种的荸荠小，但是更甜。

就这样，孩子们在野外挖野菜找吃的，经历着从水生到陆上，就像人类的繁衍发展顺序。他们接着向山坡进发。野红薯可口，野薯子青涩，而野葛味苦，藤苗老一点的就长出肿胖的瘤子，挖开来可以找到蚕蛹一样的肉虫，在火上烧一下，非常香。这东西蒜头放牛时曾经和童年伙伴们吃过，现在成为抢手货，但禁不住人多，立即吃得精光。

映山红可以吃，是蒜头的发明。那天，他和伙伴们奔走在四月的山头，试图寻找可吃的野果子。但山上只有满山的映山红。他们失望了，看着满山鲜艳的映花朵，再也不觉得它们美丽，倒像是嘲笑。蒜头郁闷地站在一株映山红边，不由自主扯了一枝花，在鼻子里嗅了嗅。

映山红好香。蒜头想，如果像面花一样，可以吃多好。想到“吃”这个词，“吃”立即变成了动词，就成了动作。蒜头不由自主把花塞进了嘴里，嚼了一口，突然感觉这些花朵酸酸的，不由又嚼了起来，吞了下去。

一个小伙伴看到蒜头不经意的举动，说，看，这山花可以吃！大家也跟着吃起了映山红。很快，伙伴们在山岭上奔跑起来。那一年，山岭上的映山红没有等到凋谢季节，提前进入了乡亲们的肚子里。

吃完了映山红，饥荒还没有过去。妹妹的哭声吵得家人整个晚上不能好好睡觉。一个月后，她的声音越来越小，越来越小。身体虚弱的何氏对蒜头说，我断奶了，妹妹要吃的，你们去哪里找找谷米，我们粉碎了塞到她嘴里，否则妹妹就过不了这个春天。

蒜头是挖野菜的能手，却不是找粮食的能手。在村里就算是挖地三尺也找不到一粒谷米。街上有粮食，但买不起，一百斤听说要上百块钱，那是一头牛的价钱啊！家里自然买不起！更何况，那粮食不是用钱买，而是用粮票。

蒜头于是想到了叔叔，他在林业公司上班，一个月二十多斤的口粮，虽说饥荒年代减了几斤，但比家里好多了。

叔叔书声回来过几次，把节省的粮票塞给灯花，说，姆妈，换些粮食吧，你身体弱要多吃一些，别老让给这些孩子们，这些狼崽子多饿点不要紧，挨些日子就能挺过去！

灯花怎么节省，家里还是没有粮食了。蒜头来到蓼溪木头站找到叔叔，说，满秀快饿死了，你能不能给些粮票？书声说，剩下的粮票都拿回家里了，我饿坏了上不了班，家里就更没希望了！

蒜头哭着说，满秀的声音越来越小了，过几天可能就没气了。这时，一位叔叔走了过来，掏出一张粮票说，赶紧拿到街上买点粮食吧，救人要紧的！

蒜头抹了眼泪，顾不上看看这位好心的叔叔，就冲出木头站朝小镇的粮站跑去。虽然他力气虚弱，但这一张粮票就像是他的翅膀，让他在春风中飞了起来，像一只蝴蝶，飘到了大街上。

看到蒜头带回家的米粒，灯花知道这是救命粮。她赶紧生火做饭，嚼饭喂吃。但是，饭糊马上从满秀的嘴里吐出来。这个饿得虚弱的婴孩，对突然到来的粮食并不接纳，任凭灯花怎么嚼细，塞进去又呕吐出来。

何氏哭着吃，你快吞下去呀，大家都饿着肚子，这是大家给你的救命粮，你快吞下去呀……但是，蒜头的妹妹仍然吞不下。

灯花叹气说，饥饿已经把她的身体弄坏了，这粮食救不了她的命了！老天啊，这制造了一个什么样的世道啊，竟然让小小的孩子活不下去，你怎么不把我的老命先收去呢！

捡狗也对世道大惑不解。他对母亲灯花说，以前我相信只要有力气，总是会有活路的，怎么还会饿死人呢？人家说旱年出万，越是灾年越会去河边山上种粮，水上不能种，就种旱粮，怎么会饿死人呢？你说说，你是不是头一回遇到！我真是没用，眼看着女儿活活饿死！

蒜头的小妹妹，一个叫满秀的婴孩，终究在一个春日走了。她就像一只蝴蝶飞到了山上。何氏哭了几天几夜，半夜醒来还叫着妹妹的名字。蒜头有时恨自己，为什么不早一点去找叔叔，如果早点妹妹就能把米粉吃下……

厅堂里一片静寂。经历个饥荒的人，比如蒜头，该感叹的都已经感叹过了。他苍白的头发里，看不出那个年代的痕迹。

当然，真正的苦难是无法共情的！就像没有婚姻的人，无法体验婚恋中的悲欢离合。

梅江边，并没有专家研究过哪些野菜可以吃，哪些野菜不可以吃。人们不过沿袭代代相传的知识，而知识的积累就意味着一次饥荒年代的存在。神农尝百草是过于遥远的传说，没有明确的记载和传播，并没有给梅江边带来多大的福泽。河村的乡亲们吃过的野菜其实并不到百种，很快就由于菜谱有限而难以为继。

蒜头虽然走不动，但还得上学，拔野菜是周末的事。老师布置了作文，《春天来了》。不能只写大自然的春天，还要写社会主义的春天，比如好人好事，比如时代变化。在饥饿中，蒜头觉得写作文是天下最幸福的事情，因为可以重温野菜的美味。

春天来了，一丛丛绿色从大地上冒出来了。大自然知道人们的粮食断了，早早地准备好了食物的宝库。田珠子藏在水田深处，上面是一篷细碎的叶片浮在水中，以前这些叶子是猪饲料，梅江的孩子们早就知道其根像花生一样可口，一株一粒，拔起来非常费时，但孩子们仍然视若金子……

蒜头流着口水，想一想山上河边那些吃的东西。他把这些野菜搬到了作文本上，最后有气无力地把作文交给了老师。

蒜头的文笔，显然把老师吸引住了。老师兴致盎然地读了下去。通过文字，梅江边的野菜第三次被人类享用。老师是公社干部的家属，不知道野菜是救命之物，对作文本上的野味充满向往。

但这种向往很快被另一些文字打破了。蒜头看到老师紧蹙眉头。蒜头知道老师读到了妹妹饿死的事情。

老师读完了，把蒜头叫到了讲台前，说，现在奔向共产主义社会，怎么能写饿死人的事情？你这是夸张吗？如果是大人，就凭你这篇文章，也可以打成反革命分子！

蒜头说，我写的是真情实感，我没有夸张，我们村里今年春天死了两个人，最小的是我的妹妹，最老的是一个老奶奶。那老奶奶临死前还对大家说，要是能吃上一餐饱饭，死了也甘心！

老师听了，露出惊讶的神情，让蒜头回座位去了。下课后，老师把蒜头叫到办公室，再次问作文写的情景是不是真的。蒜头点点头。老师的眼圈红了，从帆布包里拿出一盒饼干，递到蒜头面前。在蒜头的眼里，老师就是天上的神仙，懂得人间的饥荒。

蒜头多么喜欢吃饼干。但他留下了几块，准备带回到家里，给婆婆、给弟弟妹妹，给母亲一起分享。

回到家里，蒜头把饼干给了灯花，说起了作文的事。奶奶说，怎么可以这样写文章呢，幸亏不是报纸，如果公社知道了，我们家就完蛋了！

听了灯花的话，蒜头把饼干的甜蜜丢到了脑后，心里充满忧愁。老师就住在公社，当然会被公社知道。蒜头担心老师把作文带到了公社，交给她丈夫后，把自己抓起来，像关父亲一样关到那个小房子里。他提心吊胆过了一段时间，却没有一点事情。

相反，公社派人来到河村，为梅江边的村子拨来了粮食，虽然数量不多，但救了更多人的命。

敦煌对薪火说，经历饥荒的人，对粮食的感情是后人无法共情的，你爷爷那一辈人，总是舍不得倒掉剩饭菜，总是把桌面的饭粒捡起来，年轻人嘲笑他们不讲卫生，不懂得那些剩饭菜，在他们眼里不是残渣，而是当年的救命粮，他们怎么敢丢掉呢？！

独依从书中也知道那个年代，但是第一次听到野菜救饥荒的事情。她更想知道当时的灾情，以及战胜的办法。

到了那年夏天，河村的大食堂终于散了，队里给每家每户分了自留地，允许种红薯蔬菜。河村就在梅江边，沿河的土地是沙壤，红薯个头大，糖粉足，当然蚯蚓也多，表皮总是道道斑痕，洗起来麻烦。乡亲们削净，粉碎，晒粉。表皮光滑的红薯，直接用来充饥，帮助梅江人家渡过那几年的饥荒。

有了自留地，捡狗精耕细作，红薯丰收。打地基的力气又充足了起来。这一年，河村挖红薯洗红薯，弄得手掌上总有层黏糊糊的糖液，洗不掉，刮不尽。捡狗打地基时抓着锄柄，那黏液把手心擦得痒痒的。

## 7. 建房

好事总多磨，灯花家建房子的事一再耽搁。一年后的农闲时节，捡狗没被队长远仁安排去外地参加会战。他开始找木匠与泥匠，但是没等他择定开工的吉日，却得到一个不好的消息——弟弟病了。

来报告消息的同事说，书声在木头站晕倒，需要家里人去医院照顾。所幸书声是公家人，看病并不要自己掏钱，但需要人照顾。自然，灯花把这个任务交给了捡狗。

书声病得不轻，小镇的卫生院建议送到县里，人民医院又建议送到赣州。捡狗虽然走排到过赣州，但没有上岸去，不熟悉城市的街道和医院。喜翠鼓励他说，放心去吧，不用怕，到了赣州叫辆黄包车，车夫会送你去的。

灯花为儿子的病情担心，想起当年有财得病弟弟有银不肯陪护的往事。灯花庆幸，书声没有重蹈有财的覆辙。

临别时，捡狗跟儿子蒜头约定，他每天把电话打到了木头站，蒜头准时去听电话，让灯花及时知道消息。如果蒜头没空，就让喜翠替一下。约定的时间，自然是每天放学的时候。为此，蒜头放学回家，就能看到灯花在围墙边等着，听蒜头讲述赣州的消息。

捡狗下赣州照顾书声的日子，蒜头心情低落。放砖，数砖，进深山找父亲，结果房子还是没有兴建。蓼溪的木头站又成为每天必去的地方。灯花一早一晚每天准时进香，两把香转眼就烧完了，灶神前的香案积满残烬。

电话的消息持续了两个多月，建房子的晴好天气过去了。蒜头知道，家里建房子又要拖延一年。

又是一年秋天，家里备齐了材料。灯花问捡狗，还建吗？今年队里的收成不好，家里粮食可不多啊！捡狗说，建吧，再不好也得建，吃点苦不怕什么，抗美援朝不是也没条件吗，要打还是得打！再说现在建房匠人带粮呢！

请来的风水先生把方位看定。匠人也请来了，木匠姓陈，泥匠姓赖。泥匠出师不久，没多少建筑的经验，劝捡狗说，你就建半进吧，不要建带天井的大厅！

捡狗说，我们好不容易新开基，怎么能是半进呢？泥匠只好说，暂时先建半进，天井留着，以后有钱了再建。

开工的日子是一个大晴天。早上，蒜头扶着灯花一起到了屋场边。鸣鞭炮，祝赞，发红包，捡狗与弟弟忙碌着，高兴着。灯花自那次到小镇看望有玉，很少走出宅子来到新地方。老屋场与新屋场不到两百米，灯花坐在屋场边的竹椅上，听着鞭炮震动，青山仿佛颤动了一下。

梅江从东头流来，远远就能看到波光，仿佛特意赶来看河村的喜事。天幕上，白云来去，与当年迎亲路上看到的一样。灯花抹着喜庆的泪花，心里对有财说，如果你能活到今天，该多高兴！现在是土砖房，过不了几代人，就是你梦想的青砖房了！

灯花暗想，如果我再活个三四十年，这村子不知道会发生什么样翻天覆地的变化。泥匠开始放万年石，念起韵味悠长的祝赞：今日放石大吉昌，吉日良时正相当；天字壁中安放稳，万年石脚万年长；前有狮子把水口，后有来龙接屋场；新屋造起丁粮旺，代代儿孙在朝堂；从业行行出状元，福寿双全永安康……

开工的酒宴，在老屋场摆了两桌。灯花把队长远仁叫了过来。木匠与泥匠，是最受尊重的客人。

梅江边，坐席吃饭是有讲究的，体现一种伦理秩序，区分着长幼主次。泥匠和木匠谁坐首席，成为捡狗遇到的难题。从小厅进去，厅门为下，对面为上，左手为大，右手为大。捡狗看到木匠年长，就叫他上席，把泥匠扶到了右边。

泥匠本是年轻人，心里也就不在意。但远仁看到了，故意大声叫了起来，捡狗你失礼数了，你不知道建房子是泥匠为大、木匠次之吗？

捡狗说，木匠年长一点，所以我让他首席了。远仁大声地说，我比他们更年长，怎么不让我坐首席呢？得按规矩来，人家才不会见怪的。

捡狗进退两难，只好对木匠说，按照规矩，你就这边请吧！木匠正在为享受首席之礼而感动，突然听到让座，心里大为不悦。他瞄了一眼泥匠，一个毛头小伙子居然也不谦让，真就坐到首席了，心里就有了怨气。

匠人的怨气，迟早会在施工合作中表现出来。捡狗跟灯花说起这事，让灯花开始担忧起来。

在匠人的江湖中，木匠用的是九五尺，又称鲁班尺，而泥匠用的是平水尺。两种匠人的刻度长短是不一样的，就像称重时同样是叫半斤，老秤是半斤八两，而新秤是半斤五两。秦始皇统一了度量衡，但江湖上匠人各宗其祖，而祖师爷秉传门规，把用尺当作神圣的职业象征，容不得随意更改。

新社会也倡导统一的尺度，但民间的用具没办法统一。人们也不深究，匠人们能把房子建起来就行，并没有人究问用的什么尺子。按规矩，江湖上鲁班尺为大，为正宗，其他尺度最后都要以它来校对换算。

砖木土房的建筑，木匠和泥匠都是大宗活计，更需要互相对准尺度，否则墙高了梁就歪了，梁高了墙又悬空，都是使不得的。天井是大厅建筑中最需要默契的地方。主梁上去后，“人”字墙要砌到多高，从顶到边砖块依次递减，从高往低十一根木梁，最边的横梁之上有竖梁，横竖搭配支起的井架才好受力，保证长方形的天井四角均衡，天地一体，顺风顺水。





但让灯花和捡狗纳闷的是，匠人各忙各的，日子一天天过去，从来没有把双方的尺子拿到一起比画过，以确定天井的长宽。木匠自顾自地刨削着，按自己的尺度裁树锯木，天井支架的木头早就做好了。泥匠同样埋头做着自己的，不好意思过问木匠，毕竟泥匠为大是江湖行规。

捡狗看在眼里，急在心里。匠人的活，自己不能多嘴。如果天井合龙时砖墙与木架尺度不一，那就麻烦了！临时裁量木头，或者墙体返工，那是多不吉利的事！无论如何，得化解匠人之间的矛盾，让两人坐到一起商谈尺度。

## 8. 林场

蓼溪西头，白鹭镇各个山头的原木在这里集散，就像小镇的圩日把梅江两岸的乡民召集到一起。不同树木的气息交织融合，播放出更加浓烈的芳香。刚刚砌好的堤坝，已留下树木滚动冲撞的痕迹。

树木高挺的林子是天然堆场，木头堆垒在一棵树与另一棵树之间形成一道道木头的墙。有银坐在树梢上打竹缆，往下一看，就能看到书声在木头边忙碌。

有银是十多年的技艺活了，而书声却是刚刚分派的工作。有银坐在树梢有些寂寞，有些单调，每天就听着树下两个木头站干部一唱一和。

卡尺在木头截面一比画，直径的尺度就成了一个数字。这个数字不只是数字，它被唱数的人演绎成悠长的旋律。念完一个数字，书声就像娴熟的雕刻家，用小斧头狠力一砍，柳体字一样的刀痕赫然入目，有棱有角，森然宛转。他的同事则接着把数字复唱一遍，用笔记在纸上。有银根据这个砍出的数字，能想象一棵棵树木的高大威猛。

让有银奇怪的，是书声怎么成了一名检尺员。检尺，是一种机械简单的活计，与书声的文化水平并不相配。

中华人民共和国成立后第四年，林业公司就进驻白鹭镇，梅江边山场的“客子”从此消失了，被林场的职工们所取代。书声招进公司，由农民转身成为拿工资的公家人。人往高处走，水往低处流。书声有文化，一直往高处走，成了办公室拿笔杆子的干部。

但是，书声帮助有银进入林业公司打竹缆不久，就发现书声从办公室下派出来，成为拿检尺的干部。有银知道，书声肯定受到了什么处分，才会像水一样往低处流。

这一天，有银在树上看了几遍，林子里并没有检尺的旋律。有银不知道，林业公司组织了一场联欢会，木头站和林场的职工共同庆祝国庆。站里领导为了让员工队伍文化上不显落后，特意把书声抽调到文艺队，参加联欢。

书声对林场并没有好感，去联欢也并非欣然而往。这是由于他看不惯城里来的知青。

几年前，在办公室当干部的书声，看到了一份上级的文件。作为办公室主任，书声需要读懂文件，并提出拟办意见，让林业公司的领导开会讨论。

书声从文件上得知，将有大批城市知青上山下乡，来到梅江边工作。把这些知青安排在哪些岗位，公司讨论了几个夜晚。公司总部，林场，木头站，会议作出了初步安排。书声负责的，就是迎接这批知青。

那一天，知青经过六十多公里的颠簸，在蓼溪的林子里到站。这些年轻人大多疲惫不堪，怨声载道，埋怨小镇的偏远，忘记了报名时那份革命激情。刚下车，有几位女青年就呕吐不止。看着女孩子可怜的模样，书声从办公室里端来一杯开水递给她。

那女子感激地朝书声点点头，刚要喝水，一位男知青叫嚷起来，红梅，你不能随便喝，看清楚茶缸脏不脏！书声气愤地夺回缸子，说，别脏了你们这些城里人！红梅不满地朝同伴说，危东方，你要有点修养好不好？！

危东方刚想回应，突然大喊救命，有蛇！

书声赶紧前去救护，才发现所说的蛇，其实是叔叔有银在树上打好的竹缆。木头站的职工把这处扎木排的竹缆叫作“弹子”。也许是有银在树上也看不惯危东方，要帮助书声教训一下他，看到危东方就在树下，就故意抖动了“弹子”。书声一看，说，这不是蛇，是扎木排的竹缆，不必害怕！你们看，树上有人在打“弹子”！

知青们顿时哄笑起来。书声朝树上看去，有银微微一笑，仿佛刚刚看了一场好戏。危东方脸红了起来，对红梅说，你看这乡下就是怪里怪气的！我当时就劝你不要来，害得我跟着你一起受折腾！叫红梅的知青笑着说，我可没叫你来的哈，不要怪到我头上！一个同伴说，你来了，他能不来吗？！这就叫妇唱夫随！

红梅呵斥说，你不要乱说，什么夫呀妇的，我们是来参加革命工作，参加社会主义建设的！

这批年轻干部分到了基层锻炼，危东方当了林场书记，刘红梅也要求下到林场锻炼。在办公室，书声要服务好这些知青。打个电话，收发书信，自然知道这些知青的动向。这个时候，危东方对书声算是恭敬的。

但是，书声变成检尺员后，态度就变了。那一次，危东方和同伴把树木运到木头站。看到检尺的是书声，吃惊地说，你不是办公室的领导吗？怎么拿起斧头检尺来了？！

书声的同事说，工作调整了，这有什么奇怪，哪里都是革命工作！危东方说，那是，那是，不会是犯了什么错误吧？

书声说，你不要乱说，别怪我这斧头不认人！危东方说，哎哟，原来是朝廷罪人，成了上梁山的好汉李逵，耍弄起大板斧来了！书声气得说不出话，又不好怎么反驳，毕竟自己从办公室主任到检尺员，是众所周知的受到贬谪。

开始检尺了，书声拿着卡尺对危东方说，你这棵树还没到尺寸就砍伐了，不算数，不收！危东方大怒说，你这个乡巴佬，把树皮算上不就到尺寸吗？你是故意报复吧？！说罢两个人撕扯起来，幸亏两边的人拉开。

这一次，木头站联欢的，正是危东方所在的青莽林场。

林场在一个深山里。书声和同事一起坐着木船过了梅江，上溯一两里路，就拐进一条长长的山坳。林涛卷起的波浪，比梅江还壮观，走了一程又一程，青山深处，渐闻人语响。

在林间宽阔的平地上，紧依山坡边建起了一排两层的宿舍。上面住女工，下面住男工。两边的厨房浴室，与宿舍楼围成一座小院。洁白的墙面上，一排汉字被红漆描绘得朝气蓬勃。正中台子上红旗在晚风中飘扬，拉旗的麻绳垂挂下来，系在下端的钉子上。旗杆前搭起了临时舞台，深红色的布幕上“联欢会”三个字有点皱褶。

林场的节目，多由知青来出场，富有流行的风格。《革命人永远是年轻》，是欢快歌曲。《智取威虎山》《红灯记》《沙家浜》，是现代京剧选段。红梅把铁梅的唱腔演绎得有声有色，书声看到危东方把巴掌拍得有些夸张。

木头站的节目则充满乡土气息，《木排号子》高昂悠扬调子在林涛上翻滚，合唱者一边根据歌词表演做排、倒排、拉缆、起锚、行排、撬排等动作，书声把山歌《敬擂茶》唱得趣味盎然。各呈风采的联欢会一直欢乐的气氛中走向尾声，如果不是危东方的叫板，双方会把“友谊第一”的精神保持到最后。

危东方看到书声走下舞台，故意大声地说：“‘乡巴佬’唱的什么‘木排号子’，难听死了，土包子敢跟我们城里人比，做梦！”

书声站起来冲危东方吼道，你们城里人算老几，到我们乡下来讨饭吃！

林场上一片轰动，打死他，打死他！林场的知青把书声围了起来，拳头眼看就要落到他身上。危东方却说，我们不搞武斗，你不服可以比一比，今天就看我们谁文化低。书声看了一眼紧挨着危东方的红梅，说，可以。

联欢会请来了一个戏班子，这是晚会的压轴节目，是联欢节目结束之后的娱乐。这次戏班子唱的不是革命样板戏，而是土戏，说的是薛仁贵征东的故事。两人的比赛就从戏文人物开始，比的是两人的情节记忆，你问我答接龙下去，答不上来的一方算输。

薛仁贵的夫人叫什么？他的儿子叫什么？他用的兵器是什么……问题越来越偏，两人应答时间越来越长。直到危东方回答了他的生辰是什么。

书声说，错了。两人争论了起来。危东方说，刚刚唱完的戏，薛仁贵是正月十五出生，怎么是我错了，叫班主下来对质。

书声说，对质也是错的。班主说，我们的传本是正月十五日。危东方跳了起来，说，你输了！不料书声说，班主的传本是错的，正确的是中秋十五日，不信可以去查资料！

两人各执一词，一时找不到裁判。这时，林场的观众席上站起一人，说，我知道答案，书声说的是对的！

知青们大吃一惊。大家朝这人看去，却是当地的一名林场职工，叫陈贤泽。书声不知道这人叫什么名字，专心地听他裁决的原因。

陈贤泽说，我曾经是一名志愿军战士，五八年从朝鲜回国，我对“薛仁贵征东”熟悉，因为我打过三八线，打过汉城，打过上甘岭。在上甘岭的时候，我的战友跟我讲起了“薛仁贵征东”的故事，说上甘岭就是唐朝的摩达岭。那段时间，我们一有空，就听他讲薛仁贵的故事，所以记住了他的生日。守住上甘岭后，这位战友牺牲了！

林场听到志愿军讲述的往事，一片静寂！没有人敢对陈贤泽提出责疑，当然，也没有人去为书声的胜出欢呼。

主持人看到现场静寂，突然高场喊道：向保卫新中国的志愿军战士致敬！向最可爱的人学习！我们为有这样一位深藏功名的同事而骄傲！下面，我建议大家合唱《英雄儿女》主题歌《我的祖国》。

联欢会在临时的、意外的、增添的节目中顺利结束。危东方与书声的较劲此后少有被人提起，但书声的胜利屡屡被木头站的职工转述，而且突出了主题：城里人被乡巴佬打败了！林场的知青，也有时觉得很没面子，对危东方的狂妄有很大意见。

不仅如此，这次论战也让刘红梅开始关注书声。每次到镇里赶集，她都会到木头站走走，仿佛书声也参加过志愿军，成了最可爱的人。

那天，刘红梅试着以探秘的心理，在木头站跟书声聊天。她说，危东方在城里读书，就喜欢看书，以知识分子自居，没想到这次败在你手上！看来你才是真正的知识分子！

书声说，过奖了，那次纯粹是侥幸，也完全是计策。

刘红梅说，计策？你说说看。书声说，我也喜欢看书，这倒不错，我正好有一本说唐的书，不但记住了每一个人物，而且记住了每一个细节，摩天岭几天打下的，三箭定天山是什么年代，我随时可以编成一道道考题，与看过此书的同事交流和竞猜。

刘红梅恍然大悟，说，哦，我明白了，你看过班主的戏，早就知道戏班的传本有错，为此那天晚上顺理成章地给危东方一个下马威。

书声大笑起来，说，你真是个聪明的女人！女人太聪明可不好！刘红梅说，你才是真正的聪明！女人聪明不好？难道我们女人就该受被你们聪明的男人管教？！

说完后，刘红梅自觉说得不妥，说，再给我添点开水吧，加点白糖！书声问，不怕我的茶缸脏吗？

刘红梅说，我可没说过，是危东方说的，我跟他不同，没有看不起农村人啊，我们下来就是与这里的革命群众打成一片！过了一会儿，刘红梅又说，其实我是被你演唱的民歌所吸引，我觉得不但梅江两岸的风光好，这里的民歌也优美动听。对了，你唱的什么茶歌，是什么意思呀？擂茶？我听过红茶、绿茶、白茶、黑茶，可从来没有听说过擂茶！

书声笑了起来，说，擂茶不是红茶绿茶，是梅江人家做的一种茶水，擂是雷电的雷字加个提手旁，在一个有齿痕的钵子里反复搅动研磨，让茶叶粉碎，加上茶油芝麻，就成了茶浆，备在碗里，劳动回来用水一冲就可以吃喝，解暑提神。

刘红梅说，好吃吗？什么时候去你家里尝一下。

书声说，外面看上去是黑乎乎的液体，你们城里人一定会认为好脏，你们连我们的开水都怕脏，我可不敢让你品尝！刘红梅笑说，我们下到山区来，只有学会山歌，学会喝擂茶才算入乡随俗了，否则就不是合格的干部！

书声说，我们村里就数奶奶做的擂茶好，她擂得有耐性，不急不躁，慢功细活，芝麻茶油又放得恰到好处，分外香！刘红梅说，我都想喝了，现在赶紧教我那首茶歌吧。

书声点一点头，在纸上写下歌词：喂，远足哩格客人请留下，请留下，欢迎哩格进屋吃擂茶，吃擂茶吔，山里哩格擂茶花样多，鲜茶哩格瓜果拌芝麻哟，夏吃哩格擂茶解暑热哟，冬吃哩格瓜果驱寒邪哟，一碗擂茶吔，味道甜啰喂，味道甜啰喂，你日行余里也精神佳嘞！

## 9. 成分

梅江边的规矩，娘家建房是件大事，出嫁的女儿要回来送茶水，慰问劳作的师傅们。灯花没有女儿，但英子认了蒜头作干儿子，也就算是有了女儿。一天，英子挑了酒水担子来灯花家做客。正好这一天，书声把红梅带到了河村。

两人出现在村里的时候，吃茶的匠人对灯花说，大娘好福气，娶回来一个天仙般的人物！书声说，这是我的同事，在林场工作，想喝喝老人做的擂茶。人家是城里人，怕脏，得好好招待。

灯花赶紧取了毛巾，把木凳擦了又擦，让红梅坐了。红梅说，大娘，别听书声胡说，我父母也是工人，是劳动阶级，书声老说您做的擂茶好喝，我今天特意来尝尝。

灯花端来一大碗，不见热气腾腾，却是一层绿绿的油花。红梅猛喝一口，立即喷了出来，大张着嘴巴哈着气，大叫起来，烫死我了！

书声拿取来一条毛巾，对红梅说，我刚想告诉你不能猛喝，你就急着喝起来，这油盖着热气，容易上当，说完哈哈大笑。

红梅红着脸说，大娘，他故意让我出洋相！师傅们也开心地大笑起来，说，看来城里人真不习惯这擂茶！灯花在心里叹息，城里人和乡下人，是难以走到一起的。

书声平常住在公司里，一般周末才会回来一趟，为灯花送些果品，也顺便问问建房子的事情。这天晚上，正是周末。灯花拉着书声问道，这房子快要建起来了，有了新房，还要有新人，你到底是怎么打算的？我听说你和那刘同事好了，是真的好了吗？

书声并没有正面回答，说，只是同事，是好一点的朋友。灯花说，那姆妈想给你说一门亲事，你同意吗？书声，暂时还不想说亲事，过一段时间再说吧。

灯花知道书声的心思还在那个同事的身上，也就没有勉强。这时，书声问起有玉的事情。他说，有玉到底是不是苏维埃政府的叛徒呢？这些年他入不了党，升不了职，一直被这件事挡着。

灯花说，那是一桩冤案。书声郁闷地说，姆妈，自从我进了国营单位，一直是积极向上的，但现实的热情被历史的问题所打断，就是有玉的问题。

灯花关切地说，他一个死人，还影响活人的进步了？！

书声说，可不是，如今入党提干什么的，都要讲成分！我一次次把入党申请书递上去，总是不能如愿。后来领导告诉我，组织调查时发现有玉是被苏维埃政府枪决的干部，为此家庭成分留下一个斑点，政治审查不能过关。

灯花说，当年的事，明明是一个冤案！

书声说，但过了几十年，那冤案有谁能平反呢？远仁吗？他现在还是我们村的队长，能为我们平反？

灯花叹息说，你不要在意什么入党提干，平平安安工作就好，这年头运动多，说不定这样你反而平安无事！当年有玉就是教训，如果不当苏维埃的干部，又怎么会出现那事情呢？！

书声说，姆妈放心，这事就是有些别扭，怕同事说我的成分不好，在单位里抬不起头来！我工作的事情倒不要紧，领导也安慰我说，为革命工作不一定加入组织，你以后专心做工作就行。我现在是检尺员，我其实挺喜欢这工作的，比老坐在办公室好。

灯花与书声第一次谈起有玉。听到书声的困惑，灯花无言以对。那是一段沉痛的往事，灯花从来不愿意提起。灯花一心只想孩子们能健康成长，能成为新社会的主人。但她没有想到，旧社会还是遗留了隐秘的根节，把人绊倒。

灯花告诉书声，有玉叔叔是冤枉的，你要相信这一点，尽管他是被苏维埃政府判刑了。书声说，红梅说如果确实是冤枉的，可以到城里找到相关部门为有玉平反，这样才不会永远背着污点，相反还是烈士家属！

灯花听书声说到刘红梅，就问，城里人是这个看法？真可以去申请平反吗？如果平反了，刘红梅就愿意和你好了，是吗？书声沉默了一会儿，点了点头，说，红梅和他好，是感激他的救命之恩。

白鹭镇每年端午要举行龙舟比赛。进入公社之后，梅江并没有龙舟了，人们就用木船代替。那时候小镇有木船的，一个是渔业场，就是蓼溪的渔村，他们用的是渔船；另一个就林业公司，船是运木头的货船。

这一年端午，同在蓼溪落脚的渔业场和林业公司起了兴致，要在梅江上展开龙舟比赛。渔业场与林业公司都挑了些年轻的小伙子，一家是山上跑的，一家是水上漂的，各自都攒足劲头，准备赢得这场比赛。

龙舟比赛在蓼溪到河村的河段举行。这里水面宽阔，水流平稳。为显示公平，那天比赛用的都是林业公司的大木船，每只可容纳二十人。那天整个蓼溪热闹异常，沿河的村落也停止了耕作。

蒜头牵着灯花，来到河边看热闹。在河边生活了这么久，灯花还第一次看过这么热闹的场面。以前的端午龙舟比赛，都在蓼溪比画比画，不像这次延伸到了河村。在蓼溪比赛的起点。灯花为了慰劳书声的同事，在河边准备了擂茶，为他们庆贺胜利。



比赛结束后，青莽林场的员工意犹未尽，临时拼了队伍要和木头站的员工比赛。双方不甘示弱，不料林场的职工大都是城里人，不识水性，也不知道使力划桨，船到了河中间就停止不前，眼睁睁看着木头站的龙船赶到前头去了。

不料，林场的龙船上，知青们互相责怪，挥舞木桨。混乱中，木船翻落。书声在船上看到了，立即跳入水中救起了刘红梅。

从此，红梅便常去看望书声。好奇的刘红梅，为了打听书声转岗的事情，终于知道了有玉的事情。

有一天，书声还没有下班，红梅就在房间里坐着等他。她信手拉开了一只抽屉，看到里头放着一本毛边纸的手抄本，封面繁体字的“民国卅二年五月吉日”后面，是书声的名字。翻开一看，漂亮的小楷抄写着诗词。

刘红梅不由轻轻地读了起来。

《自叹平生寒苦学问未成》：

倚栏眺望动幽情，触目韶华我独惊。春色催人人易老，聊修只句叹生平。一生命运不逢辰，郁郁愁怀志未伸。囊柘虚空悬似磬，谁人如此不忧贫。回忆英年入塾时，光阴虚度悔今迟。早知学问求精进，虽不超群也适宜。昔日从师立志高，也思磨炼笔如刀。谁知境遇中途阻，怎脱蓝衣换紫袍。兄弟分居俗务加，使予意乱心又麻。田园无几还增债，百计千思孰养家。半生学问未求真，空过光阴二十春。老迈欲思勤补拙，身无强健少精神。阅历多年梦觉醒，转来一业度生灵。不如静坐书斋内，好向诸生说五经。

刘红梅先是惊叹，随后锁起了眉头。她又接着读了一首。

《赠同年友》：

不同才调也同庚，潇洒襟怀竟出尘，率性惯如花里客，论诗谁是眼中人。图书满架方称富，诗酒交朋不计贫。寄语风流君莫买，镜中花影梦中身。

这时书声走了进来，看到刘红梅在翻看他的手抄本，生气地说，怎么这样没修养，可以随便翻看别人的东西？

刘红梅也生气了，说，你让我在房间里等，你自己没有锁抽屉，怎么能说我们没修养呢？你的修养好吗？一个文化人，写什么酸溜溜的东西，与这个时代的情调格格不久！

书声说，你懂什么！书声觉得自己说重了，对刘红梅说，这是我新中国成立前念私塾时的小册子，那次心情不好从家里翻出来，带到单位来了。

刘红梅受了气，转身要走，被书声拉住。哄了半天，红梅的情绪才重新缓和过来。书声说，我是怕别人看到了，交到领导那里又会挨整！

刘红梅说，你读的是私塾，语文这么好，应该多写一些反映社会主义建设热火朝天的风貌，我可以帮你寄到外面去发表，我有个亲戚在省报当编辑呢！刘红梅拿过一张报纸说，你看，这样的新诗，你也应该会写的。

书声看了看报纸，果断地说，这样的文字我不会写！刘红梅追问，为什么？但书声不肯说出原因。这成为刘红梅心里的一道谜。这个谜，终于在梅江边的渡口解开。

## 10. 渡口

那天，红梅到镇里去看望同学，路过小镇时叫书声送她回林场。书声好不容易请动了撑渡的艄公，却要忙完农活才有时间。

打谷机如鸣蝉一般嘶叫，趁着月色收割的农民享受着夏夜的清凉。红梅和书声坐在沙滩上，漫长的等待仿佛特意为他们创造恋爱的条件。月光照在江面上，像一层丝绸在荡漾。江天一色无纤尘，皎皎空中孤月轮。江畔何人初见月？江月何年初照人？人生代代无穷已，江月年年只相似……红梅一边吟咏一边靠着书声的肩膀问，知道这是谁的诗句吗？

书声说，当然知道，张若虚的《春江花月夜》。

刘红梅望着梅江里的月亮，说，我多么希望时间能够停止，让月光把我们变成琥珀，变成琥珀里的两只小虫子。

书声说，你愿意待在这山沟里吗？我情愿像那些木头，出于幽谷，落于江河，被卡尺一量就漂泊到祖国各地。

红梅说，你说的刚好反了，我们这一代人就是漂泊的青春，响应祖国号召来到广阔的天地，不是出于幽谷，而是下放到幽谷，我们的青春只能在这里放光彩，所以你也别想着到祖国各地，就在你单位里好好发展就是。你呀也真是，我就奇怪，文化水平高，怎么反而成了检尺员呢？人往高处走，你就必须进步，向组织靠拢，争取更好的前程。

书声说，现实没有你想象的那么美好，我也知道进步，但此路不通！经红梅追问，书声才说出了有玉的事。

书声进林业公司没几年，由于是小镇的文化人，颇受组织上重视。那一年，国家开展“镇反”运动，对所有外地来的进行审查。审查要建档上报，书声便从基层的木头站被抽调到公司。

公司初创时期，招进了两个外地干部，一个姓胡，跟爱人一起进的公司。一个姓杨，写得一手漂亮的毛笔字，被公司任命为办公室主任。他见书声也是个文化人，便成了好朋友，把书声也调到了办公室。

有一天，杨主任说，现在镇里看隔几天就有人被抓起来。假如有一天我被公安的抓了起来，你会奇怪吗？

书声说，凭什么抓你？你好好的没有杀人放火！

杨主任说，你看，我们的同事小胡，不是突然被抓起来了吗？我们一起做的材料，公安调查的结论，他竟然是从浙江那边逃婚过来的！前几天，公安局来把他们抓起来，把他们派遣回原来的村子！

书声叹息说，这小胡看上去是个好人，没想到是带着人家的姑娘私奔的，倒是有些勇气！挺好的一个干部，怎么就送回去呢？历史问题有这么重要吗？杨主任无言以对，脸上也浮起一层悲伤的神色。

过了几天，杨主任被公安的人抓了起来。书声拦住公安，说，凭什么抓人？公安说，经过调查，这个杨主任是国民党的军长，战败后逃到了小镇，试图混进革命队伍！公安的黄科长跟书声熟悉，对书声说，你们这么要好，竟然没看出他的反革命面目，你真是糊涂！

黄科长顿一顿，又说，我给你个立功的机会吧，过几天，我们去沈阳调查一个人，看看是不是反革命。

书声说，谁呀？黄科长说，就是走村串户的宋锡匠。

书声笑了起来，说，这个宋锡匠，可真是个大滑头，听说他到了一个村子，总是问村民姓什么，然后就说自己是本家，为此得到“宗亲”的好招待！这个江湖骗子，看上去可真像是个特务！

黄科长说，可不是，走江湖的方式，如果到处收集情报，那问题就严重了！所以我们得调查他！这次，公安派我去沈阳，我得找个伴，可以一起查看资料，我跟党委提出，把你抽调过来。

书声能跟着黄科长增长见识，自然高兴，就答应了。只是没想到，两人北上并不是游山玩水，那年代的远行就是一场考验，两人在路上差点把命丢了！

那天，两人来到一条大河边，坐上一条船。书声兴致勃勃地观赏着风景。黄科长却没有他这份闲情，而是密切地关注着船工的一举一动。他从一上船起，就发现船工有些不一般。

到了河中间，那人拔掉船底的一个木塞，试图跳河弃船。黄科长把枪抵住船工的腰，说，敢动一下，就开枪！书声看到黄科长拔枪，大吃一惊。他一路开玩笑，说黄科长那条破枪就是用来吓唬人的，没想到这回派上了用场！

船工无奈，只好把木塞弄回去，继续为两人摆渡。到了岸上，黄科长叫书声把船工捆了起来，一起押到了当地的公安局。两人继续北上，调查的结果是，这个宋锡匠，居然不是特务，而是来自安徽的一个匠人。

回小镇的路上，书声对黄科长说，幸亏你工作仔细，还宋锡匠一个清白！释放宋锡匠那天，黄科长说，政府不会冤枉一个好人，你以后就好好姓宋，不能随便骗村民了，你把小镇的姓都姓了一遍！

宋锡匠哈哈大笔，说，姓就是一个符号，又能说明什么？！我姓遍了小镇的所有姓氏，是为了检验小镇的乡民是不是真正热情好客！

从沈阳回来，黄科长说跟书声的领导说，这位同志是忠诚的革命战士，希望公司考虑让他入党，让他提干，政府需要这样有文化的好干部！但是，书声一次次把入党申请书递上去，但总是不能如愿。最后才知道是有玉的事情给挡着。

历史终究是一道抹不掉的阴影，就像杨主任，就像小胡。有玉叔叔，就是书声抹不掉的阴影，笼罩着他。

书声没有入党，但是被提为办公室主任。但不久，书声感到自己不适合办公室工作。天天学习文件，传达革命精神，让他感到巨大的精神压力。他总担心有玉的事情是一个污点，自己有一天会被政府清算。为此，他终于提出调整岗位，去当一位检尺员。

在月光下，在梅江的渡口，书声对红梅说，我一直没法解释自己的工作改变，包括我的母亲。我问过了母亲，有玉到底是怎么死的，她坚定地告诉我，有玉是冤案，他是个好人，是苏维埃的好干部，他征粮的事情，上过《红色中华》。我知道，家丑不可外扬，外面的人不会相信我母亲的话。我本来不想跟你说，但你一直好奇我的命运，今天我不得不说了。

刘红梅听了书声的讲述，轻声叹息，说，我也相信她的话，我们可以去寻找证据为你叔叔平反。

书声说，到哪里寻找证据呢？细爷就是证人，他的证明有人信吗？远仁和北斗是证人，但他们至今还在排挤我们家，想让我们家建不成房子，怎么又愿意推翻当年的历史结论？

书声顿了顿，又说，现在国家对干部身世排查非常严格。我有个同事当上了办公室主任，我倒是跟他说起过，他非常同情我，和我走得近、谈得来。谁知有一天他被抓走了，原来他是国军败退时逃到这边来的国民党军长。还有两个同事，两口子都是浙江人，“肃反”调查时如实汇报了原籍，原来是私奔到了江西，那边还有位老母亲。

刘红梅说，难怪时常见你总是郁郁寡欢、壮志难酬的样子。

书声说，我并不是因此对新社会有怨言，我还要感激这个时代，能让我成为公家人，能领国家工资。想当初，我在黄石读书，感觉生于乱世读书无用，前途未卜，没想到有文化的人这样吃香。我郁郁寡欢不是为自己的事。当我们能吃饱饭的时候，当我们在联欢唱歌的时候，村里人却在饿肚子，我的小侄女就由于没有谷米饿死了！

刘红梅第一次感知到农村的艰辛，也终于理解了书声为什么不肯唱颂歌。书声说，我原来喜欢写点东西，但后来不敢动笔了！一次单位的学习会，大家都在抄写语录，书声却在抄写毛泽东诗词，进而兴致勃勃地抄写了一些唐诗宋词。领导发现了，进行了通报批评，如果不是领导同情他主动转岗，书声还差一点打成了“右派”……

渡工忙完田里的夜活，终于来了，打断了书声与红梅的交流。书声看到夜色渐深，对渡工说，我送城里的知青回林场去，如果你放心就让我自己撑过去，省得让你久等，如果不放心，你就在对岸睡一会儿。

渡工的家离木头站近，熟悉木头站的人，虽然想休息，但看到送的是知青，就说，我来撑吧，我在对岸等你。

红梅和书声坐在船舷上，手互相紧紧攥着，仿佛生怕被月光冲散。到了中流，水声哗哗，竹篙叮咚，看着天上的星星和水中的月亮，刘红梅觉得很像回到了远古时期，回到了《诗经》里的情景。

到了对岸，书声打算送进林场，但刚到山坳入口就看到一群知青吵吵嚷嚷。原来危东方看到刘红梅没有回林场吃晚饭，一打听是去看望同学去了。他生气她没有叫上自己，又担心她的安危，就招呼知青去寻找。

书声开玩笑地说，这是我捡来的，顺便送过来，把红梅还给你们啊！危东方冲书声说，我看倒像是你费尽心思拐走她的！

这天周末的晚上，灯花听完书声的讲述，知道刘红梅另有追求者，但灯花对刘红梅仍抱有希望，不是希望刘红梅能和书声一起，而是两人能成为好朋友，一起深入历史，好好调查有玉的事情。

灯花对书声说，如果有玉的历史问题，会让你抬不起头来，你就和红梅好好去调查吧！你相信我，有玉确实是被冤枉的！现在政府这么重视，既然国民党杨军长，跑江湖的宋锡匠，私奔的小胡，都能给调查得明明白白，有玉的问题，我相信也会有正确的结论！

敦煌说，爱情与婚姻，任何一个年代都无可避免，在我年轻时有首红遍全国知青歌曲叫《小芳》，为此知青与当地人的爱情多是俯视的角度，殊不知刘红梅与书声这样的故事，其实占了一半！

祝虎说，好多女知青最后选择留下，就是由于下乡之后找到了对象成家立业，从城市人变成了农村人，在那个年代确实是勇敢的，那是一个观念的革命！

薪火说，书声与红梅，两个人都算是知识青年，只是来自城乡而已，这不算是跨界！用现在的话来说，都是一个圈子的！

敦煌说，但书声最好没有跟红梅走到一起，他婚姻并不是爱情的结晶。



## 11. 决斗



红梅坐在青莽林场的阳台上，远眺着林场上空又大又圆的月亮，有点忧郁。白天炎热的暑气已全部散去，晚风送来的清凉让人充满惬意。十五的月亮十六圆，红梅琢磨着天象和事理。

这几天，红梅为书声和东方之间的矛盾烦恼。看着硕大的月亮升起来，她心里回味月光下的蓼溪、沙滩、渡船，心里充满牵挂。这是一种神秘的情感，刘红梅心里装满幸福，坐卧不安，仿佛无数只蜜蜂在花丛中刚刚找到蜜源，嗡嗡嘤嘤飞来飞去。

但她同时非常痛苦，觉得这份情感非常陌生，非常可怕。她和危东方是青梅竹马，所以当时一起来到林场。书声的出现让她知道了这其实只是兄妹的情感。书声大了她一个年代，但他的成熟忧郁和怀才不遇，如此令人着迷和动心。下午劳动结束，刘红梅本想去镇里，但山高水长不敢独行。

那天晚上，月亮越升越高，仿佛受到冷落而独自走开。刘红梅静静地倚在木栏边，望着月亮，感受到边地的气息。这一天，危东方打来了野味，大宴众知青们。他们一边纳凉一边叽叽喳喳，天南地北地海聊。

这时，刘红梅听到危东方大放厥词，声音一会儿高，一会儿低，一会儿是描述，一会儿是评论。

危东方说，兄弟们，你们知道我昨天上山的时候在山坡看到了什么吗？简直不敢相信，这是多么的愚昧落后，真是难以置信！大家被他吊足了胃口，一齐噤声，等着他讲述看到了什么。我昨天跟着大家一起进山伐木，走到半路肚子疼，就找一个偏僻的地方。该死的，我到现在还不知道吃了什么肚子疼。

大家于是起哄，看到了什么？肚子的问题以后研究吧，赶紧说！刘红梅也不由屏息静听。

危东方故意停顿，说，哎，我落到这个地步真是惨，这么多亲密的革命战友，竟然没一人关心我的健康问题！

大家又起哄，说，赶紧说！

危东方说，好吧，我告诉你，这可是盘古开天地才听过的事情！

众人问，是什么？

危东方说，就是土著，这梅江边的乡巴佬，他们就是人和牛结合生出来的，所以只知道耕田种地，所以跟牛是亲戚，死了不肯吃牛的肉，而要隆重地把耕牛埋葬。

有人问，梅江边有这种风俗？

危东方掏出一张纸，说，你们看，这是什么？我就是从这里看出来的。大家凑前去一看，纸上却是一张图，分明是一头水牛的形体，但墨块画出来的只有两只牛角、两只眼、四个蹄子、一个牛鼻、一条尾巴，其余的身形都是汉字拼接而成的。有人想读出句子来，却找不到起点。

危东方指着牛眼睛说，这是一首《悯牛诗》，从两眼间开始读，围着右眼一圈出来，到左眼往鼻子处，拐到前右脚，上行到腰身，再绕到前左脚，四脚均绕成了，就上腰背，最后拐到尾巴处。众人的目光随着危东方的手指绕了一圈，终于走出了文字迷宫，方知这是一首七言诗。

有人把耕牛图抢了过去，再次读了起来：

请君听我说因由，世间最苦莫如牛。春夏秋冬勤苦力，四时耕种未曾休。肩上犁耙千斤重，犁了上丘过下丘。步步向前无休息，声声喝骂不停留。泥硬水深难转步，手拿牛梢背上抽。只望早早来放我，谁知竟到午时头。饥渴难堪偷来食，合家大小骂啾啾。年年吃的都是草，种出田禾各自收。糙米白米做饭食，糯米蒸酒敬亲友。百物耕种天下富，有谁看我苦白头。冠婚丧祭诸事急，无钱作我当他愁。见我老来无气力，卖得屠户做茶油。脑上一斧推倒地，苦死难当泪盈眸。我思辛勤干何罪，剖肝剐肉又割喉。剥我皮来满鼓打，惊天动地鬼神愁。宰我之人心何忍，食我之人德何修。世上若无我耕作，田连阡陌总多虚。世上万般生意好，何必打屠杀耕牛。只望诸君怜我苦，存心积德庆有余。

看到大家兴致勃勃看图念诗，危东方说，你们看看，你们说说，这《耕牛图》不就是梅江的符咒吗？不就是梅江人家的图腾吗？这图要是挂到县城的小店里，谁还敢吃牛肉汤呀？！

一人说，这与牛肉汤有什么关系！

危东方说法，这梅江与我们县城的绵江不是同一片水，真是同县不同流、同乡不同俗，难怪以前这白鹭镇不归瑞金，而是宁都县或长胜县，同饮一江水嘛。牛肉汤可是我们瑞金城里人最喜欢的小吃，但这梅江人家却不好这一口，而且反对吃牛肉，你说他们不是牛生出来的是什么！

有人说，梅江边也有人不赶牛耕地的呀，他们读书考学，在单位里上班，比如书声，那他不是牛生出来吧？

危东方阴险而短促地笑了一声，说，这《耕牛图》就是我从一位老先生家里弄来的，这是梅江边文化人的玩意儿，能说书声他们不是？他呀，更是一头牛，愚昧落后的牛，不知天高地厚的牛，一头发情的骚牛牯！

人群里爆发出哄堂大笑，一片人仰马翻，竹椅由于笑声突然增加重量，发出吱吱的声响。突然，叭的一声，危东方的脸上出现一道红手印。人们还没有明白怎么回事，尽情释放的笑声被硬生生打断。等大家明白过来，才看清刘红梅正在离开人群。

林场的笑谈传到了书声耳中，包括红梅献给危东方的耳光。书声与危东方的决斗不可避免。梅江的沙滩上，林场与木头站的工人两军对阵，为各自的战将助威。月光率领星辰，在梅江上空驻足观看沙滩上的一场武斗。

这本来是属于全中国的月光，看惯了大地上的武斗，书声和东方的搏斗显然清汤寡味。但两人武斗场景毕竟与别处不同，特别是背景宏大，山河壮丽，虽然没有刀棒，没有枪声，没有流血，没有掉牙，从天空看下来更像是两只恋爱的鸟，在沙滩上表演着皮影戏。两只鸟飘忽着，拥抱着，翻滚着，沙滩上不断制造着深深浅浅的沙坑。

这场争斗甚至不如联欢会上的文斗精彩，适合于在沙滩上厮打的场景毫无看点，沙滩很好地缓解了两人摔打和进攻的力度，伤痕累累而屡败屡战的书声在听到刘红梅的声音后突然罢手。刘红梅得知决斗的消息非常滞后，也非常及时，她的突然出现立即造成了决斗的夭折。书声与危东方都不知道是第几个回合了，却不分胜负，谁也没有取得辉煌战果。

书声看了一眼气愤的红梅，心情低沉地离去。更大的代价还在后头。决斗的消息传到单位领导的耳里，书声为此受到处分。正是背着这个处分，书声立即答应了家里的亲事。

## 12. 和亲



梅江两岸蓝天白云，正是建房子的好天气。泥匠站在高高的墙顶上，捡狗把一块土砖嚯的一声往上一抛，泥匠轻盈地接住，用泥刀削削粗糙的表皮，就顺手砌在墙上。

砖墙一天天高起来，捡狗摔砖的手臂越来越沉重，心情也跟着沉重起来。看到木匠与泥匠的矛盾不可调和，捡狗愁得睡不着觉。捡狗把事情跟灯花说了，以征询老人家的意见，寻找解决的办法。

灯花想了想，说，那只能和亲了！

捡狗不懂。灯花当然懂得，她自小听父亲讲和亲的故事。她把故事转述给儿子，捡狗终于明白了。捡狗问，和亲？怎么和呢？谁和谁之间？灯花和捡狗把两个匠人家的人口过滤了一遍，一起寻找着和亲的可能。

木匠有个女儿叫陈小素，名如其人，自小跟着母亲吃素，经常唱佛念经，甚至神神道道，有些迷糊。陈木匠担心女儿的婚事，媒人介绍了几次都没有成，为的是吃素的人非常麻烦，过年过节不能为家里张罗丰盛的家宴，还要另外准备特殊而隆重的素菜。木匠家找出了待嫁之女，但有婚娶的男方呢？

灯花首先想到了家里的赖泥匠。有一天，灯花有事没事与泥匠聊起了天。灯花说，小师傅，身有一艺，胜过家有万亩良田，你年纪轻轻出师门当了师傅了，该有好多人提亲吧？

泥匠说，是好多，但没看上眼。

灯花说，是你条件高吧？对了，我有个亲戚，不知道合你的条件不。

泥匠说，说来听听。

灯花说，这女孩子家境不错，生养周正，身材高大，做事勤快，全村人都说，将来谁娶了是谁的福气。这么好怎么还没有嫁出去呢？说来是一件遗憾的事，姑娘有一个特点，我们看是优点，别人看是缺点。

泥匠停下手中的活，有这事？居然不同人看不同的结论？灯花说，可不是。那姑娘跟母亲感情深，母亲吃素，也跟着吃素。泥匠听了，哦了一声，原来是这样。灯花追问，依你看这是优点还是缺点呢？

泥匠说，这确实因人而异，如果是穷苦人家，倒不打紧，反正也不可能有大鱼大肉的生活，但是我们匠人不同，常常在外接活计，在外吃酒宴，也常常带回一些荤食，如果吃素的就自然合不来。

灯花于是知道，匠人之间和亲的这条路走不通。捡狗试着问灯花，书声怎么样？他愿意娶小素吗？灯花说，难说，他带回来一个城里的姑娘，也不知道两人能不能成。没想到，灯花把这亲事一说，书声爽快地答应了亲事，让大家感到有些意外。

灯花一直为书声的婚事担忧。虽然耳闻他与同事在搞对象，但灯花知道那是不靠谱的事，不同等级的人怎么能够在一起呢，城市和农村的区别是明显的，虽然书声也是公家人。灯花一直催着捡狗为弟弟提亲，但总是没有成功。

书声听到吃素的姑娘并没有反感，甚至觉得她与众不同，不动凡心，超凡脱俗。婚恋是一段没办法看透未来的旅程，多年之后书声吃尽苦头而悔恨自己的臆测，不可挽回地把苦楚延续到晚年，在一生中他唯有安慰自己的是：刘红梅是天堂，陈小素是地狱，而自己所期盼和立足的，是人间。

灯花把亲事向陈木匠说了，木匠当然没有想到这是灯花和亲之计。他只是由于在捡狗家做工多日，开始清楚地探知了一个家庭的亲善。

由于政策的调整，梅江边饿死人的事不再发生，即使突然到来的大旱之年。梅江流域那年耕地大面积裂开，人们及时地调整了计划，把枯死的禾苗拔去，全部种上了耐旱的作物。

这一年，正是灯花家房子竣工的年份。河村六百多亩土地只收了九百多斤粮食，但由于红薯的丰收，大家的肚皮不再像三年前一年痛苦。陈木匠每次到灯花家做活都带上几只红薯，但每次吃饭时却能吃上米饭，灯花把家里的食粮节省出来敬重匠人，而自己一家却啃着红薯。

陈木匠知道这不是对匠人的讨好，而是人情的至善。陈木匠有了亲身的体会，积累了对灯花一家的好感，捡狗提起亲事后，陈木匠就爽快答应了，虽然书声年纪大，但毕竟是一位公家人。

与此同时，捡狗还成全了另一桩重要的婚事，就是把陈木匠的侄女说给了赖泥匠。这样，捡狗与匠人之间变成了亲戚关系。事情比捡狗想象的还要良好，赖泥匠的手艺活仿佛一下子突飞猛进，墙面砌得漂亮多了。大墙起来，树门落架，一切在顺利推进。

有一天，陈木匠对捡狗说，你找一根好木料吧，那天井的支柱裁短了些，要重新裁一下呢！

果然不出捡狗所料，匠人之间的矛盾酝酿了大厦落成的隐患，而随着和亲手段的实施，一切烟消云散。捡狗并没有责怪木匠浪费他的木料，反而向木匠道谢，说，幸亏陈师傅细心，否则这新建的房子到时怕是要出问题！

陈木匠说，有福之人自有天佑，我早知看出远仁是在挑拨矛盾，不过是为了让你家难堪。其实东家的难堪也是匠人的难堪，到时天井下不了架，我们都会被梅江的乡亲议论，人们常说，一只碗敲不响嘛！

新居落成的那一天，灯花让捡狗向生产队预借了半年的粮食，张罗了一顿丰盛的酒宴，以冲冲家里多年的晦气。书声请来了同事，敬酒的时候却自己喝高了。他不知道潦草的婚恋成全家庭的一桩大事，但知道从此要更加平静地在梅江边安居乐业。

听到竣工的故事，独依和薪火不由得抬头仰望。而对面的鲲鹏，也同时在仰望，仿佛这是一栋充满历史的宫殿，正在进入他的规划设计之中。

这房子，在灯花眼里，显然是家族兴旺的象征。她想起遥远的事情，往事和未来。但她不会想到半个世纪之后，后裔会坐在这里，讨论它的留和存，拆除或改造。那一天，灯花看着大厦落成，充满新鲜的喜气，一根根稻秆从砖土里裸露出来，像衣服上的线头。这些线头，至今还在墙上，昭示土屋对六十年时光的保存和过滤。

灯花心中万分感慨。这泥土从大地上站起来，最先是成为一块砖，经受着太阳的烤晒，不断变得坚硬，然而泥土们借助了棱角和集合在一起，互相支撑，慢慢站得越来越高，越来越高。对于这个新居落成的家族，有财是最初的一块砖，然后是有玉。当然，满秀还来不及成为砖，只是一块未曾承受充足阳光的泥坯，在雨水中重新融入泥土。

在酒宴上，灯花盯着新鲜的砖墙，心里充满喜悦，同时还压着一份不为人知的伤感。她再一次想起了有财、有玉、满秀。她在想，逝者的魂灵留在老屋，有了新居，从此以后就会人丁兴旺，生生不息。这房子呀，不仅仅是房子，还是家族伸延的希望。

灯花又想起了自己床头下的那块青砖，它不但是一个过去的梦想，也是一个未来的梦想。

敦煌说，书声的婚姻充满偶然，但同样是对血脉的有效延续。只有婚姻和家庭，才能把血脉无限延长，经历一个个年代的抻打，而所有的抻打，都是对灯花这个源头的肯定！

独依刚要说点什么，没想到鲲鹏也发起感叹，说，灯花是梅江边独特的符号，对于我们后裔，填充了她的血脉，这梅江才成为梅江！我要好好地再现这段河村的历史！

# 第五章 集体

## 1. 上工

鲲鹏连续四个周末来到河村，她对父亲祝虎的耳光，也不再怨记。灯花的命运让她知道，独身主义背后的失意、迷惘、强颜、苟且、自嘲，正是试图纠偏的分泌物。幸亏杂志社并不要坐班，她有充分的自由继续在梅江边晃荡。

薪火和鲲鹏这一代人，没有经历过农村集体劳动的年代。他们对集体劳动的想象，早已从历史批评转向了文化研究。“灯花”对集体的描述显然弥足珍贵。它深深地吸引了这些年轻人的关注。

对农村集体有最深感受的，当然是蒜头。但直到蒜头自己当上了队长，才知道前任的老队长远仁有多难！整个村子的事情要他盘算，而全村人的嘴都向着他！





那一天，远仁突然被红卫兵抓走，蒜头被乡亲们推举为队长。蒜头虽然对远仁的历史仍怀有怨恨，但他仍然极力去小镇为远仁说情。

去往小镇的路上，他在回想十余年前跟远仁“合作”的少年往事。如果不是远仁提供了“实习”机会，他真不敢接任队长这个职务。独依看到“灯花”讲到这里，老年的蒜头拼命点头。

那是四十年前的秋天。河村里没有自由晃荡的闲人。如果说一个也没有，也不对，至少蒜头算是一个。

秋收季节，乡亲们都出工下地了，灯花就成了河村最闲的人，坐在土屋前眺望蛇迳。山寺飞檐如鸟，梅江钻出群山滚滚东来，日子在暮鼓晨钟之间匆匆而过。不知道哪一天起，灯花发现蒜头比她更悠闲。

这天早饭后，远仁的哨声响了几遍，社员们纷纷忙乱起来。人们下地上工去了，陈小素把一只箩筐改成的摇篮放在灯花膝前，对两个还在吃东西的孩子说，跟着奶奶，不能乱跑，不能去池塘边玩水。灯花淡淡地说，就放心去干活吧，丢不了的！

捡狗和何氏匆匆吞下一块红薯，咽了口米汤，就到蒜头的房前敲门叫唤，说，该起床了，村子里就数你最懒！周末也不跟着下地挣工分，看我们回来收拾你呢！灯花看到蒜头房间没有动静，就说，你们就赶紧去上工吧，别扣了工分，等下我会叫起他来的！

捡狗的妻子何氏，在灯花嘴里叫出来的不是姓名，而是一个村子的名字。梅江的村落，女人出嫁后就没有了自己的姓名，一律根据娘家地名称呼，于是一出嫁便成了村子的代表。村子也会由于媳妇的增多而“幅员”广大。

何氏走后，灯花起身走到蒜头的房前，敲起了木门。门里没有回应，倒是响起一阵呼噜，紧接着一阵梦话。灯花听了不由地笑了，蒜头还在梦中与公社干部争论呢。

记得有一天，社教工作队进村来，看到灯花屋檐下孤单的背影，特意找到队长责问，在社会主义的大家庭里，怎么有人可以不参加热火朝天的劳动？远仁指着灯花的小脚，没有说话。干部又说，这是封建社会的余孽，寄生虫。灯花当然听不懂，她坐在竹椅上忙碌针线活，扶着摇篮哼着小曲。

但蒜头却懂得，那天正好是周末，听到工作队同志在嘲讽奶奶，反讽地说，你们干部天天在村里闲逛，才是社会主义的寄生虫，奶奶一天到晚操持家务照看孩子，不也是社会分工吗？她纺线做饭，不也是社会劳动吗？

幸亏远仁解劝，工作队没有与他一般计较。灯花没想到蒜头在梦里还想着这事，又好笑又好气，大声喊蒜头的名字：该起床了，日头都照屁股了！

灯花再次敲着木门喊，却听到没有回声，灯花有些纳闷。她感觉不对头，蒜头并不是个偷懒的孩子，现在成了最懒的青年，一定有什么特殊的原因。

是不是生母亲的气呢？

有一段时间，蒜头一直埋怨母亲坏了他上大学的梦想。小学毕业时，老师来到村子里家访，了解将来的去向。按照老师的介绍，如果成绩好家里头让孩子考大学，就上重点中学，如果想让孩子高中毕业后留在家乡谋生，就建议去农业中学，学一些农村建设的文化知识。

那天老师来到了村里，但母亲没有热情招待，就让他们站在门外，唠唠叨叨地向老师说起家里的负担：我们家人口多，蒜头兄弟姐妹几个人，我们早就想让他回家里帮忙拿工分了。结果那年秋天，蒜头就进了农业中学。那段时间，蒜头脸上阴郁，读书做事懒洋洋地提不起劲。捡狗批评几句，蒜头就会说，反正是农业中学，读完书就回到村子里，农村的事迟早落到我肩上，积极有什么用！

捡狗知道儿子心里对母亲有怨言，就说道了妻子何氏几句。不料何氏反驳说，就是你宠着他，去什么农业中学！天天坐在教室里，能不把骨头坐懒吗？捡狗说，蒜头成绩好，他本想读普通高中考大学，可你一番诉苦让老师改了志愿，农业中学迟早回农村的，他不上工是与你赌气。

其实，灯花也希望家族里再多出些文化人，就像书声。成了公家人，铁饭碗一端衣食无忧，风吹不到雨淋不着，只可惜书声入不了党，进步不了，至今还是普普通通的捡尺员。但灯花也理解儿媳的想法：毕竟子女多负担重，让老大早点回家也是没办法。

灯花觉得要好好规劝蒜头，嘭嘭地敲起了木门，喊道，再不起来下地，父亲回来会收拾你！农忙时节谁家孩子不下地？那才是真正的寄生虫！

蒜头梦到捉到一条大鱼，结果被奶奶的喊声惊醒，不由为那条梦中的鱼遗憾。蒜头打开门，打着哈欠问奶奶，吃早饭了吗？灯花笑着说，吃晚饭时间了！蒜头迷迷糊糊，半信半疑，打开水缸舀了一瓢水，漱了一下口，揭开锅盖拿起一块红薯，就咬了起来。蒜头又从木橱里拿了只粗碗，打了一碗米汤，一边喝着，一边对天井边纳着鞋底的奶奶说，我又梦到社教的干部在说你。

灯花应道，我听到你说的梦话了，社教的干部说我不要紧，请他们来好好教育你一番才应该！你再这样下去，可真是个寄生虫了，你不觉得可耻吗？

灯花嘶嘶地拉着麻线，看着对岸马鞍形的青山，又说，你这么懒，将来梅江边都传说你是个懒汉，将来怎么娶老婆！

蒜头说，我不是懒汉。灯花说，母亲把房门擂破了还不起床。自己说不是就不是？懒汉是别人叫起来的！

蒜头吃完了红薯，打水冲了一下碗，说，婆婆，我自有挣工分的地方，不急。说罢就走出大门，往前一望，对灯花说，婆婆，你看那树上的枣子露红了，我去摘几颗给你尝尝吧！

灯花看着蒜头不上工，又好气又好笑，说，你不急着下地，还想着摘果子，我可不敢吃，到时你娘说我让你不下地的。

蒜头走到围墙外，几个孩子也跟了过去，嚷着，我们要吃枣，我们要吃枣。他朝掌心里吐了一滩口水，攀住树枝，很快爬到了树梢，朝围墙里望去，就看到了灯花。

蒜头兴奋地喊，婆婆，你看到我了吗？这树梢上最红的一颗，等下摘给你吃！灯花眯着眼说，小心脚下，不要摔下来了！

蒜头爬到了树梢，一群孩子在树下嚷着吃枣。蒜头握着树干使劲摇晃，枣子扑簌簌地落满马路，孩子们一片欢腾，抢着，捡着，一边喊，这个是我的，这个是我的！

在喧嚷的童声中，突然夹杂了一声苍老的声调："这个是我的！"蒜头低头一看，却是队长远仁。他跳下树来，说，队长吃枣吧！远仁发现蒜头留着一颗最大最红的，说，好的居然不给我，没有一点尊敬老人！蒜头对远仁说，这是给我婆婆的，是孝敬老人。远仁笑着说，还知道疼奶奶，不错！

蒜头下了树，回到围墙里，把几颗漂亮的大枣递给奶奶，说了一声，我去挣工分了！灯花说，赶紧去吧，叫队长算给你一半的工分也成。

这时，远仁也进到了屋子里，说，灯花婶，这可不行，我得给他全天的工分呢！灯花奇怪地问，全天的工分？你肯定没安什么好心！你就不要为难孩子了！到底让他做什么活？可别让他累着了，他可只是个半劳力！

远仁说，不会累着，轻闲着呢。

灯花告诫蒜头说，你可别跟着学坏哈！蒜头神秘地对奶奶说，不会呢，我现在可是队长的座上宾！

午饭时间，村里最早升起炊烟的，自然是灯花家。捡狗下地回来，头发上的稻屑顾不上清理，就匆匆推开蒜头的房门找人。他满脸怒气地说，这小子好吃懒做不下地，一个上午没看到他，看来学校真不是个好地方，比他小几岁的孩子都下地了，能拿一半工分，好歹能养自己！

何氏也回来了，扯着草帽说，当初就说不要再上学，小学毕业十五六岁，可以算个全劳力了，让他弟弟去念书就行！捡狗说，你还说，他变懒就是生你的气，你去找他去吧！

灯花一边生火做饭，一边说，你们不要再吵了，队长给他派活了！他早就起来，跟队长去挣工分了！

捡狗一听更不放心，说，跟着队长会有什么好事？那可是我们家的死对头！说罢就气冲冲地往远仁家走。

远仁吹完了收工哨子，查看完各小组劳动情况，正往家里去。看到捡狗跟在后头，奇怪地问，不是收工了吗，还想我派活？

捡狗说，我找蒜头，我姆妈说上你家里了。远仁说，现在该忙完了，我叫他回家吃饭，放心，会给他计上全天工分，按大人的算！

捡狗听了火冒三丈，说，你是让蒜头当家奴了吗？我看你是在利用职权，把蒜头叫到你家里来干家务活，你成心是想毁了他！捡狗说完，冲进屋里。

推开房门，却见桌上摆着一壶水酒，一盘花生，还有一只算盘，一本账簿，一支钢笔。蒜头正坐在凳子上拨拉着算珠，说，平数了！说罢搓了两粒花生丢进嘴里，倒了半碗水酒端起来就要喝。看到父亲进来，蒜头又赶忙放下酒碗，慌乱地说，你怎么来了？

捡狗看到桌面的情形，有些意外，大叫了一声，原来上这里躲清闲了！不由分说，拉着蒜头往家里走。




## 2. 计名

捡狗把蒜头拉回家，刚进家门就劈头盖脸地用巴掌打过去。蒜头伸手一挡，分辩说，我也是在上工，我也是在挣工分，凭什么打我！捡狗收了手，听他把真相告诉大家。

蒜头果然是在上工，这工作与他那一手好算盘有关。

上农业中学后，蒜头提不起劲。两年一过就是回家务农，白读那么多书有什么用呢？知道秦皇汉武又能怎样？懂得马克思主义又能怎样？农民是中国社会的最底层，面朝黄土背朝天，看着公社干部穿着白衬衫在村里转悠，那才是上等人的生活。但农业中学把这条路给堵了。

蒜头的变化，被班主任看在眼里。他对蒜头说，既然进了农中，就要学点将来农村工作有用的东西，看看梅江两岸，人民公社最缺少的是什么呢？就是能写会算的人才，好多队里不会记账，就用木炭在墙上画圈圈写“正”字，简单的生产计算还能应付，但一个大队、一个公社，有多少工作要谋划、记录？特别是调剂粮食，那可是关系着大家的肚子问题！

蒜头说，让他们上大学的人去谋划吧，我反正回农村当农民！

班主任说，上大学的人才，自然有他们要做的事情，他们要谋划城里的事情、工厂的事情，梅江村子里的事情，还得当地的人来谋划！你还是下苦功夫学会珠算吧，将来会有用处的！

班主任的话让蒜头醍醐灌顶。蒜头本来就对珠算感兴趣，从此更加着意苦练。远仁看到蒜头每个周末背着算盘回村，在家里把算珠拨得噼里啪啦响，就打起了蒜头的主意。

有一天，他准备了酒水和茶果，把蒜头引到了家里。远仁说，蒜头，帮叔个忙。蒜头问，怎么帮？

远仁说，我们队里记工分，以前我都是晚上记在脑子里，村里的账成了一个麻团，每年到了年底，我把仓库的物产称个总数，社员们工分由他们自己报数，这样简单的分粮办法落个好人情，但现在的事情越来越多，再这样下去不行了！你学会了算盘，周末没事正好可以帮村里做事。

蒜头说，可以帮，但我得跟我奶奶说说。

但远仁知道，由于两家的历史纠葛，如果大人知道了不一定同意。他就说，我估计你父亲知道了，他也不会同意，从前我与他闹过矛盾。不如你先帮我做着，能挣工分回家他还不会答应吗？当初你姆妈不让你读书，就是想让你早点回来帮家里做事，挣工分养家。现在你坐在家里就能挣上一天工分，这不是两全其美的好事吗？

蒜头觉得远仁说得有道理。他那时正想找个实习锻炼的机会。虽然在学校里他把珠算练得炉火纯青，但毕竟要经历实践的检验，搞财务不只是算数，还要学会谋事。蒜头想到这里，就一口答应了。

只是没有料到，这事还是被父亲撞破了。何氏听到蒜头说在挣工分，停下浣洗的衣服，看了儿子一眼。灯花准备午餐，一边打开锅盖一边说，蒜头，你到底在干什么活？

蒜头帮助婆婆添了把柴火，再次把记账的事讲述了一遍。捡狗拳头放了下来。何氏搓着盆里的衣服，说，这事可靠吗？蒜头说，我也不知道，反正我还是个学生，就是先练练。

捡狗听了，心里非常纠结。他想，能够不下地而拿上工分，自然无话可说，但他不希望蒜头帮远仁，因为两家人甚至两姓人一直存在争斗着。但所帮之事毕竟是队里的，也可以说不是在帮远仁，而是在帮全村人。

捡狗坐在竹椅上抽烟，好久没有吭声。一直习惯了体力劳动的营生，突然家里出了个凭文化挣工分的人，他好像有些无法适应。自从书声进林业公司后，他知道了文化的用处，也希望蒜头能像书声一样成为公家人。听到蒜头在远仁家里好吃好喝，居然拿到了他忙活一天的工分，捡狗对文化的敬意又加深了。

但让捡狗忧虑的是，远仁会把这么好的活让蒜头做下去吗？这活儿就几个人摆在桌面上，没人看得见深浅，会不会出什么事呢？前段时间，他就听说公社里处分了几个做假账瞒产的干部。如果远仁加害，蒜头年纪轻轻，没有一点儿防备之心。

吃完午饭，捡狗把蒜头叫到跟前，把两家的仇怨讲了一遍，要蒜头提高警惕。蒜头听了，果然非常气愤，说，明天不再去帮他记账了！

灯花却不这样认为。她说，去还得去，这是全村人的事，他再精明，心里记账容易变成糊涂账，弄乱了那可关系重大，那可是全村人吃饭的大事情！

灯花发了话，捡狗无话可说。

灯花又叮嘱说，你这一辈子总要迈开第一步，用文化谋生劳动，要记住你手上的笔，与你父亲手上的锄头差不多，一不小心就会把庄稼弄坏，让乡亲们挨饿，所以要坐得端，行得正。

下午上工时间，远仁准时吹响了哨声。他看到社员捡狗走了过来，心里一阵紧张。但捡狗没有说什么。远仁放心了，他知道这是同意蒜头继续当他的助手。一颗悬着的心落了下来。

远仁安排好农活，赶紧回村场叫蒜头。两人一边走，一边说家里人的意见。蒜头说，我婆婆没说什么，就是叫我们要小心些，不要弄错了账目让乡亲挨饿。远仁说，灯花深明大义，我真是佩服！

来到远仁家，两人坐了下来。远仁一边回忆上工的社员，一边说名字和数目。蒜头一边记账一边问，怎么男人 12 分，女人 10 分，这不是搞男女不平等吗？

远仁说，男人出力大，给同样工分才是不公平呢。

蒜头又问，怎么狗蛋年纪那么小，能拿到大人的一半？远仁又说，今天他们几个小孩承包了一丘稻田收割，工作量值得这个工分。

两人的配合并不顺畅，总是唱得快，记的慢。远仁念的都是些小名，又是土话，蒜头有很多字无法书写，不得不停下来反复研究社员的真名。这些名字大多数不伦不类。

当远仁念到“捡狗”的名字时，蒜头却写下了“父亲”两个字，然后跟着念了一遍名字和工分。远仁听着不对劲，说，“父亲”是谁呢？是记你父亲吧，得写名字——“捡狗”。

蒜头就说，我怎么能写父亲的小名呢，这是不尊重大人，古代人讲究避讳呢。远仁说，好吧，那就休息一下，你回家去问奶奶，你父亲的大名是什么。

看到蒜头中途回家，灯花奇怪地问，今天收工这么早？蒜头说，不是，我是回家里来问父亲的大名，记账时父亲的小名我不敢写。

灯花说，大名？可想不起来了，你出生那年，我们家修族谱，叫黄石的话事人郭家贵整理资料“记流年”，合着辈分给你父亲捡狗取了个大名，你去谱里翻来看看。

蒜头又问，什么是“记流年”？奶奶说，就是记住我们家过去的事情，先祖在梅江边开基，一代代传下来得有个记录，修族谱才有资料。

蒜头跟着灯花来到屋里。灯花从床底拉出个樟木箱子。拂去尘土，打开箱子，里面却是一册族谱和一卷手抄本。

灯花说，拿出来好好瞧瞧吧，上届修族谱还是你出生那年的事，那时东洋人打进赣州，你父亲硬是冒险出去打柴卖钱，叫有银去千里之外的地方去修谱，谁知有银把钱拿来做生意了，于是又打柴卖钱，叫你叔叔书声再次前往，才修成了族谱呢。

蒜头说，那这谱里有没有我的名字呢？

灯花说，修谱时你还没有出生，你和后来出生的人，都只能叫先生帮我们“写流年”积下资料。后来政府禁止修谱，我思谋着再过几十年总会放开禁令，哪有不记祖宗的道理呢？

蒜头取出族谱，细细翻看了起来，按着辈分和出生年月，终于找到了祖父和父亲的名字。放在嘴里一念，果然比小名“捡狗”庄重。蒜头对灯花说，以后建议父亲记工分就用这个名字吧。灯花点了点头。

灯花离开后，蒜头看得兴起，继续在家里翻看族谱。特别是前面先祖的传记，让蒜头读得饶有兴致。他比较着家谱与历史课本，寻找着互相印证的地方。

蒜头原来不理解大人们珍视族谱。国史是大人物的事，记的都是轰轰烈烈的历史，而普通百姓人生一世，草木一秋，多少人默默无闻，生死轮回，每个人从哇哇大哭开始入世，最后就成了族谱上一个名字，或一块墓碑（甚至连墓碑都没有），成为人类长河中一个无足轻重的节点，所有的悲欢离合都抽离失佚了。

即使是族谱，其实能够入传志的，还是那些显赫的人物，与国史重合的人物，他们的画像在历史教科书上有，族谱里也有。但更多的人物，却无法吸引年轻人阅读。

读着族谱，蒜头读出了人世的另一种味道。家谱可以看出一个奇怪的现象，就是所谓“富不过三代”，那是冥冥中不可参透的天命。再伟大的人物，从他的家谱一看，前前后后都充满着广大而沉默的生命领域，不知道哪一根线引向这个人物的诞生，或许一个辉煌的人物就是为了让更多默默无闻的族人有一个承前启后的位置。

比如祖父有财，经历了人世的困苦和漂泊，但最终在河屋这个小村落把飘絮般的家族稳定下来，给了自己生命。族谱的意义，就是让广大默默无闻的人群共同分享显赫人物的光荣。

蒜头捧着族谱，就仿佛在时间的长河中泅渡，寻看人类个体生命的源头，是那么荒莽难辨，而又来去有踪。

蒜头读得兴起，不知不觉就忘掉了记账的事。直到远仁出现在房间里，才惊慌地把族谱塞到箱子里。

远仁说，问到了没有？你父亲的大名叫什么？怎么这么久呢？蒜头说，查到了，查了好久，婆婆年纪大了，不记得了。

远仁说，在哪里查到的呢？远仁一眼看到了床底下的樟木箱子，说，这是你家的族谱吧，这可是查“四旧”的对象，怎么还藏着？！

蒜头说，实话告诉你吧，这是族谱，你不能说出去，否则我不帮你记账了！远仁笑了起来说，敢跟我叫板了，好吧，要把族谱藏好，别让公社干部看到了，那可就麻烦了！

蒜头放好族谱，跟着远仁回去，接着把工分和账目梳理了一遍。远仁说，有文化可真好，队里的事每天挤在脑子里，把脑袋都胀破了，安置到了纸上就一身轻松！真盼着你早点毕业，这样你就是正式社员，是正式的会计！

敦煌说，族谱影响着后人的世界观和人生观！特别是老谱，叫“吊线谱”，一代接一代，一辈接一辈，用吊线串着，像是物理书上的电路图，有没有断香火，一目了然。

祝虎接话说，我年轻时看族谱，看到的是断了的部分，于是生出了悲观，加上时代的误导，认为传宗接代是封建，只生一个甚至不生就是先锋！以现在才幡然醒悟，悟已往之不谏，知来者之不可追！

敦煌说，是的，这就是悲观与乐观的哲学思辨，就是如何看待半杯水的命题！鲲鹏听了，笑着说，你们俩真像是演“双簧”！独依听了暗想，他的笑声，不知道对两位长者的意思是肯定，还是否定。

## 3. 调查



去往小镇的路上，蒜头确实后悔，当年与远仁“合谋”的做假之事，最终成了远仁的罪错。蒜头后悔没有听婆婆灯花的话。

灯花家的新房建好那年，蒜头从农业中学毕业了。正如远仁所期盼的，蒜头回到了河村，当起了农民。但这个农民基本不用下地，正式成了队里的社员，河村的会计。

给远仁当会计，捡狗隐隐有些担心，他没办法不怀疑远仁会使坏。而这个担心，最终变成了现实。

有一天，公社干部来到了村里。远仁把干部带到了灯花家。蒜头在家里，听到了外面的动静。捡狗拦住这一行人，说，你才是队长，有什么事怎么找小孩呢？你是主事的人，你可不要把责任推到孩子身上。

远仁说，没什么事，就是找他对对数，干部说我们队里瞒报了产量，私分了粮食，找蒜头一算就清楚了。捡狗吓了一跳，凑到远仁跟前细问：真瞒了？这可是大是大非的问题，弄不好会坏了蒜头的前程。

远仁凑到捡狗耳边，说，当然瞒了，我们这生产队田地少，不瞒能让乡亲们吃饱吗？

捡狗大吃一惊。担心的事果然来了。他走进屋内，看到蒜头，悄悄说，有人来抓你了，你赶紧爬上房梁，躲到楼上的柴垛后。过了会儿，远仁带着公社干部走了进来，大声地喊叫蒜头的名字。

远仁看到无人回应，就知道藏起来了，故意大声地说，出来吧，没事的，你的账不是一直做得好吗？今天就出来露两手，公社干部知道你的本领，说不定请你去公社里做事呢！

蒜头听到远仁的诱导，嘭的一声从房梁上跳下来，对远仁说，是真的吗？刚才在楼上搬柴！捡狗在一边气得干瞪眼。

蒜头跟着远仁去了队里，拿出账本，摆在公社干部的面前。当着大家的面，蒜头手笔齐用，队里有多少亩旱地，有多少亩水田，哪块地泉水冷不适于种粮，有多少亩自留地村民种了芋头蔬菜，哪块地今年水淹了，哪块地被山体滑坡埋没了，旱地种红薯收了多少，良田稻谷收了多少，五百斤红薯折算一百斤稻谷，一五一十汇报起来，算盘像玩具一样哗啦啦地响着，让公社干部听得频频点头，满意而去。

远仁和蒜头相视而笑。远仁说，如果不是有你的笔头，我还真瞒不了产，我脑壳里哪能装下这么多生动的算珠，就算装下了也拨不动，塞住了！

蒜头得到表扬，并不高兴。当初提出瞒产时，蒜头的内心经过了复杂的斗争。两家的宿怨，让他首先会想这是不是远仁的陷阱，最后把责任推到自己的头上。和远仁对质之后，又觉得没有可能。他只是会计，而远仁是队长，自己负不了责任，最多是名声受损，影响以后在社会上立足。

蒜头看着远仁轻松高兴的样子，说，奶奶反复教导过我，拿算盘的人一定要实诚，千算万算不如天算，不知道哪一天会出事呢！做真容易做假难，这次是由于公社干部不熟悉基层情况，工作不深入，只是听我们唱数，弄得他们耳鸣头晕，如果内行的，拿住一个受灾数到实地一看一问就会露馅的。

远仁安慰说，这不是遇上了特殊年成嘛，我们得灵活机动！年成好时我们就不需要瞒产了！

蒜头回到家里，灯花急忙问，查出问题了吗？我可听你父亲说，远仁瞒报了产量呢！

蒜头对婆婆说，放心吧，我一直记着你的教导呢！你说当个财务人员一定要实事求是，不能做假造假，不能跟着队长设私账，我也是一直这么做的。今年年份不好，又是雨灾又是干旱，那天我们核实了一下今年的产量，如果如实报上去，队里就要饿肚子了，粮食不够到明年春天。队长说，你还记得那年的春荒吗？还记得你家被饿死的妹妹吗？我们这样做，不是为了故意欺骗政府，而是要对得起乡亲，因为这些粮食是乡亲们自己种出来的！

书声听到了，说，你们这样只顾小集体的利益，就不是社会主义思想，这社教就是针对你们这些想法开展的！毛主席说，个人利益服从集体利益，暂时利益服从长远利益，局部利益服从整体利益，现在人民公社，就是整体利益，大家瞒产，生产条件差的地方就没有机会得到调剂照顾！

蒜头听了书声一套一套的毛主席语录，也觉得有些在理。他说，既然工作组问起，说不定以后还会深查！

书声说，隐瞒不如交代，争取宽大处理，对了，你们就写一份材料说明，再写份深刻的检讨吧，这样人家才会宽大。

灯花听了，叹口气说，好心办错事，歪心办实事，虽然这也是个理，但终究是个错，村里的这个人理，抵不住上头的天理。蒜头听了，对灯花说，我记住了，以后一定实事求是！

但是，这件事情造成的阴影，一直笼罩在蒜头的心上。虽然检讨书交上去获得了公社的原谅，但是说不定以后会被翻出来，成为罪证！

敦煌说，传宗接代，传承的不仅是香火，更重要的是精神的香火和生存的理念，这就是家风家训的重要性。

独依说，家风家训里有不准独身这一条吗？敦煌笑着说，以前的人们，压根没想过后世的人会想到独身，所为于此未置一词，没有就是否定！

## 4. 批斗

一天，几位红卫兵来到了河村，为他们带路的是书声。灯花觉得来者不善，就问书声找蒜头什么事。

书声告诉灯花，是红卫兵的同志要找他，说是了解一些情况。他们来到了队长家里，蒜头和远仁正在算账。看到红卫兵进村来，远仁脸上掠过一阵阴影。

书声说，队长，这是红卫兵的同志，说是要找蒜头谈一些事情。队长热情招呼着，请大家落座喝水，红卫兵却站着不动，说，我们赶紧走吧，首长在等着你们呢。蒜头看了看红袖套，心里充满疑惑，但看到叔叔在一边，又有些放心。蒜头对远仁说，队长我去一下，你收拾一下账本哈。

蒜头特意回到家里跟灯花道别。蒜头那时已经成家立业，妻子在地里挣工分，他在家里挣工分。蒜头走到灯花身边，向着她膝边的摇篮边蹲了下来，冲孩子笑了笑。灯花看着一行人远去，突然想起了有玉当年被押解的情景，心里飘过不祥的预感。

灯花冲书声说，你得把蒜头好好送回来，出了事情我就找你！书声说，没事的，你放心吧。

蒜头对红卫兵也不了解，只是觉得这个名字很年轻，很有朝气，很有革命气势，就是不知道找自己了解什么。那时蒜头只是个普通社员，是队里小小的会计。到了镇里，红卫兵没有去公社，而是来到了木头站，进了书声的宿舍。

屋里先坐着一个人，书声介绍说，这是城里下来的干部，现在是红卫兵的首长，想找你了解一些事情，你好好配合一下。

书声对那个人似乎很熟悉，直接叫他的名字：危东方，人我帮你找到了，有什么事情你自己问问吧，别吓着他。

危东方看上去很严肃，开门见山地说，你是个年轻人，应该拥护年轻人的红卫兵组织。县里的革命形势很好，城里的红卫兵要打倒县里的当权派赖世玉，现在正在从外围着手，把与赖世玉有关系的人全面进行调查。

蒜头暗想，县里的运动与河村有什么关系呢？

危东方接着说，听你叔说，远仁当年与赖世玉一起在白鹭镇共事过，而且迫害了你的二爷。你在他身边管理财务，应该情况他的经济活动，希望你揭发罪行，下一步还要对他进行批斗，现场打倒。

蒜头看了看书声，说，过去的事情，还是我叔叔才清楚。

东方说，书声已经站在我们一边，把远仁和世玉迫害苏维埃干部有玉的事情说清楚了，包括阻挠你们家建新房的事情，现在需要的是他新中国成立后当队长时的情况。

蒜头说，我为他记账的这段时间，没发现他有什么问题。

危东方说，远仁这个人当过国民党的团丁，后来混进区苏维埃里，迫害革命干部有玉，而且利用职权之便阻挠社员安居乐业，这样的投机分子，掌管着全队的钱物，怎么会没有问题呢？你好好想想，像叔叔一样把问题如实汇报，好好把握这次伸张正义的机会。

蒜头看了看叔叔，问，婆婆是这个意思吗？书声就说，老人家还不知道这事，但她向我说过过去的事情，你知道什么就说什么，实事求是地讲问题，你奶奶不会怪我们的。

危东方劝告蒜头说，你是名中学生，有文化有理想，要多多关心现在的时局，现在全中国的青年都行动起来闹革命，你怎么能够落后呢？将来打倒了世玉，革委会掌权了，你就可以到公社工作！

蒜头想起队长远仁，犹豫了一会儿，又摇了摇头，我不能这样做，婆婆不同意我这样做。危东方看到蒜头犹豫，更加来了劲，就说，这样吧，你在暗处，我在明处，只要你说出队长的错误，我来组织抓人斗人，你不必出面了，暗暗为家里报了一个仇，不是挺好的吗？

蒜头又想起了二爷有玉的事，父亲建房子的事，看到叔叔也站在红卫兵一边，最终同意了危东方的计划，讲起了远仁瞒产的事情。危东方听了，说，这个情况反映得好！

几天后，声势浩大的斗争突然来到河村。红卫兵先是提着小桶，拿着刷子，用石灰水把长长短短的标语弄上了墙壁。“横扫一切牛鬼蛇神”，“打倒走资派”……这些鲜蹦乱跳的汉字，让乡亲们好奇。

蒜头偷偷观察队长的反应，发现他脸色阴沉，上工的哨声降低了一个调门，指挥人们下地劳动的声音，不再像原来那样粗暴了。蒜头想，是不是远仁真的有鬼呢？虽然自己把账本记清楚了，但都是按他说的计数。这背后的事情，蒜头就不知道了！

乡亲们围着墙上的标语，指指点点。人们的好奇就像大地上的绿蚂蚱，在草丛中迎风乱跳。乡亲们对“牛鬼蛇神”几个字议来议去，觉得牛是不可批判的，它为大家出力耕地；神也不可批判，每天初一、十五的白米饭在灶前供奉着呢；蛇可以批判，梅江边一年不知道咬伤咬死多少人，姓叶的蛇医凭这个就发了财；鬼自然可以批判，常吓着村里的小孩子，就是找不到批判的地方。

乡亲们的疑惑，终于有了答案。一个春夏之交的夜晚，村场上灯火通明，乡亲们以为是戏班子进村了，除了灯花都早早吃过了晚饭，端着木凳聚了过来。一盏汽灯仿佛要照遍全村，天幕上的月亮了羞愧得躲了起来。

红卫兵把远仁叫起来，村民比看戏还更兴奋和好奇，纷纷在问，这是一出什么戏？怎么以前没看过？怎么队长亲自去扮演坏人呢？

这时，扎着红袖套的年轻人向大家宣：各位乡亲，今天我们来到村里召开会，是要为你们撑腰，公社里有鬼，大队里有鬼，小队里也有鬼，它们现在甚至当了干部，隐藏在群众之中，你们要敢于站起来揭发，把队长以前欺压你们的事统统说出来，我们为你们作主，有冤说冤，无冤替别人说说冤。

有人小声说，可不能乱说，队长知道了记恨我们明天扣工分呢。年轻人一再强调不必顾虑，但场下一片寂静。年轻人于是把远仁拎了起来，说，跟乡亲们解释一下，让他们解除顾虑批判你吧。

远仁被押到舞台前时说，乡亲们，你们知根知底，这些年我为队里劳心劳力，有什么做得不好的地方你们尽管说吧，我不会记恨的，不会扣工分的，现在不是我当权了，而是红卫兵当权了，我只是公仆！

乡亲们顿时炸开了锅。有人说，我看到他晚上去敲了寡妇的门。有人说，他扣了我十次工分，说我劳动时弄坏了庄稼，我看是故意欺侮我人单势薄。当然最有分量的是老年人抖擞的历史。有银说，他当过国民党的团丁，当年在村里背着枪随意拿东西，耀武扬威，非常厉害！

红卫兵顿时兴奋起来，说，这是一条漏掉的大鱼，你们的革命性太不强了，现在才揪出来。

有银说，还有，他害死了苏维埃干部有玉！这时，有银推了推捡狗的肩膀，说，当初他不是专门针对我们家吗？害死了有玉，阻挠你建房，现在终于到了报仇的时候，还不赶快说出来！

捡狗却说，不能随便乱咬人家；过去的事那是过去，如果没有他主事，我们队里谁来当队长？你行吗？没有队长，队里的地谁来组织耕种？再说，有玉的事是当时区苏维埃的集体决定，现在说出来能翻案吗？反而证明了他是个苏维埃干部。

有银就说，叫蒜头出来，他跟着远仁一起记账，我就不相信远仁没有做过见不得人的事情，蒜头应该知道远仁干了些什么勾当！听到有银大喊大叫，捡狗不便当面阻止。

捡狗对蒜头说，你说他的坏事，别人以为你想夺权当队长；你不说他的坏事，乡亲们会以为你互相包庇！你就实事求是说说吧，要凭着良心说，为他作证明，你看着办吧。

蒜头想起了危东方找自己的事。那天，蒜头把当红卫兵的打算跟婆婆说了，却受到灯花严厉的批评。灯花说，参加运动的人，不知道哪一天会运动到自己身上的，既然两人一起共事记账就应该共进退，怎么能背后暗算人家呢！我早就说过，过去的事情就过去了，不要把仇恨延伸到后一代身上。

听了灯花的话，蒜头有些后悔，决定不参加远仁的批斗会。但红卫兵没有放过蒜头，点名要他上台，说说远仁向公社瞒产的事情。蒜头只好上到台里，把瞒产事件的真相说了一遍。蒜头没有按照红卫兵的要求大叫打倒队长，他平静地告诉乡亲们，队长这是为了大家好，心里头装着乡亲。

为了证明队长是一个好人，蒜头就说起了另一件事。有一次，他还看到队长为村里的困难户多送了一袋粮食。谁知道，他话音刚落，那位乡民就突然站了起来，我可没收到队长多送的粮食，我保证没有收到，如果收到，吃了会屙痢疾！

这让蒜头感到非常意外。他没想到事情适得其反。

事实是这样的。有一天，远仁和蒜头记好账，到仓库核实了物资。远仁说，这次你为队里立下了功劳，我打算奖励你一百斤谷子，你同意吗？

蒜头说，我不要，这粮食可是乡亲们用汗水种出来的，我们没有下地，只是记记账算算数，更不能多分！

远仁笑起来说，我是考验考验你，你将来迟早要接了我的位置，你能这样想这样做我就放心了！蒜头听了解释，没有在意。

蒜头出了仓库往家里走。半路上，蒜头突然记起钢笔还落在谷堆里，于是转头往仓库走。远仁还在仓库里，看到蒜头突然回来，不安地说，想通了？要我的奖励了吗？

蒜头说，不是，回来找我的钢笔，刚才拉下了。蒜头左看看右看看没有找到笔，却看到远仁在把粮谷倒腾着从大筐倒进小筐，心里有些疑惑，就问，这是干吗呢？

远仁说，给村里最穷的人家多送些谷子去，本来到时跟你说一下，记下数呢。蒜头就说，好吧，我现在记上。那天，蒜头在倒腾的谷子里找到了钢笔。

远仁肯定没想到会有红卫兵，也没想到蒜头好心提起这件事，更没想到借口说的困难户会现场对质。这样一来，事情就完全暴露了。

红卫兵兴奋地说，一定是远仁贪污了这袋粮食，借口说是给了困难户！这时，远仁的妻子站起来证明，家里没有多拿回一粒粮食！

突然，有人站起来说，那是不是送给寡妇了？！现场爆发出一阵哄堂大笑。蒜头朝远仁看去，只见他始终低着头，什么也不说，仿佛在默认这件事情。红卫兵把当即成果整理份一份厚厚的材料，当众宣读了起来，并让远仁在材料上捺下的手印。

汽灯终于渐渐暗了下去，人影散去，家家户户都在回味晚上的节目，心情复杂，争论之声持续到天亮。

敦煌说，那是一个不可思议的年代！错与对有时候在具体的事情中是互相交织的，为此灯花的独善其身，显得非常有意义！

独依说，我倒觉得，独身就是独善的一种！



## 5. 革命

那一天，蒜头对灯花说，我要参加红卫兵！灯花说，反了你？！我不是告诉过你，这运动来运动去，终究会到自己头上！有玉当年的教训，你们都要好好给我记着！不要随意去掺和热闹！

蒜头说，我记着你这个道理！但是，如果我不参加红卫兵，他们就说我是落后分子，处处受到歧视，而且不知道他们会闹出些什么事情来！我表面参加下，但不随波逐流，这样能弄清他们的动向，反而可以保护自己！

灯花觉得蒜头盘算得也有理，就答应了，反复叮嘱他要处处小心，事事留心！这一年，二十三岁的蒜头，被选举为大队革命委员会的委员。蒜头终于弄清楚了，红卫兵起来，白天抓生产，晚上抓革命。革命就是学习教育，批斗是学习教育的内容之一。

有一次，革委会主任罗光明带着委员们进驻大队。大队部在蓼溪。晚上，革委会在蓼溪召开群众大会。会上，罗光明说，现在的大队要交权，你们看，大队部书记杨忠达、大队主任赖甲桂，天天只知道带领大家搞生产，而不搞革命，大家同意吗？！

村民说，同意！只要抓生产，才有饭吃！

罗光明痛心地说，你们这些群众，太糊涂了！毛主席教导我们，要抓革命促生产，专搞生产就会走上错误的道路！

村民说，那我们白天抓生产，晚上搞革命吧！

罗光明说，为了执行正确的路线，革委会决定，让大队部交出党支部公章！我们接替他们来管理大队的事情。大家同意不同意？

村民说，同意！谁管理得更好，我们就支持谁上台！听到群众的意见，杨忠达与赖甲桂一脸苦笑。杨忠达说，要交公章可以，我只交给一个人，就是蒜头！他也是革委会的！

蒜头站起来说，公章代表的是党，我不是党员，我不能接受这公章，但我愿意来监督这个公章，大家说可不可以？

群众又哄然高叫，说，同意！

那一天，罗光明来到大队部翻看“四类分子”的档案。蒜头正在记账，罗光明对他说，这些档案是大队干部弄的，必须烧掉！你去烧吧！

蒜头接过档案，仔细看了看，发现里头有罗光明父亲的名字，于是悄悄把档案带出去，找到杨忠达说，罗光明想毁掉档案，你们先藏起来！这些档案不少是正确的调查结论，弄乱了到时无据可查！

蒜头回来了，说，这下你放心了，这些“四类分子”变成了灰！罗光明说，是档案变成了灰，四类分子还在村里，我们现在去抓几个来批斗吧！蒜头说，我家中有事，就不参加了，下次吧！

那一天，罗光明带着几个人来到了河村。蒜头只好出面陪着他们。去了好久，蒜头不见主任回来，担心黑灯瞎火出事，就一路找去，突然看到远仁家屋后有悉索的响声。蒜头认定有人趁开会之机偷鸡，于是悄悄靠了前去，把那人一把按在地上。

地上的人却低声喊，是我，是我！蒜头借着月光一看，却见是光明。蒜头故意问，你怎么找远仁找到这里来了？难道远仁躲到鸡窝里了？！

主任说，远仁是坏分子，他家的鸡也是坏分子，我抓来为大家打牙祭，虽然革命不是请客吃饭，但我们天天开批判会辛苦，革了他们的命，他们也应该请客吃饭。

蒜头知道主任在狡辩，却也不好声张，说，我来帮你抓鸡吧，你是革委会领导。光明走后，蒜头把那鸡就放了。蒜头回到光明身边，说，那只鸡太狡猾了，我刚一伸手，它就逃走了！黑灯瞎火，真不好抓鸡的！光明听出来，蒜头是故意的，但怕他揭露他的丑行，不再吭声。

这次批判会后，蒜头更不愿意参加红卫兵的活动了。但罗光明却频频来到河村，"四类分子"对他都颇为熟悉，暗地里戏称"鬼子进村"。罗光明每次到来，就会有些财物要被革命：要么是鸡，要么是米果，要么是房梁的腊肉。

有一天，罗光明在远仁的房子前转悠，突然想，这房子看着有些不一样，怎么像是小洋楼？怎么像单位一样气派？于是向上级作了汇报。

队长被押往白鹭镇那一天，乡亲们的心情突然变得复杂起来。远仁领头多年，生产生活早已形成一种惯性。虽然平时腹诽颇多，远仁突然出事，社员心里还是留下阴影。队里谁来主事了呢？主事的人如果不管用，那日子就会受到明显的影响。

远仁自然知道凶多吉少。蒜头看到他一夜之间头发白了许多。他对蒜头说，我走后，你要好好领着大家搞好生产，抓革命促生产，既要配合革命，又不能放掉了生产，现在是莳田季节，时节不等人，你把担子挑起来吧。

蒜头说，那你交代问题后早点回来吧，我替你暂时先管着村子的事情。审查的这些天，蒜头接替了队长的位置。父亲一直担心蒜头年轻，不能生威行事。果然，第一天上工时，蒜头就发现远仁家的女人没有出工。

蒜头找到了队长家，看到远仁婶呆呆地坐在家里，两眼泪痕。

蒜头问远仁婶，你这是怎么了？你这是要给丈夫报仇吗？这可是让你家抹黑呀，你这样如果让公社知道了，远仁就更不能回家了！

远仁婶说，昨天睡不着，早上起来晚了。远仁婶又说，求你想办法把那死老头子弄回来，家里没有主心骨，这日子今后怎么过啊！说罢眼圈又红了起来。

蒜头就说，这要看你今天的表现，如果劳动表现好，大家就会同情你一家子，我让全村人联名保下队长，我自然有办法把队长解救出来。远仁婶眼里顿时闪出希望的光，用劲地点了点头，说，我保证劳动比别人用劲！说完，跟着蒜头下地去了。

那时正是莳田时节，天刚蒙蒙亮，四处的夜色尚未褪尽，村场里火把闪动，出动的都是女人。晨风在梅江两岸散布着露珠，妇女走出家门，分散到秧田的两端，密集的禾苗有半尺来高，末梢的露珠打湿了衣袖和头巾。

拔秧子这项劳动，既简单又不简单。把手伸向秧苗，根据苗根的吃土松紧，确定每握禾苗的多少，发出均衡的力量，避免苗起根断。带泥的禾苗起了三握，合成一把，就着田水噼啪地洗脱泥浆，另一只手捞着禾苗开始拔秧，像琴师的双手在琴键上奔跑。泥浆洗脱，从脚边拨出一根稻秆，绕着禾把一圈，又是半圈，手指一扣，就不松不紧地丢到一边。

集体劳动，分工明确，拔秧子就是女人的活。跟着女人们早起的男人只有一个，就是队长。以前是远仁，现在轮到蒜头了。大家按照昨天通知的时间出现在村口，蒜头没有吹哨子，只说了按秧子的数量计算工分。家家户户的女人们为了多挣些工分，自觉地摸黑起床，集合，下地，展开了一场不约而成的竞赛。



天幕上，长庚星像闪着长长的睫毛，看着田野摸黑劳动的妇女们。蒜头突然看到父亲这时也起来了，拎着渔网往梅江走去。他知道父亲一是为了打鱼，一是不放心自己主事，顺便看看场子。看到蒜头把拔秧的人手安排得当，捡狗就放心地往河边去了。

清点好社员，蒜头就回家里眯了会儿，起来后又往田野里走，看到田野里除了黑压压一片人头，绿油油的秧苗已被蚕吃得残缺不齐，状如齿轮。每个人的背后摆放着成群的秧子，像女孩子齐刷刷的马尾辫。叭叭的水声此起彼伏，成为梅江边持久而优美的乐音，在不断扩散和传播。

那水声像是万马奔腾，又像是成群的春蚕嚼吃桑叶。沙沙沙，叭叭叭，哗哗哗，手边的浪花在轻轻荡漾，激起的涟漪向小腿咬来，让人生痒。

但真正生痒的是一种血吸虫，有时往腿肉里钻进半条身子还没有被发觉，等知觉痒了，顺手一摸却拔不出来，这时妇人就惊叫起来，虫子进去了，有没有烟草？都是女人劳作的场所，烟草从哪里来呢？再拔虫子，却断成两半，一半留在腿肉里面。

有人吓唬说，不弄出来，会在血管里全身跑，把血吸干了人就完蛋了！这时妇人就会恋恋不舍地停下活，惊慌地往岸上跑。蒜头就说，我带着呢，虽然我不抽烟，但知道这块地血吸虫多！

妇人们听了，就一齐建议，以后这块地不能当秧田。拔秧不比其他事情，在地里站的时间长，容易吸引虫子上身。蒜头掏出烟丝往妇人腿上一塞，过了不多久，那半截虫子就出来了，掉在田坎上，被妇人一顿碾磨，却无法消灭。蒜头说，赶紧拔秧吧，这虫子晒干成粉，一落水又会变成虫呢！

蒜头往远仁婶身后一看，果然数量是最多的，绿油油的秧个子扎得好，码得齐。于是捞起几个年轻妇人的禾秧，批评道，这活儿就有些太粗糙了，断根的多不说，扎得不紧，往田里一甩就会散开，怎么插秧？你快了，插秧的却快不了，大家得向远仁婶学习，这秧子多好！人家那是又好又快！

蒜头突然看到远仁婶只顾干活，腿上也有只虫子，赶紧说，塞点烟丝吧，别让虫子把血吸干了？

有人就笑着说，女的人精血是让男人吸干的，虫子那么小，怎么吸得干？！在粗俗的哄笑中，妇人的劳累得到缓解，也有人笑得不行，就起来伸伸腰，缓缓劲。

蛇迳的天空上露出一丝亮白，像是天上里挤出来的豆腐脑。接着是一片红色在散开，升腾。点秧数的社员走进秧田，看到秧子像一片绿色的兵马俑，就说，看来秧子已经足够，这些女人真拼命，一个早上干完了全天的活！

蒜头点点头说，远仁定下的计分规矩还是有用的！秧子多了不要紧，插不完可以挑进池塘里浸着，明天再插。

数完秧子，果然是远仁婶最多。蒜头说，这个头你带得好！

晚上，社员仍然像往常一样来到远仁家，看到蒜头出现了，大家问，以后还在这里记分吗？蒜头大声地说，队长仍然是队长，大家以后仍然在这里。一个村不能没有头人，耽误了生产大家就会饿肚子，所以今天我们不只是记分，还有一个重要的事情跟大家商量。

远仁婶热情地招呼大家，摆好了椅子凳子。大家像往常一样找到座位。算完工分后，蒜头站了起来，说，大家听我说几句。

屋子里顿时安静下来。蒜头说，远仁为了我们集体的事现在受到检查，其实这些年他带着我们村劳动，没有功劳也有苦劳，特别是瞒产的事情，就是为了我们大家不饿肚子，不能让他一个人担责任。这次被抓进去，是占了山款，这当然是错，但谁能不犯点错误呢，与其让他到别处劳改，不如让他在村里改造，我们写个申请联名保下他，愿意的签个字吧！

开始没有人前去签字。远婶跪了下来，说，求求各位乡亲，我家的平时得罪大家了，我在这里赔个不是，他确实没有往家里拿东西！蒜头可以做证。

蒜头扬了扬手，对大家说，工作组查清了，远仁拿了粮食是为了照顾烈士遗属！批斗会上，远仁不好当众解释，但事后交代了！

这时，一位社员站了起来。原来是郭寡妇。只听她说，我家男人和远仁一起当兵，远仁每次来我家，都会在我家的相框前上一炷香，说该死的不是我丈夫，是我丈夫替他挡了那颗子弹。远仁这些年关照我不少，但他是清白的。

蒜头说，这就是了，乡里乡亲，我们大家保一下远仁吧，大家有什么仇，能有我们两家那么深呢？

社员们大家你瞧我我瞧你，就是没有愿意带头签名。这时，门开了，灯花走了进来，说，我来捺个手印，得帮人处且帮人，别忘了都是乡亲啊！

人们陆续站起来，前往桌子边捺下手印。虽然签名没有把远仁放出来，但为远仁赢得了时间。

在土屋里，老年的蒜头在老姑妈喝水的间隙，自嘲地说，那时自己涉世未深，所幸父亲帮衬！集体劳动真是让人怀念！敦煌说得没错，集体是个大熔炉！

敦煌说，现在年轻人，如果置身于集体的劳动中，比如拔秧，虽然性格千差万别，但更多是共同的观念，你想想看，大家一起劳动七嘴八舌的，如果一个人离经叛道，在这场合下无法立足！

祝虎说，是啊，在集体的田野里，没有“独善”的借口！

薪火说，没有独善的借口，也许意味着这个“集体”出现了负面意义，这就叫集体绑架！很难说这是社会的进步！

## 6. 探望

去往小镇的路上，蒜头回想着跟远仁的纠葛，有种前途未卜的感觉。他要去红卫兵的司令部求情，那份群众联名不知道有没有作用。在他看来，任何人当权，都不应该忽视群众的意见！

司令部就在农业初中。这里是青春集聚的地方，也是革命最早开始的地方。学生斗老师拉开了小镇红卫兵运动的序幕。蒜头穿越小镇，往一个山坳走去，远远就听到那座小水库哗哗的水声。农中就在水库边，蒜头当学生时经常到水库里游泳。

蒜头想起读书的岁月，不由加快脚步。他想看看母校，看看老师，尤其是他的班主任，不知道现在过得怎么样。他想感激老师指导过他的人生。

走过水库，进了学校，蒜头看到班主任的房门紧闭。向老校工打听，却得到一个难以接受的消息：班主任跳水库自杀了！

原来，学生成立造反派，组织对校长和老师开展了批斗。一位学生检举，晚上他经常看到有女生走进班主任房间，待到好晚不出来。学生起哄让他交代问题，他低头不语。受不了折磨，当晚就跳到水库里。

听了老校工的讲述，蒜头默然无语。蒜头感觉到了社会的风暴。这风暴似乎越来越不受控制，不由对远仁的境遇担忧起来。蒜头顺着学生的指点，去寻找司令部，寻找危东方。

蒜头从叔叔书声嘴里打听到司令部的地址。危东方与书声由于打架成了哥儿们。危东方在林场锻炼了两年，就调到了公社工作，并与刘红梅结了婚。由于打架的事情，危东方在公社一直不受重视。

危东方一次回城探亲，看到城里红卫兵运动起来了，打倒了许多大人物，得到了更大的权力，回小镇后立即行动起来，目标锁定了公社书记，决心在白鹭镇掀起一场大风暴。

为得到县里支持，危东方开始为打倒县里的当权派赖世玉收集材料。正好他从刘红梅嘴里得知有玉被害的历史，就开始拉拢书声，鼓动他为家族出一口怨气，并努力争取蒜头支持。但灯花的告诫，让蒜头没有贸然参加。

蒜头走进司令部，危东方非常高兴。他问，今天来提供什么材料呢？远仁什么问题都交代了，你来了正好可以再添一笔。

蒜头就把河村社员们的联名书送到危东方的面前。蒜头说，这是群众的意见，你们必须重视！大家起来革命，不就是为群众的前途着想吗？！

危东方一看，脸色一沉，说，你的立场不坚定，这样对你以后的成长非常不利的。蒜头就说，我只是如实上报！危东方叹了口气说，你这是中毒太深！

蒜头说，让我看看远仁吧，如果他认罪，我把他的态度带回村里，让大家撤了联名书。危东方答应了。

红卫兵带着蒜头来到了禁闭室。根据灯花的讲述，这几乎是一个轮回。关押远仁的地方，就是当的关押有玉的地方。

但是，蒜头没有见到远仁。红卫兵查了下名单，说转移到小镇的宗祠了，一定是关押的人太多，司令部的禁闭室不够用。

蒜头又来到了小镇的祠堂里。看到蒜头出现，远仁说，你终于来救我了，这些日子可是苦了我啊！

真是世事宛转。以前，远仁一次次把灯花的家人送进牢房，先是有玉，后来是捡狗，现在终于把自己也弄进了牢房。

蒜头心里暗暗说，这就是婆婆灯花说的，这年代喜欢讲运动，这人间本来就是动的啊，动来运去最终会动到自己头上！当然，蒜头知道这话不能说出口。他只是问远仁，你怎么样，受了苦吗？

远仁泪水涟涟，说，苦啊！我宁愿下地劳动，也不愿意待在这里！蒜头说，你苦，别人也苦！当年有玉就是关在这里吧？

远仁说，当年是我错了！我原以为跨界过白区就是判几年刑的，谁知道上面的干部“左”得更厉害，硬是要拿有玉开刀！那是扩大化的后果啊！三十年河东，三十年河西，谁知道“左”的东西又回来了，这次落在我的身上！他们问我当年回到村里是不是当了逃兵，他们要把我打成敌特分子！你得想办法救我，我可不想死这里！

蒜头好奇地问，这次你又不是过白区，送粮给寡妇那是关心烈士家属，性质有这么严重吗？当红军还是革命老同志，怎么反而成了罪过？难怪有玉叔叔为苏区政府办事，反而被说成了敌人策反，真是不可思议！

远仁听到蒜头的话，知道在村里调查过寡妇的事。他问蒜头，现在村里情况怎么样？我家那老婆子怎么样了？

蒜头把村里的情况说了一遍，接着问远仁，红卫兵到底要怎么样呢？

远仁说，红卫兵说我当过团丁，是国民党的残余势力，被审查了几天几夜，快要顶不住了！一起坐牢的上吊了几个！如果不是想到亲人，我也不想活了！但我在战场上死过，现在倒不想死了！

蒜头说，是啊，如果你打成了反革命，怕是乡亲们联名也保不住你，两个儿子会跟你划清界限，免得受到影响！

远仁一把鼻涕一把泪说，可我还不想死，还没有活够！蒜头说，你还有什么留恋的呢？你是舍不得村里那一百多号乡亲？我爷爷有玉当初走的时候，可比你从容多了。

远仁说，这些天我在反省，真是舍不得村里的乡亲，你说都新社会了，大家虽然还是穷苦一点，但政府组织大家在一起劳动，受了灾还会有救助，这气象多么好！我欠你家一条人命，也算还清了。你不知道吧，扩红的时候你父亲三番五次去捡兵，故意把年龄写大了，但我都改正了。





蒜头说，你是怕我们家光荣起来吧！

远仁说，也有这想法，但主要是要还一个人情，留下你父亲照顾灯花，毕竟她是小脚女人！如果当时让他去了，十有八九是回不来的，你看我们村去当红军的有几个回来了呢！

蒜头说，婆婆一直不让我们报复你，不然现在你掉到井里，我早就搬来一块大石头砸到你头上。

远仁说，灯花是一个好人，仁义。

蒜头坐了下来，一五一十地听远仁讲起当苏维埃干部的事情。蒜头想帮远仁写份材料，以减轻他的罪行，争取早点出来回家。

## 7. 旧账

囚室告别后，远仁就等着好消息。禁闭的人无精打采，肉体与精神的摧残，对家庭的牵挂，对未来的担忧，让这些人脸上难有笑容。他们根据亲友提供的消息，小心地议论着各自的命运。

只有远仁充满希望，不断地讲述当红军的经历，鼓舞大家的信心。远仁回想起攻打漳州的经历，更是激动不已。坐在禁闭室里，他与同室的难友一次次说起那次战役。

其实，远仁最初是漳州的白军，驻守在十字岭，这是白军的主阵地。那是1932年，攻打赣南失败后，红军掉头攻打漳州。开始，攻打十字岭的红军失利，六百多人牺牲了四百多。有个叫石鼓仑的地方，是十字岭上通往南坪村方向突出的高地，控制着大部分战场。白军筑起了工事，在前面埋下竹尖。

这个竹钉阵，把红军拦住了。他们接近阵地时不知情况，就踩了上去，结果大部分都受了伤。但是，红军的英勇感动了远仁。在炮火的掩护下，负伤的红军仍然果断地扑向山头，工事里密集的火力向他们扫射，又有不少战士倒下。

后来红军调整了战略，一边让一支队伍吸引敌军火力，一边由当地农民带着从石鼓仑的另一个方向袭击，两路红军上下夹击才拿下十字岭。远仁，就是被俘的人员之一。



红军的缴获可多了，要挑回瑞金。远仁听说回到瑞金，就主动要求参加红军，成为押送缴获品的人员。

远仁的这些回忆，蒜头都写到了纸上。有了记录之后，远仁突然就不想再讲了。难友感到无聊，对他说，讲讲你是怎么走回村里的吧。远仁说，我不想讲了，蒜头录在了纸上，我没有必要再讲了，就等着上级领导怎么讲了。远仁充满信心地期待着危东方的再次提审。

终于，他又等来了红卫兵。危东方说，你还想翻案吗？让蒜头帮你整了这么厚的材料，你想与红卫兵对着干？

远仁说，我有罪，我当过白军，但我也当过红军，参加过战斗。危东方说，你太天真了，以为当过红军就是新中国的功臣了？如果你成为烈士，我们相信你是功臣，但现在你活得好好的，谁能信你是不是当了叛徒？证明你的忠诚，还有一个机会，就看你想不想抓住？

远仁问，什么机会？危东方说，红卫兵是要打倒县里的当权派赖世玉，你当年与他共事过，现在就看你能不能站出来做证，当年是他策划迫害有玉的。如果你做证，我们就能够从轻处理，让你早点回家。

远仁说，让我想想。

批判世玉的大会就要召开，危东方等待着远仁的最后答复。然而，远仁想了一夜，仍然如实地交代。他说，那不是赖世玉的策划，而是区苏维埃的集体讨论，是巡视员的最后决定，但我可以证明，那个决定是错误的！有玉是个好同志！不信，你们可以问灯花。

危东方气得火冒三丈，说，你等着好下场。

危东方再次把书声叫了过去，说，远仁非常顽固，说什么当过红军当过苏维埃干部，以革命功臣自居，看来还得继续给他施加压力，你得继续找到他当队长时期的罪证，否则他还不死心。

书声说，我们只掌握了他瞒产的事情。

危东方说，蒜头叛变，关键时候帮倒忙，叫乡亲们送来证明材料，说那是送给烈士的遗孀了。再想想，能不能挖出不为人知的事情来。对了，上次罗光明汇报，远仁家最早建新房，而且是小洋楼，他哪来的钱财呢？

书声说，他说是军队奖给他的安家费。

危东方说，这事有些奇怪，我父亲同样解甲归田，怎么没有听说有这么一笔费用呢？我们得再查一查这个名目。

几天后，危东方从城里回到白鹭镇，兴奋地告诉书声，远仁所说的名目，我问了民政部门，根本不存在。这里肯定有鬼。你想想，他建新房子的钱，可能从哪里贪污得来的？

书声回到村里，跟捡狗说起了危东方的怀疑，问起远仁建房子的事情。捡狗说，远仁回到村里四五年，不见他建房子，如果是政府给他的安家费，他一回到村里就应该建房，但事实是推迟了几年，我也感到疑惑，但我们又不能无端猜测人家。

书声说，大哥你为了建房子，放排走排累得要命，最后只建起了半栋房子，他一回家就是完整的二层砖房，多么气派，这里头你们没有怀疑吗？捡狗说，要不让蒜头查一查村里的账本吧。书声说，查不了，生产队是后来的事情，他建房子的时候，还是单干的，没有集体财产。

书声突然一拍脑袋，说，我想起来了，有次同事说梅江两岸发放过山款，问我们家得了多少，当时我以为大哥领去了。捡狗说，什么山款？我可从来没有领过呢。

书声说，林业公司刚刚成立，要砍伐白鹭镇的林木，但这些是地方财产，林业公司是国营单位，要给地方付山款作为补偿，就造了村民的名单，发布公告等大家来领。

捡狗说，也就是说，我们村的山款都让远仁一个人给领走了，但并没有发放到我们村民手里。难怪他能建起那么高大的土砖房，还是雇工人放的砖头，他可过得挺逍遥的呀！

书声说，让红卫兵去审一审，就不能逍遥了！得到线索，危东方连夜审讯了远仁。危东方说，想好了没有？是合作还是继续抵抗到底？远仁说，我还是原来的态度。危东方一拍桌子，说，你家的房子是怎么建起来的？！

远仁充满疑惑，小声地说，是政府给我的安家费建起来的。危东方说，还想顽固到底吗？我们到林业公司调查了，你们村的山款到哪里去了？

远仁听到“山款”两个字，两腿软了下去。他最担心的秘密终究被人发现了，于是知道对方下了功夫，终于承认了私领“山款”的事情。

危东方说，你知道贪污该当何罪吗？与张子善、刘青山这两个大人物比起来，功劳谁的大？新中国还不是把两人枪毙了！

远仁吓得趴在地上，说，饶命，饶命，我配合你们革命，只要不枪毙我，我愿意戴罪立功！

危东方说，只要你证明两点，迫害有玉是赖世玉一手策划，你私领山款是受他指示和保护，我们就会饶了你死罪的。

远仁两头磕着地面，只听到“饶了你”几个字，连连点头称是。

## 8. 救命

回到河村，蒜头把联名信的事情告诉了灯花，并说了送参军证明材料的事情。看到远仁婶在哭着，蒜头就说，两家的恩怨该解除了，是非曲直就让它一去不复返。

灯花说，远仁有过错，也有对的，当初如果不是他挡着捡狗当不成红军，恐怕我们这个家庭也撑不下去了，你不见书苗家的吗？孩子没回来，媳妇改嫁了，如今这个家庭就没有了。

蒜头说，那我们等着远仁回家吧。但是，事情并没有朝他们预想的方向发展。有一天，大队部的干部来到村里，说是要组织群众到公社大礼堂里参加批斗会。这是红卫兵在白鹭镇召开的最大一次批斗会，远仁不但没有放回来，而且成为被斗争对象。

远仁婶听了哇哇大哭了起来，特意前来追问，蒜头也弄得一头雾水，一肚子委屈。送到红卫兵司令部的材料有没有起作用，蒜头并没有底。照理说，送粮的事情讲清楚了，做苏区干部的事情讲清楚了，远仁就是不放回家里，小小队长也不至于跟着公社书记平起平坐，一起落罪吧。

蒜头安排完队里的事，就来到镇里打听消息。路过蓼溪，看到有银在树上打着竹缆，于是停下了步子，把细爷叫了下来，问，是不是你检举了远仁的什么新罪行？怎么远仁也要参加这次批斗大会呢？

有银说，就是那天在村里揭发的呀，后来没有再去了，你姆妈不让，说是历史不必重翻。

蒜头就说，那就奇怪了。有银一边爬树，一边说，兴许是禁不住毒打和审讯，自己把一些见不得人的事情坦白了！这人呀，不是不报，时间未到。

蒜头看着高高的木台，一条竹缆披挂下来，就说，细爷，你每天爬上爬下的，自己要注意脚下啊，你这把年纪了，人间的事要看得更宽了！对了，你每天人在高处，看到了一些特别的风景吗？

有银说，经常能够看到危东方跟书声在一起，危东方是革委会主任，在白鹭镇里呼风唤雨，看来你叔是攀上他了。你要么去大礼堂看看吧，不就知道什么情况了吗？

蒜头觉得有道理，赶紧来穿过小镇，来到大礼堂。大礼堂里人潮汹涌，人们仿佛赶着看电影，还在拼命往大门里挤，有人喊着，开始了，开始了。蒜头挤了进去，远远就看到几个人背着木牌站在舞台上，脸快要与胸膛粘在一起。蒜头细细一看，有几个认得。

一个是公社副书记。前段时间经常下村到河屋，参加修池塘，蒜头知道他到村里其实是躲避纷扰，求个清静，每天吃过晚饭才回公社里。最熟悉的当然是远仁。他一会儿低头，一会儿在人群里寻找什么人，蒜头觉得他看见了自己，但很快又低下头去。

这时，造反派开始组织批斗。红卫兵指着副书记说，现在你自己喊口号，叫大家打倒你。副书记朝台下看了一眼，清了清嗓子，喊了起来：打倒我！打倒我！台下随即响起一片声音：打倒我，打倒我！

大礼堂里响起哄堂大笑。红卫兵纠正说，不要捣乱，否则罪加一等，要念自己的名字！

轮到远仁了。红卫兵说，这是个隐藏很久的敌人，在旧社会当过团丁，受到欺压的人可以前来控诉批判。话刚说过，一个人影飘上了舞台，拿起早已准备的木柴，朝远仁狠劲劈去。人群中爆发出啊的一声，随即看到远仁倒下。人影站定，却是个年轻人，开始痛述仇恨：远仁当团丁时，专门欺压他家爷爷，把爷爷抓进了乡公所并迫害致死。人群像扔进了一颗炸弹，顿时响起一片喊声，打死他，打死他！造反派制止他，泄了仇恨的年轻人丢了木柴，跳下台去。

接着，开始了另一名“四类分子”的批斗。蒜头没有心思再欣赏台上的闹剧，一直看着舞台上的远仁。远仁在台上爬动，到了舞台边，滚了下来蒜头用力挤开人群，走到角落一看，远仁还在蠕动，朝角落的尿桶爬去。

蒜头不敢上前帮忙，只能看着远仁一寸寸地朝前挪动，两眼似乎蓄着希望，终于到了木桶边。蒜头正在奇怪，远仁这个时候，还想着到桶边去拉尿？要是别人早就拉到裤子里。

蒜头站在舞台后门，一边听着舞台上高潮迭起，一边等着远仁爬出门来。一支烟的工夫，远仁重新有了体力，支撑着站了起来，摇摇晃晃扶着门框，朝门外走来。蒜头赶紧上前扶着，两人找了一条小路，朝河村一步一步回村。

走了二十分钟，蒜头就看到了那棵高大的枫树，叶子正红，像一支巨大的火炬。这棵树在公路的坡顶上，上了坡，就能看到河村了。蒜头扶着远仁走到枫树下，坐在树根上歇息。这时，枫树边跳出一个人来，厉声说，远仁，今天休想逃走，拿命来！

蒜头抬头一看，正是舞台用木柴劈人的年轻人。蒜头拦了过去，说，年轻人，得饶人处且饶人，打死了人是要犯法的，今天造反派不是说了，要文斗不要武斗。年轻人说，你走开，我家的仇怨我自己了解，闲人莫管！

蒜头说，他也是我家仇人，今天我还就管定了！

年轻人诧异地问，是你的仇人，怎么还护着他？蒜头拿了一片叶子装了泉水送到远仁嘴边，对年轻人说，他害死了我的叔叔，我们家的仇怨没有了结，我要带回去了解一些事情，不能现在让他送命。

年轻人说，你现在就问，这是我们共同的仇人，问完再让他送命！

蒜头说，你看他现在这个样子，是活着难受，还是死了难受？年轻人想了想，说，有道理，死了倒便宜了他。

年轻人走了，远仁跪在蒜头面前，说，你的救命之恩，我会记住！蒜头说，你可不能说我救你，否则就是害了我！





## 9. 改造

远仁被批斗后，就发放到青莽林场劳动改造去了。这个远仁，吞了集体的“山款”，最后还是要在山上用劳动还回来。远仁走了，蒜头在主持队里的管理，感觉非常吃力，毕竟年轻经验不足，于是灯花就让书声去找危东方求情。

书声不愿意去求情。当初不能入党，他记恨着远仁。加上刘红梅的鼓动，他觉得有玉的事情应该翻案，不能永远成为家族的污点。但他知道灯花不同意这样做，就暗地站在了红卫兵一边。

灯花说，蒜头还年轻，担不起队里的重任，你去求求那个危东方，早点把远仁放回村里来，一起帮助村里组织生产。运动归运动，人们在集体里劳动，打工分挣粮食，没有人挑头，怎么过日子！

书声没有吭声。灯花又说，这一阵又一阵的运动，好像是过日子的主要内容了，但老百姓最需要的还是解决肚子问题，是组织生产。现在，远仁也得到了惩罚，也愿意承认有玉是冤枉的，我们如果还记仇，村里人就会说我们。

书声答应了灯花，向危东方求情。危东方同意把远仁送到城里配合批斗活动，争取立功后立即释放。

那一天，蒜头陪着书声、危东方一起去林场接远仁。

书声对林场有一种特殊的感觉。他和红梅的情感虽然没有结果，但时不时会泛起浪花。如果当时不是潦草成婚，红梅也许会和他走到一起。她是个有主见的女子，在危东方与书声之间，情感天平有着明显的偏斜。但书声骨子里的自卑，让他在决斗后想迅速摆脱情感的烦扰。

三人一路欣赏着林场风光。离开林场有些年头，对于人生发迹的林场，危东方充满感情。阵阵的涛声此起彼伏，远山隐隐传来树木倒地的轰响和人们的欢呼。中午十点钟，林场里安静无人，只有一位做饭的工人在忙碌。

危东方找到了当年的住房。坐了两个小时，林场的员工回来了，热情地接待了危东方。刚刚打下的野兔送到厨房，一大盘青椒炒兔肉，吃得大家连说香，向客人频频敬酒。

林场的职工中有人起哄说，怎么样，两人是不是再来一场“文斗”？

危东方满嘴喷着酒气说，我斗不过，书声是个知识分子，我听刘红梅说过还会写文章，什么“图书满架方称富，诗酒交朋不计贫”，我们俩是不打不成交，现在是哥们了啊！

书声为危东方的豪爽所感动，也为红梅的惦记所触动，说，那是以前读私塾时胡乱写的，现在才不写了呢，酸溜溜的。

林场职工知道书声熟悉说唐故事，就起哄说，来一段吧，为我们说唐，我们听革命歌曲听得多了，换一换口味。书声受不住哄，借着酒性说，我就为大家来一段“薛仁贵瞒天过海”的故事。

贞观十七年，唐太宗御驾亲征，领三十万大军以宁东土。一日，浩荡大军东进来到大海边上，唐太宗见眼前白浪排空，海茫无穷，即向众总管问及过海之计。

忽传一个近居海上的豪民请求见驾，并称三十万过海军粮此家业已备好。唐太宗大喜，于是便率众将领随此豪民来到其海边的家。只见万户皆用一彩幕遮围，十分严密。豪民老人东向倒步引帝入室。室内更是绣幔彩锦，茵褥铺地。百官进酒，宴饮甚乐。

过了不久，只听风声四起，波响如雷，杯盏倾侧，人身摇动，良久不止。唐太宗警惊，忙令近臣揭开彩幕察看，不看则已，一看愕然。满目皆一片清清海水横无际涯，哪里是在什么豪民家做客，大军竟然已航行在大海之上了！原来这豪民是新招壮士薛仁贵扮成，这“瞒天过海”的计策就是他策划的……

书声绘声绘色的讲述让大家听得入迷。故事讲完后，大家的议论更是热烈。有人说，这不是欺君之罪吗？那薛仁贵不只是聪明，胆子也太大了！有人说，征东故事中的东土，听说就是现在的朝鲜呢，不知道志愿军抗美援朝的时候，有没有用过这“瞒天过海”之计。

危东方说，怎么没有，我们林场就有一位到过朝鲜的志愿军，叫陈贤泽。那次联欢会后，我经常跟他聊天。他打过汉城，打过海南，守过上甘岭，有一回他讲过，他们军队过朝鲜就是秘密进去的，是这彭元帅与当年的薛仁贵一样有勇有谋呢。

这时候，书声并不知道，这个陈贤泽就是当年灯花救下的孩子，那个横背的孩子，这些年灯花一直在寻找他。

时间在热闹的酒宴中飞快流逝，转眼已是两个小时。蒜头在一边喝酒一边不时提醒书声。书声醒悟过来，说，我们到这里来，是找人的。

三人带着远仁，在蓼溪等来了汽车，一路朝城里进发。一路摇摇晃晃，蒜头是第一次进城，好奇地看着车外的风景。

经过四个小时的摇晃，车子终于进了车站。走出车站，就看到一栋苏式风格的建筑，饭店的招牌在阳光下闪闪发光。比起小镇，县城的八一路显然悠长得多，忠字门更是气势恢宏，主席的字体在两边柱子上龙飞凤舞。城里人就是城里人，什么建筑做得那么有气势。

过了金水桥一般的大门，危东方径直往县革委会走去。几位干部让远仁在一份材料上签字。远仁说，我不识字，这里说的是什么？

危东方说，这就是你上次提供的材料呀，县里说只要你画押认可，就可以将功抵罪，放你回家。远仁说，那赖世玉打倒后，我就可以回家了吗？危东方，可以，我会跟县里说好。

书声对县革委会的同志说，当年的事比较复杂，我们不敢说有玉是被苏维埃政府冤枉的，那样会损害政府的光辉形象。就算是有一些冤屈，也算是对革命的一点贡献，毕竟那样可以作反面的教材。

蒜头也跟着附和：远仁后来改造得确实比较好，还参加了红军，对我们家也算有恩，功过相抵，我们家不再计较他的过错了，希望政府也宽容他的历史问题，毕竟后来他当队长时为村里出了很大的力。

危东方说，这次远仁交代了赖世玉的问题，我建议把他释放，算是立功表现吧。县革委会的同志说，我们本来就没有打算要打倒远仁，他只是一个小小的队长，怎么会惊动县里呢，你们公社的事情你们自己处理，我们只是要他配合批斗赖世玉。

第二天，赖世玉的批斗会人山人海，远仁看着这个老相识，充满内疚，又充满感慨，革命就是一会儿你上台，一会儿你下台。远仁只想早点远离这样的大会，按照革委会交代，匆匆完成了规定动作，就期盼着早点回家。

次日，四个人早早来到革委会办了手续，就坐上了回白鹭镇的车子。车子出发的时候，远仁突然跳下车去，说，我还不能走，我要回去。几个人以为远仁这回疯了，赶紧跳下车来，跟了上去。远仁行色匆匆，走得非常快，离开车站就直奔县革委会，几个人跟着，累得气喘吁吁。

四人进入革委会，远仁对着那名释放他的干部鞠了一个躬，大声说，感谢组织，感谢党，你们好事做到底，我现在还需要一个证明，否则回到老家无法立足。大家这才明白，原来远仁不顾一切跑回来，是要一个证明。

看到远仁可怜巴巴的样子，对方同意了这个特别的请求。远仁像获得了宝贝一样，苍老的手抚摸着纸上的大红印章，老泪纵横地说，我有救了，我清白了，我改造好了！

看着远仁疯癫的样子，蒜头一路上讲起了家乡的情况，以缓解他这半年来受到的刺激。蒜头说，老队长，这次请你回去，你得好好工作了，队里一切都好，你原来的法子很管用！

远仁说，社员没散就好，抓革命促生产，有生产就有粮，手中有粮心中不慌呀。蒜头又说，只是你要有思想准备，你的两个儿子分家过了，说是要与你划清界限，回去后你就和远仁婶自己过吧，这样反而清静些。

远仁说，这两个兔崽子，自己的父亲都信不过，分了算了！

蒜头告诉他，这回去正要组织“双抢”，大队里要组织“农业学大寨”竞赛，第一名的可以得到奖励呢，大家都等着你回去，再夺一回第一名，这样村里就可以吃上一餐酒宴了！

远仁说，有你就行，我老人帮衬一下。蒜头说，你来当我的助手吧，你来好好顾问，好好参谋，我们一起把乡亲们的劲儿鼓起来。

敦煌说，灯花叫蒜头去救人，是出于本能，但也是为了集体。集体与分散，都是人类的生活方式，但不能不说，集体主义是对抗个人主义的最有效武器。这些年社会上讲个人的多了，讲集体的少了。

祝虎说，独身主义是西方流进来的东西，不能说它有多坏，但至少对集体、对民族、对家族，没有一点好处！

## 10. 竞赛

在新建的土屋里，灯花不记得摆过多少次宴席了，有喜宴，有白宴，但印象最深的还是全村的庆功宴。

一个夏天的夜晚，厅堂坐满了人。灯花坐在垄角边，摇着摇篮，默默地看着这群人。下厅有些幽暗，坐着的多是妇辈，叽叽喳喳地说着家务事、工分数。

上厅挂着一盏马灯，把墙上的伟人像照得容光焕发，那些像上的名字灯花都听熟悉了。这些纸像挂在左边墙上，右边墙上是另一些纸张。灯花正和一些妇人说着明天的天气，突然上厅蒜头的声音大了起来。

蒜头指着右边墙上那些纸张，说，你们看，这是去年的“农业学大赛”生产竞赛的奖状，河村虽然评为了先进单位，但是只得了第二名。今天大队部开会说了，夏收仍然组织竞赛，而且发资金，第一名奖三十块钱！

大家竖起耳朵，齐声说，三十块？真不少！

蒜头点了点头，说，就是，三十块钱，如果我们河村赢了，全部拿来摆宴席，我让全村人大吃一顿！

上厅的男人们听了，顿时一阵喝彩，齐声说，好，我们听队长的，反正这些活都要我们干完，拼一拼还可以加餐，喝酒！

这时蒜头扬了扬手臂，压住喧嚣的声音，说，金狗，你光记得喝酒，去年就是你不肯加夜班，拖了全村的后腿！

金狗嘿嘿一笑，说，老同学，不要当众揭别人的丑，我可是尽了力的。说实话，我并不贪图那酒宴，我们何苦拼了命累死累活的，我们河村这些田地，稻子迟早可以归仓，何苦争个先后？一连下地十来天，赶个集喝个酒的时间都没有，这竞赛有什么意思呢？

蒜头说，听听金狗说的，这是什么话，我们河村一向团结，大家都像他那样，生产不抓紧，收割不及时，恐怕天公不照顾，年终又要少分粮！集体集体，就是不能只由着个人的性子嘛。

大家听了，觉得蒜头说得有理，一起斗争金狗。这些金狗掏出纸，塞了些烟丝，点起火慢悠悠地吸了起来，脸上挂着讪笑，说，随你们吧，我就这性子，到时跟着大家干就是了！

开了动员会，记了工分，蒜头就把队里的会计、保管留了下来，排兵布阵，说着这次比赛的如何分成五组，如何搭配人手，如何安排农具。

研究一阵子后，人都离开了，蒜头收敛好纸笔算盘，坐到一只摇篮边，对灯花担忧地说，婆婆，我这心里头可没有底，今年如果又叫大家拼命加班，结果没有获奖，不能加餐，乡亲们都会骂我的。

灯花宽慰说，事在人为，凡事想周全些，总会有个好结果，实在赢不了，我们自己置点薄酒，慰劳一下大家。

蒜头说，如果远仁还在村里就好了，我们合作了那么多年，他想事周全些，也能拿主意。灯花点了点头，说，这远仁也不知活得怎么样，还在不在这个世上，转眼五六年了呢。原来，远仁回到村里没多久，又被抓走判刑了。

村里开展劳动竞赛，灯花自然看得欢喜。这是蒜头担当的大事。灯花想起十多年前。那时，蒜头还没有毕业，远仁就偷偷叫他记账写账，经管着集体的事情，弄得捡狗以为蒜头当了远仁的家奴。经过十来年的历练，现在蒜头成熟了，当起了队长。

蒜头年纪不大，但有自己的主意，特别是敢于接受新鲜事物，接受先进技术。公社一次一次来到河村开现场会。有时，开会的人来到了在大厅里，灯花乐意自己成为局外的听众。

有一次，公社干部把一位外村的队长叫了起来，说，老陈，你说说，你为什么不种杂交水稻！听说你把杂交水稻的种子，偷偷倒掉了，今年你们村播的还是常规稻！

那个叫老陈的队长说，我不种杂交水稻，是为集体着想，这水稻我们在梅江边种了一辈子，还没有听说水稻可以杂交，我担心种下去失败了，全村的人就要饿肚子！

公社干部说，你为全村人着想，心思是不错，但种杂交水稻，也是为全村人着想。你们看，常规的稻子产量低，这些年你们村总是要公社调剂粮食，你们就没想过有一天要改变吗？！

老陈说，如果是我一家种，我可以试验，如果全村种，我不敢试验！公社干部说，蒜头，你起来跟大家说说，为什么要推广杂交水稻吧！

蒜头说，种地要讲科学，老法子产量低，特别是我们河村，人多地少，不改变种子就会饿肚子！你们放心吧，这些杂交水稻，是我们政府在别的地方试验过的，不需要再试验了！不但水稻的种子要换，种的方法也要变。你们多听听广播，寸水分蘖，适时晒田，这是培训班上老师讲过的，非常管用！

老陈说，我看过你们的杂交水稻，种得稀稀拉拉的，这样能产出多少谷子呢？你们播种也是，稀稀拉拉的，我怎么放心呢！

蒜头笑着说，老法子插秧，一大把一大把，以为苗多谷多，行距也密，不通风不透气，你们看吧，别看稀稀拉拉，但长大后刚刚合适！还省了秧苗。





公社干部说，你们听听，人家蒜头年轻人，就是能接受新鲜事物！杂交水稻培育几年了，国家还会坑害你们吗？要相信政府！

河村就在公路边，拖拉机耕地的技术，也是最早实施的。开会时，那些老队长一起嘲笑拖拉机耕地坑洼不平，还是耕牛水平地平。公社干部仍然让蒜头起来讲解，说耕牛慢，效率低，拖拉机快，不平并不要紧，杂交水稻并不娇贵，注意看好水就行。

老陈反驳说，用拖拉机耕地，那些耕牛怎么办？杀了吃肉？世世代代的伴，能吃得下吗？再说，人不耕地了，就闲了，就会偷懒！

公社干部说，你这是歪理！马克思说要把人解放出来，不只是从剥削中解放，还有从劳累中解放，社员不要耕地了，有闲了，就可以搞搞副业，你们看，蒜头组织得多好，一有空就组织社员放排，增加集体收入！

老陈说，公社不是说队里的劳动力不能外流吗？扩副业，那是资本主义思想！

公社干部说，你不要扣帽子！劳力不外流，是农忙时的要求。放排只要是集体副业，收入归队里，怎么是资本主义呢！

就这样，灯花看到蒜头从公社捧回了一张张奖状，把大厅西边的墙面贴得满满的。这次竞赛，灯花当然希望再来一张，而且办一场集体加餐，这样新建起的房子，就红红火火，人气兴旺！

竞赛动员会开过了，乡民大家都起早摸黑的下地。灯花年岁大了，只能在家里做点家务，自然帮不上什么忙。

## 11. 归乡

一天上午，灯花正在天井边摇着摇篮，看到阳光从天井照落下来，上了灶台的墙壁。她感觉左眼皮跳了起来。摸了摸，又跳了几次。灯花心里纳闷，这是跳灾，还是跳财呢？还是有什么事情发生？

不久，屋外就响起了狗叫。灯花远远看到有个陌生人进了院墙。灯花老眼昏花，仔细瞧了很久，没有认出谁来。过客走到她跟前，说，灯花婶，我来讨口水喝吧，路过你家，就进来瞧瞧。



灯花再定睛细看，那相貌像是个熟悉的人，但怎么也记不起是谁，居然还能说出她的名字。灯花起身扳住茶壶，为客人倒了碗茶水。客人接过手中，一口喝了，抹了下白花花的胡子，说，好喝，好喝，甜透了心，真是美不美家乡水呀！

客人喝了水，并不打算走，就在上厅时溜达转悠了起来，左瞧瞧右瞧，灯花紧张地看着他，心想这是个什么人物呢，又不是叫花子，又不是亲戚，这么自在地在大厅里张望，指着那些奖状说，好呀，好，蒜头历练得不错，是个带头人，是河村的福气呀！

客人说完了，自己找了张竹椅坐了下来，说，灯花婶，你真的认不出我来了吗？灯花再仔细瞧了瞧，疑惑地问：你，你，你是谁呢？

客人说，我是远仁呀，看来在外面这些年，我真是换了个人！

灯花大吃一惊。远仁六年前被蒜头他们救回村，不久又被人带走了。关于他的消息就一直没有定准，有人说他被枪毙了，有人说他进了大牢，有人说他被战友救走了。看着他苍苍白发，满嘴胡子，略微有些拐的腿脚，估计他至少在外面没有过上好日子。

灯花问，这些年，你到哪里过好日子去了？

远仁说，说来话长，我呀不指望过好日子，能活着回来就心满意足了！说完，远仁朝灯花跪地磕头，说，灯花婶，幸亏我这辈子遇到你们这样的仁义人家，否则三辈子的命都没有了！

灯花赶紧扶他起来，说，慢慢说，慢慢说。

远仁说，我从柳州的牢里刚刚放出来，多亏蒜头帮我写信，向柳州的战友求救，才保下小命一条。当年公社把我打成了反革命，关了又放，放了又关，我看到不少犯人判了死刑，心里头急，趁蒜头探狱时叫他帮忙，找到了一个打漳州的战友。

这位战友姓翁，叫国平，远仁就是被他俘虏的。俘虏后，翁国平把远仁一顿教训，说怎么当起了白军。远仁愿意当红军，翁国平成了他的班长。

那一年，红军的缴获可多了，远仁兴奋得捡起一把把枪支，这时，翁国平拿着一支手枪，插在腰里，说，要这把手枪能归我就好了。远仁说，别做梦了，这是将军才有资格佩戴的武器。

这时，远仁突然看到地上有个人在蠕动，擦啦一声拉响了枪机，朝国平瞄准，远仁大叫一声把国平推倒在地，那一枪打在远仁的身上。远仁被留在了地方，国平后来随部队走了，当上了师长。

翁国平后来南下解放柳州，在柳州当上了法院院长，有一次回赣州探亲，特意到白鹭镇找到了远仁。那天，蒜头来到禁闭室探望，说，你不是拿到无罪证明了吗，怎么又揭发了你新的罪证呢？

远仁说，没时间说，先求你办个事，肯帮我就还有活路，不帮我可能等着判死刑了。我一天比一天害怕，以我的历史问题，加上拿了点集体的财物，肯定会被判死刑的。蒜头问，有这么严重？

远仁说，社会的运动最怕的是没有度，最容易发生的是极端运动，说你有问题就都往死里整，就像一辆发了疯的牛，哪有理智慢慢悠去分什么黑白，看到红布就会乱冲乱撞。

蒜头说，我能帮什么忙呢？远仁就把战友的地址给了他。蒜头按照地址找去，把信送到了翁国平手上。远仁不久被转移到柳州宣判，受到战友的保护和照顾，远仁只判了五年有期徒刑。

听了远仁的生死劫难，灯花对远仁说，世间事因果相报呀，你救了翁师长，师长又救了你，你这命算是你自己救下的。灯花又问，监狱没受什么苦吧？

远仁说，不怕你笑话，我在牢里的时候，我天天就想我们小镇。人到花甲，想想这辈子年轻时太轻狂了，现在就想安安稳稳过日子。世间事闹来闹去，那都是虚浮的，只是表面的热闹，最终还是在自己小镇里种地晒太阳自在呀！

远仁喝了口水，又对灯花说，我也是诚心忏悔，但我不知道到底该向谁忏悔，牢房里没有香火菩萨，没有主席纸像，再说这些神明伟人，也不愿意听我这个小人物的琐碎事。那时我就想到你，灯花婶，你在梅江边是有名望的，我就想把一些话对你说说。今天我终于把积了五年的话说给你听了。

灯花说，回来了就好，世事看明白了就好，喝水吧。两位老人聊了一个上午，太阳的光影落在了天井的正中了。

灯花起身准备午饭，说，上午就在我们家吃饭吧。远仁说，不了，我还没有回家呢，我找找老婆孩子去。



## 12. 帮衬

吃过晚饭，蒜头在大厅里为大家记工分，介绍劳动竞赛的进度。一到农忙时节，小镇的工人回到各自的村里帮忙收割，队里也答应记工分发粮食。捡狗在小镇的码头搬运队上班，为帮助河村的竞赛，把其他村的工人也叫到了村里，工分记在蒜头名下。

记完工分，乡亲们散去了，蒜头抱着孩子打算休息去。摇篮里的是蒜头第四个孩子，胖乎乎地长得结实、饱满，这孩子时运好，怀上时正好亲戚送了个山羊胎盘，受到了滋养。

灯花看到蒜头把儿子从摇篮里抱起，叮嘱说，小心点，注意边上的禾刀，别割伤了孩子的脸，我总觉得这孩子眉眼好，将来与我父亲一样，是个文曲星！

薪火悄悄对独依说，这个孩子，准是我的父亲！敦煌听到了，微笑着点了点头。他说，梅江人家的摇篮是谷筐做的，四边絮着稻草圈，割禾刀插在稻草圈里，可以辟邪防灾，我是摇篮里的最后一代人！

那天晚上，蒜头忙完集体的事情，灯花叫住他，说，今天远仁回来了，你没有去找他吗？

蒜头说，听说了，但一直忙着，没有去看他。灯花告诉蒜头，远仁刚从柳州坐完牢，回到小镇还没回家就先来我们家道谢呢，说你当年帮助了他。

蒜头把孩子抱着怀里，亲亲了脸蛋，说，是你教我要这样做的，当年若不是你，我也会像书声一样向他算账呢！还记得当年他第一次受批斗吧？

灯花于是问起远仁房子的事情。蒜头知道，灯花是担心远仁归乡后没有住处。

远仁的房子，就是当年作全村“山款”建起来的房子，是河村唯一的小洋楼。当年，远仁得意地对乡亲说，一看你们的土屋就知道没见过世面，你看，公家的房子都是两层的，住在楼上不潮湿，多洋气！

但是，这栋房子在运动中被没收了，充作了生产队的仓库。远仁一家另建了住房。蒜头对灯花说，社员们都不同意挂账赎房，除非他交出现款。远仁自然没有现款，他的住房问题，我还在想办法。

这时，书声回到了家里。蒜头问他有没有筹款的办法，远仁想赎回房子。书声听了，一口回绝，说，这房子就是我挖出来的贪污事件，我怎会替他赎回去？你还记得“一查三反”吧，我们费了好大劲才获得线索。

由于书声的极力反对，蒜头没有同意赎房。远仁来灯花家讨消息，蒜头说，群众不同意，我也没办法，你只有重新建房了。

过了一会儿，蒜头又说，还有一个机会，在劳动竞赛中如果你表现积极，让大家信任你了，我再和社员开会时说说，也说不定他们会同意！那次你被公社抓走，也是乡亲们联名保你的呢。

多年以前的那次签名，灯花也在场。远仁听到灯花说起签名的事情，说，我这次愿意从柳州回来，就是觉得我们小镇的乡亲好，亲不亲，故乡人哪！但我能怎么表现，人老力衰，早就不是一个强劳力了！

蒜头说，不是要你出力，而是要你出主意，现在劳动竞赛遇到了个难题，虽然大家愿意加班，但有些人出工不出力，反正都是那么多工分。

蒜头想了想，又说，还有，我们只考虑了收割，没有考虑秋种，全村男子一起下地，工作没有错开，造成很多时候稻子放倒了，女人们闲着没事做，男人们则开始打谷，这方面我觉得你更有主意，如何统筹安排，毕竟我刚从大队里回来没几年，经验不足。

远仁说，看来我们还得再来一次合作，你有你的算盘，我有我的头脑，一起来组织得更周密一些，一定把这个第一名夺下来！

蒜头说，不光是第一名，我们还要一起组织副业，安排好劳力到村外挣钱，不只是有粮吃，还要有钱花！

远仁说，要提高劳动效率，还是搞小承包！我在柳州时遇到个狱友，就是由于搞小承包发展了集体事业，结果村子富了，他却被打成“走资派”。那兄弟说，看到乡亲们能吃饱穿暖，坐牢也心甘！现在我们也可以搞小承包，但要吸取经验，不能步子走得太快，我们可以不分地包产，只包工奖励。

蒜头一想，觉得这方法好，叫远仁说得具体一点。远仁说，比如收割，我们根据往年工作时间，定下工分总量，如果有人愿意承包，十天任务八天完成也给这个工分，而且提前一天另外奖励工分。再如拔秧子，以前妇女都是算工分，我们现在计算秧子的数量，也是按以前工作效率算出一只秧子多少工分，这样，大家就按量计酬了。

蒜头说，单凭我们河村的力量，怎么也难胜过邻村的，毕竟这是客观条件，光拼体力加班还不是办法，我想到了一个路子，就是请外力帮助！

远仁说，有什么外力呢？

蒜头说，你看，我们村就在大河边，每到农闲时节，都会组织排工帮助林业公司，木头站那么多工人，如果能叫他们来帮忙，我们好好招待一下，到时我们帮他们好好放排，这样就可以增加力量。

远仁说，这倒是个好办法，我与他们熟悉，书声也是他们的同事，估计问题不大。

那天，灯花看到蒜头和远仁商量着队里的事情，非常宽慰。一个好汉三个帮，蒜头能够成事，就是有人愿意帮忙。

敦煌说，远仁的经历真是丰富，如果他是一位作家就好了，能把自己的经历写成一部书，肯定非常精彩！

独依笑着说，那说不定是另一部《静静的顿河》，他就是书中的格里高利！但是，格里高利可没有他那么坏！

## 13. 双抢

鸣蝉嘶叫，又一天双抢随着打谷机的叫声拉开了序幕。收割是一项艰苦的活计。天刚蒙蒙亮，河村的妇女们就下地了，就像谷雨时节拔秧一样，这些妇女编成了五个小组，分布在河村的东南西北中。

为了鼓励竞赛，灯花挪着小脚来给他们送茶水。戴着头巾的脸不出浮现在稻穗中，透一口气，又接着把头低下，镰刀伸向密集的稻子。妇女的头巾早上是为了抹露水，中午是为了抹汗水。

最辛苦的节点是中午十一点，炎热的太阳透过蓝布衫晒进皮肉，由于最后的冲刺，社员们蹲伏在最后一垄地里，脸膛被汗水浸泡得睁不开眼睛。

妇人们不比男人可以光着膀子，即使再热也得裹着一身衣服，一是防止晒疼皮肤，再是以免劳动起来露了身子。男人们踏着打谷机，在后头追赶过来，有时收割的妇女人手不够，打谷的男人往往可以打完一堆好好坐坐，抽上一支烟，然后再接着打谷。负责堆禾串递禾抓的小孩和老人奔走在割过的稻田里，水田里激起阵阵浪花。

敦煌对薪火说，现在的年轻人呀，没有经历稼穑之苦，没有经历乱世之苦，反而对生活充满抱怨，甚至轻易自弃，真是难以明白！网上那些精英，还借此来攻击社会，真是难以理解！

独依说，精神的困境，不是靠苦难教育就能化解的！现代人的精神危机，还得用现代的文化来改变！祝虎则说，我看，就像当年蒜头一样，把一个个社员投入竞赛中，是化解精神危机最好的办法！

那一年的劳动竞赛，村里五台打谷机，每天早出晚归，按既定的计划推进。蒜头和远仁合手了，一人有经验，一人有文化，事先两人仔细研究了以往的生产竞赛情况，扬长避短，反复讨论了最佳的方案，并形成文字记录下来。

远仁说，以前都在我脑子里记着，有时老糊涂忘了一个环节，就会影响生产进度，如今你写得清清楚楚，就更有了胜出的把握了。

除了观察生产，让远仁不时在梅江边走走，作为侦察员。农历六月中旬的一个日子，蒜头问远仁，其他队里情况怎么样？

远仁说，收割最快的估计还要三天。蒜头沉思了一会儿，说，看来我们得加加班，我们队里也还要三天时间才能完成。

当天晚上，月亮升上了东山，人们聚在灯花的大房子里记工分。蒜头把账本收了起来，说，工分明天晚上一起记，今天晚上妇女回家带孩子，男人全部留下来，趁着月光抢收一下稻子。

金狗说，我们累了一天，又要加班，我不干！

蒜头说，这几天正好是十五、十六，上天成全，如果我们不加班第一名的红旗就会别人夺走，那以前我们拼命做的速度就白费了。加两个班，等于我们能拿到三十块钱的奖励，我们就可以集体加餐，喝酒吃肉。

男人们都有些疲倦。金狗说，这消息准确吗？万一我们加班了仍然没有第一名，那不白累了？如果没有奖金，这多一天迟一天的农活不会误事，谷子不会少收呢。

远仁说，我到梅江边几个村观察了，情报准确呢。几个男人说，冲着加餐，我们就听队长的吧！

在收割的同时，河村已安排好耕地，撒粪，拔秧，插秧。远仁看到大家奋勇争先，也有些坐不住，就跟蒜头要了一份数秧子的活。那天晚上，全村的妇人们决定，为了让男人们能够白天插秧，她们半夜起来拔秧。

天空上露出一丝亮白，像是天上里挤出来的豆腐脑。接着是一片红色在散开，升腾。蒜头和点秧数的社员走进了秧田，看到大片秧子说，看来今天的秧子已经足够了，这些女人真拼命，一个早上干完了全天的活！

## 14. 解惑

正当竞赛进入尾声，远仁突然病倒了。那一天，远仁和蒜头在丈量插秧面积。绿油油的禾苗迅速在蓼溪的田亩里铺开，远仁拿着一根长长的竹竿伏身往田亩一扫，就是一个尺度，一垄地下来，远仁就说一个数量，蒜头记在纸上。

两人一唱一和，有说有笑，突然远仁手里的竹竿滑落，远仁也软软地倒在了田埂上。蒜头赶紧叫人把远仁抬到屋子里。

医院就在蓼溪码头边。听到蒜头叫人把他送到医院，远仁急忙挥手，说，不用，我的事情我知道，是当年批斗时被打伤了腰肢，今天丈量面积反复扭动，不小心急性腰扭伤，贴一个狗皮膏药就行。

蒜头说，还是得到医院看看，查查身体情况。远仁说，不用，真的不用，还记得那次批斗会吗，我被你救下之后，就学会了制作狗皮膏药，这东西管用，我家里随时备着，因为我知道我时时有机会受批斗。

蒜头不放心远仁的病情，就叫婆婆灯花不时到远仁家观察动静。灯花来到远仁家，问，你的腰伤得到底有多重？

远仁说，腰就那样了，这些年来他一直有个疑问，我从县城回来，明明拿到了一张无罪证明，回到小镇后不久，居然又被关进了牢房。后来我感觉事情不对头，才让蒜头帮他写信向战友求救。既然不是你们家检举揭发，怎么上头还拿有玉的事情在整他呢？

远仁从抽屉里拿出一张纸，说，你看，这就是证明，当年县革委会的红印章呢，我以为有这个证明，我就一辈子获赦了，这东西我叫家里好好保管着呢。这些年我一直在回想，村里村外，是谁举报了我。

灯花知道远仁仍然在怀疑自己一家人。事实上，那个年代过来，人与人之间的完全信任已变得非常艰难。虽然远仁柳州回来对灯花一家感激有余，但由于他心头仍有疑窦，从他苍老的眼神里隐隐能看到求证的渴望。

导致远仁重新抓回牢里受到审判的，到底是谁的举报呢？蒜头？书声？危东方？灯花听到他不时插话，打听这些人近年的情况，隐隐感觉到他有意无意地在探听什么。对于远仁的探问，灯花总是一一坦然告知。

而随后，灯花又隐隐感到一种危机：如果他真的对书声或蒜头抱有嫌隙，就可能只是表面与蒜头合作，会不会最终借故导致竞赛最后失败，让蒜头吃亏呢？如果是这样，远仁的城府也就太深了！灯花为自己的多虑吃惊。

有一天书声回来，灯花跟他说起远仁的怀疑。书声说，有可能，只是当时没想过这个人，因为危东方答应一切听他的安排！灯花对书声说，那你明天去问问危东方吧。书声说，危东方自己都垮台了，被另一派红卫兵打压下去，失去了威风，现在回到了青莽林场当工人去了！

灯花说，不解除远仁的心病，两家人的恩怨就无法解开。灯花叫书声再次去一趟林场。

涛声此起彼伏，远山隐隐传来树木倒地的轰响和人们的欢呼。暮春的林场分外妖娆，杉树像一座座宝塔，连绵的塔顶泛起一浪一浪的银白色，从山底一直铺向山顶。中间夹杂着一棵棵高大的松树，树冠亭亭如盖，这些杉林和松木相间的林子，是人工种植的成果。

书声来到林场深处，只见成片原始的阔叶林，林中不时伸出一枝两枝映山红，像一簇簇火焰明媚鲜艳。栎树，半边枫荷，杜子树，枫树，荷树，参天而起，身材笔直高大，枝叶交错，叶脉涌动着一股绿色的浓浆。

通向林场砍伐点的道路，沿着溪谷蜿蜒曲折，哗哗的溪水不时滑过一块块突然冒出的岩石，溪涧里一些树木的断枝正在腐朽，溪涧边不时出现一条木头的滑道，像是溪流的枝节。

记得当年送红梅进林场，书声听到过他们运送木头出山的故事。有一次，山上伐下一棵高大的松树，砍成筒子以后，四个人仍然推不动。从林地到梅江有五六里路的溪涧，危东方想了一个法子，就是把木头推到溪涧里，等着山洪暴发的时候，顺水漂流。

那天的山洪是半夜起来的，危东方叫醒全场的青年突击队沿溪而上，看到木头在一块地方打着回旋，仿佛不肯离山的野兽。危东方拿着竹钩，一路梳理水路，终于巨木滚到了梅江，用竹缆绑缚，转到了蓼溪码头。

一路想着，书声伸手摘了一枝映山红，晃荡着来到了林场驻地。中午十点钟，林场里安静无人，只有一位做饭的工人在忙碌。坐了两个小时，林场的员工回来了，却说危东方去县城了，估计下午能回来。书声决定在林场等危东方。

下午，危东方果然回到了林场。他见到书声，格外惊奇。 书声说，远仁回到了村里，我们救他回村后，又被送进了监狱，他一直怀疑是我们陷害了他，你知道一些内情吗？

危东方没有回答。良久，他说起了回城的见闻。他说，我这次进城，是参加了一位老同志的追悼会，你知道是谁吗？

书声问，谁？

危东方说，就是赖世玉，这人十年前就被判死刑了，今天是为他举行了平反追悼会，我内心有愧，就去向他祭奠，求他的原谅。

书声说，他能原谅我们吗？

危东方说，不知道，但我听说赖世玉受不了苦楚，昏迷中招供了远仁，是他们一起谋害有玉，赖世玉为求速死解脱，把问题说得非常严重，最后被法院重叛，他到底还是拉了远仁垫背。

书声叹息说，也许是远仁当年的无情揭发伤了他的心。

危东方说，我也不知道红卫兵的事情，终究有一天会不会有人清算，那我们也会跟赖世玉和有玉一样，互相揭发吗？

书声说，世事悠悠，也不好说。两人相视一笑。

书声回到家，跟灯花讲起了世玉招供的事，灯花不由大吃一惊。蒜头和书声来到远仁家。蒜头说，我叔叔为你送来了一服药，专治急性腰扭伤。远仁说，这偏方是哪里学的？

书声说，那年跟公安的黄科长去沈阳调查，听牢里的人说的。你放心，这方子反复用过，不会害人！那人是知道自己快要被枪决，人之将死，其心也善，他怕偏方失传，就特意告诉我。

书声打来一碗热水，把药粉冲到开水里，让远仁喝了。远仁喝得紧锁眉头，问，这是什么做的呀，这么难吃？

书声说，是死人骨头做的。远仁伏到床边，剧烈呕吐起来。蒜头说，当年你为了救命把尿都喝了，现在吃一点死人骨头都怕吗？

远仁说，那时是那时，人到了死的边缘，顾不了那么多。现在好好的，怎么受得了，你不说还好，一说就受不了，有些药，不知道来历为好！

蒜头打扫着呕吐物。只听书声对远仁说，有些事，也是不知道来历为好，但你一心想调查明白！远仁说，我心头疑惑，自然希望能解开。

接着，书声就把世玉拉他垫背的事情讲了一遍。

远仁听完，说，没想到，根子还在我自己身上！

## 15. 大宴

民以食为天，那年代虽说有许多运动，但白鹭镇从来没有停止生产。

用灯花的话说，就是：他们抓他们的革命，我们促我们的生产。

那天早上，村里的打谷机还在鸣叫。那是蒜头故意叫几个男人打得慢一些，其实河村的冲刺阶段已经完成。为了不让邻村知道实情，几个河村的男人们装模作样有气无力地踏着打谷机。而这边蒜头早就写好了喜报，叫远仁往大队部里送去。

终于，河村在劳动竞赛中夺得了头奖。

受到奖励的那一天，蒜头早早安排队里休工一天，集中办酒宴。那场大宴，自然摆在灯花的大厅里，屋坪上。

那一天，整个河村充满喜庆。蒜头打来米汤，把“农业学大寨”的奖状小心地刷上了墙。

房屋的门板都放了下来，摆在大厅里。几个汉子把集市买回的一扇猪肉嘭的一声摔在门板上。有点厨艺的男人抡起了斧头，对准猪肉砍了起来，一会儿时间，就分解成斧头铁屁股一般大小的肉块，乡亲们称之“斧头块”，按每碗十块装好，到时每人一大块吃得满嘴是油。

捡狗是蒜头有力的支持者。蒜头能带着队里拿第一名，能让全村的人到新居前的屋坪里大吃一顿，也是为家里增添无限的喜庆。这次河村的喜宴，捡狗答应了要亮一手“打鱼丸”的绝活，以示年年有余、圆圆满满。鱼是捡狗特意到蓼溪渔村购买的。

那时，白鹭镇分成三种劳动单位，一是渔业队，一是林业公司，一是农业生产队。听说河村举办宴席，一起出力的渔业场和林业公司也决定参加。渔业队送来草鱼入伙，而林业公司送来一头野猪肉。

码头边的浮桥改造成了水泥拱桥。蒜头特意开着一辆手扶拖拉机进了小镇，到小镇里购买酒水，一边散布河村的喜庆。

蒜头从小镇回来，捡狗摆开了架势打鱼丸。只见捡狗把一条草鱼抓上木案，敲晕鱼头，刨去鱼鳞，剖膛去杂，解下鱼脯，固定肉块，洗净尖刀，一次次在肉块上来自运刀，刨起一层层肉泥。

肉泥堆积，又移至粗糙的钵头里，加上适度的盐、蛋清和清水，开始手掌发力，反复揉擦搅拌，增加肉泥的黏稠度。肉泥成熟了，抓在手中，小小鱼丸就一颗颗从指缝里钻出来，圆圆的个头，白白的身子，随着娴熟的手势，蹦入了装着冷水中的盆里。

正是夏天，揉擦鱼肉生热，完成不快易腐，于是捡狗手掌揉擦不停，忙得满头是汗。远仁看到了，赶紧帮他掏起毛巾擦汗。

捡狗说，这毛巾就在我身边，可就是用不着，两手没得空。远仁说，可别让汗水滴进鱼丸里去了，这样味儿就变了。

炒菜的，配菜的，端菜的，这一天热闹打动了天上的月亮。本来说十七、十八，宗背杀鸭，月亮要迟一点上来，但由于人们的忙碌，由于酒宴的清香，月亮很快就升了起来，照耀着村场。

全村的饭桌都集中到了一块，桌面上摆起了丰盛的十二碗全荤，鱼、猪、鸡仍然是主菜大菜，光鱼就做成了炸鱼块、鱼丸汤、青椒炒鱼。“斧头块”油汪汪的，大多数乡亲仍然不舍得吃掉，准备接回家里分解小一些再吃。

自从散了大食堂，大家好久没有这样一块儿坐在一起吃饭了。老人们无端地怀念起大食堂时代，说，如果天天这样吃，共产主义真是美好啊！

蒜头在宴席中穿梭，像是为家中办喜事。他招呼着社员说，大家放开了吃啊，加班干活累了这么久，就是为了这一顿，现在不是吃东道，家里大大小小老老少少都来了，不要把菜接回家。

蒜头又来到渔业队，感谢他送来的草鱼，增添了喜宴的热闹。在林业公司的席前，蒜头一一敬酒，感谢他安排工人支援劳动竞赛。

蒜头喝得醉意朦胧，端了一盘炸鱼块，一碗鱼丸，送到灯花的房间里，说，婆婆吃吧，全河村的乡亲都在屋场上吃呢！

灯花笑着说，蒜头有出息了，能办好集体的大事情了，这比吃什么都让我开心。蒜头就说，这是大家的功劳呢。

灯花说，人活世上，就图有人惦记、念好，你就要对大家好！梅江人家不容易，队里多是穷苦人家，要好好善待乡亲，为大家谋下好生活！

蒜头说，我会的！

饭菜的清香传播开来，河村的男人大醉了一场。远仁吃着吃着，一汪眼泪涌出来了。他喝醉了，一种劫后余生的感觉，让他眷恋着村子熟悉的气息。他喷着酒气，往捡狗的碗上一碰，说，第一碗酒是向你致歉，当初拦着你不让建房，是我不对。

捡狗说，老叔，我们是旧社会走过来的人，谁知道呢，冤冤相报最后却是成全，这世上的事情谁说得清楚呢？

远仁又碰了一下碗，说，这碗酒是敬灯花，大气量，梅江边的一号人物，我们永远会敬重……这第三碗，是敬你，我本来想敬蒜头，但他是小辈，我敬你生了个好儿子。

月光大亮，透过天井，天地清朗，和大厅里的灯火相遇，汇集起一片辉煌。灯花看着墙上的纸像，不由生出一种错觉，仿佛那些纸像的人物在灯光照耀下开口说话了。只是人声喧嚣，灯花无法听清。

敦煌说，灯花说得好，人活在世上，不只是为了自己好，而要图别人念你的好！

独依说，这人类注定有些人不能走向家庭，你难道忘了那些烈士，多少革命者年纪轻轻就牺牲了？！《觉醒年代》中的陈乔年、陈延年，不是吗？

敦煌说，那是战争年代！革命者为理想而牺牲，没有走向家庭，是为了更多的人走向家庭、走向幸福！烈士就算独身也是为了革命！

鲲鹏听到两人的争论，笑了起来，说，河村的往事这么精彩，你们怎么把主题束缚在婚姻家庭上？难道你们是婚恋杂志的编辑？你们不觉得，这两天的故事最精彩的地方，就是它本身！

薪火说，对，我赞同鲲鹏的看法，那是一个特殊的历史年代，不需要过多的联想和阐述，希望将来的村史馆好好再现这个集体时代！

# 第六章

# 归宁

## 1. 走排

是的，河村的人都知道，梅江的过往，并不是安静的。春夏之交，梅江总会有一场洪水。每年的江水大致相同，但水文总是存在细微差别，时而洪水泱泱，时而清浅流淌。

不管怎么样变化，梅江始终是一条大江，在仰华山与莲花山之间奔腾。对于渔民，它是衣食之源。而对于两岸的农民，它更多是生命的象征，一种活着的心情。人们很难想象，如果梅江停止了流淌，日子还怎么延续下去。

那一天，捡狗站在木排的前头，看着滔滔水势，向后梢打挥手，向左打一点，再打一点，打反了，哪边是左，哪边是左呢，动动脑子，怎么这么笨呢！

蒜头在后头手忙脚乱，听着父亲的指挥。捡狗看看蒜头，摇了摇头，叹了一口气，说，都说名字就是一个人的命，你这个名字，就不该来走排！近旁的排工听了，好奇地问，蒜头的名字怎么来的呢？怎么说是这名字能误人？

捡狗悠悠地说，刚出生时，我看着他清秀文弱，指着他在新社会能算会写能文能武有大出息，我姆妈问名字，我正好在洗大蒜，就随口说，就叫蒜头。这大蒜怎么能当竹篙使呢？！

工友们笑了起来，说，那他后来不就真是应了名字，能写会算的吗？只是分田到户了，得自己种地了，才随着你学放排的。我就不相信你那套名字的理论，父亲叫我贵生，可我还没有宝贵起来呢！

捡狗说，别不信，我新中国成立前给人走过船，当然是走上江，一条船上有两个伙计，一个叫猫狸，一个叫乌嘴狗，这不相克吗？我对他们就说，你们两个不能在同一条船，否则不会交好运的，他们不信，过了几年，那条船就是走不顺，船家就信了！

贵生大笑了起来，那外号也这么应事？

捡狗说，还真就这么应事！我走过的路比你走的桥多，我从旧社会过来，我种的地有租的，有共产党分的，有大集体的，现在又有了责任田。我放的排，原来是有私营的，后来是国家的。可不是嘛，蒜头这孩子，本该拿算盘的，是岸上谋生的人，有什么办法呢？集体散了，跟着我到了水上走排！

贵生接口说，听说你家原来是走大船的？

捡狗说，可不是，我父亲手上就是走船的，自家的大货船呢。再往上，我们家田亩也多，地都租给别人种，但由于没文化被那些租地的人倒腾去了。到我手上，就成了个做杂工的命！

贵生说，做杂工有什么不好，总比种地强！否则，我们为什么要来走排，就是为了能挣现金，种地哪能呢！

捡狗说，你说得有道理，做杂工我倒不怕，这半辈子我什么都能做，都能去做好，这世道难不倒我。新中国成立前我种地，别人愿意租给我，因为我种得好，地租按比例也多，远仁可租不到，就求我从我手上转租去一些。我是指望蒜头他们有个文化，能出人头地，谁知道到今天又这样……

蒜头听父亲和工友聊天，一边陷入了自己的回忆。那是另一个方向，时间是就近的。他省察的倒不是自己的名字，而是他给公社书记写信的事。

蒜头那年组织劳动竞赛，受到了公社嘉奖，为河村人办了大宴席，名声大振。在他三十五岁那年，被调到了大队部，当上了农技员、管水员。一年后，又被抽调到乡农技站。

有一次，他下乡指导农事，进驻与河村一山相隔的竹山下生产队，开展杂交稻田推广。人们管生产队叫小队，这个小队的队长姓罗。蒜头来到队里，一看就知道用的常规稻。蒜头问老罗，杂交种子呢？

老罗说，分给大家品尝了！

蒜头吃惊地说，吃了？这是政府发下的种子，怎么能吃掉呢？！老罗说，社员们说要尝尝杂交水稻有什么好，才愿意下地播种！

蒜头气得冒火，却只能耐心地询问，吃了之后，味道怎么样？不会毒死人吧？老罗知道蒜头在讽刺，就说，没有毒死人，但是感觉不如老稻子！

蒜头无奈，只好重新向公社申请谷种，带着一帮年轻人重新下种。蒜头把队里的劳力分成了两大组，一组是年轻人，一组是中青年。蒜头为年轻的生产小组取了一个好听的名字，叫“燕子青年先锋队”。

这一年，竹山下一半是杂交水稻，一半是常规稻。

先锋队自然是专门耕种杂交水稻的。但刚刚开始播种，先锋队的队长小罗就请假不来。蒜头到他家去询问，才知道小罗的爷爷走了，正在家里办丧。蒜头于是召开会议，叫小罗一起参加。

在会上，小罗申明请假的原因，消除了队员的疑惑。蒜头说，小罗是个孝子，爷爷去世，送终尽孝是人之常情，我们梅江有个人物叫陈炽，当年父亲去世后，在家里守了三年孝，旧社会叫“丁忧”，那是朝廷的规矩，丁忧的时期官职都要放下。小罗现在也算是“丁忧”在家，我们先锋队不能群龙无首，暂时就由我来接替吧！

小罗和先锋队的队员们当众表示同意。

但是，蒜头其实在河村当会计、当队长，对农活并不在行，替小罗下地，带着大家下种，他也是从头学起！老蒜头说，幸亏那年学了种地，否则后来分田到户，就会走投无路！

那一年，竹山下的杂交水稻试种成功，到了种晚稻时就全面推广了。蒜头受到公社表扬，正式调进了大队部。但平时的工作，仍然抽调到公社，为大集体拨弄算盘，筹划生产，管理钱谷。

在大集体年代，他从来没有想到自己有天要回家，跟着父亲学种地，学放排。在这个家族里呀，有玉放过排，捡狗放过排，蒜头是第三代排工，也是梅江边最后一代排工了。

暮色渐沉，岸上的灯火陆续亮了起来。捡狗说，我们就在下面这个村子里拢岸吧！两人拔篙抛缆，木排慢慢靠了岸。后头的木排，也陆续挨着捡狗的木排边停下，几根粗壮的竹缆绷得紧紧的，一头是木排，一头是大樟树。

蒜头和父亲泊好了木排，就背着一只木桶进村去。岸上的炊烟陆续升起，江边的炊烟紧跟着起来，一根根白色的烟雾，仿佛天地之间安装的柱子。

看到村落田野，看到炊烟人语，蒜头想起了家里的妻儿老小。正如父亲说的，时光仿佛在倒流，田地又分到了农民手上，就像刚解放的时候。梅江的木排又到了他们脚下，这是祖祖辈辈做过的事情。

分田到户，解散集体，蒜头是吃尽了苦头。其实他是有机会留在大队部的，如果他会顺着领导的意思。

那是个漫长的春夜。一场倒春寒让人们蜷缩在室内。蒜头的妻子李氏铡好了猪草，走进房间，立即被满屋的烟雾吓坏了。李氏上前把窗户和房门同时打开，一股寒流冲了进来，烟雾渐渐淡了下去，才看清原来是蒜头在抽烟。

李氏看到桌子前满地烟头，知道蒜头又在想事情。自从嫁到河村，这是她习惯的场景。当会计时，为队里的数目想。当队长，为第二天的农事计划想。在大队部，为推广杂交水稻想。到了公社，为大集体地粮食调剂想。

看着丈夫紧锁的眉头的脑瓜子，李氏叹气说，你这个蒜头真是个大蒜头，仿佛天下的事情，都要你来想，这次又遇到什么难事了，把你愁成这样？当初队里大旱也没见你愁成这样！

蒜头抚了抚桌面的算盘，拨拉了几下算珠，说，是国家遇到了难事，要把集体解散了，我们大队部也在讲分田的事！

分田的消息，梅江人家半是高兴、半是忧愁。高兴的，自然是家里劳动力多的，能够自食其力。愁的是家里劳力不足的，担心种地成问题。

集体劳动是讲究分工，社员精通的只是一两样技术。分到家家户户，大家要成为种地能手就得从头学了！妇女拔秧，男人犁地，这是最简单的分工，但如果遇上一家人男人生病了，那女人也要会犁地，反过来同样是，谁家有这么全的劳动力呢？而在河村，一家七八口什么劳力都有的，也就那么三五家。

李氏听到这个消息，有些吃惊，说，又回到二十年前各自单干？看到蒜头点了点头，怔怔地说，那你要回来种地了？

蒜头说，有这种可能！

李氏反而笑了起来，说，这有什么可愁的？！你回来我更高兴！反正我们家七八口人，饿不着！

蒜头说，这二十多年我都在集体记账写数，只会拨拨算盘，怎么会种地？这政策怎么说变就变呢？早知道要分田到户，当初就不该去打算盘，好好在家里当社员学种地！

李氏说，我看河村要学种地的，不只是你，大家都得从头学！集体时那是分工种地，如今得学全了，耕地下种，难道人人都会？！

蒜头说，我就是担心这个！我当过队长，当过大队部的农技员，做过公社的财务，知道农村的事情千头万绪，哪能丢个一家一户自己去弄呢！我当然不能只担心自家的事。

李氏说，别人家我不管，我想的就我们家。两个闺女大一点了，小学没读完就回家挣工分，妇人做的拔秧、割稻、挑粪，倒是样样都会，但犁地插秧的男人活谁来干？四个儿子，最大的才十几岁，在队里拿二分七的工分，也就是割稻耘禾时跟着大人们混一混，分了地我们家的日子不知道怎么过！

蒜头宽慰说，我可以慢慢学，终究会学到手的，就算是慢一点，自家的地又没有人吹哨子催你，慢慢来也不算难，我们家八口人分工合作，还是过得去，苦的是那劳力不全的人家。

李氏叹了口气说，分了地，也就各顾各了，以前队里好歹有集体罩着，孤寡残疾有个互相照应。

蒜头说，可不是，我担心的就是这个，集体的优点现在全盘丢了，这怎么行呢？以前不但是队里照应着孤寡，在全公社又还有个互相调剂，耕地多的村子照应着耕地少的村子。





李氏，政府总还会另想法子吧！

蒜头说，我就是不知道政府有什么法子，所以发愁。远的不说，那些光荣烈属，男人当兵去了，耕地怎么办？苏区时和新中国成立后，我二爷有玉，我父亲捡狗，都当过耕田队长，出过优力，帮助这些对国家有贡献的家庭。

李氏说，总会有办法的，一村一屋，乡里乡亲，难道会看着他们饿死？你就放心吧！没什么可愁的？还怕会饿着吗？谁家都有孩子，孩子总会大起来，所有问题都会解决的，还抽这么多烟干吗！早点睡吧。

其实蒜头抽烟猛，是为大队部的另一件事情，但是蒜头不好解释，担心李氏到外头张扬。抽完一支烟，他是跟李氏说了。

大队部在蓼溪通往小镇的桥头，建了一排房子，开起了餐饮店，为大队挣下不少钱。但蒜头发现，餐馆成了干部的饭馆。

书记的家眷就住在大队部，每天早上到梅江边吊嗓子。她以前是戏班子里的人，吃着百家饭，唱着地方戏。嫁给了书记后，从来不做饭，也不下地挣工分，一家六口人都上餐馆吃。

蒜头这个人就这样，对这种事情看不下去。他对书记说，嫂子得让他学会做饭，将来你家里来客人了，你怎么招呼呀？

书记说，现在有餐馆，怎么还要在家里招待客人呢？

敦煌笑着说，这个大队书记的这个思路呢，倒是非常超前的，就像后世的城里人，请客团圆都到酒店订餐。

蒜头就说，那等你退休了，总得吃嫂子做的饭吧？书记说，那时我儿子儿媳就要为我们养老了，吃他们做的饭呀？

蒜头看出来，书记听不进劝告和提醒。在一次会上，蒜头提出一个话题，要建立吃饭记账制度，特别是干部家属，也要一视同仁，这样才有利于饭店经营。

但书记明确反对，说，我们家属吃住在一起，是为了更好地工作，更有精力应付大队千头万绪的事务，怎么能说多吃多占呢？

蒜头就说，每天公社干部下来，到了大队里吃吃喝喝，没有限度，成为我们大队的沉重负担，到时也会把这个饭店吃垮的！

书记听了，批评蒜头说，我看你算盘打得好，但那是白打了！算账不能只靠算珠子，还要动脑子，不能只靠经济账，还要算政治账。你不好好招待，到时公社的统筹提留，不是他们大笔一挥的事吗？

分田到户的政策传开后，蒜头有过一阵子高兴，心里暗想，书记呀，餐馆还开不开了呢，你还要不要回家种地了？但是他并没有从书记脸上看到一丝不高兴。蒜头不知道书记为什么仍然每天笑盈盈的。

大队部终于开会讨论分地的事情。这是小镇重要历史时刻。蒜头知道这个历史的转折值得记录，做会议记录时，他格外认真。

讨论时，干部对回家种地普遍心生抵触。蒜头也经历了激烈的思想斗争。他也跟大家一样，不愿意大集体散掉。

蒜头说，分田到户是自愿原则，国家没有强调一定要分，集体有集体的好处，分田有分田的好处，我觉得要看各个队的实际情况。不敢政策怎么变，关键是看人心，只要我们当干部的有决心领着乡亲们干，心里大公无私，我看最后产粮不会少，向国家上交的公购粮只会更多！

蒜头的话得到不少人的响应。蒜头听到掌声，心里想，这回书记肯定也不同意分地，否则以后怎么吃馆子呢？他家的地，他自己会种吗？连饭都不会做，又怎么会种？！

让蒜头意外的是，书记居然同意分地。他说，国家有了政策，我们就要跟着主流走，就像当初走集体，虽然政府允许单干，但梅江边也就两户人家顽固不化，要不是看他们都是军属，恐怕这两户也被批斗了，最后不都是强制入了集体，报纸上从来不会宣传单干的典型，上头看地方的业绩就是看集体。现在也是，改革开放是全国大势，我们要得到上头的肯定，就只能顺着这股潮流走！

蒜头就说，那也行，我们就不分地，家庭承包劳动，不要一哄而上把集体财产全部分了！特别是大队部的集体财产要保留下来，将来交通道路农田水利的，还得集体花钱办集体事业，向村民收是件困难的事！

书记又起来反驳，说，分就要分个彻底，干部们省心，村民也更能放开胆子去种地搞生产，不会担心田会收回去！

会议最关键的，是讨论大队餐馆。正是在保留与拍卖的问题上，蒜头与书记闹翻了。蒜头虽然对书记全家吃餐馆有意见，但他却主张保留，作为集体经济的创收之源。

蒜头说，这餐馆也要承包出去！他想的是，这样干部的家属，特别是书记的家属，就没法再吃下去了！

书记说，我同意承包，但必须是我们大队干部自己承包！我主意已定，同意的留在大队里，不同意的辞退回家，不换思想就换人嘛……

蒜头对妻子说，我真正发愁的，是集体财产被书记瓜分。你看，蓼溪的那家餐馆，生意多红火，你们都去吃过。这分明是书记自己想承包，干部迫于书记的权威，谁敢不同意？！

李氏说，胳膊扭不过大腿，你让书记去折腾就是！

蒜头说，不能这样消极！我写了一封信给公社，反映大队部处理集体财产存在的问题，我是在想，明天回到村里，公社是支持我，还是支持书记！

等来的结果，是蒜头离开了大队部，回村当农民。

蒜头来到岸上的村子。这个村子在河村下游七八里地。以前在抽调到公社时，他曾经在这个村子驻过队。他担心熟人认出，就直奔那口熟悉的水井，趁井边无人，匆匆打了一桶清水。

## 2. 造像

蒜头回到木排，父亲早就做好了饭。排工为了省事，以前都是直接用江水做饭，饭箸外头蒙着一层黄泥。蒜头把水桶放下，看到饭箸上结着一层黄色的泥浆，就用筷子去刮这层皮。

独依这时笑了起来，说，海子的诗歌《新娘》写船夫，还是浪漫主义的，对蒜头这个做饭的细节就忽略了！

敦煌说，也不是忽略，海子写的是岸上人家，“故乡的小木屋、筷子、一缸清水，和以后许许多多日子，许许多多告别，被你照耀”，我倒觉得，这正是蒜头的写照。他坚持到上岸去打清水，就是怀念岸上的生活。

老蒜头听了敦煌的话，点了点头，说，我父亲就觉得我这样折腾，是自找麻烦，是费事。他说，人是从泥里来到泥里去，有什么卫生不卫生的！

还是民歌，真正理解放排的人！蒜头吃着父亲做好的饭箸，听到远处飘来歌声：“吃了几多黄泥水，睡过多少木板床……”蒜头听过那首歌，年纪大的排工会唱，但蒜头唱不好，只记得歌词。

听到山歌，蒜头又对旁边的排工说起了饭箸的黄泥。他说，江水直接做饭，对身体不好，虽然放排艰苦，但不能为了省事就忽略健康！种地要讲科学，生活也要讲科学。

捡狗说，文化人就是这样，要讲科学，但上岸打桶水半天弄不来！等你打水回来，我们都会被饿死！

蒜头不再吭声。他怪自己上岸后，没有及时打水，而是胡思乱想过去大集体的事情。他看到村庄就多愁善感，耽误了时间，于是赶紧忙着洗菜，择菜，切菜，生炉子。米饭的清香从窝里冒出来，四散飘去。他把残缺的菜叶往江里一抛，一群鱼儿蹿了地来，抢着吃。

吃过晚饭，大家凑在父亲的木排上聊天，这是一天中最放松最开心的时刻。捡狗不知是故意，还是提醒，叫大家可得小心些，说是以前放排遇到老虎过河，幸亏大家都在岸上喝酒去了。

贵生说，什么年代的事了呀，还有老虎！唬谁呀，现在山上河边还有几棵大树？炼钢铁的时候消灭得差不多了，估计过不了十来年，这木排的活都要结束了，我们可是梅江边最后的排工了。

蒜头问父亲，以前放排与现在有什么不同？捡狗说，以前呀，走船放排真是我们梅江人家的平常活，我听有玉说过，以前放的木排都是杉树的，而现在全是松树，还有杂木。有一次放排，他们发现半夜发洪水，木排在江里漂了很远，最后有个排工遇难了。

蒜头又问，隔了半个世纪，放排的活就没有什么变化吗？还是老法子？

捡狗笑了笑，能有什么变化？水还是梅江水，做饭还是用饭筲，只是现在拴排有了铁丝缆，比起原来的竹缆牢靠了一些，就是发洪水也不容易被打断，除非是大树断了，有银当年就是专门打竹缆的。

蒜头说，人在江面上漂，单调无聊怎么解闷？捡狗说，能有什么？就是看江景，看洪水，有时唱唱山歌。

贵生说，要是有个收音机就好了，想听什么就是什么，什么时候听就什么时候听！等我有钱了，我要到赣州城买上一个！排工们听了，惊奇地问，能装下人来唱歌说话？像活人一样站在我们中间？

蒜头说，我们村金狗家就有一个，可以听到中央的人说话。大家兴奋地说，这东西好，我们得买一个，一定要买一个。

捡狗说，赣州可买的东西多着呢！我呀这次不想要收音机，就想找一家瓷像店，你们有没有听说在哪条街呢？

贵生说，上次在赣州码头停泊，有人到木排上来宣传呢，说高岭土地做的瓷像，就问在哪条街，好像说是赣州八一四大道，或者文清路。

蒜头问父亲，是为婆婆造像吗？捡狗说，可不是！

夜色笼罩着江面。对岸的村落里一灯如豆。一只夜鸟扑棱棱飞过江南，萤火虫在野外闪耀，让蒜头想起了那年找父亲过墓地的事情。江水在工棚的底下拍打，排面工棚盖的毛毡散发出柏油的气息。一弯上弦月挂在天幕上，像一只小船向银河划去。

大家挤在捡狗的工棚前，听他讲起了瓷像的起因。捡狗说，为灯花造瓷像的愿想，早就藏在我的心里。

分田到户之后，捡狗和灯花单独开火做饭。家族的成员当然越来越多，但很少有人留在灯花身边。下地，上山，求学，他们仿佛有一条线牵引着，在家里进进出出。能留在灯花身边的，就只有婴儿，还有捡狗。

一只摇篮，一把椅子，灯花在天井边能坐上一天。每天，捡狗每次从外面回家，大厅的木门吱呀一声之后，紧随着就是一声“我回来了，你还好吧”。其实透露他回来的并不是问候，而是远远传到灯花耳中的脚步声。

收秋后的一天，仰华山寺的暮鼓响了起来。残阳铺在梅江上，江海浮云在天上地下一片乱卷，在人间留下零乱的阴影，像那些匆匆来去的过客。灯花守在摇篮边，哼着不成调的曲子，哄着哭得越来响的孩子。孩子就是父母的钟表，在责怪父母的晚归。

那天捡狗回家晚了，回到家就对灯花说，今天的麻绳不好卖，我天黑才收摊，怎么，我们家来客人了？捡狗远远就看到炊烟。如果不是客人，灯花一定会等着儿子回家再生火做饭的。

灯花说，过路的，人家要去赣州寻找儿子，走了一天路，想在我们家住一个晚上。捡狗说，不能随便收留人，现在的世道乱着呢！灯花说，再乱能比旧社会乱？你结婚那年，我们家还收留过一个国军的伤兵，你忘了？！

捡狗说，我在家倒不要紧，你一个人，我不放心！灯花就讲起了收留客人的原因。黄昏的时候，灯花听到陌生的足音，就问是谁。对于熟悉的亲友，灯花能够听音识人。

灯花心里纳闷，听那轻重，听那起落的节奏，不像是自己家族的人。木门吱呀一声打开了，传来一个陌生的声音：有人吗？灯花应了一声，找谁呢？来客说，老人家，我从宁都下来，经过河村，走了一天的路，要去赣州找儿子，天晚了，能不能让我住一个晚上呢？！

灯花犹豫了一头，听蒜头说，现在世道真有点变了，听说梅江边居然有人晚上摸进人家床底下，趁人家熟睡时偷盗东西呢。仔细打量了一下，是一个上了年纪的老人，满脸风霜，尽是疲倦之色，不像是一个奸猾之徒。

灯花说，不远就是小镇，镇里有旅社。客人却就说，小镇里旅社贵，我没有带足盘缠。灯花对他说，我们家不太像样，如果你不嫌脏乱，就留下来吧。

来客高兴地说，老奶奶，一看您就是慈善之人，能遇上您这样的人家，我也放心了。说罢，把行李放在了一张板凳上。灯花起身生火做饭，老人接过我的手，摇着摇篮，一边看着我在灶台上忙碌，说，真是个好人家！

灯花说完，就问捡狗，你安排一下，看让客人在哪里住下好。客人说，不麻烦，不麻烦，就在灶边的柴草上窝一个晚上就行！灯花说，这哪能成，进了家门就是客，可不能让客人吃苦。

吃过晚饭，听说来了客人，蒜头和书声一家子都过来看热闹。看到那么多孩子，客人说，你们家人丁兴旺呀，孩子们，来来来，你们都在读书了吧？我来出个题，看看你们能不能答上。

听说客人要出题，孩子都竖起了耳朵。客人说，树上有一个鸟儿，有人朝树上打了一枪，你们说，树上还会有几只鸟呢？孩子纷纷说，一只，两只，三只，客人一个劲地摇头，突然有一个孩子说，不对，没有一只了，都飞走了。

客人说，真聪明，将来准有出息，再来一个，这张木桌子呀，有四个角，有人拿锯锯了一个角，你们猜还有多少个角呢？

三个。客人摇了摇头。五个。客人还摇头。孩子们急了，就是三个嘛。客人吸了一口烟，说，按理说你们猜的都对，但我却不是这样锯的，我锯掉一个后还有四个，你们看怎么锯的。孩子们的小手顿时成了一把把小锯子，在桌面上比试起来。

不久，大家发出了会心的大笑。客人为孩子们带来了欢乐，灯花自然不能怠慢了他，叫捡狗临时在谷仓上面收拾了一张床铺，铺了两件厚厚的蓑衣和一堆稻草。

第二天，灯花起早做饭，开门到外头撸柴草，却看到那客人早早起来了，正在墙头上兴致勃勃地观赏门楣，连连夸赞，仲淹之后，不错，不错，是个书香门第。他手里拿着一个本子，一支笔在在纸上比画着。灯花走了两趟，才把灶台的柴火备足，准备煮饭。

这时，捡狗上茅房回来，看到了客人手中的纸画，高兴地说，先生，原来你是个画师。

客人说，不敢称师，略通一二。捡狗把画纸递到我面前，说，姆妈，这先生画得多好，你看这吊楼，这围墙，经他一上笔，比真实的还好看呢？灯花打开锅盖，回头扫了眼，果然线条飞舞，把一栋农家楼舍画得漂亮极了。

捡狗说，先生，我一直有个心愿，我天天看着我母亲，看她越来越老了，终于一天我会看不到她的，我就想，如果有张画像多好，我能天天看到她，后世子孙也能知道她的容貌！

先生说，自然可以，我正有此意，感谢你们好心收留，我想为老人家留一幅好画，代代相传，你们有机会再造成一个瓷像，长久流传。

那天上午，捡狗和先生商量画像的事，没有去上工。捡狗张罗了一桌好饭，陪先生喝了点酒，说，你打算怎么画呢？我姆妈呀，别看现在年岁大了，年轻时是我们这梅江边数一数二的人物，那相貌，那气质，可是大户人家出身呢！

灯花笑着对捡狗说，有你这样夸自己的姆妈的吗？年轻是年轻，现在你叫先生怎么去画年轻的时候？我们以前又没有造过像。

捡狗说，嘿嘿，老了也好看，人家画师有眼光，会摆布好。

先生说，我本来今天要赶路，但要画好还是得留下来，住上三两天，我得把老人家的表情多观察一些，才能抓到最有魅力的一种。

捡狗说，好的，好的，我姆妈一生可不容易，别看她瘦小，但一辈子没有松垮过，我们没有主意时，她替我们思考安排，那表情最好，坚定、沉着，这些你都要好好画画！

画师并不急于要为灯花画像，只是整天陪着灯花聊天。他要灯花天马行空，悲欢离合，什么事都说一说。灯花笑了笑，说，有什么可说的呢，那我就说说这河村吧，说说我是怎么来到这里的。

先生说，说吧，说吧，这话题可好了。先生一边听着灯花讲述，一边在纸上比画着，不知道有多少起伏不定的悲喜落到了他的眼中。

开始说起画像，灯花感觉挺别扭。灯花说，我一个平常百姓，又不是领袖，凭什么要落在纸上成像！灯花又对先生说，不要太费劲儿了，有点像就行了，给后辈一点纪念就行了。

先生说，我这样专心地画，可不只是为了你，而是为了我自己，我们作画的人，是有自己的道法的，在我眼中，你就是不平凡的人物呢，我能为你造一个流传万代的像，是我的福气。

灯花笑着说，像我们这样的百姓，画一个像都要这样费劲，那墙上那些大纸像，不知道要多少年才能画成！

先生说，可不是，可不敢轻易下笔的呢！于是，先生跟灯花讲了个宫廷画师的故事。

先生说，昭君出塞的故事，你听过吧？话说妃子都想得到皇上的喜爱，纷纷给画师毛延寿送钱，于是一个个画得精神，但昭君却不愿意投其所好，于是被画师画得很不漂亮，被皇上送去和亲，结果看了真人才知道被画师骗了。画师可不能得罪哈，你可得听我的！

先生说完，哈哈大笑起来。

画像弄好那天，灯花简直不相信那就是自己。灯花觉得，画像是一种神奇的手艺，人一生中有多少悲欢的时候，画师仅仅用了一天，就从无数不同的表情中捉住了最重要的一刻。

捡狗捧着画像，久久说不出话来，说，瞧着还是我姆妈的样子！先生告诉捡狗，如果要长久保存，最好带着这张纸像到赣州找家瓷像店，做个纪念品。

捡狗把画像交给了蒜头，说，好好保管吧，等我们一起去赣州走排，寻个瓷像店为你婆婆造个像，这事就完美了……

故事讲完，江风荡漾。人们回到工棚休息。

过了几天，排队到了赣州城下的码头。蒜头和捡狗带着纸像，直奔八一四大道，找到了一家瓷像店。蒜头拿出纸像，店主上了眼镜一看，啧啧称赞起来，说，这像画得好呀！

店家开价八十块钱。蒜头说，我们排工走一趟就这点钱，全给你了回家的路费都没有呢！店主听说是排工，说，念你们水上营生不容易，再降点吧，一口价，五十块，不降了哈，以后向乡亲们介绍介绍，我们这里货真价实，用的高岭土。

蒜头把纸像留下，约定了交排结账后再去取瓷像。在赣州逛了几天，贵生果然咬牙买了个收音机。那收音机跟瓷像一个价，五十块。蒜头说，你真舍得？不怕家里人说你？如果你天天听戏不干活，你家里人准会骂你的！贵生说，家里孩子闹着要呢！

那天晚上，蒜头和父亲上街拿瓷像。捡狗说，十年多年前来赣州走排，店家都招呼晚上不能出去，说“武斗”厉害！那阵子，两派用枪对阵，子弹横飞，死了不少人，有一次我们交了排，到岸上住店，买好第二天的车票，结果那条街被封了，大家急了一夜，幸亏找到一个老乡开了路条。

来到店里，蒜头交钱拿到了瓷像。捡狗看着瓷像，又一次赞叹说，这手艺好哇，这釉光，这色泽，虽然只是黑白，但那墨水色仿佛刚摘的果子。蒜头小心地包好瓷像，一路抱在胸前，往回走。

快要到旅社，一个人突然从旁边蹿过来，将蒜头胸前的东西纸包抢走了。蒜头拼命追赶，眼看就要抓住，那人将纸包一丢，大街上啪的一声，蒜头一愣，停下了脚步。

敦煌说，灯花的瓷像，直到她去世后才做出来。老蒜头说，都怪自己当初不小心，把造好的瓷像弄丢了！谁知道，这成了婆婆终身的遗憾，她生前没能看到自己的遗像！

薪火悄悄地对独依说，你看，老人的遗像，就在神案前！独依朝土屋的神案看过去，果然看到一位脸型瘦削的女人。

她就是灯花？！独依说完，又瞧着老姑妈仔细观看，不由笑了起来。像是电影演员一样，不但声音模仿得真切，模样儿也相差不远！



## 3. 说书

蒜头丢了瓷像，挨了父亲一顿责骂，回到旅店心里非常郁闷。大家听到蒜头遇上的事，都过来安慰他。

回去的时候，排工们到车站搭车。漫长的旅途中，贵生拿出收音机，拆了包装，取出来给大家观赏。但贵生却不会使用。他拿出一页说明书，叫蒜头帮他鼓捣起来。蒜头没有心思，就说一时半会也看不懂，得慢慢来。

蒜头心想，多走几趟排，瓷像会有的，收音机也会有的。工友们知道蒜头喜欢读书看报，经历的事情多，就让他讲故事，以弥补收音机的遗憾。

蒜头讲的故事，不是从报纸上来的，那里只有新闻，亩产超千斤什么的，有谁愿意听呢？他讲的故事是从叔叔书声嘴里学来的。蒜头在家里，常和同龄的孩子听书声讲故事。灯花摇着蒲扇，似听非听，不时发出微笑。

夏天的夜晚，月亮从蛇迳上的山头爬了起来，清辉泠泠，洒在院落里，围墙上的稻草在晚风中左摇右晃，树枝的影子挂在墙上，风一吹像蛇一样游动。出来纳凉的人越来越多，这些人最终可以分成两批，一批围着退休在家的书声，讲薛仁贵征东征西的故事。

最喜欢听的，是战场上打仗的故事。那些古代的人拖武器在不同的山头奔突。有时，书声拿村里的事物解说，那摩天岭比蛇迳高多了，比梅江这边的仰华山高，比对面的莲花山也高。孩子们会问，那地方远吗？骑马要几天能到呢？书声就说，远着呢，你们读书出息了，就可以坐汽车去看看。

书声说唐朝故事，已经说了十余年了。由于分田到户，他家分了地，虽然是公家了，也要回家替妻儿下地耕种。暑热之中饱受了煎熬之苦，讲故事前往往就要抱怨一下命运：真是累死人啊，你们要好好读书，丢掉锄头，当个公家人，一定不能讨农村老婆，否则等于白读了书。

一番感慨之后，书声就沉浸于唐朝的世界里。那些将相王侯，那些文臣武将，让他忘掉了打谷机前的苦和累。

后来，灯花的摇篮边，出现另一位讲故事的。那是书声的儿子九生。九生比蒜头小十来岁，高中毕业后接班，在林场当护林员。九生的妻子也是农村人，农忙时节也要回家务农。

书声的故事陈旧而悠远，细节生动，人物如在眼前。虽然是陈旧的故事，但听众慢慢多了起来。书声的话本，是固定不变的，就像是戏班的脚本。而九生的故事，来自他订阅的杂志。每次讲到武林高手，九生都会感叹无缘学艺，否则林场护林就能如虎添翼，接着就讲起追赶盗伐者的故事。

书声看到孩子们不当他的听众，也凑前去听儿子的武侠故事，听完了就会打断儿子，那是瞎说，轻功再高也不会飞，那是写书的人瞎编的故事，薛丁山可是唐朝的真实人物，不信你们历史课可以问问老师。

九生说，我讲的也是历史上的人物，这清朝的血滴子，宋朝抗击金兵，我曾经问过历史老师，无奈老师只懂课本上的，对过去的武侠人物一窍不通。于是，孩子们又静下来听九生的故事。

紧要关头，九生就口吃和紧张，一口吃孩子们就会急他，一急他就说你们可以自己看看杂志，书上是这样写的。为了证明自己，他会把订阅的杂志拿出来。这让书声很看不起。

书声说，说书的人，哪有把书拿出来的！他也有书，但他从不拿出来，让孩子们听了，无法对证，也只能继续听他一个人讲。这样，过了不久孩子们还是觉得书声的故事精彩，又回到了书声跟前。

两代林业工人，一个是话本，一个是杂志，轮流着把武侠精神传播给听众。那时蒜头喜欢听，但不喜欢讲得太长。因为家里还要派人去瓜棚看瓜。蒜头转述的故事，总是一鳞半爪，没有书声那样细致入微，排工听来不过瘾，就说，蒜头，就数你文化高，进过大队部，看过报纸，给我们讲讲新闻吧。

蒜头于是就讲起来新闻。蒜头的新闻，是他自己的经历。那年他到竹山下驻队推广杂交水稻，住在小罗家，听到了村子里的一则武侠传奇。

话说村子里有一位姓罗的先祖，是有名的拳师。有一年，村子里来了个猴客，敲着锣在村场上演猴戏。那猴子生动的表演让村民看得非常过瘾。这时，有位村民悄悄对拳师说，你不是自称武功高强学了猴拳吗？你能跟猴子过招吗？你如果打败了这个孙猴子，我就信服你！

拳师不想跟猴子过招。这是江湖规矩。猴客跑江湖不容易，如果把猴子打伤了，就断了人家的生计！但是村民却当场起哄，说拳师能打孙猴子！猴客不服，就同意人猴过招。猴客对自己调教的猴子非常自信。

猴客在村子里住了一晚上。人猴大战在第二天上午进行。头天晚上，拳师的妻子说，你悄悄离开村子吧，不要跟跑江湖的人过不去！但拳师看不惯猴客的傲慢，为了自己的声誉，只能应下这场人猴决斗。

太阳迟迟地从竹山下的山岭间升起来。村场上围满了观众。猴客背着猴子，走到了拳师跟前。拳师看着那只猴子，心里充满同情。那只猴子吱吱叫着，像孙悟空一样抓耳挠腮。

村场充满紧张的气氛。乡亲们第一次看过这种人猴大战。拳师站在猴子跟前，清醒地知道自己的猴拳并未炉火纯青，根本还不是猴子的对手。事实上，人类模仿动物的拳路，永远斗不过动物自身。

但人毕竟是高等动物。拳师能跟猴子决战，是觉得人总比猴子聪明。虽然人是从猴子来的，但人解放了四肢，多了一个能思考的脑子。猴客看到，拳师手上有一根棍子。拳师以棍搏斗，与猴比武，猴客并没有意见。

猴客的铜锣敲响了。乡亲们知道，人猴大战就要开始。虽说这是人猴之间的斗争，但猴是听猴客的，所以其实是拳师与猴客之间的战斗。猴客指挥着猴子，在肩膀上站好。一声锣响，猴子向拳师发动了进攻。只见猴子像回到了森林中，从猴客的肩上起跳，朝拳师扑了过去。

拳师举起木棍迎了上去，猴子迅速在空中变幻姿势，把拳师的木棍当作森林里的一根树枝，轻盈地飞了过去。人群发出一声惊叫，猴子站在了拳师的棍子上，拳师手臂感到沉重的压力。

猴客感到惊讶。拳师以棍相搏，棍子却不避开猴子，也不出棍攻打，却让猴子站在棍子上，这等于让双手和棍子失去攻击能力，等于是自废武功！但是，猴客很快看出了拳师的阴谋。那猴子得意扬扬站在棍上的时候，拳师将棍提起，只听咔嚓一声，棍子断了，猴子失去支点，向地上坠落！

拳师迅疾抽出断棍，果断地朝坠落的猴子击打过去。猴子哇哇叫喊，但拳师手持棍棒，毫不留情，身负重伤的猴子只好败退而去。

村场上爆发轰鸣，乡亲们为拳师热烈鼓掌。猴客铁青着脸，带着受伤的猴子匆匆离开。临走前，猴客说，三年之后，必来复仇！

三年后的一天，猴客果然回到了竹山下。乡民听到猴客的锣响，突然想起了三年前那人猴之战，又激起了观战的兴致。这次，猴客只身前来，并没有猴子。看来，那只猴子是猴客的至爱，他特意为其复仇，做了三年的准备，肯定是人猴合一，成为猴拳的高手。

猴客那天早上在村场出现，按照原来的位置站着。但是，围观的人群中走出一个女子，说，她是拳师的妻子，拳师离开村子，到外面谋生去了！

猴客听了，脸露不屑的表情，说这次如约而来，愿意在村子里等拳师回村。妻子把猴客引到家里，热情接待。猴客也不客气，来到拳师家里住下。晚上，猴客取砖为枕。第二天大早，就起来练拳。

到了第三天，拳师果然回到了村子里。在村场上，拳师和猴客的对战正式开始。猴客抱拳，说声承认，就使出一记“仙人摘茄”，朝拳师的鼻子打去。猴客早有防备，迅猛避开。拳师还未站稳，胸前又是一阵风声，猴客一记“黑虎掏胸”，向自己打来。拳师身影一变，避开锋头，回脚一挑，把猴客撂倒。

猴客倒下，脸上露出难解的神色。他不知道拳师为何对自己的套路如此熟悉。他承认拳师身手敏捷，功夫在他之上。猴客一个鲤鱼打挺，从地上起来，向拳师抱拳致意，说，兄台武功过人，愿打服输，此后不再复仇。

比武结束，人们为族里的拳师欢呼胜利。从此，竹山上一直平安无事，周围的土匪不敢进村，拳师成为村里的保护神。

多年以后，拳师的秘密才被妻子泄露出来。小罗对蒜头说，这位先祖去世后，妻子把机密告诉了村民。拳师战胜猴客，不是靠的武艺，而是靠的智谋。原来，那天猴客进村复仇，拳师并未离村。他知道猴客有备而来，来者不善，直接对阵，肯定不是对手。

为了知己知彼，拳师叫妻子出面，声称自己离开村子，实际躲在暗处，观察猴客的武艺。猴客不知是计，在村子里温习武艺，露出了最厉害的招数。拳师观察之后，有了把握，并想好了化解的招式。第三天，拳师才故意装作外出回村，一战而居上风。

蒜头的故事，显然吸收了书声和九生说声的长处，抑扬顿挫，情节起落，让排工听得入神。

故事结束后，车子还在半途，离河村尚远。贵生没有听够，就叫蒜头继续讲故事，讲讲他驻队下乡的亲身经历。蒜头看大家听得开心，就点头同意，继续说了下去。

蒜头说，分田到户，最苦的就是我这种一直拿笔杆子的人。我从村里回到老家，跟着父亲学种地，样样活儿都不如父亲。唯有一样超过父亲的，那就是种瓜。拳师说要智谋，种地也是要靠智谋。我的智谋，来自报纸。

分田到户后，蒜头继续了科学种田的思想，特意订了几份报纸。他按照报纸上的办法种起了西瓜，产量比父亲的高了许多。

蒜头说，但是，我没想到种地这般苦，光有脑力不行，还要付出巨大的体力！种地苦哇，十天三圩我都去赶集喝酒，地里的农活再紧，蒜头也要放下到去小镇赶集。一喝酒，就觉得天不怕地不怕，敢于跟收管理费的人顶嘴。

有一次，蒜头刚放下担子，两个干部就来了。蒜头说，瓜还没有卖，没有钱，等散圩的时候来收吧。干部说，散圩时你早就溜了，我们只能开圩就收。

蒜头说，谁规定摊位要收费的？拿出文件来我瞧瞧。

干部说，没文件，我们天天这样收的。蒜头就说，没文件就是乱收费，现在国家正在整治乱收费，减轻农民负担，你们敢公然违反国家政策吗？

干部说，我们到镇政府去讲理吧。说罢拿起蒜头的秆子就走。蒜头冲上去与干部撕扯起来，不料秆子断成两截。蒜头火了，把拳头挥向了干部。一时间，集镇上热闹异常，受气的农民也哄闹起来，干部打人啦，政府乱收费！

沸沸扬扬的场面，直到民警前来才止住。蒜头被带到了派出所。所长是蒜头的老朋友，蒜头在大队部时经常接触。

蒜头说，什么事情？你说说。

所长说，现在镇里自行车多了起来，经常发生偷盗的事件，公安局要加强管理，为每辆车打上钢印发个车证呢，白鹭镇地盘大，你来做这件事情，愿不愿意？我们正要雇请个临时工。只是，这打钢印不是在所里等，而是要到那些山高地远的村子，这叫上门服务。

蒜头想了想，说，你说的差事，我当然要做，再辛苦也愿意，你知道以前在公社，我也是经常走村串户，把这梅江两岸走了个遍！

就这样，一到农闲时节，蒜头就背着袋儿悠悠走在山路上，袋里是钢印和证件，没有什么值钱的东西，山路走得轻松，走得放心。

有一天，蒜头来到莲花山深处的一个小山村。蒜头忙着打钢印，突然听到外面闹哄哄的。村民纷纷抄起锄头禾耙，往村场走去，一边高声喊着：打老虎呀，打老虎呀！蒜头也抄了根禾杠跟过去。一户人家的猪圈里，老虎尾巴高高竖起，猪圈里公猪正在号叫。

猪圈门中间有个方孔，老虎的头探了进去，一口咬住了猪的尾巴，但不想脖子却卡在了木门上。毕竟虎威吓人，虽然老虎被卡住，大家却不敢轻易上前战斗，全村的人围过来后，大胆的青年拿着长柄向虎头冲了过去，冲老虎一顿乱砍。

虎啸嘶鸣，山鸣谷应，大地都在摇晃，蒜头手里的禾杠抓得出汗，生怕老虎突然松脱冲了出来。后来啸鸣渐渐低沉下去，老虎终于被村民打死，热闹的潮头渐渐退了下去。

蒜头的故事让排工们听来兴奋异常。对抗官府，深山打虎，工友们把蒜头当作了梁山好汉。但蒜头却说，我们家最有故事是爷爷有财。蒜头看了看父亲，说，我说得没错吧？

## 4. 阴界

排工们在蒜头的故事中结束了旅途，倒是非常欢愉。带着各自的礼品，排工回到了梅江两岸的村落。

回到河村，捡狗习惯地跟灯花报告平安。捡狗叫了一声“姆妈”，但没有回应。捡狗吓了一跳，赶紧到灯花床前探望。只见母亲双眼紧闭。捡狗放声大哭，叫回弟弟，发布一个又一个电话或口讯，传递灯花病危的通知。

远嫁的女人回来了，工厂的儿孙回来了，上班的干部回来了，大家陆续回来，到床前看一眼灯花。儿孙的探望，并没有唤醒灯花。捡狗抹着眼泪，和弟弟把灯花抬到大厅。捡狗拿来一只钵头，烧起了纸钱，准备让母亲的灵魂渡往阴间。

但是，灯花从上午到下午就这样躺着，还有一口气并未消散。捡狗说，姆妈，你还有什么愿望放不下呢？是瓷像没有做好吗？灯花没有回应。蒜头听到父亲说起瓷像，心中更加懊悔。

捡狗跪在灯花跟前，继续问，是不是你挂记着这块青砖呢？捡狗从灯花房子里摸出那块当枕头的青砖，放到灯花跟前。书声对蒜头说，这是父亲临终时的心愿，就是要在河村建一栋青砖小院，让灯花像回到娘家，不感到委屈！

蒜头就大声对躺在床板上的灯花说，婆婆，村里的砖厂建起来了，我们家过几年也要建砖房！

蒜头说的是实话。去年夏天，金狗要回小镇开砖厂的消息很快传开。蒜头讲起时，灯花听后，喃喃地说，开砖厂？金狗家要建青砖房了？灯花立即想到那块青砖枕头，对捡狗说，这可是你父亲生前的梦想，没想到远仁家的后生倒提前实现了。

捡狗告诉灯花，金狗烧的不是青砖，而是红砖，烧的砖头不是自己建房，而是卖给乡亲们建房子，现在有钱的人家越来越多了，都想建砖房了。

灯花似乎有些疑惑，问，那我们家什么时候建砖房呢？捡狗说，难说，孩子十多年了一直在家里种地，能有什么收入，种点西瓜，养头母猪，也就够孩子们学费，看来是建不起砖房呢。

灯花叹了口气，说，只要平安就好。

蒜头从大队部回到河村后，仍然做了队长，但由于不是集体经营，这个队长实际没什么事情可干，似乎并不存在。直到金狗小镇要开厂，乡亲们才发现队长的位置非常重要。

有一天，蒜头看到金狗带着一伙人在河村四处转悠，最后在一块耕地前停下了脚步，指指点点。随后，金狗提了几瓶酒，来到了灯花家。金狗笑着对蒜头说，老同学，这回你可得帮我大忙了，我不会种地，但我要用地。

蒜头就说，你父亲没有跟你讲过我家建房的故事吗？当年我父亲就想在这块地里开基建房，但你父亲带着公社干部把他抓走了。金狗说，那是上一代人的事情，我们现在是新时代啊。

蒜头说，你误会了，我不是在记着仇恨，如果我记仇当年就不会把你父亲救回村里，我是说你父亲当年做得对，这耕地是不能占用的，要给后代子孙留着。金狗说，这耕地算什么饭碗，你从大部队回到村里，刨了十来年地了，还不是没有挣大钱建砖房吗？我回来开砖厂，保证乡亲们的收入比种地高。

蒜头告诉他，就算我同意，父亲也不会同意，这块地新中国成立后分给他了，改革开放又分到了他手上，他认定这块地与他有深厚的缘分哪。

金狗说，你是队长，只要你签了字，就代表大家的意见，而村部和镇里都没问题，我能摆平，这地毕竟是国家的、集体的，他只是使用权，如果他不愿意领土地补偿款，我就换一块地给他。蒜头只好说，那你自己试试跟他说说吧。

金狗又找到了捡狗，把几瓶酒放在桌面上，说，叔，我父亲可经常说起你们，一家都是仁德之人啊，要我好好学习呢。捡狗说，别戴高帽了，戴多了就会把我推到台上去批斗，有什么事你直说吧。

金狗说，我父亲说过，你这房子风水好，你看你家里都出了乡干部、出了大学生，要不是当年我父亲批给你，你自己还不愿意要呢！

捡狗笑了起来说，这确实是你父亲送的大礼物，但他怎么不说说，我们建房时他还叫北斗来阻拦，建好了房子还夜里还要到屋后装鬼叫吓唬人。

金狗听到父亲装鬼叫，不由也笑了，说，我父亲就是一个猴性，喜欢开玩笑，但开玩笑也毕竟成全了你们家。过去的事不提，眼前你也得帮我一个大忙。我看上你家那块地了，那地当年你建房子没建成的。

捡狗听了，就说，这块地可是我的一个纪念，你别惦记了。

金狗就说，我会补你钱的，比你在地里种粮划算得多。你要这块地，可不就是想多收点粮吗？有了钱，现在就能自己买粮了。

但捡狗不要钱，就要地，他说，钱会用完，地可以一直种下去。他说，我知道你要开砖厂，这土要往深里挖，这耕地就永远消失了。

金狗又提出换一块地，用他家最好的地交换。捡狗的是块旱地，金狗的是灌溉好土质也好的良田。金狗面对捡狗的疑惑，说，反正我不会种地，浪费了可惜。捡狗问，那你不会在自己地里开砖厂呀？

金狗只好说，如果我家有合适的就不会找你了，你家这块地合适，后头靠着一片山坡，山坡上黄泥厚，纯净，没有砂石。一个砖厂可要挖好多年，只有靠近山的地方才能变通着批下来。

捡狗拒绝得非常坚决，说，你去再找别的地方吧，我家那块地不可能。我要出让了，我姆妈会骂我，那是祖上留下的，我不能让人说，我是崽卖爷田不心疼！

金狗悻悻地走了。

第二天，远仁又来找捡狗，我们都知道他是替儿子当说客来了，就告诉他别浪费口舌，那块地当年还是他自己说不能占用耕地呢。

远仁说，我不是当说客，就是来和你聊聊天，婶子啊，转眼你家房子建起二三十年了，你看我们都成老人家了，迟早要去见马克思的呀。

灯花应道，是啊，这世界听说变了，大家都想建砖房了呢，听说你们家开砖厂了，你儿子金狗像当年的书苗一样，是村里的大能人！

远仁说，可不是，大家都想建新房建砖房，金狗会挣钱，是时代变好了，如果是书苗那时候，想建砖房还不敢建起来呢！

灯花说，听说书苗流落寺庙，你家金狗成为那寺庙最大的施主，就是为了接济这个老人，这是积德啊！

远仁说，时代真是不同了，你在这梅江边生活八九十年了，对世事看得透了吧，这田呀房呀哪有固定不变的？风水轮流转，政策时时变，我们老人呀，什么都能看开一点，多给年轻人一些机会。

捡狗说，你这不是又要提起那块地吗？远仁说，说说也行，你得想想，金狗开个砖厂，乡亲们就可以进场里做工，不就是有收入了吗？现在谁不想挣钱建新房？我看没有人不想，你家蒜头是队长可不能挡着大家啊。我家金狗说了，只要是我们村里人用砖，他保证只收成本价，你家的就白送。

捡狗插嘴说，空头支票忽悠人。远仁说，我让金狗自己来说吧，你就给年轻人一些机会吧，这砖厂虽说是金狗开，但到底还是大家的，为大家造福的呀。

捡狗只好说，你让我想想吧。

晚上，捡狗跟蒜头商量出让土地的事情。他说，我是不情愿的，但远仁也说得在理，你们都要建新房，年轻人总有年轻一代的事业，我不该拦着你们。蒜头也同意了，说，那你就卖给他吧，有了卖地款，加上红砖不用钱，我们家也可以早点做起砖房。

蒜头听到捡狗答应了，心里一种说不出的滋味，他隐隐感到人世的诡异：当年他和父亲为这块地，受到远仁的反复捉弄，现在远仁又来当说客，要把地转给他家开砖厂。

沉默了一会儿，蒜头对捡狗说，说，都怪我们没出息，把那块地卖给他家！也好，有了钱，我们家也好好建栋砖房……

蒜头想到这里，跪着对昏迷的灯花说，婆婆，你醒醒吧，虽然我们违背你的愿望，把几代人种的地卖给了砖厂，但那是为了建砖房啊！婆婆你放心走吧，我们一定会努力，把青砖房子建起来！

但是，灯花仍然没有反应。

蒜头说，婆婆，你醒过来吧，我们河村也要建砖房了，虽然不是青砖房，但红砖跟青砖一样，都是过了火烧的，加上钢筋水泥，比青砖房更加牢固！你再等几年，就能看到村里的红砖房，更横背的天马山庄一样，跟陈家瑶家的房子一样，高大坚挺呢！

听到蒜头提起陈家瑶，书声恍然大悟。书声说，姆妈是不是在等那个陈贤泽？都怪我，虽然我们同在林业公司，但两人却没有好好聊天，不知道林场的志愿军，就是姆妈一直寻找的人！

捡狗说，志愿军陈贤泽？姆妈在四年前，不是见到了那个横背人吗！蒜头点了点头。婆婆跟陈贤泽重逢的事，蒜头知道得一清二楚。正是分田到户那年，时隔半个世纪，灯花与陈贤泽重逢，成为河村仅次于分田到户的大新闻。

如果不是分田，陈贤泽的养女不会到河村劳动。那天，年过八旬的灯花坐天天井边，摇着摇篮里的孩子。一位陌生的女人，跟着蒜头的妻子李氏走进了大厅。李氏招呼说，横背人，你家的牛怎么跑到我们村来了，不好好看着，要是被人牵走，可就损失大了！

灯花虽然眼睛不好使，但耳朵倒更加灵便。你是说，这个是横背人？灯花顺着李氏的叫喊，问起了李氏。

李氏说，这是我们邻村的横背人，从横背嫁过来的，跟我娘家同一个大队！她家的耕牛跑丢了，过我们村来找牛，渴了进来喝口水呢！灯花说，既然是横背人，我想打听一个人。

横背人喝了水，朝灯花说，你说，你打听什么人。灯花说，红军离开那一年，我救起个横背的孩子，姓陈，当时全家被抓起来，我抱回村里后隐藏了一年，后来被他的族人抱回去了。

横背人惊讶地说，你说的人，是不是我父亲？！灯花说，你父亲？难道你也姓陈？横背人说，我不姓陈，我姓宋，但我父亲姓陈，我是他的养女！

灯花说，你说说，你父亲有没有提起过那件事？那时他才三岁啊，估计他早就不记得童年的事了！

宋氏说，我父亲一直记着，他跟我说起过，河村有个奶奶救了他。他才三岁，不知道经历了什么，但族人把他抱回去后，就把一些事情告诉他了！但他不记得那奶奶姓什么，那村子叫什么名字，族人没有说，怕他知道会找回去。

灯花说，这么说，他还活着？

宋氏说，活着呢，他福大命大，跟你一样活得好好的！新中国成立后，他当兵去了，到朝鲜去了，“大炼钢铁”那年他回来了，进了林业公司，在林场一干就是十年。他回国时负过伤，腿上挂彩了，回来后结婚成家，一时没生孩子，就从邻村把我领回养大，后来才招了几个弟弟妹妹。

灯花说，林业公司？跟我家书声同一个单位？怎么没听书声说起呢！宋氏说，我父亲不知道你在什么村子，你也不知道我父亲叫什么，尽管互相寻找，都没有缘分。没想到啊，分田后我家这头耕牛，倒成了牵线的！我这就回去，跟我父亲说！

宋氏回到娘家，跟父亲说，河村有个人一直在找你，听说五十年前救过你啊！陈贤泽一听，高兴地说，我也一直在想着她，看来把你嫁到那个村子，冥冥中是为了我们能够重逢！

梅江边的集日，是三六九。陈贤泽重回河村那天，正是一个集日。第二天就是集日，陈贤泽在小镇买了两斤猪肉、几斤水果，和宋氏一起来到河村。

见到恩人，陈贤泽深深跪拜。灯花老泪纵横，说，孩子呀，我以为这辈子再也见不到你了！那年你才三岁，什么事情都不懂，你族人来找你，你不肯随族人回去，说我就是你奶奶，你要跟奶奶在一起。

陈贤泽说，我怎么能忘掉呢！抱我回去的是我从南昌回来的伯伯。他们让我记住你是救命恩人，但又不肯说出您的姓、你的名，也不肯讲村子叫什么。我在朝鲜战场上中弹晕了过去，几天几夜昏昏沉沉，隐隐觉得是你在抱着我回村。我迷迷糊糊对自己说，我不能死，我还要回去找您！

灯花说，四五十年了，你怎么才找来呢！

陈贤泽说，我找过，但不知道怎么找！这人世茫茫的，就像当年在林场，那么多树木，我不知道哪个是救我的人！

陈贤泽的出现，让灯花家里的人大感意外。灯花偶尔也会说起救起的孩子，但不知道名字，所以一直没有线索。书声看到陈贤泽，说，你不是林场的志愿军吗？如果那天联欢会你跟我说说就好了！

捡狗说，哎，当年那个彰州兵，也说了有个横背的人当兵了，但不知道就是我们家隐藏过的人呀！

灯花说，这一切都是上天注定！今天我们欢欢喜喜见了，以后就当是亲戚，有空就常来走……

一晃又是几年过去，灯花眼看面临大限，魂到了阴界，但还留着一口气，到底是牵挂什么呢？书声说，姆妈一生要牵挂的人太多了，那个陈贤泽毕竟不是亲戚，我们也没有去横背通知他！

蒜头说，我去横背走一趟吧！

蒜头正要出门，灯花的手指突然举了起来，直直地指向大门。蒜头收住脚步，想，难道陈贤泽知道了消息？这时，大门打开了。一阵风从门外涌了进来。大家朝大门看去，原来是九生！

灯花终于醒了过来。大家由此知道，灯花最心疼的孩子，竟然是九生！

## 5. 谷债

真如贵生所说，蒜头那一趟走排，真成了最后的排工。由于“大炼钢铁”，梅江两岸早就没有了什么林木。

小镇的林业公司解散，职工划到了大柏地关山林场，木头站，也从蓼溪搬到了上游的岭子脑。书声当了一辈子检尺员，退休那几年，就在木头站测量大柏地运来的木头。书声退休，九生接班，常不在河村，为此成为灯花的牵挂。

不能走排了，蒜头又思谋着新的副业。

蒜头丢了瓷像，心里一直内疚，思谋着攒钱帮再做一个。无奈孩子大了，四个孩子都上学了，钱都用来交学费，一直就没办法实现。蒜头多次到灯花跟前说，婆婆，这生活难呀，那瓷像……

不能放排，就没有了挣钱的路子。不要说建砖房，就是瓷像，也没办法去赣州做一个了。

但蒜头一直盼望，有一天家里能建起砖房，实现灯花的愿望！

蒜头认为，灯花最终能醒过来，虽然是等待九生，但是灯花眷恋的，肯定不只是一个人，还有整个家族。而家族的事情，莫过于爷爷当年留下的青砖枕头，莫过于砖房的愿望！它已经在梅江边耽搁了一个甲子！

梅江人家，一辈子的心血都花在建房子上。有财为建房赌上一生，捡狗为建房打鱼走排忙碌大半生，现在蒜头家也穷其所有。以前建房都是自己弄砖头扛梁木，现在建砖房，要买红砖，钢筋，水泥，匠人工资，乡亲们从来没有这么大笔地花钱。很多人家一下子陷入债台高筑。

金狗的砖厂建起后，给了乡亲们一笔钱，租下了那块黄泥地。他鼓动大家把钱投到房子里。蓼溪规划了一排小康楼，全部建在公路边，这样就需要大量的红砖。在金狗的砖厂，自然生意红火。

金狗的楼房，又成了小镇最漂亮的一栋，就像远仁当年建起的小洋房。但是，蒜头家仍然没有建起砖房。这让蒜头感觉没面子，但又无可奈何。儿子考学，负担沉重。蒜头算了算建房的数目，满脸歉意地对灯花说，本来打算造瓷像，现在手头没钱了！

捡狗说，早知道指望不上你，我自己筹钱，你就专心专意做好你的砖房吧，这可是我们家的面光！

蒜头说，要么我向金狗要点钱吧！

捡狗说，不能向他借，这样远仁就会笑话我们的。蒜头说，也不是借，就是金狗欠我们两百斤谷子，我当年发誓只要谷子，不要钱。

金狗与蒜头是小学的同学。金狗每次下地都懒懒地说，老同学，能不能关照关照，我这烟瘾重，不要安排我插秧。蒜头就说，你一个男人不莳田还想去拔秧吗？赶紧走吧，别让女人们笑话你。金狗说，那你安排我计数测量呗，我也是念过书的。蒜头就说，是男人迟早得学会农活，别拈轻怕重的。

金狗下地了，有时一垄禾苗莳下来得半天工夫。莳田下地，是按快慢速度先后的，快的先下地，开好了头儿，紧挨着一个个依傍着，慢的人就要到最后，莳得快的工分多，慢的自然就工分低。

金狗每次下地，都抢着先，但到了中间烟瘾发作受不了，就要停下来站在田中间，洗了手，拿出烟袋，慢慢地抽上一口。右边依傍的人等得没办法，就把金狗丢一边，自己凭空开垄，沿着直线往下插起秧子来，往往半天时间下来，金狗被夹在中间落在后头，甚至包围在田亩中间难以出来，惹得路人哄笑。

蒜头看到了，就说他，看来你真是要去女人堆里拔秧子，人家都另一段开始了，你还在半途中。金狗回应说，你下来试试，你还不如我呢！有朝一日分了田自己种，你就会饿肚子。蒜头笑了笑，你说对了，我还真不行，但这田不可能分，劳动是有分工的。

谁知后来田地真的分了，这分工也乱了。清明下种，谷雨莳田。开了春，捡狗就带着蒜头学耕田，吸引了村里好多人前来围观。有人说，蒜头，那犁地简单呢，你不是天天看着我们做的事吗？你不会像《刘三姐》里财主唱的那样“人在前来牛在后”吧！惟妙惟肖的山歌，逗得大家哈哈大笑。

蒜头不理睬，咧了咧嘴马上又严肃起来，在牛后头紧拉着牛绳不敢松手，生怕牛突然奔跑起来。

有人说，蒜头，抽牛梢子呀，当初你还责怪我们跟在牛屁股后头偷懒呢，你这样不抽牛梢，到明年也犁不完这块地！

蒜头当了真，就往牛身上轻轻一抽，牛突然奔跑起来，慌乱扶犁，往泥地里一压，牛顿时停了下来。父亲指点蒜头说，手上劲儿轻松一些，扶犁时不时晃动，犁尖不要吃得太深，也不要吃得太浅，慢慢体会就知道手劲到位没有，不要紧紧攥着犁把，也不要随便抽打耕牛，牛跟人一样也想着早点完工，如果想让它走快点，就一边吆喝一边轻晃一下竹梢，不要真打过去。

水田翻耕之后，就要平整。以前在队里蒜头看着队员站在辘轴上简直是驾长车驰骋疆场，非常羡慕。后来真正站了上去，长着叶片的轮轴在泥水中滚动，长方形的辘盘被牛拉着，忽高忽低，一声“驾，驾”，前头泥垄上找虫吃的乌鸦纷纷起飞让道，泥水哗啦啦地溅散，蒜头突然一阵晕眩，倒在了辘盘上，被牛拉出一段，又滚进了水田里。

父亲赶紧上前把他拉起来，看看身上，所幸没有受伤，只是腿脚被辘盘磕伤了。乡亲们看了，笑着说，蒜头，算了吧，还是回去打你的算盘吧！

金狗从小镇喝酒回来，看到蒜头耕地，走了前来，背着手左看看右看看，阴阳怪气地说，这不是我们的干部吗？怎么亲自下地耕地了？！凤落平原遭犬欺，书生种地被牛戏呀。想当初，你不是说我莳田慢吗？集体解散时，队里要我们家挂钩清账，你老婆说什么都不愿意，说我家永远也还不上你家的两百斤粮！

金狗说的是生产队解散的事。队里处理债务是一个难题，东家工分少，借了集体的粮，西家工分多，集体欠着粮米，但集体要解散了怎么欠账清账，乡亲们发明了一个“挂钩”的办法，就是把队员与集体之间的“三角债”砍去，转换成队员欠队员的。

金狗家要欠集体两百斤粮食，而蒜头家要归两百斤粮，两家挂钩，集体就正好清数。当时蒜头还在大队里办理辞退手续，蒜头家的在队里开会时坚决反对，说金狗家不知道猴年马月才能还清！

捡狗听到金狗的嘲笑，说，我家蒜头是文化人，迟早还会出息的，你一个二流子，当然我们怀疑你还不起粮。金狗说，他是文化人不假，但文化人哪是一块种地的料？这不是明摆着嫁错人家上错轿吗？你们就等着挨饿吧，我家一定会比你家吃得香穿得好！

蒜头坐在田坎上，揉着腿上的伤痛，眼泪差点流了下来。捡狗就过来批评我，一点伤算什么，庄稼人就要有个庄稼人的样。说罢抓起一块泥巴，敷在蒜头伤口上说，你是这个命，得受这个苦，你就得好好忍受，也就是一开始难受些！

傍晚，蒜头吃完了饭就坐到灯花身边抽烟，叹气。月光从天井边飘了下来，照在蒜头的伤腿上。蒜头诉苦说，婆婆，这苦难受啊，我不该回来种地。灯花安慰说，你不能这么想，没有吃不完的苦，只有享不完的福。当初你爷爷持家时更苦，当初你爷爷走后我们一家更难，不也挺过来了？种地有种地的好处，当官有当官的风险，种地累一点，但睡得香。





灯花坐在天井边，一边摇着摇篮，一边讲起家族史。灯花说，这是我摇大的第十三个孩子，一代一代人哪，哪有什么坎会挡住我们梅江人家呢？你看梅江，它从宁都州一路走来，从来就没有笔笔直直的时候，总是在山岭之间跌跌撞撞，但总是能越走越远，越走越宽阔，吃得苦中苦，方为人上人！那些前辈人，也许没有给我们后人生活的方向，但给了生活的态度……老人的念叨很快成为催眠曲，蒜头在椅子上眯起了眼皮。

第二天太阳升起，蒜头下地去了。到了中午，太阳毒毒地泻向大地，他把身上的衣服干脆脱个精光，像父亲一样裸着膀子。每到夏天，捡狗在野外劳作喜欢裸着上身，这样不但凉快，而且省衣省时，俗称“晒红背”，从春到秋，光着的肩背皮肤黝黑光滑，水珠子上去自动滑下，如着荷叶。

蒜头如法而行，但几天后就揭下了一层皮，热辣苦涩，隐隐生痛。蒜头把衣服穿回去，父亲就说，脱了一层皮，就得继续，否则前面的苦痛白受了，三层皮后就浑身自在了。

就这样，蒜头一年到头地里耕种，日子过得慢，又过得很快，转眼就到年关了。梅江边的人家，除了炸果子、洗盆罾、打米果、购香烛，就是要提前准备好过年时的猪肉，待客要多少，家宴要多少，走亲戚要多少，家家有个计划。谁家年关刚好有肥猪宰杀，很快会被全村人分解，不必上市场。

这时节，蒜头又会拿出算盘，这个让他又爱又恨的算盘，虽然不像以前集体时那样哔啦啦地成天响，但响起来就是好时刻，要么是总结年成，要么是预算未来。这一般是晚上时分，一家人快要上床睡了，蒜头叫孩子们拿出本子，写下一年的粮食产量，说，两亩七分地，亩产九百多斤，一千多斤粮食，明年就不会春荒了！

妻子在一边听着，接口说，还有金狗家两百斤粮，我们更不愁了！蒜头就说，那两百斤今年不能算，估计还不了！这几天他家上门收债的人一趟又一趟，家门都快成圩场了。

李氏说，像他那样一副二流子样，成天在外跑，种地不认真，让妻子孩子在泥地里混，自己在外吃香喝辣，每个圩日都喝得醉醺醺回家，我们那两百斤粮不知道何时能还清！

蒜头就说，过年如过关，如今他就像杨白劳一样躲着。我们反正同在一个队里，不像那些债主，不必上门去催。

除夕这天早上，河村响起了猪的号叫声，像是金狗家的，蒜头就去看看能不能定下一些猪肉。出了门，走到金狗家，只见金狗的妻子坐门槛上号哭，比刚才的猪叫还尖锐，几个孩子跟着哭叫。一头刚刚杀好的猪，已经被两位债主搬进了箩筐，准备挑走。

蒜头马上明白了，走上前去说，各位乡亲行行好，虽然人家是欠着你们的钱，但叫花子有个年节过，你们就给他家留一点吧，看在孩子可怜的份上！债主犹豫了一下，拿刀割下一块肉，丢到屋前的木盆里。猪血染红的水面上猪毛油油地荡漾着。金狗感激地说，蒜头欠你的粮食还不起了，当初我不该嘲笑你！

蒜头就说，乡里乡亲的，什么时候也行。我知道你是在外头做生意，这欠人家的不比以往欠集体，可以一年接一年记着账，人家也要过年用钱，怪不得人家，以后做生意要小心一些就是，别折了本搞垮了一家，孩子跟着受累！

这几年走排，蒜头很少看到金狗，突然传说金狗说发财了，买上了一台电视。在小镇，买电视的都是吃公粮的人，小镇不超过五台。金狗一个普通百姓，竟然带回了一台电视，河村的孩子天天往他家跑。

有一天，蒜头来到金狗家找孩子。金狗招呼蒜头坐下，说，为孩子买一个吧，孩子们喜欢。蒜头瞅了他一眼，说，我不比你会投机倒把，我没钱。

金狗并不介意，说，我欠你两百斤谷子，是不是折算成钱给你呢？一百块钱，再借你点就可买个黑白的了！蒜头没有答应，拉着孩子回了家。现在，尽管盼着有钱建砖房，但两家还是没有以钱抵粮，了结谷子的赌约。

但是，金狗发财的秘密，蒜头一直想弄清楚。开办砖房，那是需要多少资金才能办到的事情。金狗从一个人人上门要债的人，转眼又成一个人人羡慕的企业家，蒜头感到这背后隐藏着不为人知的秘密。

这个秘密，蒜头是一个偶然的机会才弄清楚的。

蒜头可以经受种地的苦，但挣钱的难，却愁坏了全家。父亲捡狗倒是不着急，新中国成立前就学了好多小手艺，但蒜头只会打算盘，这是没用的手艺。

这年开春，蒜头寻找挣钱的法子。他去蛇迳的寺庙里上香，希望得到神明的指示。在寺庙里，蒜头意外地看到了书苗。书苗跟婆婆一个年纪，老迈笨拙，在庙里了此残生。河村的人传说，自从苏维埃收了他的财产后，书苗的脑子就变得不正常。

看到书苗，蒜头突然想，爷爷当年就是走船的，是做过大生意的人，不妨问问书苗，是否可以试试走船的路子。书苗深谙尘世浮沉的道理。头届红时，他担心被打成地主，把家财捐给了苏维埃，独苗也送进了队伍，再没有回来。

红军离开后，他家的货船倒是回到家里，但儿媳改嫁，孙女出嫁，最兴旺的家庭转眼间萧条冷落。新中国成立后，书苗田产全部分了。如果不是捡狗的极力反对，他险些被划成了地主。晚年他孤苦无依，心灰意冷进了寺庙。

蒜头说，大爷，你是经历世事的人，我想和你聊聊走船的事。现在改革开放了，人们又可以跑江湖了。

书苗耳朵听不清楚，只是不时啊的一声，没有回应。蒜头自顾自地说下去。他说，这些年种地，化肥农药、洋油食盐，真是难挣钱啊！我也想像你一样，起个大货船跑江湖！

听到走船，书苗仿佛突然复活了。书苗说，恐怕难了，重新起船得花不少钱，你是来找我要钱吗？我可没钱，我没有留下一点细软！不要听外头瞎传，我确实没有藏下，这世道一会儿红，一会儿白，一会儿单干，一会儿集体，我是看明白了，钱财多了会咬人，聚散自有时。

书苗像是在回答蒜头，但又像是回答几十年前的苏维埃干部和土改干部。虽然对不上号，但蒜头仍然说下去。他太需要人指点了！蒜头说，现今世道，没钱真不行哪！

书苗说，有银有没有积蓄，可以问问他家的情况。蒜头接上说，有银就是有，也不会借给我们。他过继了一个儿子，生了五六个孙子，现在都继承了他的本行学着做生意呢，走村串户收鸡毛蒜皮，个个都精明得很，大家都传说有银积了钱，他们早就盯着，如果我去借钱，那些孙子知道了，就会把有银抢了。

书苗说，我没钱，我真没钱！我家的钱财，都交公了！我把儿子都交公了！你们不要找我了！

书苗明显精神失常，说的话颠三倒四。蒜头叹了口气，说，我不找你要钱，我是来找你问路的！

但书苗不再说话。蒜头无奈，想起黄石，正是爷爷和父亲经常讨生活的地方。他沿着梅江朝上游走去，钻进了莽莽的群山中。蒜头一路上想着今后的生计，心想，都说金狗发了财，到底是什么生意，能不能跟着做呢？

路上的落叶发出沙沙的声响，野鸡突然打鸣，从草丛中飞起来，飘落到远处。山风呜呜地吹着，大山空荡荡的，仿佛四处蛰伏着野兽，充满危险。经过一个长长的山坳，走进了一片松岗，蒜头突然听到有人喊救命。

蒜头紧张地躲了起来，朝远处看去，隐隐有人在松树上晃动，而树下一头野猪正起劲地啃着树皮。蒜头不敢贸然前去，手里的工具不足以威吓野猪，冲向前去恐怕自身难保。于是他转身就往回跑，准备前往村里叫人。

这时，山路上走来一位村民，以高超的技艺骑着自行车。蒜头赶紧叫住，村民又骑着自行车回村，叫来了一位猎人，提着长铳坐在自行车上，晃晃悠悠往这边过来。三个人前往松岗，野猪发现了人群和长铳，立即逃入了深山。

树上的人溜了下来，瘫软在树下说，你们可来得真及时，树快要被咬断了。蒜头一看，此人正是金狗。

金狗向村民道谢后，与蒜头一路同行。金狗是去梅江上游推销自己的红砖的。他要看看梅江两岸的村落，到底有多少人家准备建砖房，以确定生产的规模，扩产的计划。

蒜头问金狗，你是如何发财的呢？当年我们河村，书苗是个能人，如今，你成了能人！开起了砖房，成了小镇有名的企业家。

金狗笑着说，在大集体时，你这号人是红人，能说会算，指挥着社员干这干那。而你们干的，就是上面指定做的，所以你们不需要动什么脑子！

蒜头说，我为河村拿了那么多奖状，没动脑子能拿到吗？金狗笑着说，我承认，你为大集体想了很多办法，但如今改革开放了，你那套本领没用了！要发财，就要敢做别人不敢做的事。蒜头说，这怎么讲？杀人抢劫？

金狗说，说哪里话，想要挣钱，得看清钱的门道。分田到户以后，我日夜穿行在梅江两岸，就发现了人们的财富秘密。按照梅江边婚嫁风俗，男女定亲的彩礼必须有一样特殊的东西，那就是光洋，梅边人家称之为花边。

蒜头说，光洋，我知道，我有银叔家的房子就是用光洋建起来的，一块光洋换一元人民币，所以就叫一块钱。

金狗说，那是以前，光洋不值钱，但现在不同了，山里人特别相信它的坚挺，讲彩礼时就把这一项写进礼单，只有付清了这个才可以择日成婚。但光洋不是每家都有，这就需要流动。当然，有些人想的是歪主意，造假制假。我开始做这个生意吃了亏，从别人手里换来的光洋全是假的，导致合伙人逼债。

金狗说着掏出一块银圆，问捡狗，刚才你说有银有很多光洋，现在还有吗？这个值钱着呢，一块光洋抵得上百块钱，两担谷子。说完，金狗把光洋放在耳边吹了吹，嗡嗡嗡，轻微的声响非常悦耳。不知道是由于财富动人心魄，还是金属之声的音乐本性。

金狗对蒜头说，你看，这块银圆是真是假呢？蒜头看了看，说，当然是真的了，这声音这么好听！

金狗说，那给你吧，抵了我家欠你们蒜头家那一百斤谷子。蒜头吃惊地问，难道是假的？

金狗说，说光洋凭声音可以辨认，是人们故意放的烟幕弹，表演给村民听之后，他就把假的当作真的了，把家里的光洋拿出来对比，发现不对劲，就愿意跟我们十块换一块。哈哈，这就是营销。这梅江边两岸怕是没有真的光洋了！

蒜头说，真是造孽！难怪时常听到亲家打起了官司，说亲家给了假银圆！

金狗笑了起来，说，要怪只怪这婚俗落后，彩礼厚重，不就是买卖婚姻吗？家里好好生养个闺女，在身前身后帮着操持累活，到头来还要卖上一大把钱，这才是万恶之源。

蒜头说，这生意我是学不会的。金狗说，要挣钱，首先学会看钱在哪里，你能看出哪些人家有钱吗？蒜头说，山里人家从来不显山露水，很难看出来！

金狗说，就说刚才那个村子吧，两个老头坐在墙根，穿得破破烂烂的，不经意一问，老人家居然藏着几十块光洋，说是祖上传下来的，万不得已不敢出手。再说那几户有自行车的人家，倒不见得有多少钱，想着挣钱的往往是没有钱的，而不想挣钱的往往有钱。

蒜头说，骑上自行车了，会没钱吗？金狗说，不一定，这山沟沟里，买自行车是为了生产，比如碾米机的，收鸡鸭的，卖糖果的。城里人骑自行车，才是享受！这山沟沟里，有时人骑车，有时车骑人，哪能是为了享受呢！

蒜头感叹说，我看你这个换银圆的生意，做不长久的，如果是以前，不就是投机倒把吗！金狗说，所以后来我转行了！

蒜头说，办砖厂了？金狗说，办砖厂之前，我还干过别的，你敢不敢做？蒜头说，什么生意？金狗说，承包寺庙，只要你愿意以钱还谷，消了我们两家的谷债，我就带着你一起干！

蒜头想了想，说，这是历史遗留问题，这谷债，我就让你一直欠着！

敦煌说，金狗的原始积累是不清白的！老蒜头说，他那一套我真学不来！我一辈子就只能在田地里打转，所以家境不宽裕，当年你就是考虑兄弟多，早早读了个师范学校！

敦煌说，我们并没有怪你，你能供我们四兄弟读书，已经是很了不起的！倒是你的后辈，有条件读书了却不好好珍惜！说完看了薪火一眼。

## 6. 客商

蒜头到黄石走了一遍，并没有发现谋生的门路。有财，有玉，有银，他们在黄石都是卖力气当帮工。捡狗和书声，在黄石赶集和读书，也是为后世的生存作准备。排工凋零，走船的，也不是他熟悉的圈子。蒜头发现祖上的生存方式，离自己已非常遥远。尽管黄石是家族史上非常重要的小镇。山不转水转，水不转人转。灯花家族的第三代，生活的场域注定要在梅江边转场。

从黄石赶集回来，蒜头看到了洋陂村的老郭。老郭并不老，跟蒜头一个年纪，只是长得有点着急、显得老相。以前，两人时常在公社一起碰面。老郭跟蒜头一样，喜欢新事物、新科技。两人都是公社的先进典型。但是那一年，蒜头开会时却没见到老郭。蒜头向洋陂的大队干部打听，才知道老郭出事了。

老郭最擅长的是捣弄新机器。那时人民公社来了一批拖拉机，招收驾驶员。老郭报了名，邀请蒜头也去。蒜头倒是想去，但李氏不让，说那么大的机器，开起来是一脚在人间，一脚在牢间，甚至一脚在阴间。李氏的担心不是没有道理。那年代乡村的道路不好，驾驶拖拉机简直是一项冒险的运动。果然，李氏的话应验了。这个老郭胆子大，运气却不好。有一天，他在公路上避让狂奔的耕牛，翻车压死了人。

老郭被判了劳改。十年后，蒜头看到老郭突然出现在河村，非常意外。李氏说，他来了半天了，我说你去黄石赶集了，他说一定要等着你回来！

蒜头摆好茶酒，招呼老郭吃了起来。一碗水酒下肚，老郭说，没想到能提前释放，释放回到村里，又没想到大集体给解散了！我当时就是为了保护集体财产，才把拖拉机开到了沟里的！

蒜头说，是啊，这集体说散就散！你倒好，学了门手艺，还可以开拖拉机做生意挣钱，现在个体户吃香得很啊！老郭说，说是这样说，哪里跌倒哪里爬起来，但翻了车我还敢开拖拉机吗？我是什么方向盘都不敢摸了！

蒜头说，人没事就好！能活着出来，也是大难不死，必有后福！老郭说，我就是对不住那个压死的人，那是个男劳力啊，现在分田到户，就更难了！好好的一个家庭，让我给祸害了！我坐牢的时候，就想着出来能帮着他一家子！

蒜头说，现在不是集体了，难啊！虽说不愁吃了，但愁各项开支用度，花钱的地方越来越多，但地里又长不出钱来！老郭说，我倒是找到了一条门路！坐牢的时候，我认识了一位南昌人。这个兄弟是投机倒把给抓起来的！在牢里，他不承认有罪。他坐牢的时间短，离开时跟我说，以后我们还会见面！

蒜头说，过去投机倒把的人，现在都成了个体户或企业家，现在是政策允许了，我们村的金狗就是这样！

老郭说，你说得对，南昌的牢友果然给我来了信，说是要来我们小镇做生意。蒜头说，什么生意？老郭说，他们要运来几车红花草籽！这种子以前都是公社集体购买，现在他们在市场上弄到了几车皮，在全国倒卖。



蒜头说，这生意倒是不错，我当过农技员，知道田地耕种久了会板结，特别是用了化肥，更是这样，种上红花草后不但春天万紫千红非常好看，更主要是能直接割下来，就地肥田，我们梅江边叫它"肥田籽"！

老郭高兴地说，对对对，我就说找你找对了！蒜头说，找我？老郭说，就是找你！我跟南昌的朋友说好了，把草籽运到你家里！你家就在公路边，发货下货容易，集散屯放方便，而且你还是农技员，卖起草籽来更有说服力！

蒜头听了格外高兴，向老郭举起了酒碗，两人碰了起来。蒜头喝了口酒，说，我到黄石就是去找谋生门路，没想到门路就在家里等着！

从此，灯花家的大房子再次热闹起来。自集体解散后，这房子少有这样的热闹。河村从生产队变成了小组，村民各忙各的，除了扫盲班、轮水会，少有人集中到一块儿。

南昌的客家，除了老郭的牢友外，一共来了四五个兄弟。他们在蒜头家搭伙，但伙食费并没有利润。蒜头说好了，房屋出租付钱，一起卖草籽分红，这伙食就基本是一起吃，每餐补两毛钱，收点油盐钱。

从此，一个庞大的商团在河村出现。蒜头把父亲、小舅子、女婿，都拉进了商团。南昌的客商主要在小镇赶集。集日这一天，蒜头又恢复了农技员的身份，替客商介绍草籽促销。三六九之外，蒜头又把草籽运到邻近的乡镇。但客商不出白鹭镇，就在灯花家里居家指挥。

有一次，蒜头跟老郭说起这事。老郭解释说，这帮南昌人，白鹭镇是有我们罩着，不怕政府为难他们，出了小镇就容易吃亏！蒜头说，这么说，不如我们替他们销售，到四邻八乡走走！就像我为自行车打钢印，这叫送服务上门！

老郭觉得这办法好，跟南昌的朋友商量，把草籽批了大半给蒜头一家。草籽的生意火了几年就不行了。南昌人打一枪换一个地方，决定撤出小镇，把余下的草籽都折款，留给了蒜头。

临走前，客商对蒜头说，你有没有注意到，我留给你的草籽，跟集市上叫卖的，有什么不同？

蒜头手掌捞起一把，仔细瞧瞧，说，草籽不如市场上的好，难道这留下的都是次品？客商笑了起来，说，这可不是次品！反而比市场的要好！我就把机密告诉你吧，那市场上油光发亮的，是拌了机油！

蒜头恍然大悟，说，难怪老郭说你是投机倒把的！

客商说，我们也是没办法！找人买草籽，出了高价钱，送了钱给供销部门负责人。成本高，如果卖得比供销社贵，这生意怎么做？！

蒜头说，我说你们一桶一桶的机油从车下提下来，我还以为你们车子特别吃油呢！但是，你这机油难道比草籽便宜吗？

客商笑着说，不瞒你说，这机油不光是用来让草籽更油亮有卖相，关键是能把沙子也变得跟草籽一样！蒜头说，难道你们还掺了泥沙？难怪有人反映这草籽的出草率低，明明下足了草种，但田里却稀稀拉拉的，像是个癞痢头！

客商说，反正要离开了，机密说出来也不要紧！这些日子，感谢你们家热情招呼，你们家的鱼干炒酸菜真是好下饭！看得出你们是好人，我们的钱丢在了家里，小孩子捡到都会交还，这年代有这样的家风，真是不容易！

蒜头叹口气说，我半夜起来，总看到你们关着门点着灯，在屋子里倒腾什么，一会儿是机油的气味，一会儿是泥沙的气味，原来你们把河边的泥沙卖给了乡亲们！如果我婆婆知道了，肯定容不下你们！

客商说，你婆婆灯花，可真是个好人！你女儿有一次向她说道，讲这些外乡人像是饿牢里放出来的，吃起菜来一扫而光，从不想留点后来吃的！我正好路过，听到灯花说，客人就是客人，我们主人饿着点不要紧，我们家收留过好多客人，有逃兵，有过客，你听听外面的口碑，有说我们家不好的吗？！

蒜头笑着说，我也没少安慰他们！你们这习惯特别差，我家老少都在抱怨，如果不是跟着做点生意，我真不想收留你们！

客商说，大哥，可真是对不起了，我们不知道你们客家人这习惯，吃饭让客人先吃，我们以为你们留着小灶！

客商走了，灯花发现房子突然安静下来。捡狗，蒜头，蒜头的女儿、女婿，甚至退休的书声，都去当游商了。虽然没掺沙子，利润低微，但是他们得把留下的草籽卖出去，否则折下的款收不回，等于替南昌人白干了几年！

除了集日，灯花一家总是周游在梅江两岸。八月初一，蒜头挑着担就往于都方向走去，顺道去赶庙会。葛坳有一所寺庙，每到这时节就人山人海，这些人一半是香客，一些是游客，还有一些是赌徒。



## 7. 树上

蓼溪的码头不知道何时荒凉了起来。小镇的木头站早就撤了，堤岸上杂草丛生，一些遗落的木块慢慢腐朽，长出了一只只好看的耳朵，白色的，黑色的，好像继续代替那些木头聆听河滩的涛声，怀念过去的家园。

让人想起木头站的，还有树梢上的木台子。而最惦记这个平台的，当然是河村的有银。

木头站撤出之后，有银也进入了暮年，头脑早已不再精明，那些人生算过的账，记过的数，都成了一锅糨糊。甚至有些人名都不记得了，捡狗有时来看望他，他就问，你是谁呀。

别人不知道，有银记着一个名字，从来不说。那就是喜妞。

新中国成立后，有银曾经再度前往黄石打探喜妞，但这时喜妞已不知踪迹，有人传说她新中国成立后嫁人了，有人传说她意外死在工棚里，尸体好久才被人发现。有银的心中，喜妞还是以前的模样。

随着晚境的到来，有银满脑子都是旧时代的影像。有银开始离家出走。家里找了几次，终于发现他的规律。他总是不声不响就走到了蓼溪，总是不知不觉就爬上了树梢上那个木台，坐在那里远眺。

没有人上过那个台子，没有人他看到了什么。事实前，木台的正前方就是滚滚东来的梅江，是蛇迳上的青山绿树，和周而复始升起的太阳。有银像是得上了魔怔，总是往蓼溪走，总是爬到树上去坐，一坐就是老半天。

江景其实天天相似。但树下的风光却有时不同。有一个集日，有银看到了渡船。那是上午八九点钟，正是乡民赶圩的时间，对岸的人不断往渡船上挤。

小猪在笼里吱吱叫着，装西瓜的箩筐压在船棚顶上，自行车、稻谷、蔬菜，把木船挤得像一条小街巷。渡工慢腾腾地竹篙一点，码头上还有人挑着担子在挥手。但渡船不再拢岸，往江面撑去。

正是夏天水浅季节，渡船泊在枫树下一个深潭里。刚进入深潭中心，几只小猪在笼子里乱蹿，主人赶紧前往扶住，船只跟着晃荡起来，几位初次坐船的新妇慌张起来，大叫尖叫，人们随着她们的叫声脚步摇晃，船身开始侧斜，江水灌进了船舱。

顿时，船上的局面无法控制，一片尖叫声和呼喊声从江面传到岸上，从岸上传到小镇。江面上水花飞溅，不会水的人们在江面上扑腾，没来得及上渡船的人们目瞪口呆，之后很快醒悟过来，大声叫喊亲友的名字。

那一天，码头的沙滩里摆着几十具尸体，像是炸药响过之后沙滩上涌起的死鱼。有银坐在木台上，怔怔地看着，嘴里喃喃地说，喜妞，好在你不在这只船里。

不久，有银在高台上看到，渡船依旧来往，而上游不远处慢慢筑起了桥墩，有银数了数，有九个大孔。

一个喜庆的日子，有银看到树下摆放着许多餐桌。人们把喜宴安排在林子里，香气传到了树上，有银吸了吸鼻子，涎水直流。但他没有受此诱惑，很快又把目光投到了远处，投向了东方。尽管那里只有江水滔滔，一片空无，但有银的目光里充满内容。时而是白帆点点，时而是木排奔放。

看累了，有银又往树下看去。这时一个盲人引起了有银的关注。他眼睛时时向天仰起，仿佛看到了什么好光景，眼角时时露出微笑。有银想起来，这是一个叫老龚的盲人。

听说老龚曾经在供销社工作，搬货，挑水，搞卫生，是一个“闭着眼睛”的勤快人。后来自学了一手说唱功夫，更是受到梅江边乡亲们的尊敬和欢迎。“自从盘古开天地，三皇五帝到如今”，有银记得，这种盲艺人公式化的开场，总是给乡村带来突然的安宁。

在冬夜，村里上了年纪的老人提着火笼，围拢着老龚，《蔡郎别店》《鲤鱼歌》……这些专劝恶从善的段子随着二胡声抑扬顿挫起来。老龚永远是一身灰布衣的装束，唱到沉痛处欲断未断的声情，仿佛内心睁开了一双透亮的眼睛，看清了人世的炎凉，让乡民心曲随之宛转，泪花盈盈。

这天老龚不知道参加了哪个亲朋的喜宴，也许是吃得过于满意，他走到码头上，探身洗手，不料足下一空，人滚落江水之中。码头离树林子有点远，有银大声想大声呼喊，却怎么也喊不出来。那些吃酒宴的人依然言笑晏晏，不知道悲剧正在发生。

有银呆呆地坐在木台上。这时有个小孩子朝树上一指，树上住着人！快来看，树上住着人。大人说，是个疯子，住了好长时间了，不必理他。

有银继续超然地俯瞰着人世。有一天，树林子里突然冒出了许多人。两个戴着金项链的人把小车停在了林子外，向林子里走来。两人戴着太阳镜，叼着一支香烟，在林子里转来转去。

终于，两人在一棵树下站住，那棵树下站着另一个人，脸上一粒煤埋在皮肤之下，像一朵蓝色的火焰，又像一座即将爆炸的矿山。金项链说，你说吧，约我们在这里见面，今天想怎么了断。

对方说，很简单，你结清我的工资，我们就两清；不结清工资，就别想走人！有银想起来了，这情景有点像当年的黄石，犯了错的店铺伙计被扣下工钱，那些横一点的就会去找东家要钱。

看来，那金项链，是个债主，是老板，或者工头。只听那老板说，那就凭你？我花钱买了你的命！

工人说，我的命差点丢下煤洞子里，早就被你买去了，只是你一直没有把钱付给我。我们跟着你过福建挖煤，指望你乡里乡亲能够关照一些，你反而克扣我们的工资，说我们的工资变成饭钱酒钱，和赌博的钱。谁不知道那些赌桌是你们自己人开的，把我们一年的血汗钱都吸进去了！我看你们这些包工头的心比煤还要黑！

老板说，进赌场是你们自愿，我们没有强迫！你自己好吃懒做，花天酒地把钱花光了，怪不得我们！我们有账目，记得清清楚楚的。

工人说，你如果不开赌场，我们就不会往那里去！你说我好吃懒做，是你故意回到老家造谣，为你的克扣找借口，好了，先说眼前的，现在家里等着钱过年，你先付了今年的工资，我就明年继续叫人去你的煤洞子里，如果不付，我就叫小镇的人都别上你那里做。

老板说，今年我们运气不好，遇上个哑煤洞。工人说，不出煤不是我们工人的事，你不能把投资的风险转到我们身上。

老板说，今年亏了本，明年有钱了再给你吧！工人说，不行，今天就得掏钱，家里等着钱过年呢！

老板不理他，跟同伴一招手，就往林子外走去。这时，工友呼叫，围起来，打死他！树林子里突然冒出了很多年轻人。

这些平日散落在城市街头和工厂的小年轻，由于春节的召唤回到了梅江边，谁家亲友有个难事，招呼一声就如雨后春笋冒出来，林子里杀声顿起，林子外传来玻璃破碎的声音。福建回乡的煤老板，被小青年拎着脖子，像一只过节时等着宰杀的雄鸡。一阵吆喝之后，只见老板鼻孔流血瘫在地上。

这时，派出所民警赶来了，人群四散而逃。老板用微弱的气息说，我在林子里散步看风光，不料遇到了抢劫。警察说，我们需要证人！

老板四周瞧瞧，说，这林子里没有过路的乡亲，哪里找证人。有银一声咳嗽，老板仰起了头，说，对了，警察同志，树上有一个证人，我们树下的一切，他应该看得一清二楚。

但警察摇了摇头，说，早就有人到派出所反映，这是个疯子，疯子的证据不能采信。

有银看完了这场闹剧，叹息了世道的混乱，又开始眺望梅江。在他眼中，树下是另一个世界，空气就是江水，地面的人都是溺水者，在江水中不断扑腾。他不断爬上树梢，其实就是为了躲避这场大洪水，就像老庚申年那样，蓼溪的先祖躲到了岩斗岭上。

有时，有银看着人们张着嘴巴挥着手臂，觉得样子非常可笑。人间突然静止下来，林子里只有鸣蝉在叫着，人间仿佛停止了运转，或者回到了远古时代。有银看着梅江边的渡船，仿佛透过松脂看着琥珀包裹起来的虫子。

有银继续在树上远眺，突然听到树下有人叫唤。那人从树下爬了上来。有银一看，是蒜头。蒜头说，二爷，我们全家人都在找你，我到派出所报案，警察同志才说，这蓼溪林子里有个老人在树上，我们才找来！

有银踏着树上的马钉，一步一步下得树来。民警在树下喊，老人家小心些，别急啊，注意脚下。蒜头说，虽然七八十岁的人了，可上树非常利索的，不必担心。警察说，我刚来小镇，听说有个生活在树梢上的人，我们还不信呢！

蒜头说，老人以前是木头站打竹缆的，在这树梢上待了几十年，现在林业公司没了，他没事就来上树！

警察说，我看他是有巢氏的后代，成了一个巢居者，记得《庄子》写过，古时禽兽多而人少，于是人民都在树上结巢而居，白天拾橡栗，晚上蹲树梢，所以叫有巢氏之民！有时间我来听他的故事，说不定能像卡尔维诺一样，能写出一本《树上的男爵》。

独依说，这警察还是个文青！敦煌说，当年我在小镇教书，也是个文青！时常跟那些警察同志交换书刊，讨论名著。

回河村的路上，蒜头对有银说，你以后不要上树，掉下来就麻烦了！我们找了你几天了，还是我婆婆想起，说到这蓼溪码头来看看。

有银说，还是灯花了解我！我是来看人，看以前的人！梅江边的人换种了，不再是以前的人了，那么多的人冒出来，往街上挤，往船上挤，往林子里挤，好在不往树上挤，否则那木台子早就不在了……

敦煌说，有银晚年爬树时，头脑清醒，但体力不支，仿佛有种精神的力量支撑着他。这力量，来源于对往事的眷恋，对来世的期待。祝虎说，我估计他上树是为了望见过去，那个黄石的情人喜妞，是他目光的尽头！

## 8. 垂暮

求学的，打工的，工作的，河村外出的人越来越多，有的走青山，有的进工厂，转眼是两代人的事情。灯花成了村里最年长的人。

一个个曾孙出生，年轻的媳妇突然感觉到灯花的重要。她们有的急着出门挣钱，有的需要上班工作，而婆婆要么由于身体欠安，要么婆婆英年早逝，大家都需要有人看孩子让自己脱身。灯花总是习惯地说，生了孩子放我跟前吧，我替你们看着，你们安心去做事！

灯花习惯了看孩子，守摇篮。孩子一哭，她就推一推摇篮。孩子出了摇篮，又看着他们从爬行到直立，从行走到奔跑，就像是从猴子到人的演化。灯花甚至喜欢闻到婴孩的粪溺气息。她觉得孩子们虽然像猴子一样，滚得满身是泥，但他们是干净的，粪便也是干净的。她从火笼里，从灶膛里，铲出一堆草木灰覆盖其上，再铲到粪筐里，或墙角的灰堆里，备作肥料。





敦煌说，这就是人类的生命之爱！没有婚姻，就不会有这种深切的体验！祝虎深为赞同。独依笑着说，情感与卫生，并不是天然的排斥！爱的情感同样可以建立在科学与卫生之上！只是这个代价比以前更高，这就是现在的妈妈操心尿片的原因！

终于有一天，晚辈不再把孩子放到灯花膝前。膝前冷落，让灯花倍感凄清。儿孙的判断也许是准确的，灯花不能为看孩子出力了。灯花突然觉得自己真的衰老了。白天捡狗下地去了，整个屋子突然安静下来。

灯花坐在天井边，像一尊雕塑。阳光从天井打下来，像电影的光柱，在墙壁上不停移动，把大厅的东西洗沐了一遍。最先照见的是西头的屋梁，梁下的土灶和水缸。一根烟窗从灶面升起，升上房梁。屋梁上搁置着一具棺木，这是准备多年的寿衣，两端画着一朵富贵的牡丹。

这具提前准备的棺木每天都在散播着关于生死的论调。后世的子孙，做客的亲朋，串门的干部，看到这具棺木都肃然起敬，仿佛在与死神进行一场或长或短的对话。

灯花坐在天井一张竹椅上，阳光打在棺木上，反射到灯花的脸上。阳光是人间最有生机的东西，它无穷无尽又非常有限，灯花看着棺木，棺木也看着灯花，无声的交流每天在延续。灯花知道，棺木的话是什么意思。按照自然规律，她早就应该归天了。棺木在提醒她，多活着一天就是多一分福气。

而灯花静静地告诉棺木，耐心地等吧，不久就要住进去的，虽然她舍不得这人间，这家族。何氏不到花甲就走了，李氏的满崽得胃癌走了，赖氏的女儿捞虾被冲走了……灯花觉得自己活得够长，是不是那些早逝者的寿命添到了自己头上，她在替他们活着，看着这人间。

这群劳苦的亲人！灯花唯一的心愿，就是要走在儿子前头。她希望早点离开人世，同时又希望捡狗健康长寿。

太阳的光柱在棺木上游移，庞大的阴影落在墙上。接着光柱向北面的墙上称动，不久便照在竹篮上。透过竹篮，阳光成为一块花布，铺展地面上。这天井边的吊篮，放着吃剩的饭菜。捡狗每天下河撒网，竹篮常有吃剩的鱼。

鱼的香气从粗瓷大碗飘出来，一只猫从狗洞里钻了进来，闻着鱼香打转。馋猫终于确认了竹篮是香气之源，苦思着攀登的办法。

灯花坐在竹椅上眯了一会儿，被猫叫声惊醒。但没有赶猫，定定看着它的动静。对于灯花，每个光临的动物都是亲友。猫看了看灯花，看到她没有追赶的意思，便重振登上竹篮的雄心。

猫辗转爬到天井边的下水梁，与竹篮的鱼遥遥在望。只要纵身一跃，就可以够到美味。猫试了试身手，胆气提不上来，盘桓良久，最终放弃了冒险计划。灯花看着悲伤无奈的猫，咧嘴笑了，露出了残余的牙齿。

光柱从竹篮移出。中午饭的时辰到了。捡狗该回家了。她扶着竹椅起身，挪着小脚移到灶前。抓一把柴草，摸到火柴盒，搓出一支，嚓地燃起，伸向柴草，塞进灶膛内。

这些动作，灯花反复了近百年。从娘家到河村，从老屋到新屋。尽管眼神不济，但灯花熟练无比。

饭是早上捡狗煮好了，一只小饭罾蹲在锅里，只要直接生起火就行。家务全盘都交给了捡狗，她老迈的身手只能做简易的配合。侧边的房门吱呀一声，一个孩子走了过来，叫了一声太太或婆婆，就朝竹篮里走去。

灯花知道，这就是自己延续的香火。孩子放学回来，看到家里没人，又急着回学校上课，就掏了碗冷饭，到大厅蹭菜。捡狗每天都故意多做一些，鱼，茄子，豆腐，备得足，孩子吃成惯性，心安理得地分享劳动成果。

灯花应了一声，说满仔小心，别摔倒了。小孩端来木凳子，人往上一站，顿时长高不少，够着了竹篮。灯花看了看猫。人就是比动物更聪明。

到了晚上，灯花早早就上床睡觉了。但是夏天，族人围在天井边纳凉，她愿意在多待会儿，听那些久听不厌的故事。一只破旧的钵头升起白烟。谷糠在燃烧，猖獗的蚊子从灯花的脸上擦过，不小心陷入烟雾，像飞机遇上大雾，一头栽进了地面。

最热闹的要数中秋节。月亮升了起来，辉映着大地，清凉的月光从天井里射下来。灯花的家庭，枝叶渐繁。族人聚到了一起，桌面并排起来，放着四五个果盒。炒花生，炒豆子，切开的月饼，几十只茶碗。

妇人添茶，男人聊天，小孩忙着把果子藏进口袋里。大人们笑着提醒孩子们，不要为老鼠准备。果然，第二天起来，衣袋里的月饼被咬了，开着洞。

不同辈分的妇人，不同年代的妇人，不同村落的妇人，聚到了一起。灯花想，这些女子，不同的习性，不同的脾气，最终走到了河村，走到了自己身边。这里面有一种缘，那是根看不见的线，在编织着一个越来越大的家族。

灯花满足地听着妇人们不同的口音。灯花以一个过来人的心情喜欢着她们。甚至超过了那些男人们。这些妇人，也关注着灯花，这位年寿最高的长辈。

妇人们一边喝茶，一边谈论灯花的年龄。灯花是唯一不上桌面的长者。年轻的媳妇把果品不时递过去。年长的妇人不断提醒。豆子咬不动了，月饼要小片，花生要剥好壳。竹椅上的灯花，在浓浓的亲情中喝着擂茶。

擂茶，又换了一种人间滋味。灯花想，这不是自己做的那种味。但这世间，哪能只有一种味道呢！可惜拿不动檑木了，只能品尝年轻一代的手艺。想到自己的手艺将彻底消失，灯花有些伤感。

灯花喝了一口茶，感觉自己又老了许多。中秋一年只有一次，一年年相聚的人也在变化。分田到户后，人们外出的多，聚到一起的少了。今年有人福建打工去了，明年有人去矿山上逃计划生育，后年有人在外头厂子里请不到假。

热闹一过，特别是冬天，灯花就睡在床上，懒得起来动静。

灯花继续坐在天井边，尘世里不断传来新的消息。金狗的砖厂红红火火，生意兴隆，河村的乡亲不能外出，就进了砖厂。

九生的媳妇谢氏，也进了砖厂。她想挣下建房的红砖。九生是灯花最牵挂的孩子。九生要实现灯花的梦想，尽早建起自己的砖房。九生经常回来，不是牵挂灯花，而是建砖房。

河村在公路边批了地基，建两排店铺式房子。红砖，钢筋，水泥，这些都是需要花钱的地方。不再像以前一样，付得起匠人工钱就行。河村的子民，再也不去放砖了，砖格被丢到了楼上。

河村的砖，是流水线在做，机器在做。切下的泥土，掺上了煤，变成赤色。土是生土，倒进大铁框子。那大铁框子就是新型的砖格。电流在指挥着它，宽大的框子填满了土，被压得结结实实。掀开盖子，框内的泥板移到下一道工作台。台上悬着一个网格，网格是均匀的铁丝编织的，往下一压，泥板切出了一块块漂亮的砖坯。



谢氏就负责移动铁框，迎接砖坯的诞生。挖泥，添煤，进窑，看火，大多是男人的事情。河村的砖房，也有外村的男人。这些男人有的猴性，有的憨厚，有的油滑，但都能为上工的人们带来笑声。

分田到户之后，河村很少这样的集体劳动场景了。砖厂，这个小小的乡镇企业，再现了热闹的劳作。

上工之余，谢氏到梅江挑石头。河滩的石头，带着江水格外沉重，远比砖石辛苦。谢氏把九生叫了回来，一起挑。这是唯一能省钱的地方。

从林场回家，九生要走几十里路。九生练气功，走火入魔吐了血，身体有些虚弱。为了省钱，他走路回家。渴了路上喝泉水，饿了吞几口带上的冷饭。石子的量，非常大。梅江上找不到，就往支流找，小河里反而多。

河滩上，挑石子的担子非常沉重，比打地基放砖，还要劳累。这让人们感觉到，砖房就是比土屋的分量重。挑了半年，九生顶不住了。房子浇捣好的那一天，九生就倒下了，到了医院，查出了癌症。

九生去世那天，灯花坐在竹椅上流泪，呼天哭地，诅咒阎王爷找错了人！九生的葬礼上，人们都在传说灯花抢了族人的阳寿。人们又想起了灯花的克夫命，想起先灯花而去的一个个儿孙，从中寻找着生死的秘密。灯花看到人们奇怪的目光，就像当年“克夫命”带来的阴影。当然，更多的子孙相信科学。

长子的去世，让书声大放悲声。他认定，儿子英年早逝与自己有关。葬礼上，书声泣涕涟涟地念起了《祭子文》：

> 呜呼，吾儿之生也，气质聪明，吾儿之爱亲也，孝行常闻。宗族称为恭侄，乡党称为拔萃。儿希图金榜题名，指望享寿遐龄，胡云一疾遂入泉阴。忆昔诲尔诗书，空费青灯，朝乾夕惕，枉用精神，圣贤事业，别两行程，家室未配，丢却朱陈，田园抛弃，舍去双亲，姐妹无依，兄弟无情，兹当出殡，有酒盈樽。聊陈十奠，读对灵魂——
>
> 一哀儿，命不长，造化无儿少子亡，夜半猿啼心胆碎，五更鸡报凝雪霜。
>
> 二哀儿，心正悲，万里江山尽泪垂，二月李花室映眼，杜鹃化作血痕归。
>
> 三哀儿，悲向天，十八男儿不同闲，指望曾参养曾晰，谁知颜路哭颜渊。
>
> 四哀儿，天不知，才结婚姻未见妻，海誓山盟空眼望，红粉佳人对谁悲。
>
> 五哀儿，泪汪汪，我儿如何命不长，祖在灵前悲切切，麻衣倒着送子丧。
>
> 六哀儿，性气衰，朝晨出去暮回来，今日魂往泉府地，黄金用尽不能买。
>
> 七哀儿，悲正长，九天雨露结红梦，世上闻愁千万种，少年儿丧割人肠。
>
> 八哀儿，正少年，鸿海倾河泪涟涟，纵有黄金买不得，一声儿子一声天。
>
> 九哀儿，酒一樽，灵前奠别两三巡，此去黄泉无酒店，风光醉见十王灵。

十哀儿，殡尔丧，今朝卜葬在牛岗，亲戚朋友傍两路，兄弟爷娘哭断肠。

哀哉尚享！

祭文并不是书声所作，而是明代大才子邹元标的文章。祭文的内容跟九生完全不合，但那伤感却完全相同。

有一次，书声正在跟孩子们讲故事，把这篇文章读得声情并茂，摇头晃脑，泪花盈盈。灯花听了，将他大骂一通。灯花说，你孩子一个个好好的，念什么祭文啊！这是在咒儿子早逝。书声刚把“十哀儿”念诵完，在骂声中狼狈不堪。安坐下来，书声重新讲起薛丁山的故事。

白发人送黑发人。葬礼上，书声再次朗诵这篇感人的祭文。那些熟悉的文辞，让灯花感觉到一文成谶的可怕。

## 9. 送终



初冬时节，捡狗就要上山打柴，回家烧制木炭。灯花怕冷，捡狗做饭的时候，早早就烧好火笼，放着灯花的膝前。火笼养暖的木炭必须是杂木烧成，杉木栎木等木质疏松的柴块烧炭都化得快，不耐久。

但随着年份增长，打柴的路越来越远，砍杂木就更是遥远。那天，捡狗想起了几十年前烧炭的地方，早早吃过了饭，带着斧头往深山走。

这一天，灯花吃过了早饭，觉得精力不济，回到床上躺着。不久，她突然看到门外来了两个人，走到床前拉着她往屋外走。走了一段路，两个人变成了五个人，面貌仿佛就是有玉和四位背亲的汉子。

道路是熟悉的道路，灯花仿佛又成为当初的新娘。灯花一路看到了那么多熟悉的亲友，满秀，有财，九生，远仁……那么多，老老少少，站在梅江送她。灯花心里充满眷恋难舍，但身不由己，最后背亲的汉子走了，有玉走了，灯花留在了陈家大院，与前夫重新举行的婚礼。

一拜天地，二拜高堂，夫妻对拜。

红盖头下，灯花仍然能朦胧地看到那么多人挤在大厅里，拜堂之后，亲戚纷纷给灯花送上见面礼，司仪高声唱着亲友的名字，把一封封厚礼放到红绸布蒙着的木盘上，灯花于是顺着亲友的名字，身子矮了一矮，向亲友施礼。

婚礼结束，灯花又被人拉着，往洞房走去，开门一看，却不是红烛高烧，而是冥府阴暗。灯花扎住脚不走，等着要见儿子捡狗一面。

捡狗挑着沉沉担子，来到哨楼边。山上的哨楼早就变成的石堆。捡狗拿起汗巾擦脸，往山下的河村望去，发现家里没有升起炊烟。要是以前，母亲身体虽然越来越不济，但总会移着小脚到灶前添个柴起个火，把放好的饭菜热一下，等着儿子回家。

两人相依为命多年，这个默契让捡狗欣慰。这一天走得远，照理说炊烟早该起了。捡狗左想想、右想想，安慰着自己，顾不上劳累，挑起木柴下山。

推开门，灯花仍然还在床上。她一直没有起身，没有升起炊烟。她在床上只剩一口气，等着儿子回来。看着捡狗和书声到了跟前，灯花露出微笑，吃力地伸手，在捡狗脸上摸了摸，就慢慢软了下去。

这时，一块青砖嚯地掉落。它从灯花的怀里滑落到床板上。捡狗大喊一声，跪了下去，泣不成声。良久，捡狗抹了泪花，叫回了弟弟，赶紧通知各路的子孙，回来送送老人上山。

捡狗拿出一身新衣，帮母亲换上衣服。捡狗感觉母亲越来越小，像是个婴孩。他就像在为孩子换衣服。换鞋的时候费了些功夫。

以前为母亲洗脚，时间多花在洗裹脚布。捡狗只为灯花洗过脚，没有为母亲缠过脚。捡狗从木箱里拿来灯花生前准备的新布条、新鞋子，无从下手。他只有谨记着解开布条的样式，按照原来的缠绕之法，为母亲换上了布条，把一双梭子一样的鞋子套进小脚。

通知完亲朋，书声往盆村走去，找到了绍谟。两人一起在黄石读书，分别有些年头了。书声说，身体好吗？绍谟说，好不好，你不会随便来看我，因为我是专办白事的！好事不上门，上门没好事，怎么了，有老人走了？

书声说，家母去世，得请你前往帮助布设灵堂。

绍谟说，老哥节哀。书声问，现在办白事，是现代的，还是古仪？家里可还保存着私塾时那些旧帖？

绍谟从床底下拉出木箱，打开一看，是书声熟悉的印刷品或手抄本。

这是黄石的印记，他们共同的偏好：三到六言的识字教材，繁文缛节的民间礼仪，《东周列国志》、《封神演义》等历史小说，七言韵文的故事传本，《金匮要略》之类的药书，《解学士诗话》之类的笔记……特定年代的文化载体，毛边纸，毛笔小楷，繁体字，竖排。

绍谟找出一册手抄本，是些古旧的实用文。它融汇了梅江人家的全部风俗，是对生老病死的仪式化，有祭帖文，有婚嫁帖，有墓碑辞，固定的格式和套路化的文辞，把民间悲喜进行了放大和浓缩。

书声也有一批这样的纸籍。但是，跟大多数人一样，这些东西在“破四旧”时送进火里了。各种礼仪在民间也渐渐式微。那些古旧的言辞，新式教育的人并不记得，私塾出来的人倒记得真切。

绍谟新中国成立后当了民办教师，业余时间经常被人们请去司仪写字，由于言辞典雅，布置庄重，深受敬重。但随着年纪增长，他早已告别江湖。绍谟说，你母亲是梅江边驰名的有德之人，我得使出全身本事来，帮你布置好隆重的葬礼，这是我最后一次出山。

两人一边坐着喝酒，一边追忆逝水年华。书声说，还记得那首《赠同年友》吗？“寄语风流君莫买，镜中花影梦中身”，人生真是如梦啊。绍谟说，人老梦多，我就时常梦里回到黄石小镇，回到那私塾里，和你一起唱和游乐，不觉一辈子就这样过完了。

来到书声家，绍谟不紧不慢地忙碌起来。屋场前摆着一张桌子，毛笔、墨汁、剪刀、糨糊，然后书声抱来一大堆纸张，白的、黑的、紫的、在剪刀下咔咔地剪了起来。一天时间，大厅内外纸条纷扬，墨字淋漓。

大厅门柱是长句挽联：“慈母东来，绕膝慕深萱草碧；彩云西去，献觞悲断菊花黄”，门框边柏枝扎起的拱门，白绿相映，白布包裹的拱柱上一边是“莫报春晖伤寸草”，一边写着“空余血泪泣萱花”，正首则写着“慈颜犹存”。

大厅门进去，前来吊唁的亲友前往灯花的遗体边拈香跪拜。大厅前堂，白色的纸，紫色的纸，都缀着悲伤的文辞，汉语中几千年积淀的对于母亲的赞美和缅怀，再次走进民间。“慈竹有影”“晚萱留香”“冰霜高洁”“圭璧清华”“美德千秋”“良风万古”“慈容在目”“母训铭怀”“杜宇伤春”“慈乌失母”……每道门楣都飘扬着紫色的纸页。

抬头是悲伤，低首是悼念。

入殓那天晚上，十几个儿孙一身素衣，白花黑巾。房梁上棺木灰尘滚滚，隆隆落地。世上易找千年木，人间难逢百岁人，灯花一百零一岁逝世，棺木陪伴了她的后半生。人们对结实笨重的棺木发出感叹，感叹它陪着灯花活了近半个世纪，要在以前，那就是一个人的寿长。

出殡那天，冬雨凄凄。八个人抬着棺木往东而去。虽然灯花老成了一副骨架，但抬棺之人分明感觉棺木沉重。棺木一出大厅，连绵的冬雨立即停止，梅江两岸白云缭绕，青山如着缟素。墓葬的人纷纷解了雨衣，跟着队伍前行。

炮声隆隆，唢呐声声，纸钱满地，送葬人排着长长的队伍，不但有灯花的血脉亲人，还有河村的村民。队伍走了不到一里路，到了井边。

井是全村人饮用水的供应地，清澈可口，路过的人渴了都进去喝上一口。井边一排棕榈树伸出绿色的大手掌，在风中呼呼地扇动，把一阵呼天哭地的声音传播得非常遥远，直送到梅江的对岸。

灯花的墓地，就在井边。

从此，梅江边的一盏灯熄灭了。她留给人间的光亮微小而持久，经历灯花百结，照见了人世的离乱和太平，最终像果核一样沉入大地之下，像孩子回到了大地的子宫。

上山那天，捡狗终于带回了一尊灯花的瓷像。那是特意托人到城里制作的。葬礼上，蒜头捧着灯花的瓷像，就像当年刚从赣州造像店里取出来一样，小心翼翼。葬礼之后，蒜头把瓷像捧回了大厅，安放在神案上。

敦煌说，死亡是一种教育，葬礼是一种教育，就是在葬礼上，人们更加理解灯花的生，灯花的死。

祝虎说，每个家族都有一个灯花一样的先祖！《诗》曰“绵绵瓜瓞，民之初生，自土沮漆”，试想，灯花如果没有下嫁河村，而是守着父母，那人生该是多悲凉！

## 10. 后裔

灯花去世，故事本该结事。但老姑妈还在人世，自然把灯花的身后事讲得头头是道。

当然，接下来这些事，老姑妈没有再借托灯花的声音，而是用她自己的声音在讲述。

每个月，蒜头都要从县城回老家一趟。父亲留守在乡下，一个人起居生活，而且守在老屋里，当然不放心。捡狗说，我这把年纪了，七十不留夜，八十不留餐，一旦人走了就坏了我家孙儿的屋子。

蒜头往返在城乡之间，除了看望父亲，就是种地。梅江边地土地不再像以前珍贵，人们对土地的感情突然凉了下来。

村里种地的就剩下一些老人，二季稻子只种一季，仍然有大量撂荒。分田到户时蒜头曾经痛恨过土地，也一直教育儿子要努力读书丢掉锄头，如今孩子们进城谋生了，土地真的丢下来了，反而十分难舍。

在往返之间，蒜头感觉自己是在与时代的变迁赛跑，生怕有一天回家认不出那一片田园，那一片草木。从城市到乡间，与其说是看望父亲，不如说是看望那片流过泪水淌下汗水的故土。

越来越多的人和事物在消逝。乡村和城市同时褪下以前的脸容，仿佛传说中那场庚申年的大水，仿佛洪水中那棵翻滚的大樟树，在人世间扫荡着曾经的一切。走在县城，车站变成了广场，忠字门不见了影踪，革委会大楼变成了大街和小区。

城市在，故乡也在易容。梅江筑起了水库，江水彻底停滞了下来，仿佛岁月在人间跑得累了，终于停下脚步。放排、走船的故事，失去了空间的对照。

没有沙滩的梅江仿佛不是梅江，没有流动的江河仿佛不是江河，但两岸的青山还是青山，而且重新绿了起来，乡亲们用电照明做饭，柴草从此恣意生长。

小镇的石门坊和石板街早就不见了影踪，木板店铺和青砖小院换成了四五层的楼房，使小镇的街巷更加狭窄。走出小镇，熟悉的菜地长出青草，一些踩过的土路突然消失，古旧的土屋一间间在时光的手指下软塌下去，萎落成泥。

有一天，捡狗好久没有下地，叫蒜头把锄头拿到菜地，他要去活动活动手脚。蒜头扛着锄头，他拄着拐杖，两人一前一后去往井边的菜地。来到灯花墓前，静静地坐了一会儿。在菜地上，蒜头陪着父亲锄草。

时间仿佛青草，在土地里产生，又在土地上被锄掉，但终又回到土地上。山坳里非常寂静，鸣蝉嘶叫着，声音盖住了整个村子。捡狗说，人啊人，土地里生，又要归到土地里去，这就是人的一辈子啊！

蒜头说，我刚从大队部回家，对土地是多么痛恨，人到中年做农活，我就是学不好，每年就我们家的地收种得最慢。转眼二十年了，年轻人没人愿意学种地，我们这辈人，是最后的农民。捡狗说，我们在一天就种一天地，儿孙自有儿孙福，就让他们去吧！

这天晚上，捡狗抱着灯花的瓷像睡着了，再没有醒来。蒜头一早起来去送饭，才发现父亲走了。蒜头把父亲葬在灯花边上。又过了几年，灯花和两个儿子，终于在梅江边的老井边团聚。

河村的青山，多了奇特的墓地。在青山高处，是有财有玉兄弟合墓。在井边，是灯花母子三墓相连。

葬了父亲，蒜头把祖上留下的那块青砖抱回了土屋，放在灯花的瓷像边，刻着灯花的名字。独依看了看神案，果然有这样一块纪念物。

不久，小镇传来消息，有人看到白鹭镇松林茂盛，要办起松油加工厂，想租蒜头的土屋。蒜头坐在返乡的车子上，准备回去签出租合同。

车上，蒜头想着那栋房子。从父亲手上建起，转眼已经半个世纪。它像久别的亲友，不断地等着与他见面。车子摇晃，蒜头昏昏欲睡，看见了金狗。

蒜头说，你虽然挣了大钱，但欠着我两百斤谷子呢！

金狗说，我还不了啦，我提前见了马克思，看到了灯花！阎王爷不是处罚我喝酒喝多了，而是处罚我扩大砖厂、破坏耕地……

蒜头惊醒过来，看了看车窗外，车子还在崇山峻岭中奔跑。物流的车子像一只只蜗牛，在柏油路上慢慢地爬着，公交车在车流中穿插超越，仿佛在追赶着梦中的金狗。

蒜头昏昏欲睡，又回到了梦中。金狗在等着他。金狗说，那两百斤谷子，是你故意让我留下的吧？什么不是我自己地里种出的，就不能抵债，我哪能种地了呢！我现在倒是想回河村，跟着你好好种地！

蒜头听得非常感动，说，不必还了，我们家不差这两百斤谷子，现在村里的土地都撂荒呢……然而未及说出来，蒜头就被车上的喧闹声惊醒。

原来中途有人在下车，上车。

蒜头又想着小镇。回村务农后，他爱上了醉酒。“双抢”再忙，都要到集市上走走。小镇仿佛一座梁山，聚集了梅江两岸的好汉。小镇的酒家，谁的黄酒口味淡些，但原汁原味，谁家的米烧甜些，有股稻草的烟味，谁家酸菜做得好，但下酒是限量的……

他一次次喝醉了，被酒神押解回家，在蓼溪码头的石桥上迈着醉步。有一次，桥头绑着两个偷情的男女，大家围着看热闹，差点儿把他挤到了桥下。

蒜头也想着河村的土地。有人来投资搞绿色种养，他家的耕地要流转。流转的土地，每年有那么一次翻过来，种上青菜、红薯、花生、酒粮。物产一年四季沿着一百多华里的公路走向城市。蒜头不止一次看到儿子和媳妇把来不及吃掉的红薯、生了虫子的花生倒掉，丢进了垃圾堆里。

但他没懊恼。无论怎么处理，故土和儿孙之间都由于自己的耕作，存在着忽明忽暗忽远忽近的关系。这是蒜头的欣慰之处，是他继续耕作的动力。

车子嗡嗡走着，峰回路转，就看到了梅江。一位陌生的旅客大声赞叹，问蒜头，这是什么河?

叫梅江河。

怎么又叫江，又叫河呢?

没有人回答。

这是客家先民留下的难题。南方的水系叫江，首领是长江；北方的水系叫河，首领是黄河。但再往北方水系又叫江，比如黑龙江、松花江。在赣南，客家人把江和河合在一起叫，就像把北方文化和南方风俗交融，无法分开，混沌莫辨。

当然，梅江还有另外一些称呼：梅川、汉水。这条发源于赣州东北部的长江支流，在于都贡江镇龙舌咀注入贡水，一路汇纳了六条支流。梅江河最后变成赣江，变成长江，注入大海，就像梅江两岸的人们，一年又一年，一代又一代，纷纷往山外走，最后融入城市。

只有蒜头像末代农民，小镇遗老，眷恋着梅江边一亩三分地，眷恋着河村的老宅子，等待着落叶归根的那一天。在这栋老宅子里，灯花坐在一尊瓷像里，等着儿孙回来跟她说话。

而灯花要跟后人说的，借助老姑妈都说过了。

# 尾声

老姑妈苏醒过来，回到了人间。大厅里不少人昏昏欲睡，声音的突然中断倒把人们惊醒过来。独依不知道，声音是代表老姑妈自己，还是代表灯花。

蒜头对老姐说，忘了问一件最重要的事情，就是她希望我们怎么对待这栋老房子。老姑妈说，我知道灯花的心思，她没有答案，这种事情要你们自己拿主意，显示你们的诚意。

蒜头于是问大家，听了这六天六夜，大家有没有理解到灯花的心愿？大家纷纷发表意见。

有的说，祖上肯定是要我们保住这栋房子的，她在这里生活了三十多年，拆了她就找不到回家的路了。

有的说，祖上分明是要我们拆了重建，她的青砖枕头，就是先祖留下的一个梦想，我们家族要在梅江边建一栋青砖房子。

有的说，祖上更重视的，恐怕还不是青砖房子，她说房子只是肉身的居所，最重要的是精神寄托。这栋房子里，我看她最留恋的，就是集体时期的日子。为此，我们是不是保留这栋房子，干脆改造成一座蓼溪的村史馆——





说这话的，是敦煌。独依看到鲲鹏也随声附和。独依不想掺和灯花家族的事情，就起身要走。但敦煌说，你不妨听听，等下我们想听听你的意见！你是博士，你的建议非常重要！

祝虎也没有离开。对房子的改造，本身是民俗研究的一部分。当然，他更想看看独依和鲲鹏之间，会交谈些什么。他想看看，灯花的后裔如何对待过往的文物。如果这栋屋子也算是文物的话。

那天，祝虎的妻子气急之下打了独依，有些后悔，要祝虎把女儿叫回家。祝虎看到独依躲到敦煌家里，和薪火泡在一起，于是就跟敦煌商量，能不能劝劝这两个孩子。薪火谈了一个男友，结婚后性格不合，就责怪敦煌催婚，让自己陷入了无聊的婚姻。

敦煌跟祝虎说，现在的年轻人，经济独立，颇有主见，媒妁之言和父母之命，全没有用处了！现在的孩子哪里愿意像我们一样对婚姻将就呢！

祝虎发愁地说，我们不该一时着急，发火打人！我知道孩子们并不是对婚姻反感，而是等待对眼的人。这个人，也许有，也许没有。当父母的，当然等不起，就催起来，甚至灌输将就的观念，虽然我们明知道这观念不好！

敦煌说，薪火的婚姻就是催婚的结果。我本想让薪火劝劝独依，没想到她反而支持独依，大谈女权，大谈独身主义的好处！现在看来要改变两人，只有顺其自然，外力无法介入了。

两人正在发愁，敦煌听到老家的父亲蒜头打来电话，讲起老家土屋改造的事。敦煌突然想，灯花的故事或许是个不错的教材！但现在的年轻人，谁愿意跟着老辈人去听故事呢！

祝虎知道后，说，这倒不一定，我家独依是搞文学研究，博士论文就是研究楚辞，不止一次问过我赣南有没有招魂之类的仪式，没想到你老家有这个讲古闻的风俗，独依肯定愿意去看！

敦煌的计划如期推进！祝虎故意后几周参与进来。在讲古闻的时候，不时用婚姻家庭的大主题敲打两个孩子。但这种敲打并没有起到实际的效果。几个周末过去了，祝虎倒是看到，鲲鹏的回来似乎正在改变事情的走向。

老蒜头招呼着老姑妈用餐。用餐后，蒜头叫一个年轻后生开车送老太太回到梅江边另一个村子里去。灯花的后裔，继续来到土屋讨论房子的改造。

独依说，就是呀，我研究楚辞这么久，还是第一次亲身感受南方文化的绚丽，真是有幸！我还以为这是屈原虚构的，现在看来屈原不只是浪漫主义，也是现实主义的！你看，“湛湛江水兮，上有枫。目极千里兮，伤春心。魂兮归来，哀江南”，这就是写实的，用在今天仍然也非常应景！

薪火笑着说，这是你的专业，看来这一次你的收获最大！上大学时我最怕楚辞了，“魂兮归来！反故居些”，那些后缀词听得我头痛！

两人聊着聊着，突然看到不远的公路上有一辆大铲车朝河村开来。铲车后面，是一辆小车。干部下了车，指挥着铲车向一栋栋土屋开去。土屋在铲车的拳头下轰然倒掉。

屋内的人听到轰鸣，都跑出来观看。蒜头看到有银家的土屋已被夷为平地，小院、大厅、巷子、厢房，不见了踪影。而铲车仍然在呼隆隆地响着，向自己家的土屋开来，巨大的铁掌正在伸向一栋矮小的附属建筑。

那些牛栏猪圈经不住铁掌轻轻一晃，瓦顶哗哗啦啦地响成一片，烟尘瞬间滚滚升起。蒜头发疯般地向铲车冲去，被族人一把拉住。

蒜头转身看到公路边指手画脚的干部，跑到土屋里拿了一把锄头，向干部冲了过去，口里大喊，今天我要和土屋同归于尽！人群发出惊叫，纷纷避让。一位干部躲闪不及，额头上被锄头划了一道口子，鲜血顿时流了出来。

这时有人大喊，不好了，书记受伤了！蒜头听到伤者是书记，又举起锄头冲了过去，不料被人死死抱住，转头一看，却是儿子敦煌。蒜头挣扎着，说，放开我，今天土屋要拆了，我要跟着列祖列宗一起去！

书记捂着头，大喝一声，你冷静一些吧老辈，谁说要拆了这栋房子，今天只拆你们家破旧的猪牛栏，我知道你们的大房子还在商量，到底是改造还是拆除，有没有商量个结果呢？今天我倒是要听听。

敦煌认识书记，打起了招呼。书记说，原来是你家的，怎么拖了这么久？县里可是要处理干部的！上头要我们把全部土屋拆除，乡村要振兴，土屋不能留！敦煌说，到土屋里坐坐吧，这几个周末我们一直在商量，只是还没个结论。

书记来到屋内，坐了下来，说，你们这样讨论下去怎么行呢？现在县里下了任务，梅江两岸的空心房要拆除，你家房子没人居住了，就是空心房，倒塌是迟早的事，迟拆不如早拆，你看老屋场那边，不是全拆了吗？

敦煌为书记点了一支烟，说，也不能说全是空心房，你看这不是租给贵州人来放松油了吗？也算是生产用房了。

书记说，河村另外建了红砖房，这里就算是空心房了，不能一户占了多处宅基地。既然你们意见不一，你家老人是个什么意见呢？他的意见最重要，看来不尊重他老人家，这房子难拆呀！敦煌说，老人家肯定不愿意拆了，召集族人，就是想让族人知道房子的历史。

书记说，我们一起来听听，我倒是听到了我爷爷的遗嘱，说房子一定要留着！现在族里多数人的意见是保留下来修复。

书记说，这不合政策，允许保留的空心房，是有一定历史文化价值的，你这里又没有住过大人物、文化名人，只是你家族那点历史，哪栋房子会没有历史呢？房子一代一代接着建，如果都因为有家族记忆不肯拆，那我们大中国就没法搞新城镇建设了嘛！

这时，鲲鹏走了过来，说，我们保留下来，可以开发成民间博物馆，现在梅江两岸环境漂亮，公路也升级改造了，小镇的乡村旅游有了机遇。

我们深圳的公司，接过好多乡村振兴规划设计的单子。我觉得，河村特别适合开发，土屋与其拆除不如改造！

书记看到这位戴着眼镜的年轻人，说，小帅哥，你说的情况我也知道，我们到过外头参观考察的，我们政府当然支持改造，但得你们自己拿出规划设计来，要有说服力，才能留下这栋土屋！

敦煌说，这是我家侄儿，刚刚从外头回来，我们这里人才多呢，你看，这里还有个文学博士，我相信他们联合起来，一定能把这栋土屋的人文内涵充分挖掘好、整理好、展示好！

鲲鹏说，我愿意做这个事情，我在听的时候就想到了这个办法，规划的思路已经有了！不过，展览大纲还想得另外找人撰写！

敦煌说，我早就写过一份，听了这次的讲古闻之后觉得不全面，今天正好独依来了，可以帮我们指点指点！这样吧，过几天我们再进来一趟，整理下老屋里的物件，看怎么弄好！

书记说，既然你们有决心改造，我们表示支持！说完，挥手叫大家散去，坐上小车随隆隆的铲车离开了河村。人们围了过来，问，土屋还会不会被拆？蒜头的儿子大声说，不拆了，这房子可以保留下来，现在就要看我们能不能开发好、利用好，不再是空心房。

回城的路上，敦煌特意安排独依和鲲鹏坐同一辆车子。鲲鹏在深圳一家文化传媒公司上班，老蒜头本来要叫集全部族人，但鲲鹏手上有个大项目，一时无法走开，为此迟到了几个星期。中途才赶回老家。知道河村列为乡村振兴建设点，他就想为老家做点什么。

敦煌叫独依帮助鲲鹏撰写展览大纲，薪火倒是支持。她看出独依对鲲鹏有好感，表示愿意陪着独依再次回老家。

那一天，敦煌叫上父亲，回到河村。老蒜头打开土屋，把楼上搁置的物件一个个搬了下来，擦去尘土，同时讲起了它们的故事。这些故事，与灯花的讲说互相对应，共同见证着梅江人家的旧时光。

一个上午过去，转眼间，大厅里摆满了各种各样的物件。蒜头把最后一件用物摆放好，躬身起立，重新念起那些熟悉而陌生的名字。独依边记边笑，觉得这些物件非常有趣——

**渔具：机堂竹子，渔网，豪箍，撩罾，大罩，小罩，沙耙……**

农具：铁耙，木犁，锄头，禾耙，干嘴，辘轴，秧盆，箩筐……

炊具：饭罾，水缸，土砻，石磨，盐瓮，酒瓮，油瓮，筷箱，笊篱……

文具：算盘，砚台，油灯，木禾盒，帆布书包，文具三角板，圆规……

不知不觉间，独依已写下两百多个名词，大部分无法在《现代汉语词典》里找到对应的词汇，只能用字记个读音。独依对敦煌说，这些名词，就构成了一条农耕文明的长河。

这些物件，在蒜头心里激起阵阵浪花。蒜头走到神案前，点了一支香，对着灯花遗像喃喃地说，那么多日子，就这样过去了，只留下这些物件了！

这时，敦煌脸朝墙上说，那些奖状要小心取下来，装裱好。

蒜头说，还有抽屉里保存的那些字据，以及你们读过的课本，生产队的记账本，竹木砍伐证，房子地基政府批复文件，特别是有玉的判决书，私塾读物，如《解学士诗话》，诗文册子，你的本子，我那个《春天来了》的作文本，统统保管好了！





独依说，还有一个重要物件，就是青砖枕头。鲲鹏说，对对，有这些特殊的用物作为标本，以小见大，这是一个国家的集体记忆。正如灯花所说的：青砖依旧在，一枕梦黄粱；世事多宛转，土屋复荣光。

回城之后，独依回到了自己的家。独依博士即将毕业，又在一家杂志社兼职。她回到家里，抓紧时间完善博士论文和处理杂志社文稿。这些资料，存放在自己家里，独依不得不回家。

看到女儿归来，祝虎特意打电话给敦煌，表达了欣喜和感激。敦煌说，还有事要请独依过来，鲲鹏的设计图纸弄好了，要叫独依一起前来把关！

祝虎说，我一起过来吧。在敦煌家里，鲲鹏打开规划图，一处处指点着，讲起了展览的思路。独依发现，这不只是河村的规划，还是整个小镇的规划。

鲲鹏说，我顺便考察了小镇，为镇里提供一个参考。你看，古镇的地形就像太极双鱼，又像龙凤呈祥，而我们家现在这栋古宅子，从位置上看就是太极双鱼的摆尾，龙凤呈祥的龙头。

敦煌看了，说，好，好，我们非常满意，小镇的领导保证满意！蒜头说，看来六天六夜没有白讲。

再次去河村，一年之后，独依仍然和鲲鹏一起去。灯花的后裔，要在河村改造好的大厅里要举办一场隆重的婚礼。新郎是个三十多岁的大龄男孩。

婚礼当天，新郎要在县城最好的酒店举办宴席。宴席前，新郎坚持要回到老家举办传统的婚礼。为此，灯花的后裔组建了浩浩荡荡的车队，从县城往河村开去。鲲鹏的车子，就在这个车队里。鲲鹏的车子里，坐着敦煌、独依、薪火三人。

进河村的路上，敦煌悄悄告诉独依说，婚礼遇到一个难题。这跟灯花有关。按照习俗，新娘进家门，新郎的父母要在家门口迎接。但是，新郎的父亲英年早逝。如果母亲一个人迎接新娘，就显得不吉利。当年灯花就是单亲迎新娘，让捡狗和书声的婚事留下隐患，要么早逝，要么不谐。

族人正在劝新郎的母亲，婚礼时干脆找一个男人替代。

独依听了，大吃一惊，这父亲还可以请人替代？敦煌笑着说，这个替身早就有了，我们族人早就接受了这个男人，他是新郎的义父。接着，敦煌讲起了新郎的另一段家族史。

灯花去世后，捡狗把青砖枕头抱到自己床头，代替了原来的稻草枕头。蒜头的砖房建好后，捡狗没有下去居住。只是过年过节，在新房里吃完团圆饭，吃完后又在夜色中走回老房子。

有一年，儿孙都进城安居了。捡狗进城住了一天就回到了老家。他离开了家里的青砖枕头，整宿没有睡着。在城里住了几天，捡狗就觉得不习惯，出门是车轮滚滚，进门是电灯电视，整个人有双腿没去处，倒成了一个小脚女人，只能在家里打转转。

梅江边自由惯了的脚板，水里山上忙碌惯了的双手，像舢板在楼房搁浅，等待着腐朽。捡狗想着灯花的墓地，过完中秋节就回去了。回到老屋，捡狗习惯地叫一声姆妈。灯花去世后，这个习惯保留着。

但每次都是失望，没有回应。过了半年，捡狗才慢慢习惯空落落的大屋子。他每天起来到井边择菜、井里挑水，每次都要到灯花的墓前看看，与母亲说说话。回到家里，煮了饭就端在母亲遗像前，说，姆妈，吃早饭了！听不到回声，泪水就禁不住流下来。

站在灯花的遗像前，捡狗总是喃喃地说，姆妈，你一辈子多不容易呀！自我从五岁开始，你就守寡带着我和弟弟，一双小脚在房子里转来转去，始终为儿孙们操心。

捡狗最喜欢雨天。在天井滴答的雨声中，捡狗在门框上钉一个铁钩，用一只转轮打起了绳。绳有棕绳麻绳，棕绳坚韧扎实。挑谷的箩筐用粗绳，收割季节特别畅销卖，梅江人家都知道捡狗的绳结得扎实可靠。捡狗绳结得好，是心静手稳，捡狗心静，是姆妈灯花就在身边。

结绳的时候，灯花在一边纺线，或者闲坐，雨声哗哗，转轮叽啦咕噜地叫着，此情此景在捡狗脑子里留下了太深的印象。一到雨天，捡狗又拿出了转轮结绳，但灯花不在了，捡狗转着转着，就没了力气，坐在姆妈坐过的竹椅上发呆。

没有灯花的房子，永远是空荡荡的。捡狗习惯了井边和家里交替，房子和墓地交替。有一天，捡狗到井边择菜挑水，突然看到灯花的墓碑满是泥巴。他大叫起来，谁家的孩子干的缺德事？墓地是玩泥巴的地方吗？没有人应声。

捡狗找到弟弟说，姆妈的墓碑上有泥巴，你知道是谁干的吗？书声说，是我干的！

捡狗大吃一惊，说，你疯了吗？姆妈一双小脚，年轻守寡，父亲走时你才三岁，姆妈一直以来偏爱你，日夜纺线供你吃供你喝，还让你进私塾念书有工作。你不思报答，我不跟你计较。姆妈跟着我起灶吃饭，你几时过来照顾过她？

书声低着头，不吭声。捡狗又数落起来，追问原因。过了许久，书声才说，我知道姆妈偏爱九生，但她为什么拿走九生的寿年！你看那几个孩子，多么可怜！我去墓地跟她说，她不搭理我，我就跟她生气！

捡狗说，我们多帮着九生那一家子吧！放心吧，如今的年代不比过去，我们姆妈愿意守寡，现在的媳妇未必愿意！如果九生的妇人走了，那三个孩子就像我们当年一样，要吃苦了！此后，捡狗不时用卖绳的钱接济九生家。

有一天，书声急匆匆走进门来，报告九生家的被人欺侮了，让大哥去帮忙。捡狗二话不说，操起一把柴刀，扎进腰带，就像当年抓丁一样，往九生家走来，一看，却见两个女人厮打在一起，一个是九生家的，一个却不认识。旁边的人说，那女人是外地来的，来九生家找回自己的男人。

九生走后，繁重的农活压在了妇人的身上。有人劝她改嫁，九生家的说，奶奶二十七岁守寡，我也得学着样，不敢破了家风。几年后，她没有改嫁，却让一个男人进了家门，帮她耕地种田。

两人没有谈婚论嫁，村里人就把男人当作上门女婿。有一天，男人的妻子知道了，特意从外地回家，找上门来对九生家的大打出手，说她抢了丈夫。

看热闹的人群围满了村场，两个女人撕扯在一起，互相对骂着，难听的话语却让围观者听得津津有味，哄然大笑。捡狗冲进人群，对前来问罪的女人就是一个耳光，说，把自家男人抛在家里，只图自己在外快活，还有脸回来兴师问罪！

那女人吃了一个耳光，说，看我收拾你！周围的人赶忙拦住，说把老人家打坏了，你吃不了兜着走。女人看了看捡狗手上的柴刀和身上的腰带，仿佛古代的武士，为此不敢大打出手，只好骂骂咧咧地走了。

风波散了，书声感激大哥的出力，说，以后什么都听大哥的，我再也不会朝姆妈的墓地丢泥巴了！捡狗说，你家媳妇守寡不改嫁，这点像姆妈。但她在家里收留了一个男人，这也不要怪她吧！只要她人愿意留下，愿意把几个孩子拉扯大，这个家就还有希望……

鲲鹏听完故事，悄悄对独依说，这个新郎正是九生的后人，果然应了老人家的话，几兄弟都考上大学，在城里上班，有车子有房子，现在又要娶新娘子！

敦煌说，梅江边的规矩，婚礼时需要有双亲在家门口迎接新娘进屋，族人还在劝说，就让孩子的义父出场吧。但是她一直在犹豫。她忧虑地说，我担心婆婆会说我！

独依问，她担心会被她的婆婆责怪，就是说灯花？敦煌点了点头。独依听了非常吃惊，原来灯花已经成为“长河之灯”，亮在后人心里，以另一种方式活在人世间！

车队在河村停下。梅江风平浪静，风和日丽。装修过的土屋，在阳光下闪亮。下了车，独依拉着鲲鹏的手，一起去看婚礼。婚礼已经开始，但新郎的母亲迟迟没有出来。

独依心里暗暗希望，出来迎接新娘的，不是一个孤单的寡妇，而是两个共同生活了几十年的未婚男女。

# 站起来的泥土（后记）

我一直相信，在纸上梳理世事相当于建造空中楼阁。如果是以卡尔维诺《看不见的城市》的笔法也就好了，反正不是实用的建筑，造型和材料随心所欲，但我想记录的是梅江边一栋实有的房子。

最先让我感到困惑的是，如果按照传统建筑手法，我的空中楼阁就会像老家无数倒塌的土屋，以泥土之身站起来，然后倒下，重新化为泥土，陷入因果循环的命运。我当然羡慕陈忠实的手艺，在白鹿原上建起一座像枕头般结实的房子，抑或是像莫言一样梳理着高密大地的生死疲劳。

我一直想在纸上建筑一栋房子，哪怕是一栋土屋。最后激起我动笔雄心的，是父亲保卫土屋的决心，他一再提议要修缮好家乡的老屋。

这些年，梅江边的村子家家户户建起了红砖房，我先祖最早开基的土屋已全面倒塌。紧接着，赣南农村空心房整治成为影响深远的工程，维系几代人生存情感的土屋纷纷退出历史舞台。随着轰然倒塌的声音陆续响起，许多家族的记忆开始清零。

但我总觉得在轰然的声响里还有许多绵长的诉说，未被我们重视。每一栋土屋都隐藏着丰富的人文信息。而如何保卫老家，我们似乎并没有找到很好的方案。

我家族的祖屋所幸得以留存，但同样面临着艰难选择。由于经济的原因，父亲的意思趋向于修旧，但多年动议一直未能实施，但屋前的围墙却由于铺盖的稻草腐烂，连连倒塌。

父亲首先想到了修墙的工程。其实对于祖屋的开基建造和陆续拓展，仅仅这一道围墙就能构成一部家族的历史。修墙，断墙，续墙，建墙，沿着这些历史的倒镜头，梅江边一个家族的发展轨迹陆续呈现。小小围墙，暗合了客家人的卜筑心理：土围，围屋，祠堂，这些族姓的兴盛标志，无疑是它延伸的理想。

土屋，是站起来的泥土，而土屋里的人，又何尝不是呢？从小就在油灯下听着祖父两兄弟讲述家族史。祖父身材高大，豪爽乐观，喜欢讲述逃壮丁的历史——我一直毫无理由地把祖父与朱德的形象联系起来，而他似乎说起见过朱德从梅江边经过，戴着一顶大斗笠。

在课外阅读匮乏的青少年时代，这部野史曾经滋养着我，影响着我世界观的形成和发展。家庭的历史，往往是与族谱一起呈现，那族谱上语焉不详的记录，又与清明的祭扫配合，形成梅江边庞大的生死场。一年一度，由于清明的节俗，能够回到续接着血缘的土地上。站在青山远眺，一个村庄的前身今世，在鞭炮鸣放时，在牲品摆放时，在纸钱成灰时，倏然呈现。

长者负有向后辈介绍祖上历史的义务。地下长眠的亲人，由于年代永远，总是充满后人难以想象的历程。我从未见过的奶奶，据说点豆的本领是村里一绝，但早早离世。曾祖父壮岁染病，三十来岁就丢下苦心经营的货船，那是祖父经常提起的家史。曾祖父的弟弟与红色历史有关，一直吸引着我探知。

听说他帮弟弟挑猪肉从红区到白区销售，同村人想买猪肉未果便向苏区政府告发，最后这位还没有成婚的苏区片长被苏维埃政府处决了。还有那些连墓碑也没有的小坟，有的年纪轻轻染上麻风病，送进山坳里搭个竹棚，苟延性命一年后去世。这些代代传闻的先祖，我无法窥见他们的音容，只知道他们经历的苦难，在纸籍里被概括成旧社会的种种不幸和不公。

2016 年春天，由于雨水连绵，父亲返乡种地的习惯被迫打断。那段时间，我常常到弟弟家看望父亲，一起观看那些时间跨度长的电视剧，就会聊起老家的历史，我由此知道了“大饥荒”是什么时候，是什么原因，当年的“浮夸风”的危害大于天灾……也许是受此触动，也许还是别的什么因素，父亲拿起笔写起了回忆录，在一本侄女用过的作业本上。

父亲文笔简朴，但中国社会的横切面仍然清晰可辨。我知道，父亲希望消失的岁月能够挽留，特别是他一次次返回老家，看到家乡不断地变化，他担心故土物是人非，往事难辨。我也跟着父亲，开始了时光之旅。

我大费周章地收集着民国时期赣南的经济政治和风土人情的资料。火店，走船，放排，烟土，我终于弄清了赣南当年的河流经济带。我被梅江边的一个个人物吸引了，和他们重新生活在一起。谁都不希望辛勤建起来的房子变成空巢，为此我充分理解父辈对老房子的感情。它们曾经容纳过我们的生命，我们的离弃无奈而又无理。

大片的梅江往事排遣到纸上，但太多的记忆枝节被删除，就像齐整的砖块里清除了夹杂的草屑、石头。我把记忆一次次打烂，踩炼，重新淬火，变成另一种砖房。

时代的跨越，其实就是砖的跨越。从秦砖汉瓦到当代的水泥砖页岩砖，砖的历史已有两千多年。每一块砖都寄托着人类安居的梦想。砖是泥土站起来的方式，是泥土站起来的努力，透露了人类对平安稳定的渴盼。

几千年来，泥土与阳光合作，人类就有了土砖。泥土与火温合作，随着技术的改进，就有了青砖和红砖。而水泥技术让石头成为短暂的泥土，让人类的房子找到了钢铁的筋骨，模仿着蜂巢的结构，让泥土站得更加高大巍峨。

二十世纪初，梅江大户人家的标志，就是青砖房。如今，梅江人家基本建起了红砖房，制土砖的工艺慢慢消失。但我熟悉土砖诞生的全过程。这样的砖墙，多么笨拙和温馨，为人世撑起了冬暖夏凉。这些砖墙站起来，就是为了呵护一盏盏脆弱的灯光。

灯花见证了人世的多少悲凉。灯花的这种牵挂和悲痛，差不多成为我们家族周而复始的场景。27 岁开始守寡的太祖母，一双小脚带大两个儿子，及其以后的一个家族，多少个夜晚灯花百结，悲欢不定。

灯花，成为一种消逝的时光，它与人类的命运相怜相敬。宋代女诗人朱淑真在《灯花》里写道："兰釭和气散氤氲，忽作元珠吐穗新。膏脉破芽非藉手，敷芳成艳不关春。疑猜海角天涯事，搅乱衾寒枕冷人。我欲生怜心焰上，何妨好客致清贫。"当万家灯火布满大地，我总想从灯泡的钨丝中想象灯花的模样。它伴随了人类几千年，白炽灯的普及让它消失得迅疾而遥远。

灯花照见的是土屋，灯花自然就是土屋的核心。是的，我不过是想点亮一盏文字之灯，照见乡亲们的生老病死。我不过是想让亲人们像一块块土砖，再次在纸上站起来。